Entwicklung des römischen Reiches

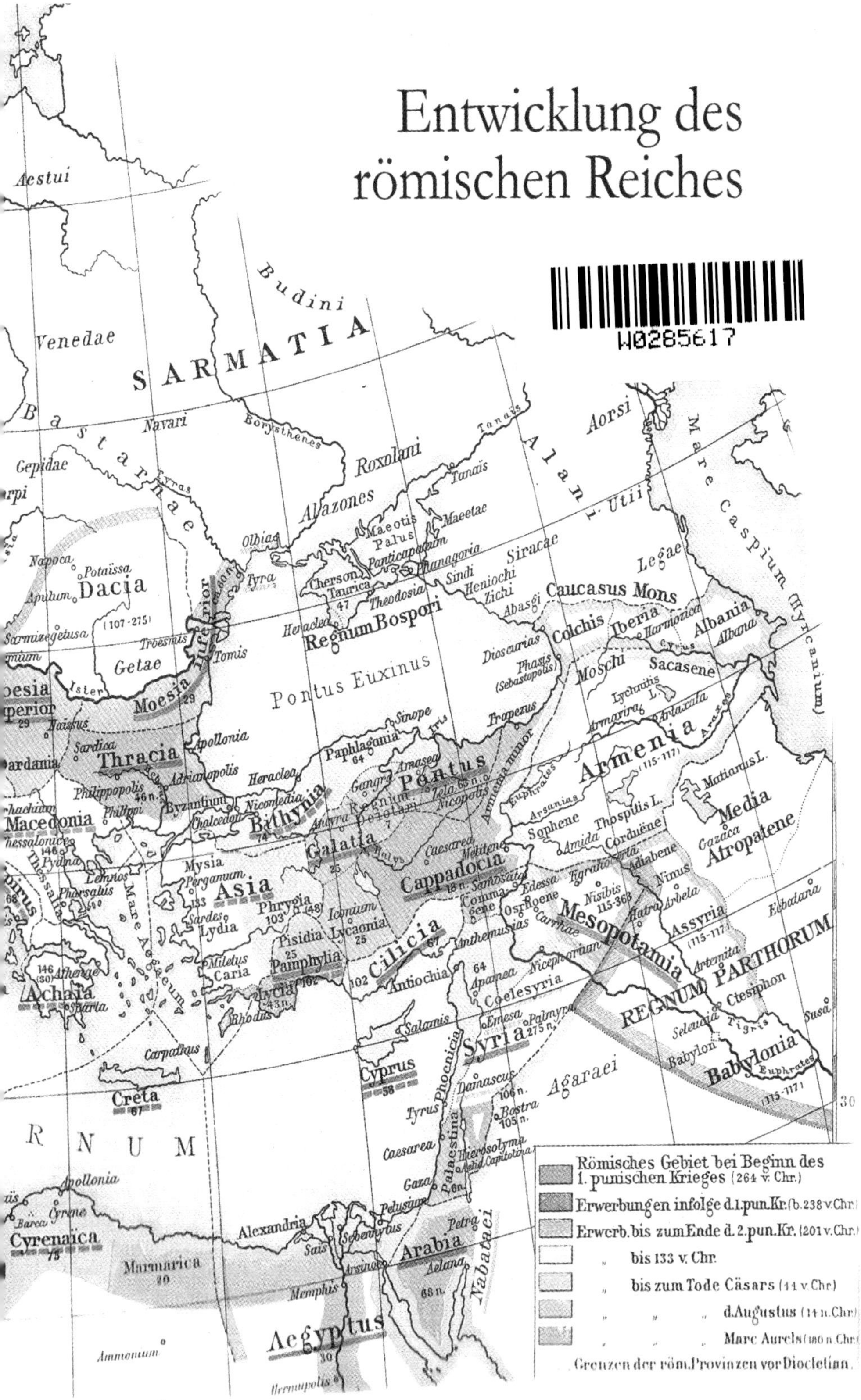

„Dem Historiker vergönnt ist,
was ihr Schicksal den Göttern
selbst verweigert ---
einmal Geschehenes nachträglich
zu verändern ...“

Friedrich W. Nietzsche

DIETER WALZ

Leipziger vom Jahrgang 1941, bekennender militanter Sachse; Dr. phil., Dipl. rer. cult.; studierter Bibliothekar und Kulturwissenschaftler; Militärhistoriker und Landeskundler; ehemaliger Museumsdirektor in sächsischer Provinz sowie Wissenschaftlicher Mitarbeiter an Leipziger Universität. Anschließend freier Schriftsteller mit kulturhistorischem Themenkreis.

Dieter Walz

ALS ICH NOCH DER PONTIUS PILATUS WAR

Ein Wiedergänger schreibt Geschichte

Engelsdorfer Verlag
Leipzig
2012

Herzlichst von
Dieter Walz

Bibliografische Information durch die Deutsche Nationalbibliothek: Die Deutsche Nationalbibliothek verzeichnet diese Publikation in der Deutschen Nationalbibliografie; detaillierte bibliografische Daten sind im Internet über http://www.dnb.de abrufbar.

Das Werk ist nach althergebrachter Art und Weise als Manuskript mit der Hand, doch über den Kopf gesteuert und aus dem Herzen heraus geschrieben; ganz so, wie es sich für ein Historienbuch gehört.

ISBN 978-3-86268-849-4

Hergestellt in Leipzig, Germany (EU)
www.engelsdorfer-verlag.de

16,00 Euro (D)

Anfang der 60er Jahre des vorigen Jahrhunderts wurde bei archäologischen Grabungen ein sensationelles Inschriftenfragment, den Pontius Pilatus betreffend, gefunden. Der in steinernem Gebäudesockel des römischen Theaters der Statthalterresidenz Caesarea maritima verbaute Steinblock (vermutlich vom Prätorium der Stadt herstammend) trägt den, leider nur noch in Teilen erhaltenen, Namenszug von Pilatus sowie Bruchstücke eines Weihe- bzw. Widmungstextes für den Kaiser Tiberius. Hier übernommener Versuch einer vollständigen Rekonstruktion des Ganzen:

*(INCOLI)***S TIBERIEVM** *(PONTI)***VS PILATVS**
*(PRAEFECT)***VS IVD** *(AEAE)*

Inschrift ist im damaligen Amtslatein gehalten; der 82 cm lange, 68 cm breite, 20 cm dicke Stein aus den nahegelegenen Brüchen von Kabbara dürfte die Pforte des römischen Verwaltungs- und Statthaltersitzes geziert haben …

Das hellenistisch-seleukidisch geprägte Land Syrien wurde unter dem römischen Eroberer und Konsul Pompeius im Jahre 64 v. Zt. eine strategisch wie auch wirtschaftlich wichtige Grenzprovinz des römischen Weltimperiums; damalige syrische Hauptstadt war Antiochia – und regiert wurde hier von außerordentlich bevollmächtigten Statthaltern Roms, welche seit Herrschaftsantritt vom Princeps, späterem Kaiser Augustus, jene imperatorische Großprovinz mit Legatenstatus verwalteten. Und zwar als „legatis Augusti pro praetore“. Diese waren dann auch direkte wie übergeordnete Amtsvorgesetzte der von jeweilig wechselnden Romkaisern ebenfalls persönlich ernannten Oberbeamten (als Präfekten/Prokuratoren in Doppelfunktion sowohl Militär- und Zivilgouverneure) u. a. in den quasi Unterprovinzen Judäa-Samaria. Die setzten gelegentlich, in Stellvertretung des Legaten, für die Stadt Jerusalem wie auch den dortigen Tempel die führenden Hohepriester und Theokraten ein – bzw. ab und ließen sich recht ordentliche Schmiergelder für solcherart kleine Gefälligkeiten auszahlen …

Erster Römischer Kaiser im 1. Jahrhundert unserer Zeit

AUGUSTUS (31 vor – 14 u. Zt.)
Auf seinen Befehl hin wird Syrien im Jahre 27 vor Zt. kaiserliche Provinz im Römerreich. Nachdem Idumäerfürst Herodes (der Große) von römischen Eroberern Jerusalems (63 vor Zt.) als König der Juden anerkannt ist (40 vor Zt.), wird nach seinem Tod im Jahr 4 vor Zt. eine Landesteilung unter seine Söhne vorgenommen; aber Judäa/Samaria als römische Provinz von einem Statthalter in Cäsarea verwaltet …

Legaten und (Ober-)Präfekten der Großprovinz Syrien

Gaius Sentius SATURNIUS (9 vor Zt.)

Nach kurzer Statthalterschaft in Nordafrika residiert in Syrien der gefürchtete Publius Quinctilius VARUS (geb. um 46 vor Zt.; gest. 9 u. Zt.) von 6 vor Zt. bis ca. 4 u. Zt.: Grabesruhe!

Lucius Volusius SATURNIUS (4 u. Zt.)

QUIRINIUS Publius Sulpicius (6 u. Zt.)

Kurzzeitig wechselnde Stellvertretungen im Amt

Lucius VITELLIUS (ab 35 u. Zt.)

Herodes AGRIPPA I.
(als Enkel von Herodes dem Großen 38 u. Zt. mit Königstitel von Roms Gnaden, und Herrscher seit 41 in Judäa und Samaria; nach seinem Tode 44 u. Zt. dann wieder Römische Prokuratoren im Reichsdienst)

Präfekten/Prokuratoren
von Judäa und Samaria

ein gewisser COPONIUS (6 – 9 u. Zt.)
als erster Präfekt Judäas

Marcus AMBIVIUS

Annius RUFUS (12 – 15 u. Zt.)

Valerius GRATUS (15 – 26 u. Zt.)

Pontius PILATUS (26 – 36 u. Zt.)

Vorläufige Amtsverweserschaft der Präfektur nach
Suspendierung des Pilatus; Marullus ab 37 u. Zt.

Hohepriester des Tempels in Jerusalem

Simon ben Boethos (9 vor Zt.)

Joeser ben Boethos (4 vor Zt.)

Hannas ben Seht (6-16 u. Zt.)

Eleasar ben Hannas (16/17 u. Zt.)

Joseph ben Kaiaphas (Schwiegersohn des Hannas ben Seht)
(18 – 36 u. Zt.)

Jonathan ben Hannas (etwa 36 – 37 u. Zt.)

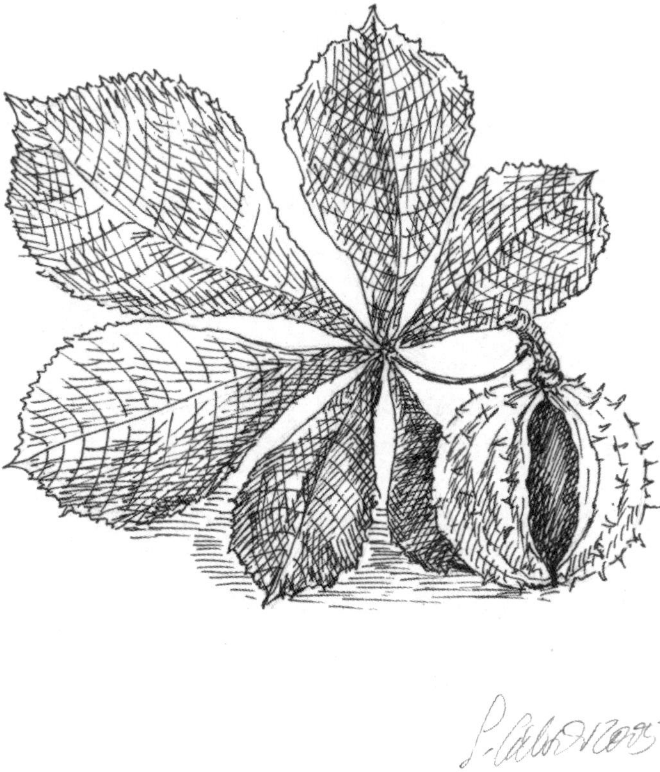

Kurzgefaßte Auflistung zur Regierungszeit Römischer Kaiser während des ersten Jahrhunderts unserer Zeitrechnung:

- Augustus Gaius (Julius Caesar) Oktavianus; Princeps und als Imperator Caesar AUGUSTUS erster Römischer Kaiser: von 27 v. Zt. bis 14 u. Zt.

- Stiefsohn TIBERIUS Claudius Nero Caesar, Kaiser vom Jahre 14 bis ins Jahr 37 hinein

- Gaius CALIGULA als Gaius Julius Caesar Germanicus; Kaiser vom Jahre 37 bis ins Jahr 41 hinein (Meuchelmord)

- Tiberius CLAUDIUS Caesar Drusus Germanicus; Kaiser vom Jahre 41 bis ins Jahr 54 hinein (Meuchelmord)

- NERO Claudius Caesar Drusus Germanicus (eigentlich aber Lucius Domitius Ahenobarbus – denn im Jahr 50 hatte Kaiser Claudius ihn, als Sohn aus früherer Ehe seiner letzten Frau und Nichte, der jüngeren Agrippina, auf deren Drängen hin adoptiert); Kaiser vom Jahre 54 bis ins Jahr 68 hinein (aufgenötigte Selbsttötung)

Servius Sulpicius GALBA; Kaiser vom 8. Juni 68 bis zum 15. Januar 69 (Meuchelmord)

- Marcus Salvius OTHO; Kaiser vom 15. Januar 69 bis zum 16. April 69 (aufgenötigte Selbsttötung)

- Aulus VITELLIUS; Kaiser vom 19. April bis zum 20. Dezember 69 (Meuchelmord)

- Anschließend gelangte die flavische Dynastie zu Kaiserehren; diese regierten das Römische Imperium dann quasi 70 bis in den Herbst 96 unserer Zeit hinein und dominierten so das letzte Viertel des 1. Jahrhunderts als folgende:

- Titus Flavius VESPASIANUS, als Kaiser VESPASIAN vom 22. Dezember 69 bis zum 23. Juni 79

- Älterer Sohn TITUS Flavius Vespasianus; Kaiser vom 23. Juni 79 (und nur) bis zum 13. September 81

- Jüngerer Sohn DOMITIAN Titus Flavius; Kaiser vom 13. September 81 bis zum 18. September 96; mit diesem endet quasi das neutestamentliche Zeitalter im Weiteren (auch er wurde ermordet) (1)

AUTORENVORWORT

„Tempora mutantur – nos et mutantur in illis“
Der wohlklingende Spruch DIE ZEITEN ÄNDERN SICH; UND WIR UNS MIT IHNEN ist nicht generell bzw. in jedermanns Fall stimmig (wie vorliegendes Buch belegt):
Im Neuen Testament der **BIBEL**, Heiliger Schrift der Christenheit, steht – getrennt aufgezeichnet in den Geschichtsbüchern jener vier Evangelisten Matthäus, Markus, Lukas und Johannes – neben ungezählten anderen Namen auch der des seinerzeit hohen römischen Verwaltungsbeamten PONTIUS PILATUS. Als Präfekt und Prokurator (Militärbefehlshaber und Statthalter; in der Lutherschen, für uns Heutige allgemeinverbindlichen, Bibelübersetzung auch mit altdeutscher Titulatur Landpfleger benamt) der Unterprovinzen Judäa und Samaria in der Großprovinz Syrien des römischen Kaiserimperiums. Aber sein Name taucht eben nur blitzartig wie donnergrollend auf an einer gewissen Textstelle. Nämlich bezugnehmend auf Gefangennahme, Prozeß, Verurteilung und schimpflichen Kreuzestod eines intellektuellen Aufrührers und politisch-religiös-sozialanarchischen Unruhestifters: Jesus von Nazareth aus Galiläa. Und zwar unmittelbar vor dem jüdischen großen Pessach (Passah) Wallfahrtsfest in der Stadt Jerusalem am 14. und / oder 15. Nisan altjüdischer Datierung (also Gründonnerstag bis Karfreitag heutiger Karwoche; und somit ins spätere Osterfest der Christen integriert), vermutlich des Jahres 31 u. Zt. Danach aber verschwindet der Römer Pilatus weitgehendst aus der Bibelhistorie. Und auch in den gefälschten sogenannten Pilatus-Akten finden sich kaum noch einigermaßen glaubhaft verwertbare Hinweise auf dessen immerhin zehnjährige verantwortungsvolle Tätigkeit (*von 26 bis 36 u. Zt.*) in jener unruhigen Weltenecke Palästina. Bekannt wurde noch, daß er nach einer Massivbeschwerde führender Judenkreise wegen seiner harten, unnachgiebigen Haltung ihrer Theokratie gegenüber sowie diver-

ser Korruption, beim römischen Legaten und quasi Oberstatthalter Vitellius in Syrien, von jenem abberufen und samt Beschwerde vor den Kaiser nach Rom zurückbeordert wurde. Danach verlieren sich seine Spuren rasch; nach einigen soll Pilatus im Jahre 39 aus Beschämung und Gram über seinen diesbezüglichen juristischen Fehltritt dem Jesus gegenüber, kurzerhand Selbstmord begangen haben. Was meines Erachtens Quatsch und reine Erfindung ist und lediglich einem selbstgefälligen frühchristlichen Weltverständnis entsprechend fabuliert war. Denn was sollte diesem seine eigenen, vielgestaltigen Götter anbetenden hochgebildeten Römer, schon jener ihm wohl dubios erscheinende und fremdbleibende, unsichtbar wie ungestaltige Eingott nebst vorgeblichem Gottessohn? Nach anderen aber hätte ihn der damals kurzzeitig regierende Kaiserscheußling Caligula in tiefste gallische Provinz an der südlichen Rhone verbannt – etwa gleichzeitig mit einem der späteren Sprösslinge des jüdischen Vizekönigs und Statthalters von Galiläa usw., Herodes … Ich jedoch glaube, nach jahrelangen gründlichen Studien, eine andere Lebensspur des Vielgescholtenen entdeckt zu haben, der ich eifrigzähe nachging. Ebenfalls seinem interessanten militanten Vorleben bis zur Prokuratur – und in Kurzfassung auch seinem Nachleben. Was alles bislang völlig im Geschichtsdunkel unterging. Immerhin dürfte Pilatus unter insgesamt elf römischen Kaisern gelebt und gedient haben und soll über neunzig Jahre alt geworden sein. Von vorne also beginnend, führe ich den Handlungsstrang seines irdischen Daseins bis zum Ende weiter fort – wobei ich ehrlich zugebe, daß so manches hierbei selbst für mich einigermaßen unscharf blieb wie auch sicherlich spekulativ bleiben muß!

Warum aber gerade ich; Jetzt und Hier? Von Fremden und Freunden sowie manchen eifriggründlichen Lesern meiner inzwischen doch recht zahlreich gewordenen Bücher zumeist kultur- und militärhistorischer Art, bin ich seit längerem und stetig drängender getrieben (sowohl mündlich direkt als auch in Schriftform oder anonym telefonisch) und aufs Thema P. P. förmlich hingestoßen worden. Nämlich in meiner ganz eigenen Walz'schen Diktion etwas entsprechendes einmal zu schreiben – ehe ich aufgrund zunehmenden Alters solches nicht mehr zuwege bringen würde. Und einige meinten das ganz im Sinne der in früheren Jahrhunderten u. a. auch von der altmeisterlichen Dichterexzellenz, dem Geheimrat und Minister und Großschriftsteller Herrn von Goethe aus einem ernestinischen Sachsen-Weimarer Fürstentum akzeptierten wie praktizierten „Lehre von der echten Physiognomik" des Schweizer Philosophen, Theologen und Naturschriftstellers Johann Kaspar Lavater (*Zürich 1741 – 1801*). Jener hatte den schon weit früheren Gedanken der „alten Antiken" aufgegriffen: „Es ist der Geist, der sich den Körper baut" – und vorzugsweise auf die menschliche Kopfform beschränkt. Danach weise ich als Schriftsteller und Historiker D. W. halt eben einen geradezu klassischen Römerkopf auf; und wahrlich kein anderer als ich sei schlussendlich ein typischer Wiedergänger und nachgeborener Pontius Pilatus!! Na ja, nach solcherart andauernder Intensivbeeinflussung glaube ich dieses langsam auch selber. Zumal mich in letzter Zeit ständig Traumfiguren u. ä. nichtalltägliche Phänomene nächtens heftigst heimsuchen, sowie mir tagsüber ebenfalls literarisch-historisches Quellenmaterial zum Benamten entweder postalisch auf den Schreibtisch (höherenorts ferngesteuert?) wehte bzw. als Bücher usw. des verflossenen Halbjahrhunderts mir plötzlich wieder (gezielt und von wem so gewollt?) aus den hintersten Reihen meiner Regale in die Hände geraten. Und außerdem scheint es tatsächlich eine Menge von Werken verschiedener Coleur über diesen P. P. im In- und Auslande zu geben, welche teilweise sogar noch im Buchhandel erhältlich sind ... Kurz und gut, nachdem dieses vorher nie mein eigentliches Generalthema war, habe ich mich von alledem irgendwie breitklopfen lassen und frisch-fröhlich-frei (fromm allerdings nicht unbedingt) ans Werk gemacht, vorliegendes Buch der Historie und Histörchen zu schreiben. Wobei der altgediente Sachbuchautor deutlich genug durchscheint. Stilistisch arbeite ich auf zwei Ebenen: einmal in der Ich-Form und andere Male in der Er-Form; stets aber als **der** Pontius Pilatus. Dabei immer den konkreten, jeweiligen politisch-sozialen wie auch historisch-militärischen und ein bißchen auch den landeskundlichen Hintergrund grob abdeckend. Leider konnte ich keine echten Bilder vom P. P. beibringen; solche gibt's definitiv offenbar überhaupt nicht: weder auf zeitgenössischen Münzen oder Stelen und dergleichen ist meines Wissens sein Konterfrei abgebildet. Und mein großer Prachtgrabstein, ein massiv urtümlicher Findling, mich in voller Montur als römischen Kriegstribun figürlich-plastisch herausgearbeitet zeigend, ist in vergangenen Jahrtausenden leider spurlos verschollen; in den Boden eingesunken, die ganze Grabstelle überwuchert und verwildert. Immerhin wußten hiesige Landeseinwohner noch bis vor wenigen Jahrzehnten um das sagenhafte Pilatusgrab, führten gerne gegen einen kleinen Obolus zufällige Fremdbesucher an jenen Ort. So ganz geht eben doch keiner; und manche kommen dermaleinst sogar wieder! Wie ich dies ja auch seinerzeit mit dicker Vergoldung in Großbuchstaben und düster-skurrilem Anflug von Humor sowie vermutlich unbestimmter Vorahnung auf Künftiges in festen Hartstein meißeln ließ. Also kurz gesagt: Alle späteren vielgestaltigen Bilddokumente, wo – wie und in welchem Zustand diese immer mal wieder auftauchen, sind reine Phantasiegebilde (abgesehen vom bruchstückhaft erhalten gebliebenen Pilatusnamen auf beschädigtem, vielfotografierten , inzwischen weltberühmten Gebäudesockelstein aus dem alten Caesarea maritim). Betrachten Sie bitte meinen ausdrucksvoll-markanten Künstlerkopf auf Römertorso; und Sie sehen letztlich jenen legendären P. P. als höheren römischen Beamten und Militär vor sich, von städtischem Patriziat und Ritterstand abstammend und im Staatsdienst

ergraut … Was wollen Sie noch mehr! Vielleicht die wirkliche Pilatusstory kennenlernen?
Ich fasse nunmehr nochmals knapp zusammen: „Was und wo ist Wahrheit?“ Selbiges fragte skeptisch stoizistisch wie maliziös lächelnd schon vor knapp 2000 Jahren ein gewisser PONTIUS PILATUS einen gewissen JEHOSHUA BEN JOSEPH in einer gewissen Stadt JERSCHALAIM einer fernen Wetterecke des altrömischen Imperiums. Jedoch bekam dieser Römer, als Präfekt/Prokurator oberster kaiserlicher Beamter wie Militär in syrischer Unterprovinz Judäa-Samaria, vom peinlich befragten und also gefolterten Delinquenten nicht, von anderer Seite gleich gar nicht (nämlich der jenen intellektuellen Aufrührer zutiefst hassenden, auf Todesstrafe verklagenden, jüdischen Tempeloberen und Theokraten) irgendwie befriedigende Antwort. Was sollte dem machtbewußten, machtvertretenden Richter schon des Jehoshua stete Selbstbezichtigung, er sei der Juden König – sein Reich aber nicht von dieser Welt? Sodaß nach mehreren mißlungenen Anläufen, die Streitparteien sowie eine, von ihren Führern offenkundig gegen den eher unscheinbaren Angeklagten massiv aufgeputschte, Volksmasse zu schiedlicher Einigung (in ihren verwickelten Glaubensfragen um einen erwarteten Messias) zu bewegen, der Pilatus nicht mehr umhin kam, diesen ihm eigentlich sympathischen Nazarener zum endlich leidensvollen Märtyrertod am Kreuze abzuurteilen. Sichtbar unwillig und gegen innere Überzeugung – aber ob staatlichen Machtkalküls, von den Judenoberen gedrängt und schließlich auch wegen wohl drohender Gefährdung eigener Karriere, schien ihm solches opportun. Was ihm schlußendlich keineswegs zu Ruhm und Ehre vor der Nachwelt gereichte, und ein nichtwiedergutzumachender Fehler gewesen ist. Bekanntlich ist jene ganze Geschichte samt Vorlauf (mit allerdings größeren Lücken in Jehoshuas persönlicher Biografie), nebst ihrer enormen religiösen Nachwirkung von den bekannten vier Evangelisten späterhin vielsprachig in alle Welt

verbreitet worden. Der gesamten Christenheit als NEUES TESTAMENT ihrer BIBEL verfügbar. Was aber wissen wir Heutigen noch vom Pilatus? Herzlich wenig: Wer war dieser und wo kam er her? Was trieb ihn um und warum ging er später wohin? Wann, wie, wo ist er dann schließlich abgeblieben? Scheinbar vom unablässig kreiselnden Zeitenrad überrollt sowie generell als Unperson der Geschichte abqualifiziert worden. Darum ist der Autor auf historische Spurensuche gegangen und hat nach Intensivrecherchen wahrlich Sensationelles herausgefunden. Die Weltgeschichte insgesamt – oder wenigstens die BIBEL – müßten einmal mehr wieder, zumindest marginal, umgeschrieben werden …
In diesem Sinne einen freundlich-nachdenklichen Autorengruß an alle meine hierzulande und anderwärts langjährig treuen wie aufgeschlossenen Leser aus viel zu rasch verflossenen letzten zwei Jahrzehnten.
Aber halt – Kommando zurück: Ich muß noch etwas Wichtiges vermelden. Gab ich doch, heute eher unüblich, diesem Historienbuch ein relativ ausführliches Sachregister samt literarischem Quellenverzeichnis bzw. Anmerkungsteil mit auf den Weg (nach fortlaufenden Zahlennotierungen im Zeilenfließtext), für allgemein besseres Verständnis des hier Geschriebenen. Weil: wie es anno dunnemals wirklich gewesen ist, oder es sein könnte – und wer alles mit als früher handelnde Personen zugange waren – davon haben wir Spätlinge (mit Ausnahme weniger Althistoriker des aussterbenden Bildungsbürgertums) so gut bzw. schlecht wie überhaupt keine echte Ahnung; selbige jedoch in Größenordnungen. Und jetzt endlich: „Lied durch – ein Neues!“

Leipzig/Sachsen
Spätherbst des Jahres 2011
unserer Zeitrechnung
(sowie als P. P. röm. II)

Dr. phil., Dipl. rer. cult.
Dieter WALZ
Historiker & Schriftsteller

Wenn unser einstmals jugendlicher Sturm und Drang verflogen und die Mannesjahre in Dekaden harter, kräftezehrender Lebensarbeit vorübergerauscht sind, macht sich trotz aller zeitweiligen Erfolge und Freuden doch stetig zunehmende Altersmüdigkeit störend wie unerwartet bemerkbar. Mit diversen Schwächen und Schwerfälligkeiten, Krankheiten und öfteren Lustlosigkeiten den früheren Elan sichtlich ausbremsend. Die Kämpen sehnen sich allmählich nach etwas Ruhe und Schonung. Selbst der ehedem furchtlose Streiter möchte an stillen Herbstabenden neben alten Bäumen oder hinter schattigen Hecken sitzen und gedankenverloren die rotverglühende Sonne unter dämmerig leuchtenden Saumwolken wegsinken sehen. Dabei keine größeren Lebenspläne mehr schmieden. Ist doch längst alles gesagt und getan (zumindest wohl vieles von dem, was man einstens zu sagen bzw. zu tun gedachte). Gar manches ward inzwischen allerdings mehr oder minder unwichtig und irgendwie wesenlos. Nur eines bleibt uns dann noch übrig: einmal wieder schön verklärt, manchmal aber auch schmerzhaft bedauernd, vor dem inneren Auge vorüberziehend: die buntgemischte Erinnerung an Durchlebtes wie Gehabtes – mit der Kraft frisch-froher Männlichkeit in Jugend und reiferem Alter erstritten und/ oder durchlitten. Jetzt allerdings in der Rückschau wohl öfters sehr anders gewertet als in früheren Zeiten. Wo eigentlich alles und jedes so riesengroß und bedeutsam gewesen ist, das einem heute nun bläßlich und recht ferne vorkommt. Jedoch blieb von jenem derben Gedränge und Gewese, aller Hektik und Panik, immerhin Einiges, was man liebend gerne – eben, weil's schon wieder sachte in ein graunebelverhüllendes Ungefähr zu schwinden droht – für sich selbst, wie auch für künftige Zeiten mit späteren Menschen, festhalten möchte und als persönliche Erinnerung aufschreiben müßte. Wer solches aus vielerlei akzeptablen Gründen nicht mehr kann oder will, dem wäre zu raten, es so zu halten wie die alten Soldaten vor wichtigen Gefechten und großen Entscheidungsschlachten „*Die letzte Nacht – wird verwacht – bis es kracht!*“ Dabei auch das persönliche Langzeitgedächtnis aktivieren und mobilisieren, um festhaltenswerte Lebenserinnerungen lose ungesteuert, ungezügelt, unzensiert – ja gleichsam abschiednehmend dahinfließenlassen. Jene wirklich allerletzte Lebensnacht vor möglichem, oftmals unvermeidlichem Schlachtentod, sie sollte total befreit sein von bislang drückenden Kompromissen wie scheinbar unverzichtbaren Konventionen aller Art. Und jegliche Gedankensprünge dürften endlich einmal in loser Folge ehrlich-kritisch (vorzüglich gegen sich selbst) abgespult werden können … Selbiges trifft natürlich vollinhaltlich ebenfalls zu für derlei gespürte oder gewußte Letzte Nacht ziviler, nichtsoldatischer Menschen vor dem endlichen Schlußakkord unabwendbaren Todes. Gegen dessen Majestät wir allesamt doch letztlich unsere ehrerbietige Verneigung einmal machen müssen; gleich, wer wir sind und waren, oder einstmals sein wollten.

„Uff, ja – das wär's dann wohl, fast jedenfalls!“ Mit kurzem Seitenblick zur wertvoll seltenen Sanduhr aus Bergkristall auf dem klobigen Holztisch, vergewisserte ich mich: da ist noch Sand in der Uhr und dürfte für die langen Stunden meiner letzten Nacht ausreichen: samt ihren – meinem erstaunlich hellwach schweifenden Gedankenflug sich förmlich aufdrängenden, Bildern und Geschichten von früher her, über gestern und ins heute hinein. Ächzend lehne ich mich bequemer in den großen Holzstuhl zurück; ausgepolstert mit allerlei Stützkissen und in dicke Wärmedecke eingekuschelt. Ich friere jetzt andauernd, ist wohl keine Blutwärme mehr vorhanden. Die wenigen kleinen Fenster waren nach draußen mit dicken Holzläden fest, aber eben leider nicht zugdicht, verschlossen. Trotz mehrerer übereinandergezogenen Tuniken zur ritterlichen Toga und des vom sorglichen Danilo mir noch extra aufgezwungenen derben Reiterumhanges aus früheren

Legionstagen, kriecht die eklig klebende Kühle des Nebelmonats November von den Fußbodensteinplatten durch die Sandalen nach oben in den ganzen Körper, diesen frostschauernd richtig durchschüttelnd. Mist, wenn man alt wird; aber tröstlich die Gewissheit, daß nunmehr bald Schluß ist. Im düsteren Flackerlicht der beiden an den Türpfosten in Eisenhalterungen räuchernd blakenden Fackeln sowie der tropfenden Talgkerze im Laternenglase auf dem Tisch, konnte ich gerade noch meine am schlichten Holzgestell baumelnden persönlichen Uniformstücke, Waffen, Helm und Körperschutz des hohen Truppenoffiziers von ehedem erblicken (auch die schwachen Augen wollten nicht mehr so recht), der ich in jungfrischer Zeit mal gewesen – und der ich auf meinem bevorstehenden langen Marsch in die Ewigkeit gerne wieder sein wollte. Sofern mir dieses vom Schutzgott IANUS und den anderen Göttern freundwilligst vergönnt würde. Mit kräftigen Schlucken vom hiesigen, durchaus trinkbaren Roten aus meinem preßvergoldet kostbaren Glaspokal (im fernen Syrerland vor einem Menschenalter von mir erstanden, dort in der berühmten Glasbläserstadt Sidon mit künstlerisch anspruchsvollen kleinen Reliefmedaillons verziert) trinke ich dem doppelgesichtigen Tempelgott respektvoll zu und glaubte im wändewandernden Lichtschatten sogar sein vergnügtes mir zublinzeln mit einem bedeutungsvoll verkniffften Auge erkennen zu wollen. Über den Tisch schauend und sozusagen endgültige Abschlußinventur meiner letzten verbliebenen „Reichtümer" machend, sah ich neben Schriftrolle mit genauester Vorgabe für meine anstehende Grablegung noch meinen abgezogenen, goldprotzig ritterschaftlichen Wappenring blinken. Der, da ich ohne Nachkommen abgehe, eigentlich zurück in den römischen Staatsschatz gehörte. Jedoch Rom ist weit und seine Schätze werden von den jeweiligen Herrschenden nur zu schnell vergeudet. Sollte ihn nehmen, wer mochte – auch als Entgelt für Kostenaufwand meiner folgenden Feuerbestattung nebst Grabpflege. Doch war da noch der eine große Silberling des Verräters von anno dunnemals, welchen ich seit jener Zeit stets als Erinnerung mit mir herumschleppte; den sollten sie mit in meine Asche obenauf legen. Wofür kostensparend dann meine leere letzte Weinamphore genutzt werden konnte. Sauerei das – ein Pontius Pilatus muß hart knappsen und sparen! Dieses wahrlich deprimierende Er – lebnis eines Lang – lebigen gedachte selbiger nun also lebensabkürzend nicht länger zu über – leben. Deshalb lag ganz vorne auf dem Tische jenes kleine, doch wahrlich kostbare Tütchen mit dem weißen Pulver für alsbaldigen, schnellen, schmerzlosen Erlösungstod im noch fernen Morgengrauen, mit letztem Schlückchen Wein aufgelöst und „Salve!" Weil „ Beati possidentes." Aber eben auch „Beatus ille, qui procul negotiis." Aufschnupfend und weintrinkend erwartete ich jetzt die gebeten wie ungebeten in mich eindrängende Endlosreihe der Bilder und Gedanken, die Erinnerungen und Geschichten in dieser meiner letzten Lebensnacht. Ihr sollt mir willkommen sein allesamt; auch unwillkommene Unschönheiten gehören natürlich dazu. Wie war das denn so alles gewesen, damals und später. Und wie hats eigentlich seinerzeit richtig angefangen, mit einem gewissen PONTIUS PILATUS?

Als ich den altersgrauen Fremden mit langen, raumgreifenden Schritten auf mich her losschreiten sah, da wußte ich mit einem Male, daß ich jetzt an einer entscheidenden Ecke bisherigen Lebens mich befand. Groß und hager stand er dann vor mir, freundlich ernsten Blickes mich voll und ganz erfassend, ja einhüllend. Zwar wußte ich bislang nicht, wer dieser war und was eigentlich er von mir wollte – doch ist jener mir nicht fremd gewesen. Hatte er doch in so manchem nächtlichen wie auch Tagestraum sich mir vertraulich herablassend, aber immer recht distanziert dominant, zugesellt. Und ich vermutete, daß er nur deshalb ab und an zu unserer Familie kam, um nach mir zu schauen sowie den Kontakt aufrechtzuerhalten. So hielten wir auch jetzt eine stumme Zwiesprache. Denn was meinem an mir Ungeratenem arg verzweifelten leiblichen Erzeuger mit aller sehr strengen Wortfülle sowie väterlich strafender wie prügelnder Hand so überhaupt nicht gelingen wollte – das gelang diesem Grauen Gast (wie er in sagenhafter Überlieferung unserer Familie ängstlich raunend, staunend benamt wurde; und wie er sich wohl nur bestimmten männlichen Spezies der Pontier zeigte und diese gutnachbarlich seit undenkbaren Vorzeiten begleitete in wie durch ihr Leben) mit straffer Leichtigkeit. Weil allein durch seine stets wie nebelumschattende zeitweilig sehr nahe Gegenwart jener durch karge Gebärdensprache und stummen Gedankenaustausch mein heftig haltsuchendes Herz mühelos erreichte (2), und er mir bereits seit frühen Kindertagen ein sorglicher, treuer Begleiter war. Mir auch das sichere Gefühl gab, dieses bis ans hoffentlich ferne Ende meiner Lebenstage sein zu wollen. Vorzüglich aber die Gabe hatte, meinen zuweilen ungesteuert aufbegehrenden und in Jugendjahren brausend gärigen Rebellengeist sachte in rechte Bahnen zu lenken. Winkte mir abschiednehmend jetzt zu – denn schon tobte mit Brachialgewalt das eifernd-geifernde Familienoberhaupt; mitten durch den sich jetzt, für meinen Erzeuger unsichtbaren und schleunigst als Nebelfetzenphantom im Küstenwinde, auflösenden Grauen heranstampfend. „Höre, ich habe mit dir zu reden und es überhaupt satt bis hier oben mit deinem Getue!" Dieses sprach der geplagte Vater und pater severus zu meiner strafenhalber vor ihn zitierten Wenigkeit. Spielte dann atemlos die inzwischen übliche Litanei ab; worin zum wiederholten Male ein förmlich herausgebelltes „disciplina severa" aufblitzte. Welche strenge Disziplin uns Römer ja erst großgemacht – und bereits seinen ehrsamen Vater in die Reihen hochangesehener römischer Ritterschaft geführt habe, usw. usf. Na ja, so meine unhörbare Replik, es werden dabei wohl sicherlich die dafür geforderten 400 000 Sesterzen Privatvermögen (eine gewiß recht stattliche Summe Geldes) kräftig mitgeholfen haben. Welche einstmals die reiche Grundbesitzer- und Fernhändlerfamilie der Pontier aus der fernen Provinz vordem mit Anbau wie Verkauf von Eßkastanien und Weinen mühevoll verdient und schlußendlich mit nach Rom brachten. Und während er seinen Sermon herauswürgte, ich meinen eher abwesenden Blick von der Dachterasse unseres kleinen Gutshauses an der Mündung des Flüßchens Aterno, weit über den Hafenort Aternum und in seeblaue Fernen des legendenträchtigen Mare adriaticum, schweifen ließ – machte er mir, Tunichtgut und Zeitverschwenderer aus Überzeugung, folgendes kräftig klar: „Halte einmal das vorlaute Maul und merke auf! Noch ehe wir zur alljährlichen Sommerlust hierherfuhren, uns auf dem Lande vom stickigheißen Romklima zu erholen, habe ich ein allerletztes Mal deine nicht unbeträchtlichen Verbindlichkeiten beglichen und meine ganze Reputation in die Waagschale geworfen, dich dort rauszupauken. Bist jetzt im achtzehnten Lebensjahre, nichts geworden und auch den von uns Eltern angestrebten cursum honoris versaubeutelt (*gemeint hier der vorgeschriebene höhere Bildungsweg für den Staatsdienst, mit sogenannter „Ochsentour“ durch alle in Frage kommenden Ämter und Ehrenstufen*). (3) Aber für einen großfressigen miles gloriosus und späterhin ruhmredigen Kriegsmann, falls du die teilweise blutschweren Jahre überlebst, wird’s wohl gerade eben noch reichen. Getreu unserem altrömischen Sprichwort „ultima spes miles“ hämmere ich dir jetzt eisern ins Hirn: Taugt einer zu gar nichts, reicht es doch immer noch zum Soldatendienst! Und darum bist du von mir zum künftigen Militäreinsatz in neuaufgestellter XIX. Grenzlegion im fernen Germania magna angemeldet worden; auch bereits als Adjutant eines hohen Stäblers dort und also im schon subalternen Offiziersgrad eines Zenturio (wie es uns Abkömmlingen aus Ritterfamilien vorbehalten ist) in die Musterrolle eingetragen. Vorbehaltlich erteiltem Gesundheitsattest, holst du in der Hauptstadt sofort nach, gehst du ab und ohne Widerrede nach dem stets umkämpften Germanien. Dort kommandiert als einer der römischen Feldherren am Flusse Rhenus der Präfekt Varus (der unserer Familie noch einiges Geld schuldet, erinnere ihn gelegentlich daran!). Mit dem nächsten Nachersatz und Materialtroß geht's bald dorthin ab; entsprechende Ausrüstung, Bewaffnung und ein für deinen Offiziersdienst vorgesehenes Reitpferd sowie einen Waffenträgersklaven werde ich dir noch besorgen. Und jetzt fort mit dir aus meinen Augen!" Angedeuteter Handkuß, ohne Dankbarkeit meinerseits, für den gestrengen pater familias – eine zärtliche Umarmung für die weinende gute Mutter und lässiges Händewinken zu den kichernd herumalbernden Mädels – dann war ich auch schon fort und mit anstehender Abreise in die Hauptstadt beschäftigt. Na ja, dann eben die Militärlaufbahn, warum auch nicht. Immerhin gleich Offizier! Irgendeine Erfahrung mit militärischen Dingen hatte ich bisher zwar noch keine, diese aber in Größenordnungen; bange machen gilt nicht – lassen wir die Sachen halt auf uns zulaufen. Wird schon alles werden, nur keine Hast und Hektik ...

Mit je einem Reit- und Packpferd, einem Offizierskarren samt Pferdepflegersklaven, meldete ich mich im späten Herbst dieses für mich entscheidenden Jahres (*8 u. Zt.*) beim Legionenkommandeur und Statthalter Publius Quinctilius Varus, überbrachte diesem gehorsamst die väterlichen Grüße (ohne allerdings auf Varus' Schulden einzugehen – Vorsicht ist die Mutter der Porzellankiste). Wurde nach längerem Vieraugengespräch akzeptiert. Wo der wahrlich alt und schwatzhaft gewordene Militärführer ungefragt so manch interessantes wie lehrreiches Detail aus seinem langen Befehlsleben zum Besten gab – was alles ich in meinem guten Gedächtnis speicherte und also insgeheim mitnotierte; der stellte mich anschließend seinen Stäblern vor. Insbesondere dem mir von Anfang an unsympathischen Lagerpräfekten der XIX. Legion, einem altgedienten Haudegen und hochgekommenen Schleimer aus dem Mannschaftsstande, der nunmehr den für ihn höchsterreichbaren Dienstgrad eines Primuspilus unter dem Legaten erreicht hatte, trotzdem weiterhin ergeben katzbuckelte und dummschwätzte. Also einer dieser böse als homo novus verspotteten Emporkömmlinge in Beamtenschaft und Militär. Erst heimlich, später ganz offen, waren wir beide uns in herzlicher Feinschaft zugetan – alldieweil ich Spottdrossel öfters mein loses Mundwerk nicht rechtzeitig halten konnte. Und vorzüglich dessen Primitivkommentare wie auch völlig unnötige, ja unverständliche Wiederholungen von Anordnungen, Befehlen, Weisungen usw. des Befehlshabers in Kommandeursbesprechungen (was alles zusammen mehr Verwirrung stiftete als zur sachlichen Klärung beitrug – von Varus aber erstaunlich gutmütig geduldet war) derbhämisch im Offizierskreise verspottete. Überraschend schnell von Varus zum Ersten Zenturio hochbefördert, wurde ich danach baldigst vom Lagerpräfekten weggelobt; und mußte also mein an sich sehr geschätztes Stabsplätzchen – regensicher, sturmgeschützt und gut durchwärmt im großen Präfektenzelt – vertauschen mit einem wetterungeschützten Dienstposten in nach Musterrolle mir zugeteilter XIX. Legion. Nämlich bei den stets aktiven wie in Bewegung gehaltenen Pionier- und Bautruppen dieser Einheit, in wie außerhalb des Garnisonsortes und bei jeglicher Witterung draußen im Freien. Nun gut, ich war ja noch jung und gut in Form; außerdem könnte ich solcherart (meinte der mir stets wohlwollend zugetane Varus; war er vielleicht gar dankbar für von mir nicht aufs Tapet gebrachte Schuldenfrage?) anstelle meiner flotten Zunge jetzt auch mal gelegentlich die schwere Holzaxt oder den Pontonhammer schwingen. Über jenen aber notierte ich mir gelegentlich eines durch fiebrige Erkältung herbeigeführten Lazarettaufenthaltes folgendes insgeheim (vielleicht, daß man das noch mal gebrauchen könnte); Karrierestufen im Kurzüberblick:

Publius Quinctilius VARUS müßte jetzt ein Endfünfziger sein und also im noch besten Mannesalter (geboren um 48 v. Zt. und gestorben /Selbsttötung/ in verlorener Germanenschlacht, Mitte September des Jahres 9 u. Zt.). Aus bester nobilitärer Familie stammend und cursum honoris erfolgreich absolvierend; u. a. Behördendienst als Quästor in Griechenland/Kleinasien (21 v. Zt.: als Anm. des Autors im Text, daß diese und ff. Angaben nach heutiger Zeitrechnung gehen!); in diplomatischer Mission bei den Parthern, wo es ihm gelang, kriegsverlorene römische Adler und Standarten zurückzuerhalten – das war 20 v. Zt.; späterhin, 16/15 v. Zt. zusammen mit erfolgreichem Feldherrn Tiberius im schweizerischen Alpenfeldzug; als Legat XIX. röm. Legion sogar kurzfristig erster Statthalter der dort neueroberten Provinz Raetica; danach im Jahre 14 v. Zt. zusammen mit Princeps Augustus im besetzten Gallien sowie nachfolgender Aufbau von Legionsstandorten wie Militärkolonien am Rheinflusse. In jenen Jahren stellten die Römer eine aktive, schlagkräftige Feldarmee von längerdienenden Berufssoldaten auf, insgesamt etwa 28 Legionen; im Jahre 13 v. Zt. fungierte Varus in einem römischen Doppelkonsulat mit Tiberius. Und in den Jahren 8/7 v. Zt. war er wiederum mit Tiberius im Germanenkrieg, und sie warfen die rebellierenden Völkerschaften und Stämme am Rhein und bis zur Elbe hin nieder: Ausbau sicherer römischen Provinz am Niederrhein. Die Jahre 7 und 6 v. Zt. fungierte der erfolgsgewohnte Militärführer in römischer Provinz Africa – mit einer Statthalterschaft belohnt – an der Spitze von 4 Legionen in Libyen, Tunesien usw. Die Jahre 6 bis 4 v. Zt. agierte Varus als Statthalter und Präfekt sowie Legionenkommandeur in großteils orientalisch geprägter Provinz Syria (inklusive phönizischer Mittelmeerküste, Landschaft Palästina mit Judäa usw., Oasenstadt Palmyra) sowie weiteren Gebieten mit ausgesprochener Mischbevölkerung und relativ geschlossenem jüdischen Kleinkönigreich des Herodes und seiner Sippe. Mit eiserner Faust unterdrückte der altgediente Soldat in blutigen Auseinandersetzungen einen plötzlich aufflammenden jüdisch-palästinensischen Krieg gegen die Römerbesatzer (so ließ Varus bspw. als Repressalie wegen hingemetzelter Römer, an einem einzigen Tag an die 2000 gefangengenommene Aufrührer kreuzigen) und schaffte Ruhe in den Landen, Friedhofsruhe! Über Folgejahre ist zum Varus aber kaum etwas bekannt geworden: in Jahren 1 bis 4 u. Zt. soll er sich in hohen Beamtenstellungen während aufbrechender allgemeiner Germanenunruhen (benamt als „immensum bellum“) wie üblich bestens bewährt haben, jedoch „nix genaues weiß man nicht“. Varus Schwester Quinctilia hatte, inzwischen verehelicht, ihren erstgeborenen Sohn ebenfalls zum Militär gehen lassen und Bruders besonderer Fürsorge anvertraut. Jener tat, was er konnte; und als Varus schließlich im Winter 6 auf 7 u. Zt. zum Statthalter, Präfekten und Kommandeur von 5 römimischen Legionen am Niederrhein berufen wurde – da ernannte er den jungen Neffen Lucius Nonius Asprenas zum Legaten und seinem Stellvertreter im Amte. Jener schlug im rheinischen Mogontiacum (Mainz) seine Zelte auf und befehligte dort 2 Legionen – indes Varus sich die übrigen 3 Legionen direkt unterstellte (nämlich die XVII., XVIII. und XIX.).

Immerhin erwähnte ich Geheimtagebuchführender Pontius Pilatus ausdrücklich jenes Amts- und Unterstellungsverhältnis zwischen Onkel und Neffen; wollte indirekt hier auf Protektionismus und/ oder Vetternwirtschaft auch im Militärwesen Roms verweisen! Schließlich konnte ich persönlich mich überhaupt nicht beschweren bei meiner Blitzkarriere bisher; und über Varus schon garnicht! Wenn da nur nicht jene diesen umschleimende Widerlingstype von Oberstabskriecher und Lagerpräfekt Ceionius gewesen wäre: dessen stetig vorgebrachte Missachtung jüngerer Offiziere in folgender Feststellung gipfelte: Diese jungen Grashüpfer und lotterigen Bettenbauer taugen allesamt nichts; sollen gefälligst erstmal dort hinriechen, wo wir Alten schon überall hingeschissen haben – und danach respektvoll anfragen, ob sie in strammer Haltung vorbeigehen dürften …“ Also dieser unmögliche Mensch war schon eine derbe Zumutung; leider mußte man ihn und manch anderen Langzeitdienenden irgendwie ertragen, ohne böse auszurasten. Und ich schwor mir, diesem seine unangebrachte Arroganz schon noch auszutreiben – am sichersten gelänge solches wohl nur im harten Kriegseinsatz. Man konnte gespannt sein wie eine Bogensehne, ob und wie jener sich dann bewähren würde …

Ich brauchte auch garnicht mehr so lange darauf zu warten! Gemeinsam mit den Lagerpräfekten der XVII. und XVIII. Legionen – altgedienten, ergrauten Haudegen im obersten Zenturionengrad – schritt ich, als Erster Zenturio, Kohortus und somit Vertreter meines Lagerpräfekten von der XIX., jenes speziellen „Freundes“ Ceionius, zum Stabstgebäude von Vetera.. Wo der sich als sozusagen Stabschef, und vom Varus soeben zum Generalquartiermeister auf Zeit (nämlich für bevorstehenden und als übliches Sommermanöver getarnten Feldzug) befördert, in der Principia umherwieselnd, geschäftig wichtigtuerisch spreizte. Während er vorne am Feldherrentische seinen Lieblingsplatz einnahm und verschiedenes Kartenmaterial ausbreitete, drängelte sich doch jemand von draußen noch herein und grob durch unsere, sich bewusst im Hintergrund platzierende Gruppe. Das war der eigentlich bei allen so ziemlich unbeliebte, weil undurchsichtige Arminius, erst kürzlich von Varus (der irgendwie einen Narren an ihm gefressen hatte; und auch vom dicken Ceionius wurde er folgerichtig hofiert) zum Präfekten im Generalsrang und Kommandeur aller Hilfstruppen verbündeter Germanenvölker hochbefördert. Uns herrisch zur Platzmache angrobsend, wollte er eiligst nach vorn. Ihn fest am ebenfalls brandneuen Purpurüberwurf höherer Stäbler packend und festhaltend, machte ich dem eitlen Emporkömmling jetzt lautstark wie unmißverständlich klar, daß er als Fremdvölkischer sich hier bescheiden, klein und häßlich hinten anzustellen habe – meine umstehenden Kameraden grinsten fröhlich, während er mich wutroten Gesichts anglotzte – und ich ihn ansonsten postwendend wieder hinausexpedieren würde. „Zurück zu deinen germanischen Halbaffen, welche allein dank unserer Römerhilfe so langsam zu vollwertigen Menschen werden sollen.“ Nunmehr lachten alle laut heraus; aber ich meinte, einen forschenden Blick vom ebenfalls eingetroffenen Feldherrn abbekommen zu haben und hielt mich zurück. Als sich Varus mit Arminius, aber ohne den beide umschleimenden Ceionius, zum Vieraugengespräch in einen Nachbarraum zurückzogen, erläuterte uns Letzterer – den Zeigestock über inzwischen aufgezogene Stabskarte führend, zunächst die allgemeine wie spezielle Einsatzlage: „Wie ihr alle wißt, toben unten im Süden und weiterhin im Osten die Kriegsfurien. Auch hier bei uns, auf rechter Uferseite vom großen Rhenusflusse, brennt und stinkt es ganz gewaltig. Seit wir Römer aus militärtaktisch-logistisch-organisatorischen und anderen Gründen unsere neueroberte Rheinprovinz in zwei Halbprovinzen aufteilten. Als Germania inferior am Unterrhein, mit Hauptort Vetera als großes Militärlager an der Lippemündung in den Rhenus = *heutiges Xanten* = sowie als Germania superior am mittleren und Oberrhein, mit Hauptort, Militärkolonie und Legionslager Mogontiacum an der Mainmündung in den Rhein = *heutiges Mainz* = streben wir die endgültige wie dauernde Einvernahme von Germania Magna bis hin zum östlichen Albisflusse (*Elbe*) zielführend an. Dazu bauen unsere Pioniereinheiten im harten, täglichen Einsatz ständig neue, feste Heerstraßen bzw. bessern schon vorhandene aus. Auf diesen Militärtrassen rechnen wir mit maximaler Marschzeit pro Legion samt Trossen von – sagen wir mal – Rom bis zur Colonia Agrippina am Rhenus, in reichlich zwei Monaten (exakt weniger als 70 Tagen). Na, ist das was? Auch darum unternehmen wir ab sofort und von hier aus eine – zugegeben etwas jahreszeitlich späte – Demonstration unserer Macht und Stärke und ziehen mit den drei niederrheinischen Legionen samt Trossen und zivilem Gefolge auf einer „Inspektionsreise“ gen Osten, entlang der Lippe und nach dem Weserflusse hin. Und zwar mit vielen Auxiliartruppen, um die uns verbündeten Stämme zu unterstützen. Worüber die beiden da nebenan im Geheimen verhandeln: man ist halt eben eine vorläufige societas facta als militärpolitische Notgemeinschaft. Um unser altes Römermotto „Pacta sunt servanda", nach welchem wohl oder übel bestehende Verträge getreulich einzuhalten sind, nicht vor aller Welt zu beschädigen. Also bewegen wir uns dann mit insgesamt wohl um die 15000 Menschen, zahlreichen Tieren, Wagentrossen, Belagerungs- und Pioniergerät durch die Landschaft. Das will schnell wie sorgsam vorbereitet sein; und in den Tälern des Weserflusses schlagen wir unser Sommerlager auf. Die restlichen zwei Legionen bleiben in voller Stärke samt Zivilgefolge in Mogontiacum; wo sie unter dem Befehl des Legaten Asprenas als Reserve für alle Fälle unter Waffenalarm stehen, Kleinere, abgezweigte Kampfverbände bewachen unsere leeren Garnisonen und verbleiben u. a. in Novaesium (*Neuss*) und Bonna (*Bonn*) sowie natürlich hier in Vetera." So sprach der den Kriegsmarsch mitmachende Ceionius mit dummstolzer Würde seines verantwortlichen Amtes – und salutierte zum jetzt wieder hinzutretenden Varus und dessen hochgestelltem Kollaborateur hin. (*Jawohl, wir Römer gebrauchen den Verrat, lieben aber die Verräter nicht unbedingt!*). Der Feldherr ließ seine flinken Knopfaugen überm Dreifachkinn umherschweifen – hatte ja allerhand Fett angesetzt, der Gute – suchte offenbar jemanden und fand: mich. Kam raschen Schrittes auf unseren engen Kameradenkreis zu und verkündete laut und den hinterherschleichenden Stabschef zum mitnotieren auffordernd, daß ich hiermit zum Tribun auf Kriegszeit befördert sei! Fröhlich raunten meine alten Freunde „da musst du aber gehörig einen drauf ausgeben!" Weniger freundlich griente ich zurück, fügte der Allgewaltige doch noch im Abgehen hinzu, daß ich als nunmehr dienstjüngster hoher Stäbler mir die Qualifizierung für solcherart hohes Führungsamt natürlich verdienen müsse – und er mich also zum Kommandeur der aus Teilen aller Legionstrosse samt Pioniergeräten und aller schweren Waffen zusammengestellten Großen Bagage ernenne. Welche sich am Schluß der kilometerlangen Marschkolonne dann einreihen sollte. Das war freilich ein Hammer! Und alle anderen in Frage kommenden höheren Offiziere atmeten hörbar auf, daß mir, und nicht einem von ihnen, selbiges unangenehme Geschäft übertragen war. Konnte ja doch keiner von uns allen wissen, daß solcherart Varus mir letztlich zum Weiterleben verhalf; indes alle die anderen dann sterben mußten ... Ich eilte fix zum wieder abpendelnden Feldherrn und bedankte mich artig, übersah die Glückwunschhand des mir nun einmal unsympathischen Arminius und hielt den nachschleimenden Ceionius stramm fest (Varus sollte ich übrigens an diesem Tage das letzte Mal persönlich gesprochen haben, auch gesehen wohl nicht mehr). Zum Oberstabsschleimer mit den Worten gewandt „das machen wir aber jetzt mal gleich schriftlich fest!“ winkte ich dessen Leibschreiber herbei und ließ die Beförderung am Orte aufzeichnen: wobei ich noch einen derben Strauß ausfechten mußte, weil der Neidhammel Ceionius mir, so wie Varus vorher ihm, lediglich eine Zeitbeförderung auf Feldzugsdauer zugestehen wollte; ich jedoch auf dem Zeitbezug „Kriegsdauer“ bestand (an die Umstehenden: „Ihr habts doch auch so gehört? Und ich werde mich sofort beim OB beschweren, falls dieses nicht solcherart in dem Text zu stehen kommt!“). Während der kleinlaute Schleimling unlustig zustimmte – jedoch auf einer Kopie für seine Stabsunterlagen bestand, die er ständig in großer Kiste mit sich herumschleppte – und sich schnellstens entfernte. Das könnte diesem üblen Schweißfuß des Lebens so passen, von wegen nur auf Feldzugsdauer; dieser dürfte relativ kurzfristig sein. Hingegen war hierzulande ständig irgendwo ein, und sei es auch nur ein kleiner, Krieg am Köcheln, also der Dauerzustand und nicht die Ausnahme. Und demgemäß rechnete ich mir im Stillen aus, daß ich eben solcherart auch für alle kommende Zeit Kriegstribun bleiben könne – mit allen diesbezüglichen Standesvorzügen und Machtstellung im Stabsdienst, mit weiteren Aufstiegschancen in die Generalität, verbunden mit ganz erheblichen Löhnungsaufbesserungen usw. „Wiedervorlage an Ceionius also nach dem Kriege; nur – wann wäre das denn?“ So meine rhetorisch gemeinte, Frage an den fröhlich feixenden Schreiberknecht, dem ich ein rundes Goldstück für seine Mühen in die Hand drückte. Dieser händigte mir's Beförderungsdokument aus, packte die Kopie zuoberst in die Stabskiste und verschwand mit launiger Bemerkung: „Ein Kriegsende erleben wir wohl beide nicht mehr, schätze ich." Wie sehr er dabei richtig dachte, ergab die nahe Zukunft. Mit meiner Ausnahme, haben von uns dreien: Schreiber, Stabskiste und mir, die beiden Erstgenannten wirklich nicht überlebt; sie sind in den mörderischen Wirren der anstehenden Varusschlacht unter- und zugrundegegangen – um Kiste und Inhalten wars gewiß nicht schade – und somit blieb ich für alle Zeiten der Kriegstribun Pilatus! „Was dem een sin Uhl, ist des annern Nachtigul!" So sagens die Leute dort im Weserbergland und auch dahinten in der Heide. Denn Glück muß der Soldat schon haben; jedoch sollte dieser unbedingt alles ihm mögliche auch selbst dazu tun.

Auf dieser oben erwähnten Feldherren- und Kommandeurstagung zu Vetera war es übrigens nach eigentlicher Stabsberatung dann zu einem bösen Eklat gekommen: der ältere und hochangesehene germanische Romfreund, Cheruskerstammesfürst Segestes, hatte den Varus insgeheim vom schmählichen Verräter Arminius und dessen seperatistischer Großverschwörung gegen die römischen rechtsrheinischen Siedlungen und Standorte dringendst gewarnt, wohl auch Beispiele und Details angeführt. Der Feldherr allerdings nahm das Ganze nicht allzuernst und schlug solcherart üble Gerüchte (wie er meinte zu wissen) leichtfertig in den Wind. Hörte er doch von seinen zahlreichen Spionen und Zuträgern, daß jener Altfürst nicht nur in seinem Volke, sondern selbst in eigener Großfamilie als Querkopf verschrien war; und sich dessen eigenwillige Tochter Thusnelda, trotz Kontaktverbot zum schönrednerischen Arminius in selbigen verliebte (und was sich die Weiber nun einmal in ihre oft reizenden Köpfchen setzen, das führen sie meistens auch so durch), sich mit diesem einließ und von jenem im Einvernehmen aus väterlicher Burg entführen. Später vom zürnenden Alten in dramatischer Aktion wieder zurückgeraubt, gebar sie in römischer Gefangenschaft ihren Sohn Thumelicus, dessen Großvater ihn jedoch zutiefst verabscheute – und letztlich mit Sohn und Neffen zu treuen Römerfreunden mutierte. Langeweile kam jedenfalls in seiner Sippe nicht auf …

Im Vorgriff auf spätere Jahre sei an dieser Stelle lediglich kurz erwähnt, daß die Genannten alle entweder schon ganz tot waren oder wenigstens noch halblebendig in römischer Ehrenhaft, sprich Verbannung, zu Ravenna weilten. Nur der romgetreue Altfürst Segestes überlebte alle und alles, schwer vom Schicksal gezeichnet und mit lediglich außerfamiliärem Gefolge, auf linksrheinischem Gebiet oder in Gallien drüben (nix genaues weiß man nicht) – wo man ihm einen seinem Range entsprechenden Grundbesitz zur persönlichen Nutzung anwies. Ob er nun dort in friedvoller Ruhe oder stetiger Verbitterung seine Tage beschloß? Jedenfalls besaß er, offenbar altersweise geworden, genügenden Weitblick auf die Dinge, um die Römer, ihre höherwertige Kultur nebst mitgebrachten Kulturgütern (und dazu zählte sicherlich auch die Weinrebe), das römische Kulturbringertum insgesamt und damit einhergehende moderne Entwicklung, sprich Zivilisation, im weiteren Rheingau, als das zu werten, was es auch war: ein sprunghafter Fortschritt in hiesiger gesellschaftlicher Entwicklung!
Vielleicht wärmte ihm auch ein dickfelliger Stubentiger die alters-steifen, kalten Füße im Bette? Denn schließlich waren es ebenfalls die Römer gewesen, die das Kulturgut zahme Hauskatze (welches sie in ihrer Großprovinz Ägypten kennen- und lieben gelernt hatten) mit nach Gallien, an den Rhein und weiter ins großgermanische Hinterland brachten, daselbst dann fest einbürgerten).

Über meine persönlichen Erlebnisse berichte ich hier jetzt in Abfolge loser Erinnerungsbilder:

Trotz mehrfacher, über Reitkuriere und Adjutanten, mir als Troßführer vom häßlichen Schleimkoch Ceionius dringlich übermittelten Befehle, auf vorgeschriebener Marschroute den bereits in tiefen Waldungen verschwundenen Legionen zu folgen – verzögerte ich jedoch bewußt (einem unbestimmten wie unguten Bauchgefühl und düsteren Ahnungen bezüglich unzugänglich verschlammter, unbefahrbar aufgewühlter Waldwege nachgebend) die Marschgeschwindigkeit und verstärkte die Sicherungstrupps; ließ an größerer Wegespinne vorm Hochwald endlich anhalten. Ein benachbarter und höher liegender Wiesenplan mit Wasserquelle schien mir für provisorisches Marschlager gut zu sein; es war immerhin schon Nachmittag und in grautrübem Regenniesel setzte gewiß baldige Herbstabenddämmerung ein. Den Leuten war anzusehen, daß alle froh waren, jetzt nicht noch weiter in dichte Waldesschluchten hineinfahren zu müssen. Eben traf wiederum einer der vom ungeliebten Lagerpräfekten abgesandten Eilkuriere bei mir ein. Dem salutierenden jungen Offiziersaspiranten, mir den mit höchster Dringlichkeitsstufe mündlich vorgetragenen Weitermarschbefehl übermittelnd (dieser war eben gerade noch so als einziger seines Berittes durch urplötzlich von überallher auftauchende und dreinhauende Germanenreiter durchgekommen – und schien heilfroh, als ich ihm nach Entgegennahme seiner Meldung erklärte, ich denke nicht daran, ihn persönlich auch nicht wieder retour sandte, sondern gleich in meinen Haufen vereinnahmte) machte ich energisch klar: „Hör zu, Dummkopf! Du hast mit Anstand und Bravour deinen schwierigen Auftrag bestens erledigt; gebe ich dir auf Wunsch sogar schriftlich. Denn für folgendes bist du nicht mehr verantwortlich – sondern jetzt bin ich's. Für mich heißt nämlich anständig sein, sich dem Stande angemessen zu verhalten. Varus machte mich zum Stabsoffizier höheren Grades, damit ich ggf. wissen sollte, wann ich auch mal seinem oder anderer Vorgesetzten Befehle ungehorsam sein oder werden müßte". Zu den inzwischen um mich versammelten

Trossoffizieren aller Chargen meinte ich anschließend, daß wir erstmal sicherheitshalber über die Nacht hinter unseren inzwischen errichteten provisorischen Verschanzungen im Wagenviereck verbleiben und erst am nächsten Morgen weiterziehen, Klärung verworrener Lage da vorne abwarten wollten. Danach auf Umwegen mit möglichst festem Untergrund außen um jenes unübersichtliche und vermutlich für unsere schwere Wagenkolonne unüberwindliche Heide-Sumpf-Waldgebiet herumfahren sowie Anschluß an die Truppe suchen sollten. Wenn da vorne aber etwas Übles passiert sein könnte (und wir alle ahnen inzwischen das Schlimmste, nickte ich dem erschöpften Jungadjutanten zu), dann gehen wir keinesfalls auf alter Spur und bisherigem Wege folgend wieder retour. Darauf lauern diese germanischen Hundeflöhe vermutlich. Sondern wir schlagen uns fechtend nach vorwärts durch, über möglichst flaches, sichtiges Gelände und auch nur tagsüber (des Nachts wird jeweils schützendes Marschlager hinter Palisadenwall und Wagendeckung aufgeschlagen), immer in Richtung aufs feste größere Legionenstandlager und castrum Aliso, das wiederum nur wenige Marschtage vom Rhenusflusse entfernt unser hiesiger Vorposten ist – und wo wir dortige Garnison verstärken. Keine Einwände? Also packen wirs an, Kameraden und mögen die Götter uns wohl gesonnen sein!
(4) Desweiteren ergänzte ich, speziell auf diese Offiziersversammlung gemünzt, noch um grundsätzliche Gedanken folgenden Inhalts („bitte merken und stets im Kopfe behalten“): „Soldatische Disziplin beruht einerseits auf dem Selbstverständnis formaldienstlich-juristischer Befehlsberechtigung militärischer Führer aller Grade. Sowie von möglichst weisungsgetreuer Ausführung seitens jeweiliger Befehlsempfänger im Rahmen weitgehender Auftragsausführung in diversen Handlungsspielräumen. Das dem militärischen Oberen auf Dauer oder auf Zeit zugebilligte Recht der Befehlsgebung allerdings verpflichtet diese Vorgesetzten zum Vorausdenken über Ausführungsmöglichkeiten und

Notwendigkeiten sowie ggf. Folgen und Nach- bzw. Nebenwirkungen von ihnen erteilter Befehle, Weisungen etc. Immerhin – die letztlich ganz persönliche Verantwortung für seine eigenen Beweggründe, sein Handeln-Tun-Unterlassen-Verweigern – die nimmt einem Menschen in persona kein anderer Mensch dann ab und sie bleibt so bestehen, wie auch immer gewollt oder eben nicht!“

Also handelte ich in diesem, nicht vorhersehbaren, Falle eigenmächtig und übernahm als zeitweise Führender bewusst volle Verantwortung, rettete somit mich samt total verunsicherte Bedekkungstruppen, den unterstellten riesigen Troß nebst zivilem Personal und teilweise Familienanhang – sowie viele noch in Folge zu uns stoßende Flüchtlinge (Frauen, Kinder, Verwundete darunter) die einzeln oder in aufgelösten Kleingruppen sich einfanden – von nachdrängenden Barbarenhaufen eiligst und gnadenlos oftmals zu Tode gehetzt. Und wir überstanden sich häufende, lockere Germanenangriffe wie auch vereinzelte Scharmützel hinter unseren schützenden, miteinander verbundenen Wagen, die abgeschirrten Tiere, Frauen und Kinder in der Mitte versammelt, alle Kampffähigen im vollen Kriegseinsatz; natürlich mit größerer Zahl von Eigenverlusten. Aber auch die Angreifer mußten blutige Haare lassen, flüchteten sich dann regelmäßig in ihre sicheren Waldungen – gnadenlos verfolgt von unseren wenigen Reitern (die meistens noch einen Leichtbewaffneten als Waldsicherung hinten aufsitzen hatten). Heißgrimmig machten diese alle aufgegriffenen Feinde gnadenlos nieder, Pardon wurde weder gegeben noch genommen, auch Verwundete mußten dran glauben. Nach den grauslichen Erzählungen unserer knapp Davongekommenen, über Martergruben, Brandopfer, an Bäume gehängte und kopfgenagelte Römer; und selbst waffenlose Mütter mit Kindern auf dem Arm, ihre Überwinder um Gnade anflehend, wurden nicht verschont – war solche Handlungsweise sicherlich kein Wunder. Es waren eben Barbaren, wilde Riesen-

kerle, die im Kampfe zu überwinden einem jeden Römer zur Ehre gereichte. So absolvierte auch ich, unbedachter- und wutanfallsweise, einen nachher noch oft in der Truppe besprochenen, Zweikampf mit einem ihrer Oberhäuptlinge, oder was immer dieser Scheißkerl war (obwohl ein höherer Stäbler und Truppenführer wie ich, solche Situationen eher vermeiden sollte; dafür gabs genügend niederchargierte Haudraufs) – jedoch hatte ich das Kriegsglück auf meiner Seite, nebst endlichem Sieg:
Zugegeben, diesen sich an der Spitze einer Kriegsschar spreizenden Kerl hatte ich provoziert. Kotzte mich an, wie der heranstampfend an der Spitze seiner Mannen in typisch germanischem Heerkeil vor unsere Verschanzungen marschierte (vermutlich ein Herzog; als einer, der vor dem Heer zog?). Schwerfällig formierten die sich – vorneweg dieser Riesenkerl, zwei Köpfe größer als ich, der vom Wagen aus diese ungestümen Blödmänner durch obszöne Gestik und gladiusfuchtelnd heranlockte (denn sie verlegten uns den Weitermarsch, und wir wollten hier doch keine Wurzeln schlagen). Nach dem Spitzenanführer dann zwei Weitere, hinter denen in die Breite gestaffelt die Übrigen kamen. Mit ihrem typisch lauten Schlachtgeschrei, jeder wollte der Erste beim Überwinden unserer Sperre sein und somit sich den größten oder wertvollsten Beuteanteil sichern, wie bei ihnen so üblich. Den Pantera hatte ich angewiesen, mit seinen treffsicheren Bogenschützen aus sicherer Wagendeckung heraus, alle als solche kennbaren, Anführer oder Häuptlinge von denen abzuschießen, um in den dadurch führerlosen Reihen Unsicherheit aufkommen zu lassen. Denn von irgendeiner Taktik konnte bei diesen Trampelriesen überhaupt keine Rede sein; waren deren Anführer und Tapferste der ersten Reihe erledigt, wichen die anderen zumeist in regelloser Flucht nach hinten oder seitwärts aus und konnten von unseren nacheilenden, wohlgeschulten Legionären dann einzeln abgetan werden. Zurück zu mir, der ich jetzt schwertfuchtelnd, Schild und Pilum trug mein Waffensklave mir getreulich nach,

mich dem dicken Riesen stellte. Dieser schwang seinen Langschild am Riemen auf den Rücken, um beide Hände für festen Griff am gewaltigen Schlachtschwert freizubekommen (diese Dinger waren aus ungehärtetem Weicheisen zumeist gefertigt und nur beim ersten oder noch zweiten Hieb gefährlich, danach bog sich das Gelump krumm und war nicht mehr hiebtauglich). Blitzschnell rekapitulierte ich im Kleinhirn, was ich einstens mühsam in der Exerzier- und Waffenausbildung gelernt hatte: beim Zweikampf mit Barbaren zu Fuß sind eigentlich nur die willden Illyrer sowie sonstige Völkerschaften vom Balkan ob ihrer unberechenbaren wie wechselnden Kampfesweise gefährlich. Gegen Gallier und Germanenstämme gilt die Faustregel – immer ran auf Nahdistanz, möglichste Tuchfühlung, ja Körperkontakt suchen. Jene Riesen sind zwar größer, stärker, standfester als wir körperlich kleineren Römer; doch sind wir fixer, reaktionsschneller und wendiger! Bevor die nachdenken, wohin sie schlagen werden, haben wir uns schon dreimal um die eigene Achse gedreht. Und den Gladius, obzwar zweischneidig hiebfest, möglichst nur mit scharfer Spitze zum Stechen nutzen, ein-zwei-dreimal tief in Bauch und Brust des meistens nur leichtgeschützten Gegners stechen; danach sofort zurückspringen und sich den nächsten in der Reihe vornehmen, weil diese durch den Todessturz des Erstochenen im Moment erschüttert und durcheinandergebracht ist. So sprang ich den Riesen an, welcher seinen Stampfschritt erstaunt verhielt und jetzt beidhändig, laut aufröhrend und schnaufend, sein gewaltiges Schlachtschwert überm Kopf schwang. Ehe er dieses zum Hieb auf mich herabsausen lassen konnte, stach ich ihm mit dem Schwerte paar Mal tief in den Unterbauch (obenrum trug er Brustpanzer) und drehte drin um, zog den Gladius eiligst raus, klemmte ihn – wie gelernt – mit blutiger Schneide verkehrtrum untern linken Arm, also Spitze nach hinten und Griff nach vorne, zog mit der nun freigewordenen Rechtshand den vorher schon im Gurt gelockerten Sturmdolch, um diesen dem jetzt schwerfällig vor mir auf die Knie brechenden, erstaunt glotzenden und schnarchend röchelnden Obergermanen mit ebenfalls erlerntem Hammelschnitt quer durch den Hals und solcherart die Kehle abzuschlitzen. Während jener endgültig ausschnaufte, sprang ich rasch wieder zurück, zum mich jetzt getreulich per Schild vor feindlichen Wurfspeeren abdeckenden Waffenträger; gemeinsam eilten wir hinter unsere Wagenburg und unter jubelnde Kameraden. Vor den Verschanzungen schmetterten wir danach die verunsichert heranstürmenden Feindhorden blutig ab. Jawoll, ihr verlaustes langhaariges Germanenpack, so wird's gemacht, und so fechten wir Römer – wonach bitte zu richten! Verfolgten anschließend deren aufgelöst fliehende Reihen; und noch lange hörten wir die Wehklagen von deren zurückgelassenen Schwerverwundeten. Erst später verklangen diese unter den Dolchen und Messern unserer unvermeidlichen Schlachtfeldhyänen und Leichenfledderer, die den Todgeweihten nun zu schnellerem Sterben verhalfen und sich selbst zu teilweiser reicher Beute. So war das nunmal im Gefecht und hernach; wer einen erschlägt, darf ihn dann auch beerben (lassen); Krieg ist eben kein Zuckerschlecken, sehe jeder, wo er bleibt – da wird nicht lange nach dem warum, wie und wo gefragt. Lauter Beifall; und auch meine nachfolgenden Ausführungen, wiederum lediglich im Offizierskreis nichtöffentlich gemacht, verdeutlichten meine Handlungsweise und Führung: „Ein Kriegsmann sollte jegliche hartblutige Arbeit des Tötens, trotz aller gelegentlichen Diskreditierung seines Berufes (bei manchem ists auch Berufung) immerhin einigermaßen frei- wie freudwillig tun; zumal auch dann, wenn insbesondere dies ihm Ehre, Ruhm und nicht zuletzt auch klingende Münze als Lohn einbringt. Was aber diesen üblen Stänkerer Ceionius betrifft (wie ihr alle wißt, nicht unbedingt mein Freund), so hat der alte Varus mit diesem leider folgenschweren Mißgriff getan. Angeblich leidet jener schwer an der Last seines Amtes. Nun ja, hat ihn wohl keiner gezwungen, die große Verantwortung des Generalquartiermeisters zu übernehmen. Ich aber habe heute und hier meinen Teil von jener übernommen. Verantwortung ist ein schönes, sauberes, klares Wort. Sinninhaltlich aber eher beliebig und von mehr oder minder – oder eben auch gar keiner Bedeutung; je nach Charakter, Gusto und/oder Wertung jeweiliger Verantwortungsträger. Deshalb meine Erwartung und Mahnung an euch, Männer – daß jeglicher nach individuellen Möglichkeiten die soldatische Pflicht bestens erfüllt. Als Legionär und Chargierter; als Kamerad, Offizier, Vorgesetzter sowie als freier Römer und Mensch. Wir Kriegsoberen wissen freilich darum, was und wieviel Dienstgrad und Stellung letztlich wert sind. Das leidige, sprunghaft wechselnde Kriegsglück sowie der uns allesamt stetig treu begleitende Tod fragen gewiß nicht darum nach. Und der versprochene ‚Dank des Vaterlandes' erreicht uns dann in unseren Gräbern ohnehin nicht mehr" …

Als einer der Letzten, die sich seinerzeit nächtlicherweise und zu Fuß durch die Wälder flüchteten, stieß ein sichtlich erschöpfter Bogenschütze zu uns. „Tiberius Julius Pantera", stellte er sich vor, „Decurio in 1. Kohorte XVIII. Legion", und meldete sich trotz einer blutig klaffenden Stirnwunde bei mir stramm zum Dienst: „Die Schmarre haut einen alten Krieger doch nicht um!" Während er verbunden wurde, erzählte er lebhaft seine Erlebnisse dreier Kampftage. Zunächst aber erntete der abgebrühte Haudegen allseits brüllendes Gelächter, als er den über seine Schultern hängenden Sack abwarf „zum Beuteeinfüllen, war leider nix damit gewesen, dafür hab ich das Dings hier mitgebracht." Zeigte seinen künftigen Schädelschutz stolz herum, „weil mein Helm mir im Handgemenge abgeschlagen ward und einer von diesen lausigen Barbarenhunden flugs mit der Frame nachhakte, wovon die Wunde stammt." War wirklich auch ein prächtiger Häuptlingshelm, mit riesigen Ochsenhörnern darauf – nur, daß eben der abgehackte Germanenkopf noch drinnen steckte! „Mußte ich einem auf Wache schlafenden Feindposten oben am Halse fix abfiedeln, da ich an dem vorbeigeschlichen bin“, erläuterte uns der Brave und schnitzelte anschließend mit dem Dolch das zähnebleckende, blutverschmierte Teil heraus – dabei auf ihm eigene Art breit wie schiefmäulig grienend. Und auch ich musste mitgrinsen, beförderte den sichtlich brauchbaren Mann auf der Stelle zu meiner persönlichen Stabsordonnanz. Solch behändes Kerlchen konnte ich immer gut gebrauchen. Doch bei dessen weiteren Detailberichten ums jämmerliche Ende von Varus und seinem engeren Stabe – wo sich Pantera in der Schutzgruppe fürs Fahnenheiligtum befand, und als einzig überlebender Augenzeuge nächster Nähe all das schlimme Geschehen maulfertig beschrieb – da kam bedrückende Stille auf. Trotz empfangener schwerer Kopfwunde konnte er sich in engem Erdloch verkriechen und so ziemlich unsichtbar machen, zudem einen schon ausgeplünderten Leichnam so deckend über sich ziehen, daß er mit dem einen, nicht zugebluteten, Auge noch sehen mußte, was um den heiß umkämpften Feldherrenhügel geschah: Wie sich der entmutigte Varus und seine hohen Stäbler nacheinander „ins eigene Schwert stürzten“, wie die nun führerlosen Legionäre einzeln oder in Kleingruppen im aussichtslosen Endkampf verbluteten, wie zwei der goldglänzenden Legionsadler von johlenden Barbaren erbeutet, mit Füßen getreten, angepinkelt wurden. Und besonders erwähnenswert schien dem Berichterstatter der verbissene Abwehrkampf des ordensgeschmückten Zenturio und Lagerpräfekten der XVIII. Legion, Marcus Caelius, der mit seinen zwei waffentragenden libertines einen winzigen, schildbewehrten testudo bildete und die Tapferen dann unter jener „Schildkröte“ ehrenvoll bis zum Ende kämpfend, in sie überrollender Germanenwoge unterging. Nicht weit davon focht schwerverwundet auf Knien und rückwärts an einem Baum lehnend, der Lagerpräfekt und Zenturio von der XVII. Legion, altgedienter und armeebekannter Lucius Eggius seinen allerletzten Kampf aus; mit Fernwürfen ihrer Langspieße brachten sie ihn zum Erliegen. Doch plünderten und schändeten die Feinde nicht die Leichen der beiden Tapferen, nur deren Waffen nahmen sie mit. Erleichtert atmete ich auf: kannte ich ja die zwei nunmehr toten Kameraden gut (waren wir alle drei doch stets als Erste Zenturionen gemeinsam vor der Legionärsfront gestanden; und hatten uns auch in letzter Stabsberatung über den fiesen Schleimer Ceionius mokiert). Diesem, meinem speziellen Freund und nominellem Lagerpräfekten meiner, der XIX. Legion, bereiteten die erbarmungslosen Feinde ein übles wie unwürdiges Ende: von Naturell und Veranlagung her war dieser Oberstabskriecher nämlich feige! Wie viele seiner Coleur diente er sich in Jahrzehnten aus dem Mannschaftsstande hoch, brachte es zum Ersten Zenturio und Lagerpräfekten – der höchsten Charge, die ein solcher altgedienter Troupier am Ende erreichen konnte. (Der gutmütige Varus soll diesem jedoch, über wer weiß was für Verbindungen, den römischen Ritterrang erbettelt haben; sei es wie es sei – gehabt davon hatten alle zwei nichts mehr). Ein angstzitternder Ceionius jedenfalls warf seinen Gladius mit krampfigen Händen weit von sich und erhob diese, solcherart sich ergebend und um Pardon bittend; wobei er kraft seines Amtes allen Tapferen um ihn herum befahl, seinem Beispiel zu folgen und ebenfalls die Waffen niederzulegen. Wonach sie allerdings gefahrlos um so besser von den Barbaren niedergemetzelt wurden. Dem Oberfeigling jedoch bereiteten sie ein furchtbares Ende: mit aufgeschlitztem Schmerbauch und durchtrenntem Gedärm, sowie in eine solide Astgabel eingeklammt, jagten sie ihn – der seine Innereien in Händen barg und vergeblich in die Bauchhöhle zurückstopfen wollte – mit Peitschenhieben immer rund um den Eichenbaum, bis er röchelnd in die Knie ging und mit schaurigem Winseln verendete. „Man glaubt ja gar nicht, wie viele Meter Darmgeschlinge ein Mensch so mit sich herumträgt“, endete Pantera trocken seinen blutrünstigen Bericht. Obwohl keiner von uns Umstehenden den gemarterten „Kugelblitz“ (wie jener hinter vorgehaltener Hand gerne verspottet worden ist) ernstlich bedauerte, dazu hatte er sich wirklich äußerst mistig allen gegenüber benommen, senkten wir körperlich erschauernd die Köpfe. Auch verblaßten Panteras weitere Schilderungen um gruselige, blutige Opferrituale dieser germanischen Unholde fast nebenher; wie man die Offiziere förmlich schlachtete und ihr spritzendes Blut in riesigen Kesseln aufgefangen sowie von entmenschten Priesterinnen zu voraussehenden Zukunftsweissagungen verpanscht wurde, wie Andere auf Brandaltären in Feuer und Rauch verkohlten oder durch die Köpfe an Bäume festgenagelt wurden (auch Frauen, Kinder, Zivilisten), wie man Gefangenen über spitzigen Steinplatten das Rückgrat brach, und selbige unter den Armen aufgehängt, noch lange dort im Winde schaukelnd wimmerten – diesen blutigen Germanengöttern der Winde gewidmet. Oder wie man die arbeitsfähigen bzw. Beilagerfähigen jungen Männer und Frauen mit Peitschenhieben in qualvolle Sklaverei abführte; auch wie in Opfergruben Gefangene gemartert und ersäuft wurden – zu Ehren scheußlicher Erdgötter usw. „Was für eine unsinnige Vergeudung von billiger menschlicher Arbeitskraft“ brachs aus dem Berichterstatter jetzt heraus; der hatte überhaupt nicht begriffen, daß diese Germanenhorden keineswegs daran interessiert waren, sondern ihren barbarischblutigen Göttern solche gegnerischen Menschenopfer widmeten. Aber auch über mißglückte Absetzversuche der römischen Legionenreiterei wußte Pantera zu sagen; und daß es deren Kommandeur senatorischen Ranges, der Legat Numonius Vala, nach erbittertem Streit mit Varus vorzog, seine Berittenen per Ausfallsversuch nach rücklings durch die Wälder zu retten; daß aber vermutlich wohl keiner von denen sehr weit oder gar durchgekommen sei, auch der Vala nicht. Ergo: Schlimme Sache das alles, gravierende Totalniederlage und schmählicher Gesichtsverlust; drei kampfstarke Legionen (nebst zahlreichem Militärgefolge) auf einen Schlag vernichtet – und das gesamte Umland hier im rechtsrheinischen Germania magna in blutfeuerlohendem Aufruhr begriffen! So stellte sich die Lage insgesamt als recht beschissen dar. Eigentlich noch nie hatten die Römer eine solche Schlappe erlitten; und weil das auch im fernen Rom endlich begriffen war, sind zwar eiligst neue Steuern aufgelegt sowie neue Legionen ausgehoben worden (darunter die Jahre später unrühmlich von sich reden machende I. Germanische); jedoch leider mit minderwertigen Leuten aus arbeits- wie dienstunwilliger hauptstädtischer Plebs. Welche unfertigen Maulhelden man zwar in der Reichshauptstadt nun los wurde – die dafür den Militärbehörden in den Provinzen eine Menge Ärger machen sollten. Immerhin sah man höherenorts dringlich darauf, die lfd. Nummern im Armeecode niemals wieder mit der Zählung jener drei Unglückslegionen zu belegen: also war ab sofort eine 17./18./19. römische Legion listenmäßig nicht mehr besetzt und diese wurden bei späteren Neuaufstellungen einfach übersprungen …

Während meine Leute also auf mein Geheiß unsere Fahrzeuge vorm Waldrande zu stabiler Wagenburg als nächtliches Marschlager aufbauten, verlief sich allmählich der ohnehin dünne Strom von abgehetzten Rückkämpfern und auch zivilen Flüchtlingen. Die meisten wollten nach kurzer Rast gleich weiter und nur fort vom Geschehen; was ich gut verstand und diese mit ebenso guten Wünschen ziehen ließ. Nur die paar Berittenen ließ ich anhalten; sie wurden, wenngleich unter Protest, als Fußkrieger unter meine Leute mit eingereiht – denn wir benötigten ihre Gäule für stetig wachsende Zahl von Wagen und Karren aller Art. Besonders an eines der letzten Fahrzeuge erinnere ich mich gut; wie es, schon von germanischen Reitern umschwärmt und ohne jeglichen Begleitschutz, noch aus dem Waldesdunkel herausjagte. Auf dem Kutschbock eine derbknochige hagere Weibsperson, resolut die sie anfallenden Kerle mit der Fuhrmannspeitsche abwehrend und uns um Hilfe anrufend. Die bekam sie auch, und wer von den beutegierigen Reitern nicht schnellstens wieder im Düstern verschwand, erlag unseren zielsicheren Bogenschützen: „Schont die Pferde, schlagt die Männer“ lautete mein Befehl. Vom abgehetzten Zugpferd des Schmiedekarrens schwang sich jetzt ein erschöpfter Halbwüchsiger; ein zweiter stützte hinten im Plafond einen sich in Wundagonie krümmenden Sterbenden – dem ein Widerhakenpfeil in der Halsgrube stak. „Nichts mehr zu machen“, versicherte ich den Brüdern und ihrer schwer atmenden Mutter, „euer Vater ist schon auf dem Marsch zur Großen Legion. Geht schnell so was, und Krieg ist bekanntlich kein Zuckerschlecken. Werden ihn dann gleich drüben eingraben.“ Es war der armeebekannte Waffenschmied von der XVIII. Legion, der jetzt ausröchelte. Tränenreich nahmen sein Weib und trotzigstumm die Söhne Abschied. „Ist nun mal unser Kriegslos“ sprach ich tröstend ein Schlußwort; und ans Schmiedeweib gewendet reimte ich noch launig „Schnell ist gefreit – doch kurz ist die Zeit, dann ist man allein, es wird immer so sein.“ Na ja, ich hatte gut reden, lebte ich schließlich noch, aber die trauernden Hinterbliebenen fühlten sich geehrt, daß sich ein Tribun ihres teuren Toten annahm. Der ob seiner Spezialbehandlung und Schnellhärtung von ihm persönlich gefertigter Schwerter berühmt war. Indem er nämlich ständig Kriegsgefangene und Sklaven sozusagen am laufenden Band verbrauchte (gabs ja in Massen und waren billig zu haben), selbige sich gefesselt vorführen ließ, um in ihre Körper die rotglühenden Klingen mehrfach schnell hineinzustoßen, “geht aber nur bei Lebenden oder an frischen, warmen Leichen“, meinte er dazu erläuternd und seine Schwerter in rotem Menschenblut hiebfest und stichsicher machend. (5) In diesem Zusammenhang rufe ich mir ein lautes „Halt“ zu, dieweil ich folgendes fast vergaß: Auf von mir persönlich geführtem Rekognoszierungsritt am nächsten Morgen (den ebenso umtriebigen wie maulfaulen Pantera mitnehmend sowie meinen Waffensklaven) hatten wir ein unvergeßliches Erlebnis. Nachdem wir am Wege den ausgeplünderten und teilweise umgestürzten Eselskarren einer römischen Flüchtlingsfamilie inspizierten – die Glutasche glimmte noch und auf Menschenleichen und Tierkadavern tummelten sich gierige Schmeißfliegen – nahmen wir im Unterholz Bewegung wahr, nebst unterdrücktem Kinderweinen. Obwohl der Sklave sicherheitshalber seinen Pilum nach dorthin schleudern wollte, wehrte ichs ihm und schickte Pantera zum Nachschauen; mit gezogenem Gladius in der Hand brach dieser jetzt ins Gesträuch ein, kam nach kurzer Zeit etwas perplex zurück. Nicht allein, denn er zog ein sich heftig wehrendes kleines Mädel hinter sich her, welches seinerseits am Stricke ein winziges Hündchen mitschleppte Obwohl das Tierlein tot und schon steif war. Die angstzitternde Kleine aber, ihre Fäustchen krampfhaft vor den zuckenden Mund gepreßt, die Äuglein weit aufgerissen, das schmutzige Gesicht tränenüberströmt – die war sehr lebendig. Ihr aschebestäubtes Kleidchen ausklopfend, suchte ich sie derbsoldatisch zu trösten: „Na, wer bist du denn? Wir nehmen dich gleich mit ins Lager, müssen aber zuerst dein Hündchen ordentlich begraben, weißt du?“ Das Kind nickte heftig, schluchzte schon weniger – und als der Pantera mit dem Schwerte eine kleine Grube ausscharrte, wir das Tierchen hineinlegten und einen kleinen Hügel darüber mit paar grünen Ästen besteckten, kam sogar der Anflug eines schüchternen Lächelns in ihre Augen. Seine Händchen fest in meine Fäuste nehmend, fragte ich sie um ihre Leute aus. Fest ihr Püppchen an sich drückend, von dem es sich auch späterhin nicht trennte, (ich hatte dies grobgeformte Stoffbündel mit Halsschleife erst gar nicht gesehen) wimmerte sie klagend tonlos „sind alle tot, sind alle tot!“ Und weinte wieder laut auf. „Ach verdammich, was machen wir denn jetzt mit dir?“ polterte laut der Pantera los. Ängstlich zitternd schmiegte sie sich an mich. „Na, jetzt reitest du mit uns ganz schnell zurück“, flüsterte ich ihr zu. Und ab gings über Stock und Stein, daß die Dreckbatzen vom Wege nur so flogen. Vorne auf der Pferdekruppe trabte die Kleine mit uns. „Bist wohl ein echtes Soldatenkind“ lobte ich sie tröstend, da der frische Reitwind ihr die Bäckchen rötete und bald das letzte Tränchen aus den Augenwinkeln blies; vertrauensvoll lächelte sie mich nunmehr an, froh in gute Gesellschaft zu kommen. Während der Pantera dann im Lager ausführlichen Bericht gab, dabei seine (nicht gehabten) Heldentaten wortstark schilderte, legte ich unsere Kleine der große Augen machenden nunmehrigen Schmiedewitwe in den Arm. Mit einem bittenden Blick und, diesen handfest unterstützend, wohlgefüllten Sesterzenbeutel ihr in sogleich fest zupackende Hand drückend. „Na ja, wo zwei sattwerden, füttere ich auch noch ein drittes Balg mit durch“, raunte sie mir leise zu und ging mit ihrem Neuerwerb zum Wagen. Wo an hinterer Klappe sich schon der Pantera zu schaffen machte, dies und jenes gleich zu reparieren versprach, den Jungens ermunternd zurief, wie sie neugierig am nicht mehr verschüchterten Mädelchen herumzupften, und die Schmiedin lüstern begutachtend, sich dieser als künftiger Lebensgefährte andiente. Na, ob das auf die Dauer gut gehen würde? Vorsorglich drohte ich den Bengels schon mal mit geballter Faust Hiebe an, sollten sie ihr neues Schwesterchen nicht anständig behandeln. Versprachen mir unisono auch, das tun zu wollen. „Na, ich wills mal glauben“ tönte ich noch zurück – dann war ich schon weiter vorne bei der Sicherungsspitze angelangt. Da wir freien Weg vor uns erkundeten, konnte sich der Wagenzug wieder in Bewegung setzen. Alles schwere Pioniergerät, Pontons und hölzerne Wurfmaschinen usw. ließ ich nachfolgend zerstören und für die Lagerfeuer als Brennholz nutzen – nur die fertig vorgespitzten Palisadenpfähle für unsere Marschlager ließ ich weiter mitführen. Und die schwerfälligen Ochsengespanne in den seltenen Dörfern am Wege gegen Pferde tauschen, zumeist zwangsweise unter Waffenandrohung. Mit unserem vielen Wagenmaterial wurden wir solcherart schneller und schafften Platz für gelegentlich jetzt zu uns stoßende Mitflüchtlinge aus Germanensiedlungen, die mit uns retour an die sicheren Rheingrenzen sich retten wollten. Einer von den vielen Schwerblessierten wolle mich unbedingt sprechen, brachte mein Waffensklave mir eilige Botschaft. Obwohl eine Menge Wichtiges anlag, ging ich also hin zum Karren, darauf die Todwunden, Sterbenden und hoffnungslosen Fälle lagen. „Nichts mehr zu machen“, bedeutete mir der sie umsorgende Heilgehilfe und winkte unmerklich ab, „geht bald zu Ende mit dem da.“ Gleiches fühlte wohl auch jener sich schmerzvoll windende Signifer (wie alle Standartenträger seiner Spezies ein hünenhafter Kerl, jetzt aber nur noch ein zerbrochenes menschliches Wrack) von der XVIII. Blitzlegion – da er in fiebriger Eile mit wenigen abgerissenen Sätzen mir zuraunte, wo er im nahen Sumpfe unter einer Knüppelkiefer den Kaiseradler eingebuddelt hatte und mit dem Gladius ein Zeichen in die Baumrinde geschlagen. Auf daß man das Feldzeichen späterhin finden möge. Mit wenigen Männern von der Schutzwache dieses Fahnenheiligtums hatte er sich nämlich im Gemenge zum tückischen Sumpfgelände geflüchtet. Dort hatten sie sich versteckt und die blutige Regennacht bis zum Munde im brackigen Dreckwasser zugebracht. Dieweil unfern lautpalavernde Suchtrupps der Germanen streiften und jeden aufgefundenen Römer qualvoll zu Tode brachten. Ihr Jammergeschrei waberte durch die Sumpfnebelschleier. Und nacheinander sackten die Flüchtlinge ab, ertranken schweigend und mit letzter Kraft ein Todesröcheln unterdrückend, um die Kameraden nicht zu gefährden. Mit dumpfem Gurgeln waren sie im Sumpfwasser untergegangen. Zuletzt war außer ihm nur noch einer übrig. Als der gegen Morgen dann verrückt spielte, schrie und laut singend lachte – da packte er ihn und drückte seinen Kopf unter die scheußliche Sumpfbrühe, bis der ersoff. „Ist mir furchtbar schwer gefallen“, weinte der Signifer plötzlich auf, „aber die dreimal verfluchten Barbarenhunde sollten unseren glorreichen Adler nicht kriegen! Der und ich, wir sind vor vielen langen Jahren aus kleinem Dörfchen in den Albanerbergen gemeinsam zur Legion gegangen und haben alle Zeit zusammen gedient; unsere Familien pflegen noch heute gute verwandtschaftliche Beziehungen. Ist mir wie ein Bruder gewesen". Wischte sich die Tränen vom Gesicht, schniefte hörbar, bat mich röchelnd um Entschuldigung: „Melde mich ab, Tribun!" Drehte sich dann zur Seite, streckte sich lang und starb. Tiefinnerlich berührt, machte ich mir schnell eine flüchtige Lageskizze betreffs Legionsadlers und verwahrte sie gut – vielleicht, daß man sie nochmals gebrauchen würde …

Hatte ich eine unbewußte Vorahnung vom Kommenden? Denn ein bei Weitermarsch aus buschumstandenen Hinterhalt auf mich (hoch zu Roß als Kolonnenführer deutlich erkennbar) zielendes germanisches Wurfbeil verfehlte nur um Haaresbreite den Lebensnerv und fetzte mir unterm Helm eine breite, tiefe und blutig bis auf den Stirnknochen klaffende Wunde. Mußte zum Verbinden runter vom Gaul und anschließend führte ich die Trosskolonne aus der Horizontale und vom Lazarettwagen aus. Durch andauernde Begegnungsgefechte und lose Scharmützel mit überall umherschwärmenden Barbarentrupps. Wir aber suchten uns unbeirrt wie mühsam, auf sauschlechten Pfaden oder Sandwegen durch Heidebüsche und Kleinwaldungen einen sicheren Fahrweg zum angepeilten Marschziel, Castra Aliso, hin. Über uns drückend grauschwere Regenwolken im kalten Herbstwinde; sozusagen als zusätzliche Feindwaffen aus von feindlicher Bevölkerung besiedeltem Feindesland. Stetig schrumpfte unsere lange Marschkolonne. Viele Mitreisende verabschiedeten sich trotz weiterwährender Bedrohung von uns, sich nach hier oder da eigene Pfade suchend, oder gar in den wenigen Germanensiedlungen Schutz erbittend (vermutlich in der Regel vergeblich; sahen keinen von all diesen Menschen jemals wieder). Obwohl mir bekannt war, daß viele dieser Stämme auch untereinander in bitterer Fehde lebten, wünschte ich den Abziehenden Glück auf den Weg und ließ sie ziehen, einem ungewissen Schicksal entgegen. Ich aber lebte wie in einer fernen, unwirklichen Helle dumpf für mich hin – spürte aber, daß ich allmählich aus Todesarmen heraus und ins Leben sowie auf dessen Straßen zurückkehren durfte. Obwohl ich noch andauernd stetiges Lautgetöse und Kampfgeschrei um mich zu hören glaubte, Feuerblitze vor meinen halbgeschlossenen Augen zischten – beruhigten mich andere wunde Wageninsassen mühsam, daß da nichts dran wäre und wir durch eine Reihe erstaunlich stiller Dorfschaften zogen (woraus die Einwohner offenbar vor uns geflohen waren). Einige Dagebliebene standen stumm staunend vor ihren Behausungen, reichten uns das Wenige zu, was sie hatten und das wir großteils auch nur unter Waffendrohung ihnen wegnehmen mußten. Freunde erwarben wir uns solcherart sicher nicht; und so kamen wir am letzten Septembertag im ersehnten Aliso an. Vor uns hatten schon versprengte Reiter die schlimme, gar unglaubliche Kunde dort verbreitet, und die Garnison stand gerüstet unter Waffen, bereit sich gegen feindangriffe mit Klauen und Zähnen zu verteidigen. Da war unsere bewaffnete Kolonne mit waffenklirrenden, kampferfahrenen Legionären, Handwerkern und Wagenmaterial hochwillkommen. Ich selbst bin, nach Kurzberichterstattung beim Stützpunktkommandanten, umgehend ins Garnisonslazarett verlegt worden. In zeitweiligen Fieberträumen glaubte ich, streichelnde Kinderhände auf meiner wunden Stirne zu spüren und hörte zärtlich flüsternde Stimmen, auch manchmal ermunternd lautes Fluchen. Dauerte nur kurze Zeit, bis ich wieder zu Kräften und auf die eigenen Beine kam. Beim Abgang aus dem Lazarett reichten sie mir dort noch ein mich wirklich anrührendes Geschenk – jene wollwuselige und jetzt mit buntem Glitzerband gezierte Knautschpuppe des kleinen elternlosen Kindes aus dem Totenwald: „Ein wirklich liebes Mädelchen, hat sich oft bei uns ganz energischen Eintritt verschafft und darauf gedrungen, daß der Onkel Tribun beim Erwachen aus seinem langen Schlaf dieses komische Dingsda auch wirklich kriegt!“ Nun, für mich wars nicht häßlich, sondern eine hübsche Erinnerung (und ich schleppte das Puschelwuschel noch lange durch mein unstetes Leben mit, bis es anläßlich irgendeines Fortzuges später verloren ging; und mir echt irgendwas fehlte). „Die reizende Kleine sei dann, fast gewaltsam und laut losweinend, von ihren Eltern mit fortgezerrt worden.“ Weil der Mann, mit ebenfalls tüchtiger Stirnschramme versehen, seine ganze Familie und sich selber auf einem der anfallenden Evakuierungsabmärsche in weitaus sichere Rheinlandgarnison kurzfristig noch mit auf solchen Transport begeben habe. Schau einer an, dieses Schlitzohr Pantera; hatte der also bei der Schmiedewitwe und ihren Kindern festen Fuß gefaßt und es verstanden, sich samt denen aus unmittelbarer Gefahrenzone abzubergen. Respekt, mein lieber Kamerad, und ich wünsche dir und den Deinen künftighin ein ruhigsicheres Dienstleben da hinten am großen Rhenusflusse. Obwohl zunächst noch immer einzelne Flüchtlinge hier ankamen – Händler, Handwerker, römische Kolonisten und romfreundliche Germanensiedler, teil mit Frauen und Kindern – wurden die Zivilisten und Familien in letztem Transport nach dem Rheine hin hin evakuiert; jeder nichtkämpfende Fresser weniger zählte ab jetzt für uns. Denn ich hatte mich inzwischen, obgleich noch wackelig auf den Beinen, im Stabsgebäude und Prätorium beim sorgenbeladenen Lagerpräfekten als dienstfähig zurückgemeldet, was diesen sehr freute. Noch wurde zwar kein Feind jenseits des Flusses gesichtet, doch war die große Holzbrücke hochgezogen und abgesperrt. Wachtfeuer loderten des Nachts und alles war bereit – der Germanenansturm konnte kommen. Ging also dem dienstgrauen Kommandanten Lucius Caedicius in vielerlei Stabsgeschäften entlastend zur Hand, was dessen soldatisches Schlichtgemüt anrührte. In Erinnerung an den Pantera und seine Bogenkünste, stellte ich jetzt aus allen verfügbaren Schützen eine wirkliche Scharfschützentruppe zusammen. Welche die nunmehr vereinzelt auftauchenden feindlichen Lauseköpfe mit ihren zielsicheren Wirkungsschüssen so verunsicherte, daß von diesen bald sich keiner mehr in Brückennähe heranwagte. Was diese aber veranlaßte, uns hier drinnen auszuhungern; kamen doch keinerlei neue Vorräte usw. herein. Ich überredete jetzt den zögerlichen Kommandeur und Stationsbefehlshaber zum alsbaldigen Ausbruch (ohne höheren Befehl wollte der aber nicht weichen, sodaß ich ihm selbigen als höherer Dienstgrad, schriftlich dokumentiert, erteilte und er zufrieden sich meiner Befehlsgewalt unterstellte, weil ich die volle Verantwortung übernahm). Wußte ich doch etwas, das ich dem braven Manne unterschlug: Von mir ausgesandte speculari hatten ausgekundschaftet, daß aus noch weiter Ferne, vom Rheine her, der Feldherr, Legat und Varusneffe Asprenas mit recht starker Einsatztruppe im Eilmarsch heranrückte, um uns hier zu entsetzen oder wenigstens rauszupauken. Nur käme er nach meinen internen Berechnungen nicht mehr rechtzeitig vorm sich ankündigenden Generalsturm der Gegnerhaufen zu uns. Und um den alten Bedenkenträger Caedicus nicht weiter zu bedrücken, nahm ich die hiesigen Dinge jetzt in eigene Hand und Regie. Ließ also die Legionäre in Waffen, unterstützt von ins Glied kommandierten Handwerkern und kriegsverwendungsfähigen Zivilisten antreten – wie alle übrigen Mitziehenden nur mit kleinem Handgepäck, am Körper zu tragen. Einige wenige pferdebespannte Wagen für Kranke und Marschmarode und unsere minimalen Nahrungsvorräte (im jetzt so zeitig anbrechenden Winter dieser rauen Lande wären wir in Aliso nicht weit gekommen damit) im Kleintroß – und im frühen Morgengrauen ging die Flußbrücke herunter, wir allesamt darüber und jenseits über Uferränder in schützendes Waldesdunkel, den Kindern und Hunden wurden Münder wie Mäuler zugebunden; erreichten auch glücklich unsere zielführende Marschstraße, ohne daß die noch fern an ihren Wachtfeuern pennenden Barbaren etwas bemerkten. Mußte allerdings vorher mit dem alten Stationskommandanten noch lautstarken Streit ausfechten, weil er traditionsgemäß hinter uns die Brücke samt Castell abbrennen lassen wollte. „Damit die uns sogleich bemerken, was?“ spöttelte ich und setzte noch einen drauf: „Lassen wir die Brücke und Station unversehrt, werden sich diese Dummbeutel doch zuallererst um die dortige Beute raufen, gleich hinüberstürmen, weil jeder der Erste beim Beutemachen sein möchte – und wir sind derweilen schon ein beachtliches Stück Weges unangegriffen in guter Ordnung vorangekommen!“ Dieses leuchtete ihm auch ein; doch waren wir immer noch zu langsam für ihre schnelleren Reiterscharen, von denen uns einzelne bald schon verfolgten; mit unseren marschungewohnten Zivilisten, Familien nebst plärrenden Kindern und den vollen Wagen boten wir ein wahrlich gutes Angriffsziel. Da spielte ich meinen allerletzten Trumpf für Notfälle aus (hatten wir Römer schließlich auch moderne Variationen des Kartenspiels wie das Würfeln als solches erfunden) und winkte den Stabstrompeter des Alten an meine Seite: „Nimm dir kleinen Beritt und prescht, so schnell ihr könnt und möglichst unbemerkt von den Bastarden, auf jenem Wege dort den Asprenastruppen entgegen; die müßten eigentlich auch ihre Späher vorausgesandt haben. An geeignetem Plätzchen im Walde, am besten auf einer Lichtung, haltet an, und du blase, was du blasen kannst, unser römisches Legiossturmsignal. Kennen diese nur zu gut; unsere Leute hören den Hilferuf sicherlich von ferne, beeilen sich daher mit dem Herankommen. Und wenn du dir die Seele aus dem Leib bläst, bleib an der Lärmtrompete kleben! Ab mit euch und ein gutes Gelingen!“ – im einsetzenden Schneetreiben jagten sie vorwärts; erschöpft wankten uns die Letzten des Zuges entgegen; unter diesen der tapfere Alte. Ein Strahlen ging über ihre verhärmten Gesichter; als jetzt unsere Signale dünn heranklangen. Ich aber strahlte erst, als ich sie jetzt von mehreren Seiten und immer stärker heraushörte. Einen heranschleichenden germanischen Schweinskerl glatt überreitend und in den Matsch stampfend, nahm ich den ehrlichen Glückwunsch zunächst vom wackeren Caedicus, späterhin vom anreitenden Legaten entgegen. Wir waren gerettet; dem Alten schmiedeten sie einen neuen Orden an die gepanzerte Heldenbrust; während ich dankbar nach goldmünzengefülltem Lederbeutel griff (und Asprenas meinen Namen für Berichterstattung bei Germanicus notierte).

In den blutschweren Aufstandsjahren nach der schmachvollen Varusniederlage führte ich gelegentlich Abteilungen oder Kohorten in des Germanicus Rachefeldzügen durch Germanica Magna (also die rechtsrheinischen Germanengebiete) bis hin zur fernen Elbe, wo wir uns römischerseits schwer taten mit jeglicher Neukolonialisierung. Und in den beiden großen Entscheidungsschlachten: sowohl im Weserflußgebiet zwischen Indistaviso (nahe dem heutigen Minden) wie auch beim damaligen Angrivarierwall (wo acht bestens gerüstete und motivierte Romlegionen unter Oberbefehl des Kaiserneffen und Adoptivsohnes Tiberius in Jahren 15/16 die dort versammelten Germanenscharen unter Führung des unsäglichen Arminius geradezu vernichtend schlugen), gelang es mir, den jungen Feldherrn in mehr als einer Hinsicht auf mich aufmerksam zu machen. Allerdings weniger durch unbesonnenes, grobschlächtiges Draufgängertum – als durch ruhigkonzentrierte, taktisch kluge Truppenführung. Zumal ich dann auf einem Fernpatrouilleritt ins ehemalige nahe Kampfgebiet den dritten (und letzten; zwei weitere konnten wir von Germanenhäuptlingen schlichtbescheiden zurückkaufen) verlorenen Legions-Adler punktgenau wiederzufinden das Glück hatte. Anhand der groben Lageskizze, nach dem Bericht des sterbenden Signifer aufgezeichnet; selbige war allerdings inzwischen vermüllt, doch dank meines scharfen Gedächtnisses gelang mir diese Bravourtat. Und ich konnte den geretteten Kaiseradler im Triumph zum staunenden Germanicus zurückbringen. Jener schloß mich freudestrahlend in die Arme, lobte mich über alle Maßen (im Stillen gab ich's Lob an den braven, dahingeschiedenen Adlerträger zurück – wo immer der sich jetzt befinden sollte) und reihte mich, nach Aufzeichnung meines Namens und Dienstgrades, sofort als Tribun in den Stab seiner zwei Prätorianerkohorten ein (die ihm als Angehörigen des Kaiserhauses zum Personenschutz zustanden). Tribun bei den Prätorianern zu sein, das bedeutete mindestens ebenso viel wie General in den Linientruppen, also Legat oder Präfekt. Und in Folge tat ich nun Stabsdienst in des Germanicus Nähe, unter seinen mir wohlwollenden Augen und in Reihen der Kaisergardisten. Kurzzeitig für einen erkrankten Centurio statorum (Funktion als höherer Gerichts- und Feldpolizeioffizier) eingesprungen, bin ich auch desöfteren nebst starker Legionsbedeckung durch die Lande gezogen; überwachte den allen unterworfenen Provinzen auferlegten Zensus (Steuerschätzung samt genauer Landvermessung behufs regionaler Tributzahlungen bzw. dann auch individueller Kopf- und Grundsteuer einzelner Familien oder Personen). Solche Steuerzahlungen mußten nicht selten gewaltsam und mit Waffenhilfe erfolgen; und eigentlich erst nach Generationen gewöhnten sich die Menschen jedes einzelnen Steuerdistriktes an derlei Zwangsmaßnahmen. Zumal nebenher auch gleich noch aufgezwungene Requirierungen von Naturalien, Truppenproviant und anderes mehr an der Tagesordnung waren. Solcher Druck erzeugte naturgemäß Gegendruck: viele der neuen Steuerbürger versuchten sich vorm Bezahlen oder Entrichten zu drücken bzw. muckten schlagkräftig wie lautstark auf – teilweise gar mittels bewaffneter Rebellion. Dann traten meine Begleitsoldaten in Aktion, dem Procurator oder kaiserlichem Steuerbeamten hilfreich beigeordnet und eine militante Drohung allen Unwilligen gegenüber. Auch ich als Gerichtsperson hielt mich bereit. Denn gings halt gar nicht anders, griffen wir uns die Hauptschreier oder sich verweigernden Dorfoberen, hielten vor rasch zusammengetriebener Einwohnerschaft, Weiber, Kinder inklusive (daß sich solches auch noch in nächster Generation warnend herumspräche). Per Schnellgerichtsverfahren wurde dann, entweder durch mich amtlich besiegelter kurzer Prozeß gemacht – in vielen Fällen aber überhaupt kein solcher, und gleich aufgebaumelt – und die gefesselten Männer an die hierzulande ohnehin überall herumstehenden Bäume gehängt. Da bekamen selbst kahle Äste ihre aufruhrabschreckenden Früchte. Noch heute höre ich manchmal in unruhigen Albträumen mich scharf kommandieren: „Der und der sind wegen Steuerverweigerung und Rebellion zum sofortigen öffentlichen Tode verurteilt; das Urteil ist namens des Kaisers rechtsgültig, Einspruch oder Milderung nicht möglich; Exekution marschmarsch, einer von den Legionären unten dran hängen und hochziehen!" Scheußlich das Knacken von wegbrechenden Halswirbeln!! Fürs Abpflücken und Begraben hatten ihre eigenen Leute zu sorgen. Immerhin flossen danach die Steuergelder und häufelten sich diverse Naturalabgaben. Wenngleich wir Besatzer uns damit nicht eben beliebt im Lande machten. Aber darauf kams ja auch nicht an; wir hatten unseren Auftrag zu erfüllen, und wir waren schließlich auch Menschen, die leben wollten, möglichst nicht allzu schlecht … Natürlich kannte ein jeder Befehlshaber bis runter zum Zenturio die ständig erneuerten kaiserlichen Ordres, beim regulären Besteuern und requirieren nach Möglichkeit maßvoll vorzugehen. Nur, was hieß denn schon „maßvoll"? Diesen Begriff legten alle immer großzügig wie auch sehr weit aus! Das Imperium war groß und der jeweilige Princeps saß zumeist ferne in der Reichshauptstadt Rom. Die Toten beißen nicht mehr; und von den arg verschüchterten Dörflern konnten überdies die allerwenigsten lesen, schreiben und sich in ordentlich flüssigem Behördenlatein bei wem auch immer nachher beschweren. Jedenfalls aber konnten sie verflixt gut rechnen. Da wir Befehligenden sozusagen qua Amt letztlich Sorge tragen mußten, bei derlei – zugegeben unguten wie wenig schönen – Geschäftsgebaren, nebenher noch ein Weniges (auch wieder reine Auslegungsfrage) für uns privat abzufassen, Motto: „Braver Mann sorgt für sich selbst zuerst". Danach kommen Kaiser und Reich, die Staatskasse und wer weiß sonstnoch. Es merkten selbst die Dümmsten unter den Besteuerten, daß sie höchstwahrscheinlich zu viel entrichten mußten. Dann hieß es wieder unsererseits an jene Aufmucker: „Maul halten und Steuern zahlen – ansonsten ratzfatz!" Mit entsprechender gleitend über den Hals streichelnden Handgeste schön verdeutlicht. Meistens war dann auch Ruhe; wenn nicht, herrschte bald Friedhofsruhe, die bekanntlich endgültig ist. Also kurz, schmerzlich, unschön: So machtens schließlich alle unsere hohen Beamten und Miltärs auf derlei Exkursionen; und ich eben auch. Denn für ferne, hoffentlich gesunde wie wohlbetuchte Veteranenjahre konnten viele gutgefüllte, prallgoldig klingelnde Geldbeutelchen sicher überhaupt nichts schaden. Also machte ich in diesem Sinne meinen Dienst im Stabe, und es vergingen die Jahre. Im Fortgang der Ereignisse hatte ich die langsam verblassende Erinnerung an die damalige Varusniederlage schon fast verdrängt – als ich gänzlich unvermutet wieder einmal, ganz direkt, damit konfrontiert wurde. Und zwar im fernen, tiefen Waldesdüstern der unermeßlichen Weiten von Germania magna; an dessen Außengrenzen sowie in froschbequakter, mückenstechender, schmeißfliegenumschwärmter Treibsandflußniederung in rasch beginnender Abendkühle. Auf eiligem Kurierritt mit wenigen Speculari als Begleitern, kam es dort zu einem für mich denkwürdigen Zusammentreffen. Nämlich an versandetsumpfiger Flußfurt, beim damals schon weithin bekannten, oft auch von römischen Fernhändlern angefahrenen sowie als Wegespinne von vielerlei sonstigem Volk begangenen Platz einer größeren Handelsstation und Warenstapelort ARELETIA. Ausgebaut inzwischen als palisadenbewehrter, wachturmgeschützter, fester Orientierungspunkt in hiesiger Region (*und seinerzeitigem Jahre 15 neuer Zeitrechnung!*). Ich preschte also dort mitten unter buntscheckiges Menschengewimmel, in vielerlei Sprachen miteinander lärmend, feilschend, streitend. Hier war mächtig was los, es herrschte aber, trotz allseitiger Bewaffnung, gebotener Handelsfrieden. Die rotsäumigen Abendwolken färbten den dunkelnden Abendhimmel ein, und es brannten schon überall lodernde Wärmeflammen. Etwas schwer, sich hier zurechtzufinden. (6) Da freute es mich ganz besonders, als ich in der Menge ein von früher her bekanntes Gesicht neben mir auftauchen sah; wie stets verkniffen grienend, aber stramm grüßend. Es war tatsächlich mein alter Kamerad und Mitveteran aus blutschwer unvergeßlicher Varus-Niederlage von vor sechs Jahren – jener tüchtige Legionär Tiberius Julius Pantera. Schnellstens vom Pferd herunter und mich zu ihm ans Wachtfeuer dieser Nacht hockend, kamen wir ins Schwatzen: der Unterführer bei den Bogenschützen seiner Ersten und also Italikerkohorte, an mittelrheinischer Militärgrenze stationiert, war mit seinen geschätzten reichlich vier Lebensjahrzehnten schon langgedienter Optio und Zenturiostellvertreter geworden, eine echte Respektsperson in der Truppe. Und genauso wie mich, zierte auch ihn eine breite, wulstige Narbe auf gefurchter Stirn. Unter dem seit damals frühweißen Haaren blickten seine wachen Augen tatenfroh wie hellblitzend ins lärmige Leben um uns herum. Obwohl wir in dieser Nacht der Erinnerungen nicht zum schlafen kamen, sind wir doch – wie ich meinte bekräftigen zu müssen – beide ausgeschlafene Typen seit jeher. „Was denn sonst“, meinte der trocken „und man trifft sich immer zweimal im Leben“. Kam dann auf seines zu sprechen – interessiert hörte ich zu. Fragte aber zuerst nach seiner Familie, denn er war mit der damals freigewordenen Schmiedewitwe, einer offenbar lebenspraktisch resoluten Frau, zusammengeblieben; die ihn wirlklich fest am Bändel hatte. Sie hausten in der Handwerkergasse ihrer Militärstadt am großen Rhenusflusse. „Die Jungens machen sich prächtig, gehen mit entsprechendem Alter natürlich auch zur Legion“, meinte er stolz. „Und die Kleine von damals hat sich ebenfalls ordentlich gestreckt, ist jetzt auch schon über die Zwölf, versteht sich gut gegen uns alle durchzusetzen. Solltest mal sehen, oder besser hören, wie das Herzchen ihre Brüder regiert; wir werden die wohl bald verheiraten müssen, auf daß sie weibliche Unterordnung lerne", feixte er abschließend. „Na ja, die Weiber „ – und somit kam er auf sein Lieblingsthema zu sprechen. „Meine Alte paßt ja höllisch auf, da ist nix mit gelegentlichem Ausbrechen; hättest mich mal früher sehen sollen und erleben, zum Beispiel in Syria drunten!" Dort habe er sich tüchtig ausgetobt. Zum Exempel offenbarte er mir eine hübsche Geschichte. Die ich mir, weil ersichtlich gar nicht so landestypisch für dortige Verhältnisse, gut gemerkt habe. (Um viele Jahre später, als ich selber dann dort wirkte, ganz speziell wiederum förmlich darauf gestoßen zu werden). Panteras Intimdetails zur heißflammenden Liebschaft, nebst Folgen, mit noch sehr junger Jüdin Mariam, aus alter Familie der Leviten und Tempeldiener für den niederen Kult stammend, von diesen jedoch verachtet und verstoßen (weil sie sich mit einem der verhaßten römischen Besatzer eingelassen hatte), überspringe ich rasch. Um auf die Hauptsache zu kommen: den vom etwas windigen Frauenschwarm, Legionär und Bogenschützen in syrischer Kohorte mit der eher noch kindhaften Judentochter gezeugten strammen Sohn, welcher dann Jehoshua oder Jeschua benannt wurde (latinisiert als Jesus). Mit aktiver Hilfe oberer Tempelpriester, überzeugte man einen frommen alten Zimmermann und Mehrfachwitwer mit großer Kinderschar, namens Josephus (ebenfalls latinisierte Namensform), die junge Mutter samt neugeborenem Kind als neue Ehefrau in seine Sippe voll zu integrieren – um die Schande zu verheimlichen! Der Alte gehorchte zwar unwillig, doch wars ihm sichtlich peinlich. Zumal sich viele Leute und Nachbarn ebenso lautstark wie andauernd (noch Jahrzehnte später monierten sie dessen uneheliche Geburt bzw. sein herkommen als Römerbastard) darüber aufregten. Als über die Dörfer reisenden Baugewerbefachmann mit regionalweit bekanntem Familienbetrieb fürchtete der Alte um seinen bisherigen guten Ruf. Weshalb Jungmutter Mariam, intelligent weitblickend und mit sicherem Gespür begabt, den aufgeweckten Jungen bei passender Gelegenheit ins Höhlenkloster der abgeschieden lebenden, strenggläubigen Essener Sekte am Toten Meere verbringen ließ – solcherart für straffe Erziehung, gute Bildung, feste Glaubenstreue sorgend. (7, 8) Damit war der „Stein des Anstoßes“ vorab entsorgt und der schlimme Fehltritt aus den hämischen Augen böswilliger Nachbarschaft entfernt; keiner solle sich fortan mehr das Schandmaul zerfetzten; der herzkranke Ziehvater Josephus mußte sich nicht mehr aufregen und genieren, und alle waren am Ende einigermaßen gut bedient. Freilich: den armen kleinen Jesus hatte schließlich keiner um seine Meinung oder gar Einwilligung gefragt zur gravierenden Trennung von familiärer Häuslichkeit – und sich zur Wehr setzen dagegen, wie lieblos hier mit ihm verfahren wurde, konnte er doch erst recht nicht. Gemerkt hatte er sich's aber vermutlich lebenslang, so wie er – späterhin kurzfristig zur Großfamilie zurückgekehrt – mit denen fremdelte, ja hörbar lieblos mit ihnen allen verkehrte (seine Mutter beispielsweise stets nur kurz wie bündig als „Weib“ benamte, wie x-beliebige fremde Frauen auch). Soweit kannte Vater Pantera (das allermeiste freilich auch nur vom Hörensagen) diese Geschichte, an welcher er ja hauptbeteiligt war. Und schloß resignierend: „ja, ja – diese Juden sind schon ein ganz eigenes Völkchen; schwer zu verstehen und fast unmöglich, diese einigermaßen von oben her durchzuregieren!“ (Gerade letzterer Stoßseufzer war es wohl, der sich mir tief in die Seele brannte; wußte damals nicht, warum?). Nach arg kurzer Nachtruhe trennten wir uns; zwar etwas brummköpfig schwankend vom reichlichen Weingenuß aufs Wiedersehen, jedoch in strammer Haltung, wie es sich für altgediente Soldaten ziemte – weil: „Dienst ist Dienst, und Wein ist Wein“. Der begleitete seine Händlerkarawane durch niedrige Flußfurt hiesigen Gewässers, weiter gen Osten hin; und ich ritt meinem Geheimauftrag nach, in Richtung Südwesten fort. Zwar haben wir zwei alten Kriegskameraden uns in diesem Leben niemals wiedergesehen. Ich jedoch mußte Jahre später noch desöfteren wie auch sehr heftig, an den ollen Pantera und seine Jugendsünden am anus mundi und bei den rebellischen, uns Römer verachtenden, Juden denken … (9)

Ein weiteres besonderes Vorkommnis – und für mein späteres Leben entscheidendes Erlebnis – hatte ich unliebsame Gelegenheit, hautnahe und als Augenzeuge mitmachen zu müssen: die große Spontanmeuterei von vier niederrheinischen Legionen im zentralen Militärlager von Novaesium (*Neuss*). Als nämlich (*im Jahre 14 u. Zt.*) auch hierzulande das Hinscheiden unseres gottgleichen Romkaisers Augustus bekannt wurde, muckten zunächst die ohnehin nur unlustigen, zwangsausgehobenen und reinen Gammeldienst schiebenden Neu-Legionäre aus hauptstädtischer Plebs und sonstigem Gesindel des römischen Umlandes auf. Daheim hatten sie ohnehin nicht schwer arbeiten gemußt; sondern wurden durch regelmäßige Getreideverteilungen sowie andere Vergünstigungen samt andauernden öffentlichen wie kostenlosen Veranstaltungen (Brot und Spiele also) ruhiggestellt und bei Laune gehalten. Von heimischen, bequemen Fleischtöpfen abgeschoben und hier in barbarisch kalter wie blutdampfender Ferne, sollten sie um zwar regelmäßigen Sold, aber in steter Lebensgefahr ihre kostbare Haut zu Markte tragen? Schnell griff der Funke des Aufruhrs auch zu den bislang stillhaltenden Altgedienten über. Diesen war vor Jahren schon ihre lange Dienstzeit um einiges, auf mindestens 20 Jahre, verlängert worden; auch faßten ihre Vorgesetzten, Zenturionen und Tribunen nebst Legaten sie recht hart wie kompromißlos an; Urlaube gabs nur gegen ordentliches Schmiergeld, Heiratsgenehmigungen ohnehin nur in wenigen Ausnahmefällen, Diensterleichterungen aller Art mußten in der Regel über persönliche Dienstleistungen in Vorgesetztenhaushalten abgegolten werden, Reservistenjahre und Langdienste sind nicht selten, anstatt finanziell, dann mit einigen Äckern schlechten Landes diesen Veteranen kümmerlich abgegolten worden. Und nicht selten prügelten Offiziere aller Grade derb auf ihre Legionäre ein. Denen aber reichte es jetzt, und als sich nach Gottkaisers Tode zunächst nichts änderte, stürmten sie in Waffen die Offizierssiedlungen, metzelten alle erreichbaren Vorgesetzten nieder – ebenso im Lager selbst – verwüsteten brandschatzend, plündernd und mordend die Garnison. Dem vor ihren sinnlosen Wüten eiligst flüchtenden Legaten konsularischen Ranges, Severus Caecina (nach vierzig Dienstjahren hier am Niederrhein als Statthalter Roms) und mit solchem blutigen Aufstande seiner eigenen Leute erstmalig konfrontiert, flatterten die welken Ohren. Ihn selbst verschonten sie zwar: „Hau ab, Opa und halts Maul", sperrten ihn nur ein. Die flüchtig an ihm vorbeihetzenden Lageroffiziere wurden auf der Rheinbrücke in Fetzen gesäbelt und ihre blutenden Reste in den Fluß geschmissen. Den eben zu dieser Stunde ahnungslos mit ziemlich zahlreicher Begleitung aus Gallien heranmarschierenden Feldherren und Kaiserneffen Germanicus brüllten sie lautstark nieder – als dieser fassungslos mitten ins Gewühl geriet und energisch Ordnung schaffen wollte. Mitten auf der Rheinbrücke stehend, wurde er von der wütigen Sodateska umringt, festgehalten, mißhandelt und angespuckt. Als er sich ob ihm angetaner Schmach verzweifelt ins eigene Schwert stürzen wollte, verhöhnten sie ihn. Und ein besonderer Frechling bot ihm seinen Gladius an, weil der wesentlich schärfere Klinge habe und schon erprobt durchs Aufschlitzen und Köpfen zahlloser Zenturionen. Mit einem Auge diese unwürdige Szenerie beobachtend, mit dem anderen aber sehr sorgfältig die jetzt vom rückwärtigen Ufer her geordnet und mit blankgezogener Waffe anrückenden Prätorianer der Begleitkohorte, hielt ich (der ich bisher als unbeteiligter Zuschauer, in einfachen langen Reitermantel gehüllt, den Prachthelm unter dessen weiter Kapuze verhüllend, abwartend am Brückengeländer verharrte – wo andauernd an mir vorbei die toten Zenturionen runterflogen) es nunmehr für geboten und die rechte Zeit, ordnend hier einzuschreiten. Den lästigen Mantel abstreifend, gezogenen Gladius in Händen, trat ich als voll adjustierter Kriegstribun jetzt den führerlos Tobenden in den Weg. Wußte ich doch die geballte Kraft einer diszipliniert anmarschierenden Truppe, unter deren Tritten die Holzbrücke erbebte, sichernd im Rücken. Zunächst einmal hieb ich dem überraschten Hauptschreier, einem gewissen Calusidius, mit ausholenden Schwung den Grind ab – beschimpfte die jetzt verunsichert Stutzenden übelst und brüllte sie in lautem Kommandoton an, sich unverzüglich unter Waffen und in üblicher Paradeaufstellung bei ihren Fahnen und Standarten im Lager drinnen zu versammeln. „Aber äußerste Beeilung und haltet jetzt gefälligst die Schandmäuler“, gab ich den Abziehenden mit auf den Weg. Zustimmend nickte mir der die Prätorianer führende Kohortus zu, den ich kurz über die mißliche Lage aufklärte, was dieser ungläubig staunend zur Kenntnis nahm. Immerhin war erstmal Zeit, und damit alles, gewonnen. Einem hünenhaften Legionär, welcher bislang schützend den kleinen Germanicussohn „Stiefelchen“ auf dem Arme trug und die Germanicusgattin Agrippina (schon wieder einmal hochschwanger, aber tapfer auch in der Brückenmitte ausharrend) zu schützen suchte, nahm ich mit einigen Dankesworten den munteren Caligula ab, setzte ihn jetzt auf meine Schultern und rapportierte solcherart beim recht verdutzt schauenden, mich aber mit freundlichem Blicke bedenkenden, Feldherren. Dieser winkte seinen Leibschreiber heran und ich glaube, jener notierte sich meinen Namen an oberster Stelle. Dann war für kurze Zeit Ruhe, indes sich die Legionen um ihre Feldzeichen scharten. In der Nacht jedoch hetzten einige Unentwegte die Massen wiederum auf, ein größerer Haufe stürmte zum Wohnhaus des Germanicus und man trat ihm dort die Türe ein, jagte die Familie in Unterkleidern auf die Lagergasse

hinaus; dort waren aber unter meiner und ihres Kohortus Führung schon wieder die schwergerüsteten Prätorianer aufgezogen; wir lösten nunmehr kurzbrutal den Tumult auf, indem wir die Horde unverzüglich bei nächtlichem Fackelschein und vor den Augen der waffenlos herbeigetriebenen, schlaftrunkenen Legionäre, dezimieren ließen. Was hieß, zu zehnen abzählen, jeder Zehnte vortreten, Kopf auf den Hackstock und Ratzfatz! Den Rest dieser aufmüpfigen Rotten schickte ich zur Schwerstarbeit auf die Wälle zum Schanzen bzw. in umliegende Wälder, um Massen von Brennholz zu schlagen. So waren zwei Fliegen mit einer Klappe geschlagen: denen vergingen bei harter Tages- wie auch Nachtarbeit ihre meuterischen Gelüste, und das Lager bekam sein benötigtes Bau- und Brennholz. Wiederum dickes Lob für mich – und schweren Tadel für den wahrlich unfähigen alten Caecina! Außerdem konnte ich dem wutschnaubenden Germanicus ausreden, umgehend mit Familie hier weg- und ins scheinbar sichere nächstgelegene Großlager unserer Garnisonen, nach Augusta treverorum (*heutiges Trier*) zu ziehen, dort an der Mosel um Schutz und Hilfe zu bitten. Wäre ja auch für einen Kaiserneffen recht peinlich geworden; somit sicherte ich mir schon wieder dessen heißen Dank. Und auch Agrippina (sie gebar andauernd Kinder), sowie der Winzling von Sohnemann, behielten mich in bester Erinnerung; Letzterer zwar nur einigermaßen verschwommen, doch sollte dieses später einmal für mich lebensrettend sein …
Was allerdings den großen Verräter Arminius anbelangte, so realisierten sich alle seine kühnen Großmachtträume vom Eigenkönigtum und Germanengroßreich unter seiner glorreichen Führung am Ende nicht! Das Erbübel andauernder Stammesfehden sowie interfamiliäre Querelen (*Gattin nebst in Gefangenschaft geborenem Sohn in Römergefangenschaft; mit Schwiegervater tödlich zerstritten, von eigenen Gefolgsleuten dann im Jahre 21 u. Zt. hinterrücks feige ermordet*), bescherten dem Romimperium schließlich ohne eigenes Zutun erwünschten Erfolg. Und im rechtsrheinischen Großger-

manien kehrte vorübergehende Friedhofsruhe ein; wer wollte schon bestreiten, daß selbige eine absolute war? Man benötigte germanischerseits wohl noch keinen Einheitsstaat samt Volkskönigtum. Und bis zum national geprägten Einheitsstaat der Deutschen wars noch ein jahrtausendewährender, weiter Weg (*exakt zwei Jahrtausende minus 151 Jahre, vom Zeitpunkt Arminius' Ermordung an gerechnet*). Vorerst blieben die hiesigen Stämme großteils ihren angestammten Blutgöttern gehorsam: an deren Spitze in der WeltenescheYggdrasil auf seinem Hochsitz zu Walhalla im Wolkenhof Glanzheim, der Allvater Wuotan/Odin einäugig, aber stets wachsam thronte. Mit seinen heldischen 12 Asen und vielen derbdrallen Walküren (Schwertmädels germanischen Schönheitsideals, muskelbepackt, gepanzert und mit strammen Titten sowie großen Füßen und Pferdezähnen), überwachte er alle neun Welten. Lebte streng vegetarisch nur von Rotwein. Alles sonstige Eßbare vertilgten seine beiden Leibwölfe Geri (*gierig*) und Freki (*gefräßig*). Auf beiden Schultern beäugten die Odinsraben Hugin (*Gedankenleser für Zukünftiges*) und Munin (*Erinnerungen an Gehabtes*) alle noch so geheimen Zuckungen der nordischen Götter und Menschen. Alles übrige Gesocks gehörte ohnehin brutal totgeschlagen! Im Hintergrund halten sich abrufbereit des Obergottes achtbeiniger, sturmerprobter, fliegenkönnender Schimmel Sleipnir (*der Windgleiter*) sowie der düstere Fenrir als gefürchteter Totenwolf und Bastardsohn des abtrünnigen Feuerdämons und Götterschmiedes Loki. Für alle diese war die frühnordische Welt noch in Ordnung – was brauchte es da zu solchen anheimelnd, mythischen Phänomenen, Schimären, Geistwesen noch einen höchst irdischen und wahrhaft sterblichen Arminius, samt seinem Führungsanspruch über alle und alles? Von den aufdringlich neugierig überall jetzt herumwuselnden wie auch großsprecherisch-lautstark machtfordernden römischen Südländern mal ganz abgesehen! Immerhin sei ein kleines kulturwissenschaftliches Faktum dieser Uralthistorie hierzu am Rande, sozusagen als Histörchen aus der

Historie, aber mit späteren ungeahnt weltpolitischen Folgen und Wirkungen, süffisant lächelnd nachgetragen: Mit des Germanicus verdientem Triumphzug in des Reiches Magistrale Rom (*im Jahre 17 u. Zt.*) wurde auch als hochrangige Staatsgefangene das Eheweib des abtrünnigen Verräters Arminius samt kleinem Sohne Thumelicus vorgeführt. Langsam vorüberschreitend, zog jene großgewachsene, üppig rotbehaarte und derbknochig-großfüßige Cheruskerin zwangsläufig die neidisch begehrlichen Blicke der kleingewachsenen zierlichen wie schwarzhaarigen Römerinnen auf sich. Von denen in Folge viele ihre Haarpracht farblich rotgetönt nunmehr modisch anpaßten. Was den bösen Spötter Martial daraufhin zu hämisch-zynischen Sprüchen betreffs dieser schnelllebig trendigen sowie stets putzsüchtigen Weiber veranlaßte. (10)

Kaum jemand war wohl so aufgeräumt fröhlich wie der mit einigen ehrenvollen Wundnarben geschmückte Endzwanziger Pontius Pilatus, als dieser sich endlich, endlich im Stabsgefolge des vom gestrengen neuen Princeps energischst nach Rom zurückbeorderten Kaiserneffen Germanicus mit auf die lange Reise machen durfte. Zwar hatte sich der in den Legionen ungemein beliebte Feldherr während seiner Kriegszüge gegen einzelne Germanenstämme wie auch die vom elenden Arminius geschmiedete große Koalition der Aufrührer sehr erfolgreich durchgesetzt, viele entscheidende Siege erkämpft (und so manche drohende Niederlage eben noch vermieden), die verlorenen drei Legionsadler wiedergeholt und damit die brennende Schmach der Varusniederlage einigermaßen wettgemacht. Jedoch erschien er den alles besser wissenden, sesselfurzenden Bürokraten in der Reichshauptstadt allzu sehr als grobschlächtiger „Haudrauf"; und von seinem, zugegeben nur höchst rudimentären-diplomatisch-weltläufigem, Verhandlungsgeschick den listigen Feinden gegenüber, hielt selbst der Kaiser nichts. Welcher schließlich völlig entnervt den Wackeren fortlobte, ihm das ehrenvolle Angebot machte, daß sich beide in anfallendes Konsulat an der Staatsspitze teilen wollten. Wonach in Rom ein glanzvoller Triumphzug für den großen Germanenbesieger vorbereitet werde. Jener sich danach aber schnellstens als kaiserlicher Oberbefehlshaber für Ägypten und Syrien in dortige fernen wie unruhigen Großprovinzen an der Ostgrenze des Imperiums in Marsch setzen solle. Dabei würde ihn der altbewährte Haudegen Piso als Legat in Syrien schon nach Kräften unterstützen. (11)

Am glanzvoll turbulenten Volksfest (*des 26. Mai 17 u. Zt.*) fungierte Kriegstribun Pilatus als Kommandeur jener speziellen Begleiteskorte für die prominenten Gefangenen der aufmüpfigen und niedergeworfenen Germanenstämme. Welche traditionsgemäß in derlei Triumphen mitgeführt und dem neugierig staunenden Volke gezeigt wurden – Anführer und Priester sind anschließend ebenso traditionell in den berüchtigten mamertinischen Kerkern erdrosselt worden; Motto: Fort mit den Schädlingen, auf daß sie späterhin nicht mehr zur Gefahr sich auswachsen können! Dieser verfluchte Verräterfeind Arminius, dem sämtliche römischen Bürger, Offiziers-Rangklassenrechte aberkannt waren, konnte nun zwar leider nicht triumphierend zur Schau gestellt werden; dafür jedoch seine in Römerhand gefallene Frau Thusnelda (welche der seinerzeit aus der Burg des unwilligen Zwangsschwiegervaters Segestes, wohlgemerkt mit ihrer stillen Einwilligung, geraubt hatte; ja, ja, die guten alten Zeiten). Jener treue Römerfreund und Clanchef Segestes war nicht nur überzeugt vom Kulturbringertum völkisch höherwertiger Römerzivilisation, sondern auch weitsichtig genug, das künftige Nichtgelingen hochfliegender Königspläne des Arminius in dessen Wunschträumen von einem vereinigten Großgermanien unter seiner Führung vorauszuahnen. Jetzt mußte er, immerhin auf der Tribüne für geladene Ehrengäste, zähneknirschend mit ansehen, wie Tochter und nunmehr dreijähriger Enkelsohn Thumelicus drunten vorbeischlurften, vom Stadtpöbel verhöhnt. Der Junge war bereits in römischer Ehrenhaft (hatte Segestes durchgesetzt) geboren und kannte Germaniens düstere Wälder überhaupt nicht, sicher kein Verlust. Dafür sehnten sich die nebenherlaufenden männlichen Sippenhäftlinge umsomehr zurück: sein Onkel Segimundus und Segestesneffe Sefithakus. Das war jener Unhold, der damals des schon toten Varus Körper spöttischgrausam verunstaltet, verbrannt und dessen Schädel als Kopftrophäe an den sich vom Kriege distanzierenden Böhmerkönig Marbod sandte; welcher diesen pietätvoll einsalzen und den Römerfeinden zwecks Bestattung mit höflichen Beileidsgrüßen (ehrlich gemeint?) überbringen ließ – was sich viele Jahre später noch für ihn persönlich auszahlen sollte. Thusnelda und Thumelicus wurden in standesgemäßes Exil nach Ravenna verbannt. Verantwortlicher Begleitoffizier auf der Reise dorthin war wiederum Tribun (und ab sofort höherer Stäbler in kaiserlicher Prätorianergarde Roms) Pontius Pilatus. Welcher dem stolzen Weib des üblen Verräters unterwegs ganz deutlich seine Abneigung und die kalte Schulter zeigte, mit dieser nur knapp das Allernötigste sprach und gar ihrem rotznasigen Sprößling, dieser unerzogen frechen Natter, schon mal die Faust zeigte, ihm Prügel androhte (ohne allerdings wirklich zuzuhauen), wenn jener wutheulend mit Füßen nach ihm treten wollte. Dabei allerdings solch finstere Gedanken hegte, wie sie still aber heimlich auftreten wollten: „Was derlei fragwürdige Sondervergünstigungen für nach erbittert-verlustreichen Kämpfen festgesetzte feindliche Edelinge und deren Sippenangehörigen dem römischen Staat doch, insgesamt gesehen und auf Dauer, an Unmengen Geldes kosteten. Wäre es da nicht vielleicht angemessener, im Interesse der Steuerzahler, mit jenem Gesocks, von dem wohl die Allerwenigsten einmal echte Romfreunde würden, kurzen Prozeß zu machen? Ratzfatz, Rübe runter und irgendwo beiroden. Basta!" Er durfte sich gar nicht daran erinnern, was alles an grausigen Mären in Soldatenkreisen umlief und wie man die lebend gefangenen Legionäre sowie verwundet hilflos in Feindeshand gefallene Kameraden, ebenso Weiber, Kinder, Troßzivilisten und Handelsleute zu Tode peinigte: die glaubhaft überlieferten Foltermethoden jener unzivilisierten Barbaren sind wahrlich entsetzlich grausam gewesen. Gleiches Recht bzw. Unrecht für Alle; nämlich Auge um Auge, Hand um Hand, Blut um Blut – ganz so, wie das die alten Juden in ihren noch älteren Schriften so offenherzig anmahnen …

Übrigens ist neben Ravenna – wo später auch der zeitweise Arminiusverbündete Markomannenfürst Marbod, der als Großkönig über germanischen Stämmeverbund im böhmischen Becken erfolgreich herrschte, die letzten 14 Jahre seines oftmals recht kriegerischen Lebens dann, als ebenfalls Staatspensionär nunmehr harmlos friedlicher Exilant geworden, verbringen durfte – ebenfalls die aufblühende Römerkolonie Lugdunum (*Lyon*) am Rhodanusflusse (*Rhone*), samt nahegelegener Militärstadt Vienna,

Hauptort der römischen Provinz Gallia Lugdunensis, seit den Zeiten des Kaisers Augustus ein solcher beliebter Verbannungsfleck im Reichsimperium geworden. Was der relativ dienstjunge Pilatus damals noch nicht wußte. Jetzt aber, nach erfolgreicher Mission und unbeschädigter Ablieferung seiner Gefangenen, die sorglich unterschriebene und gesiegelte Übergabequittung in Händen haltend, meinte er durchatmend, diese für ihn höchst unangenehme Aufgabe letztlich zufriedenstellend erledigt zu haben – und sich dadurch für ehrenvolle größere Aufgaben in der Reichshauptstadt empfehlen zu dürfen. Verabschiedete sich also ebenso steif wie maulfaul von ungeliebten Schutzbefohlenen. Was diesen frechen Germanensprößling und Segestesenkel Thumelicus anbelangte, so muß es diesem später garnicht besonders wohl ergangen sein, dürfte durch sein aufbrausend großfressiges Temperament sicherlich bei aller Obrigkeit angeeckt sein. Während über Mutter Thusnelda weiter nichts als historisch gesichert zu erfahren war – so ist doch lückenhaft aufgezeichnet, daß der jugendliche Rabauke allen Umerziehungsversuchen der Römer trotzte, widerspenstig blieb. Sein kurzes Leben dann in noch jungen Jahren als Gladiator (vermutlich freier Schaukämpfer), im blutigen Sande irgendeiner Großarena geendet hatte. So wenigstens vermeldet es die allwissende, wenn auch nicht immer genau berichtende, Frau Fama; und solches ist doch besser als überhaupt nichts.

Des Arminius Bruder Flavus aber focht als Legionär und Zenturio tapfer wie hingebungsvoll auf römischer Seite (letzteres bezieht sich auf in Kämpfen verlorenes Auge). Mit ebenfalls vom Vater ererbtem römischen Bürgerrecht war er ein zeitlebens vollintegrierter und sozialisierter Römer geworden. Diente sich in den Legionen zum Subalternoffizier hoch. Das handfeste Einauge soll gar mit dem begehrten „Mauerkranz der Tapferen“ ausgezeichnet (wurde für hervorragende Teilnahme an diverser Stadterstürmung vergeben) sowie mit der eher seltenen „Goldenen

Corona" (reiner Offiziersorden) geehrt worden sein. Respekt dafür! Diente übrigens bei den Exploratores, einer Spezialeinheit in den Legionen *(heute würde man von Rangern sprechen)*, welche Kundschafterdienste leisteten, und auch als Fernspähtrupps, ja vereinzelt sogar als Sabotagekommandos wirkten. Bei dieser Truppe, welche in den Legionslagern immer zunächst dem Tore campierten, um jederzeit in Vollrüstung nach draußen horchen und sehen zu können, da holte sich jener Flavus seine Meriten und die hohen Orden, samt Pensionen …

Dieses alles – und vieles weitere mehr – notierte sich Pontius Pilatus, als tribunus cohortis praetoriae zur besonderen Verwendung und im höheren Stabsdienst beim allgewaltigen (und ihm seit jener schwierigen Begleitmission der Arminiussippe via Ravenna aus unerfindlichen Gründen sehr wohlwollendem) Lucius Aelius SEIANUS – derzeitigem Praefectus praetoriae und Alleinkommandeur aller kaiserlichen Gardetruppen Roms. Dieser besaß damals noch das uneingeschränkte Vertrauen des neuen Kaisers Tiberius, stammte aus der Ritterschaft sowie väterlicherseits aus alteingesessenem Etruskeradel, zählte in seiner nobilären Familie Senatoren, Konsuln, Prätoren usw. Und er hatte als Anfangsdreißiger noch Großes mit sich vor; nichts weniger als künftiger Princeps wollte er werden (nötigenfalls per Intrige, Putsch oder Mord). Also ließ er schon einmal – um späterhin seinen Namen damit zu schmücken – den Grundstock für eine fetzige Biographie erstellen. Der von ihm dazu ausersehene Pilatus mußte als erstes (war er doch aktiv gedienter, schlachtenerprobter Soldat und Haudegen schon in jungen Jahren) eine Kurzfassung über die staatserhaltende Rolle der Militärmacht, ihrer Organe und Zentren vorzüglich im Kaiserreiche (natürlich mit wichtiger Verwurzelung in früherer Republik) vorlegen. Sowohl betreffs der Gardeformationen als auch der Linientruppen, Hilfskräfte und Verbündeten; für derlei anstrengende Tätigkeit bekam er vom Hohen Chef, der ordentliches Recherchieren erwartete, je einen Schreiberling und Archivarius beigestellt sowie eine halbjährig wiederholte mündliche Berichtspflicht aufgedonnert. Damit dann, nebst Wunsch für gute Verrichtung, huldvoll entlassen.

Pilatus machte sich unverzüglich ans Werk – und nach etlichen einleitenden Sätzen zur strukturellen Entwicklung der römischen Militärmaschinerie von altväterischer Bürgermiliz hin zur teilfreiwilligen Manipellegion aus Republikzeiten bis zur heutigen Kohortenlegion als einem stehenden Heer langdienender Berufssoldaten, samt kurzer Historie des Kriegswesens in verflossenen Jahrhunderten (auf dieses alles soll im vorliegenden Werk nicht gesondert eingegangen werden) – kam er also gezielt zur Sache und in heutige Zeit. Beginnend mit den Militärreformen der großen kaiserlichen Feldherren Augustus und Tiberius. Und befaßt sich zunächst mit seinem jetzigen Elitetruppenteil, der unter Seianus sich zahlenmäßig, wie auch von staatstragender Bedeutung her, aufblähenden Kaisergarde, den berühmt-berüchtigten Prätorianern:

Zunächst einmal galt es herauszustellen, daß diese praetoriae cohortes nicht verwechselt werden mit den (zumeist von freiwilligen germanischen Söldnern gestellten) custodes corporis, den Angehörigen der persönlichen Leibwache und also Personenschützern des jeweiligen Princeps! Dienste bei den Prätorianern durften zu Pilatus' Zeiten lediglich Römer und Italiker leisten; soweit sie es nicht schon waren, bekamen sie notfalls mit Dienstantritt – nach scharfen Auswahlkriterien betr. Gesundheit und Belastbarkeit gemustert, (12) den rechtskräftig verbrieften Status eines freien römischen Vollbürgers; Alter zur Anwerbung bei 17/18 bis maximal um 30 Jahre; Verpflichtung auf Gesamtdienstzeit in Frieden und Krieg auf 16 Jahre (späterhin sogar 20 Jahre). Einsatzgebiet und Hauptverwendungszweck jener prestigeträchtigen wie zumeist hochangesehenen Gardetruppen war die sogenannte Heimatfront – mit täglichen Wachdiensten in und um Kaiserpalast und Stadtmittelpunkten, allfällige Reisebegleitung (mindestens eine Kohorte) für Princeps, seine Familie im Weiteren und höhere Reichsverwaltung, spezielle Polizei- und Sicherungsdienste inklusive Geheimer Feldpolizei und interner Staatsschutz. Eine geheimnisumwitterte Sonderformation innerhalb der Garden waren schließlich die insgesamt wohl 300 speculatores als berittene kaiserliche Schutzwachen für Reisekonvois des Hofes bzw. auch als geheime Schnellkuriere der kaiserlichen oder Regierungspost. Wie für alle Legionäre im Mannschafts- und Unterführerrang bestand striktes (aber durch vielerlei Ausnahmen aufgeweichtes) Heiratsverbot – welches sich auf die Offiziere aber nicht erstreckte. Die Soldaten lebten dafür oft in wilder Ehe mit Frauen teilweise unguten Rufes zusammen, die sich mit Kindern, Sklaven und Haustieren dann im außerhalb des Prätorianerlagers quasi in Ruf- und Sichtweite befindlichen, großen Troß aufhielten. Oder teilweise sogar in den hauptstädtischen Plebejerslums wohnten. Erst mit seiner honesta missio als ehrenvollem Dienstende, kam – falls dann noch gewünscht, amtlich beurkundete Eheschließung in Frage. So oder so kriegten die Veteranen (wie alle Legionäre auch der Linientruppen) eine stattliche Abfindung ausgezahlt: bestehend einmal aus dem „Zurückgelegten“ (seposita), da jeweils die Hälfte des ohnedies reichlichen Monatssoldes von den Mannschaften – bei Offizieren gabs Ausnahmen en masse – in einer speziellen Kohortenkasse einlagerten, die der jeweilige Adlerträger (signifer) für die Kameraden treu verwaltete. Dieses war auch mit den unregelmäßigen donativa, also Schenkungen vom Princeps an seine Getreuen der Fall; und ein solches donativum konnte dann sogar bis in Höhe eines fünffachen Jahressoldes reichen! Auch gelegentliche Prämiengelder wurden solcherart geteilt – sodaß bei Endauszahlungen gelegentlich größere Summen zusammenkamen. Übrigens sind auch sehr oft großzügige Landzuweisungen bekannt geworden für römische

Militärkolonien vorzüglich in den Grenzprovinzen – wo viele dieser langgedienten Veteranen dann als sozusagen Wehrsiedler lebten. Auch von deren ehemaligen Vorgesetzten strebten nicht Wenige später ein durchaus honorig bürgerliches Leben als zumeist Magistratsbeamte oder Milizenführer in Mittel- und Kleinstädten des gesamten Imperiums an – sodaß ein gewisses autoritäres, militärstaatliches Denken die römische Reichsverwaltung insgesamt beherrschte!

Zur Ausrüstung und Bewaffnung sowie Uniformierung der Prätorianergarde faßte Pilatus sich kurz: ihre Felduniform bestand aus (jeweils von oben nach unten betrachtet) Metallhelm mit Backenstützen und farbigem Helmbusch aus Langfedern (von vorne nach hinten raupenförmig aufgesetzt), Halstuch und kurzärmeliger Tunika überm Brustpanzer, darüber am Wehrgehenk der Gladius (römisches, zugespitztes Kurzschwert), zeitweilig führten sie auch einen Langspeer mit sowie den rechteckigen oder runden, ovalen Kurzschild, stabile knöchelhohe Ledersandalen (Caligae) – ihre Zenturionen und Tribunen trugen Arm- und Beinbeschienung; auch stand jenen ein Reitpferd zu und ihre Helmbuschbefederung war farblich prächtiger. Zur sogenannten Kleinen Dienstuniform (ohne Helm und Schild) gehörten unbedingt ein Mantel – entweder als Kriegsmantel sagum überm Panzer zu tragen und auf einer Schulter mit Metallspange zusammengehalten, oder der Wettermantel paenula aus knielangem, groben Stoff und mit Kapuze – bewaffnet waren sie nur mit dem gladius am Wehrgehenk und einem spitzigen Dolch pugio. Ebenfalls hatten sie noch eine Art von Zivilkleidung für den Tagesdienst draußen in der Hauptstadt – eine Toga militärischen Zuschnitts (unter der sie dann Schwert und Dolch verbargen). Denn lt. Altrepublikanischer und nie geänderter Vorschrift galt offenes Tragen und Zeigen von Waffen auch für die Garden als gesetzwidrige Gewaltandrohung; selbst die kaiserlichen Palastwachen mußten, mit weitgeschnittenen Gewändern also derart schlapp zivil kostümiert und quasi getarnt, auf Posten ziehen ... Truppensymbol dieser Prätorianergardisten der auch auf Adlerschild, Standarten und weiteren Feldzeichen sowie ihren Schilden prangende Skorpion; neben Krone, Kaiserporträt, Abteilungsnummer und Adlerfigur im Siegeslorbeer oder Kranz.

Zur Führungsstruktur der Garden merkte Pilatus folgendes kurz an (der ja neben seiner zeitweiligen Berichterstatterrolle ureigentlich als tribunus cohortis praetoriae in wichtiger Stäblerfunktion beim Präfekten und Obergeneral sich betätigte, als solcher auch besoldet war und listenmäßig geführt als Intendant und Stabszahlmeister der Prätorianer „fisci curator peditum vel equitum) (13) Allmächtiger Gardechef in Generalscharge war SEIANUS als praefectus praetoriae (der es herrlich verstand, sich des seit altersher und in republikanischer Denkweise aus Sicherheitsgründen mitamtieren sollenden 2. Gardepräfekten stets wieder zu entledigen). Daneben agierten aber in der Reichshauptstadt noch weitere fünf höchste Gardestäbler: einer war, wie geschildert, Pilatus selbst; die anderen vier Würdenträger seines Ranges waren ein praefectus vigilum (als Chef römischer Hauptstadtfeuerwehr und bewaffneter Wächtergruppen bei Tage und des Nachts), ein praefectus urbanae (als Chef römischer Stadtsoldaten), ein praefectus aegypti (als von der Hauptstadt aus wirkender und sich unten vertreten lassender Oberbeamter fürs reiche Kronland Ägypten und *die* Vorzeigeprovinz) und ein ebenfalls wichtiger praefectus annonae (für die ständige Getreideversorgung der hauptstädtischen Plebejer verantwortlich, und somit vielgeplagter Mann). Von höheren Stabsoffizieren im Tribunenrang waren für die ca. 9000 Kombattanten der Garde = ca. anderthalb Legionen volle Mannschaftsstärke (wozu noch Riesentroß und ziviles Prätorianergefolge kamen) mit Pilatus insgesamt zehn Militärtribunen, unterstützt von einer Vielzahl erfahrener Subalternoffiziere in den verschiedenen Zenturionenrängen (wohl über 100 Diensttuer im Stab und in der Front) aktiv. Außerdem wirkten der wichtige Chef der Präfekturkanzlei (cornicularius praefectorum) sowie zehn weitere Kanzleivorsteher der jeweiligen Tribunen mit. Hinzu muß noch der wichtige Ordonnanzoffizier des Präfekten gezählt werden, der einen direkten Draht hatte zu den erfahrenen Unterführern in den Amtszimmern der einzelnen Zenturien (als Hundertschaften oder Quasikompanien zumeist nicht ganz vollzählig aufgefüllt): als da wären die wichtigen optio (als Feldwebel Innendienstleiter und Stellvertreter der Zenturionen), die signifer (Adler- und auch Standartenträger im Feldwebelrang sowie Verwalter der Kompaniekassen), die tessarii als Wachaufführende und Unteroffiziere vom Dienst sowie – als heutige Ober- und Stabsgefreitenränge – die altgedienten principales (nach acht Dienstjahren teilprivilegiert) und immunes (nach fünf Dienstjahren vom Exerzierdienst freigestellt), die aeneatores oder Miltärmusiker (als Signalhornisten, Trompeter und Tubabläser mit ebenfalls beachtlichen Dienstjahren auf dem Buckel). Die gemeinen Gardisten ohne Ränge schließlich wurden in den Musterrollen und Lohnlisten als Krieger und/oder Soldempfänger geführt, miles cohortis praetoriae. An den Schluß dieser Aufstellung kaiserlicher Elitetruppen fügte Pilatus noch hinzu, daß einige weitere militärische Grade in der Garde durchaus von den Aktiven nach langer Dienstzeit erreicht werden konnten: z. B. den Rang eines princeps praetori und also kaiserlichen Stabschefs, sowie Spezialistenränge eines centurio trecenarius bei den geheimen Speculatores – eines centurio statorum im Feldpolizeidienst und Militärjustizwesen – schließlich die Zenturionencharge eines exercitator equitum praetorianorum (nämlich als Reitlehrer und Kavallerieausbilder der Garden). Ebenfalls vergaß der Berichtende nicht die gelegentlich wiedereingezogenen Reservisten; als altgedienter legionar romanus (ab 17. Dienstjahr bei der Garde und 21. Dienstjahr in der Linie), dann zumindest als Stabsunteroffiziere oder untere Feldwebelgrade mit Bezeichnung evocatus (Wiedereinberufener) zumeist als Waffenspezialisten oder auch Ausbilder für den soldatischen Nachwuchs tätig werdend; also durchaus gefragte Leute gewesen!

Abschließend formulierte Pilatus nochmals rasch aber deutlich, daß und wie wichtig es sei, abstammungsmäßig aus römischer Ritterschaft zur Truppe freiwillig einrückende, gesunde junge Männer auch ohne jede vorherige Militärausbildung sowohl in Garde als auch in Linie gleich in den Subalternoffiziersgrad eines Zenturio einzusetzen (entspricht in allen dessen Chargen etwa heutigem Leutnant, Oberleutnant, Hauptmann; je nach Dienstalter und Fähigkeiten) – wo selbige sich dann notgedrungen im Laufen und Kämpfen bewähren und ihr Soldatenhandwerk gründlichst erlernen können, ja müssen, zwecks Berufsbewährung! Sei er, Pilatus, doch selbst einer von jenem Typus ex equite romano – und er dürfte sich wohl auch bislang bestens bewährt und tadelsfrei geführt haben: „Und nur die Lumpen sind bescheiden!" Denn das römische Weltreich benötige nun mal seine Soldaten, um genau dieses durch Dauerkriege und Besatzerpolitik eroberte wie befestigte Imperium zu sichern. Und zwar auf der stabilen Basis einer handfesten Militärmonarchie für zukünftige Generationen. Weil halt eben nur die bei allen Gegnern so gefürchtete altrömische disciplina mit waffenklirrender Macht, soldatischer Treue und staatsbürgerlichem Eifer es schlußendlich ermögliche, die angestrebte Pax romana vollgültig auszuleben. Und darum sollte man jetzt, hier und auf ewige Zeiten den gängigen Wahlspruch beherzigen: „Si vis pacem – para bellum!" Ende der Fahnenstange …
Der gestrenge Seianus nahms später kopfnickend, wohlgefällig schmunzelnd, zur Kenntnis: „Dieser patente Pilatus ist doch wirklich ein handfest fixes Kerlchen; meine Schule und auch zu höheren Aufgaben durchaus zu gebrauchen – werde ich mir

diesbezüglich demnächst etwas passendes einfallen lassen." Vorerst jedoch legte er diesem seine neuen, großangelegten Bauvorhaben betreffs neuen Prätorianerkasernements zur Begutachtung vor. Staunend nahms der Geehrte zur Kenntnis: "Wahrlich grandiose Idee", pflichtete er dann, klug lavierend wie lauttönend den Vorgesetzten lobend (so was kann ja nie schaden und wirkt karrierefördernd) bei; und lauschte dann dessen neuer Auslegung des altrepublikanischen Begriffs von Fahnen- und Treueid der Soldaten in den Legionen sowie bei der Garde. Welcher die Eidesformel dem nunmehrigen, undemokratischen Charakter einer (allerdings nicht unbedingt erblichen) Militärmonarchie flexibel anzupassen suchte. Wobei sich beide, treuherzig augenzwinkernd, einig waren, wie egal es schlussendlich doch sei, wer in Rom und im Reiche die dominierende Rolle eines Princeps und Imperators spielte. Hauptsache wäre jedenfalls, daß alle Regierungsgewalt auf Macht und Stärke der Soldaten gründen müsse. Willfährige Juristen hatten hier bereits wortklingelnd vorgearbeitet – und so die vordem zivile Eidesleistung, wie bei diversen Gerichtsprozessen praktiziert, zu einem rein kriegsgesetzlichen sacramentum für alle römischen Soldaten in allen ihren Dienstbelangen rechtlich umformuliert. Nämlich zum jetzt sogenannten Fahnen-Eid: mit allumfassender Gehorsamsverpflichtung und jederzeitiger Gefolgschaft den Legionsoberen gegenüber; vorzüglich als sacratio per feierlichweihevoller Vereidigung auf die alleinige Person des Princeps und Imperators. Welcher seine Getreuen dann in jährlich neu durchzuführenden Eideszeremonien auf sich einschwören ließ; die Truppen und besonders die Garden mit reichlichen Donativgeschenken in klingender Münze belohnte. Allerdings nicht aus seiner Privatschatulle, sondern eben aus der Staatskasse; obwohl sie auf diesen Staat (nach außen hin vertreten durch einen waschlappigen Senat von Angsthasen und Zittermännern) überhaupt nicht direkt vereidigt waren, nur auf dessen obersten Repräsentanten; wie gesagt, nach dem Führerprinzip halt. „Na ja, so spart jeder Princeps viel Geld und der ohnedies steuergeplagte Bürger muß ordentlich draufzahlen", lächelte Seianus dünn. Aber Pilatus feixte lautstark: „Klar und jawoll – die Macht schafft sich ihr Eigenrecht und läßt selbiges auch notfalls gewaltsam verbreiten. Regiert sich solcherart besser und bequemer von oben nach unten ohne Abschweife durch. Die da unten müssen schlußendlich sollen, was wir hier oben wollen. Geht aber wirklich am besten in straff monarchistisch geprägter Militärdiktatur. Ergo – Demokratie und Volksherrschaft ist Scheiße!" „Bravo, mein Lieber – du denkst mit", lobte ihn ein aufgekratzter Seianus und erging sich dann in (den Pilatus eigentlich überhaupt nicht interessierenden) Details zur Bauplanung jener mächtiggewaltigen castra praetoriae; obwohls den Zuhörenden langweilte, zeigte der ostentativ pflichtschuldigste Ergriffenheit: Weil der Gardechef im Weiteren aus Gründen, die sein Getreuer gewißlich ahne (und diesmal nickte Pilatus wirklich wissend – aber hoffend, daß er dann nicht mehr hier vor Ort sein werde), wolle er binnen kurzem alle die vielen Tausende seiner Prätorianer, samt Troß, Handwerker, Händler und sonstigem Zivilgefolge, an möglichst einem einzigen Platz nahe Roms versammelt haben – um die Einheiten bei Bedarf sofort in der Hand wie auch am kurzen Zügel fassen zu können. Derzeit dürfe er sie aber leider, leider nicht innerhalb des städtischen Mauerrings kasernieren (dieweil ein lahmarschig feiger Senat ängstlich am Herkommen hänge und solches sicherlich per Beschluß verhindern werde). Also solle ein riesiges Prätorianerlager im Nordosten der Hauptstadt, bei der Porta viminalis, aber wohlgemerkt etwas außerhalb des Stadttores, in ca. Halbkilometerentfernung von brüchiger alter servianischen Mauer, auf einem als Viminal benamten Hügel erbaut werden. Und zwar fest, stabil sturmsicher wie uneinnehmbar – als quasi eigene kleine Militärkolonie; mit Bruchsteinmauern, Türmen, Wällen und steinernem Castrum sowie zweigeschossigen Kasernengebäuden (Wohnsäle,

Büroräume, Geräte-Vorrats-Waffenkammern, Remise sowie Scheunen und Stallungen inklusive), einem Riesenaufmarsch-, Exerzier- und Paradeplatz mit Altären und Hochsitztribüne, mit Tempel und Fahnenheiligtum; und natürlich mit Thermen, Bädern, Latrinen und anderem mehr. Sowie mit Obst- und Gemüsegärten für die Selbstversorgung der Küchenbauten. Und auch mit Handwerkergassen und Händlerständen, Fuhrgeschäften und Großlazarett. Vom Kaiser Tiberius erhielt dessen stets rühriger, scheinserviler Prätorianerpräfekt volle Rückendeckung, sodaß jener sich schließlich wichtige Vollmachten erschlich: nämlich daß er alle seine Befehle allein vom Princeps bekommen solle, daß er späterhin offiziell schriftlich und vom Senat bestätigt, zum Kaiserstellvertreter ernannt würde – und damit alle seine Offiziere und Beamten selbst ernennen dürfte sowie (besonders wichtig für seine geheimen Umsturzpläne) daß er fortan die allererste Instanz aller Militärgerichtsbarkeit in Rom sowie im Reiche wäre – also neben dem Princeps Oberster Richter! Erstaunlich, daß ihm der ansonsten äußerst mißtrauische Tiberius solches durchgehen ließ; ja ihn sogar noch zum sogenannten Ersten Minister ernannte – dessen modellierte Standbilder ab jetzt überall unmittelbar neben den Kaiserporträts und Denkmälern in Arenen, auf den öffentlichen Plätzen, in Kasernen und Militärlagern prangen durften (*ab dem Jahre 22/23 u. Zt.*).

Natürlich fühlte sich da der kränkelnde und ein bekannt lasterhaftes wie auch verweichlichendes Genießerleben führende, leibliche Kaisersohn Drusus nicht nur arg vernachlässigt und war öffentlich verspotteter Dauerrivalität zum so erfolgreichen Sozialaufsteiger Seianus ausgesetzt. Der verärgerte väterliche Princeps, ein ganz anderer Typ und wahrscheinlich dem Seianus eher seelenverwandt, spielte beide Rivalen sehr erfolgreich gegeneinander aus. Er mißbilligte jedoch, daß der Prätorianerchef die offenbar unbefriedigte Schwiegertochter Livilla sich sexuell total hörig machte, mit dieser in Roms Öffentlichkeit sichtbar poussierte (und so nebenher im Bett auch manches Wichtige aus dem Innen- und Intimleben der Kaisersippe erfuhr). Kaum Witwe, wenngleich keine Trauernde, geworden, hielt der größenwahnsinnige Kaiserstellvertreter um deren freies Händchen beim Princeps an – erhielt jedoch eine unvermutet wie harsche Abfuhr; der vertröstete den Zürnenden immerhin auf spätere, ruhige Zeiten. Im Jahre 23 war Drusus überraschend verstorben (Giftmord?). Viele hielten Seianus für den Auftraggeber … Zwei Jahre nach Drusus' frühem Tode bittet Seianus den Princeps nochmals um Heiratsgenehmigung mit dessen gar nicht trauernder Witwe; er will sich von seiner heftig widerstrebenden Ehefrau Apicata trennen und wirft sie schon mal aus dem Hause. Tiberius lehnt wiederum ab; jedoch gefällt es ihm jetzt in der Hauptstadt überhaupt nicht mehr – sodaß er sich vom drängelnden Intriganten umso leichter überreden läßt, die bisher sporadisch durchgeführte „Sommerlust" auf küstennaher, aber romferner Insel Capri in geplante, langjährige, vornehme Einsamkeit umzuwandeln. Dieweil sein machtgeiler Stellvertreter in Rom für Aufrechterhaltung staatlicher Ordnung sorgen wollte. Und das auf eigene Art: indem der mittels ausgeklügeltem Denunzianten-Spitzel-Zuträgerwesen in öffentlichen „Majestätsprozessen" alle jene ihm irgendwie gefährlich scheinenden Persönlichkeiten erst per Schauveranstaltung anklagen, dann hart verurteilen und schließlich mit Tod abservieren ließ. Wenn sie dann noch reich waren, fiel ihr Vermögen natürlich der Staatskasse anheim! So wurden, neben ungezählten anderen Opfern, auch die unglückliche Witwe des seinerzeit unglücklichen Feldherren Varus, Claudia Pulchra (eine Enkelin von Exkaiser Augustus' Schwester Octavia) und ein Varussohn wegen angeblicher Giftmischerei, Hexerei, Ehebruchs und allgemein unsittlichen Lebenswandel in den Orkus gesandt (*im Jahre 27 u. Zt.*). Damit aber schuf er sich eine Menge gefährlicher Feinde, die mit Hilfestellung seitens der in Rom sehr mächtigen sowie mit allen nobilitären Familien dort bestens vernetzten „Grande Dame“ Antonia minor (Kaisernichte und auch Schwiegertochter von Gottkaiser Augustus und Ehefrau Livia) heftig gegenintrigierten. Und dies mit Erfolg! Zwar zögerte der einsiedlerische Princeps sehr lange, wurde von allen Seiten aber derb getrieben, irgendwas gegen Seianus zu unternehmen – es könnte ansonsten schnell mit ihm und aller Kaiserherrlichkeit zu Ende sein. Aus Tarngründen wählte der offenbar eingeweihte, vom Prätorianerchef öffentlicher Lächerlichkeit preisgegebene, Senat das anstehende Jahr 31 für ein Doppelkonsulat von Tiberius und Seianus, welch Letzterer also neben dem Kaiser mitregieren solle (natürlich längst schon eine wertlose Floskel, denn solche Konsulate blieben reines Ehrenamt ohne Verantwortung).

Wie man so sagt, geht ein jeglicher Krug so lange zu Wasser, bis er bricht! Und der listige, schwer gekränkte Alte auf Capri wiegte den Emporkömmling mit diversen Briefen und harmlosen Ehrungen in Sicherheit; sodaß dieser sich jetzt schon kurz vor dem Gipfel der Macht sah. Dann kam der tiefe, tödliche Absturz: Von der Insel reiste sein vom Princeps insgeheim bestallter Nachfolger mit entsprechendem Handschreiben Tiberius’ nach Rom. Stellte sich dort den arg verunsicherten Gardisten als ihr neuer Chef vor und diese mit größerer Geldsumme ruhig. Danach zog Neupräfekt Naevius Sertorius Macro mitsamt Kommandeur der städtischen Vigiles und Kommandeur der Stadtsoldaten vor den in Dringlichkeitssitzung tagenden Senat, wo er Absetzungsbrief und Verhaftungsordre, den Seianus betreffend, verlas und diesen, der verspätet eintraf, sofort festnehmen, fesseln und durch eine lärmig aufgeputschte Volksmenge auf offener Straße massakrieren ließ. Leider unternahm er nichts, als man auch die unschuldigen Seianuskinder tötete und ihre blutig zerstückelten Leichen umherschleppte. (Eine kleine Tochter wurde zuvor im Gefängnis vom Henker geschändet, da nach altrömischem Bürgerrecht keine

Jungfrau per Strafgericht zu Tode kommen durfte). Die vom nunmehr toten Seianus – dessen Leichnam samt denen seiner Kinder erst nach Tagen in den Tiber geworfen wurden – brutal verstoßene Exfrau Apicata kam zwar mit dem Leben davon; als sie jedoch sah, was ein rasender Plebs mit ihren Kindern gemacht hatte, ging sie freiwillig aus dem Leben. Nicht ohne vorher noch einen ausführlichen Brief an Tiberius abgesandt zu haben – worin sie den über so manches Detail der gegen ihn angezettelten Verschwörung und gar manchen Mitwisser bzw. Mitakteur haarklein berichtete. Worauf jener, sichtlich verärgert, alle namentlich Genannten ebenfalls liquidieren ließ; inklusive der so sehr ungetreuen Livilla (welche man im Palastkeller einmauern und über Wochen verhungern ließ – sie soll zuletzt ihren eigenen Urin getrunken und Exkremente gegessen haben …) Na ja, waren schon recht raue Zeiten, anno dunnemals!

Immerhin und zugegeben, hat der Autor hier (keinesfalls versehentlich) zeitlich etwas vorgegriffen. Denn vom seinerzeit noch höchst lebendigen, und seinem Tribunen gegenüber steigendes Wohlwollen ausstrahlenden, Präfekten, erfolgte ja im Frühsommer 26 u. Zt. die bevorzugte Abkommandierung und hohe Beförderung auf den vakanten Statthalterposten nach Judäa/Samaria in ferner Großprovinz Syrien. Vor im Herbst zu erfolgender Abreise musste der fleißige Rechercheur jedoch noch eine weitere, wichtige Abhandlung erstellen. Denn nachdem der ausführliche Exkurs über die kaiserliche Prätorianergarde auch vom Princeps höchstselbst gelesen – als früherer Legionengeneral und erfolgreicher Feldherr war er durchaus mit viel Sachwissen belastet – für gut befunden, jener mehreres dieser Art verlangt habe, insbesondere einen Spezialabschnitt über die Augustäische Militärreform sowie dann auch die so blutig in die Hose gegangene Varusschlacht gegen die wilden Germanenhorden und schließlich einige diverse Details zu Nachfolgergeneral Germanicus' weitere Germanenkriege bis zu dessen großem Triumphzug (*im Jahre 17)* erwartete – da musste der, seinerzeit junger Kriegstribun und Führer des Nachhutentrosses vernichteter drei Legionen, nochmals hart ran. Tiberius wisse natürlich, daß Berichter Pilatus schlitzohrig und mit viel Glück sowie einigen Blessuren die damalige Malaise überlebt habe und also der wohl Geeignetste sei, etwas verbindlich Lehrreiches für die Nachwelt festzuhalten. „Bitte, wie gehabt, in aller Kürze und möglichst fix. Dies ist ein Befehl, Pilatus – wonach du dich richten sollst!" Klar: der Seianus wollte vor seinem Kaiser wieder mal glänzen und der wußte, daß auf ihn Verlaß war, würde schließlich dann ihm als Belohnung den heiß begehrten Kommandeursposten im Herbst freimachen. Wenn der wollte und Pilatus bis dahin weiterhin so gut funktionierte; vom lästigen Zahlmeisterkram usw. hatte man ihn auf Bitten hin schon so gut wie freigestellt, daß er sich ganz der Historienschreibung widmen konnte. Gnädig und huldvoll entlassen, dankte also der Pilatus seinem hohen Chef gehorsamst, versprach sein Bestes zu tun und marschierte stramm ab. War froh, bislang so gut weggekommen zu sein und wünschte sich baldigst auf weit ungefährlicheren Außenposten an ferner Reichsgrenze, als ein Verbleib in Rom es in hiesigen Zeiten versprach. Natürlich verschob der Machtspieler Seianus auf dem großen Schachbrett seine eigenen Figuren und Kreaturen nach Gusto: der Pilatus spielte wie stets sein eigenes Spiel – jetzt hieß die Devise: möglichst bald und möglichst weit weg von Rom und seinen nur allzu oft tödlichen Intrigen und Machtkämpfen!

Zusammen mit den Prätorianergarden – so faßte es der historisierende Pilatus schließlich in Worte – hatte das römische Imperium zu seiner Zeit an die 30 kriegsstarke Legionen längerdienender, kampferfahrener bzw. das Handwerk erst erlernender Berufssoldaten unter Waffen stehen; einen Großteil jener Linientruppen in der Front – will heißen im zeitweiligen oder gar Dauereinsatz im

Reiche, an mehr oder minder gesicherten Grenzen und vielfach darüber hinaus im Feindesland. Die Soldaten empfingen regelmäßigen Sold (in nicht geringer Höhe) und waren solcherart als Söldner nach Verpflichtung wie Vereidigung freie Büger des Imperiums mit allen Rechten und Pflichten – egal ob gebürtige Römer oder Italiker, späterhin sogar fremdstämmige „Barbaren" eingeschlossen. Und sie bildeten im Gesellschaftsgefüge Roms eigenen Berufsstand sowie angesehene Kaste. Sie unterstanden allein der Militärgerichtsbarkeit. Selbst noch ausgediente und nach 20 Jahren oder länger ins Zivilleben rückentlassene Legionsveteranen wurden dann bei ggf. auch größeren Kriminaldelikten behutsam angefaßt und blieben zumeist von jeglicher Blutgerichtsbarkeit verschont; sie wurden nicht hart justifiziert, d. h. sind nicht versklavt, in Bergwerke verschickt, öffentlich gebrandmarkt oder gekreuzigt worden ... Was allerdings nicht auf die mit den römischen Legionären oftmals gemeinsam dienenden wie kriegführenden, leichtbewaffneten ausländischen Hilfstruppen (*auxiliares*) zutraf. Jene waren, obwohl in Reichsdiensten agierend, nicht mit römischen Bürgerrechten versehen, stellten u. a. den Großteil aller Kavallerieverbände, dienten zumeist als national geschlossene Einheiten mit eigener Bewaffnung und in heimisch-traditioneller Uniformierung, wenn überhaupt – sie boten also ein recht buntes Bild im Heeresganzen. Solche Reiteralae sicherten bei Gefechten stets die Flügel der Legionsinfanterie, schwärmten als Vorhutenschleier oder Nachhutensicherung im Gelände aus. Immer aber blieben die fußkämpfenden und schwerbewaffneten Legionärsinfanteristen in zahlenmäßig überwiegender Masse die Hauptwaffengattung einer römischen Armee und ihrer Legionen. Fußkämpfende Auxiliartruppen gab es bei den Verbündeten natürlich auch; diese waren zumeist in Kohorten zu 500 oder auch 1000 Söldnern formiert (teilweise sogar von ihren eigenen Stammesführern bzw. deren Familienangehörigen kommandiert – allerdings unter römischer Oberaufsicht). Und sie kämpften auf ihre arteigene, wilde, undisziplinierte Weise durchaus tapfer mit. Übrigens konnten alle ehrenvoll den römischen Militärdienst nach im Schnitt 25 Jahren abgeleistet wie überlebt habenden Ausländer dann ein Sonderprivileg erhalten: die begehrten römischen Bürgerrechte auf vererblicher Basis. Immerhin aber spielte die Reiterei seit alterher in römischen Heeren stets nur eine Nebenrolle; der Reiterkommandeur ist (*lateinisch*) als magister equitum benamt – was deutlich auf altrömische Historie verweist. (14) Denn obzwar relativ eigenständige Gattung, blieb die Legionsreiterei stets den verschiedenen Infanterietruppenteilen zugeordnet; in der Regel mit zahlenmäßig schwachen Kleinabteilungen bis zu 300 Mann pro Legion. Und eigentlich niemals fand diese Kavallerie insgesamt, als größere taktische Einheit zusammengefaßt, eine irgendwie kampfentscheidende Verwendung! Doch gab es daneben trotzdem noch eine Menge Pferde in der Armee: schleppte ja eine jede Legion ihren eigenen, umfänglichen Troß mit sich, mehrere hundert Fahrzeuge sowie Tragtiere umfassend. Ebenfalls Ochsen- und Eselsgespanne; selbst Hundekarren wurden gesichtet. Außerdem zahlreiche Reitpferde für die Offiziere sowie Zugpferde für deren umfängliche Offiziersbagage (im Schnitt waren hier 100 Lastkilogramm zu bewegen), des weiteren Packpferde für Unterführer samt deren Waffenträgersklaven. Und auch jede Legionärsgemeinschaft als Gruppe oder decurie (geführt vom decurio) verfügte über ein Tragtier für Zelt, Decken, Kochkessel, öfters auch noch einen Eselskarren nebst Treibersklaven für diverse Werkzeuge, schwere Waffen und Rüststücke, Marschproviant und Essigwasserkrüge, das übliche Tagesgetränk der Legionäre. Sogenannte freie Troßkutscher und Händler und sonstiges fahrendes Volk zogen auf eigene Rechnung und Gefahr mit größeren Trosswagen im Nachtrab mit; unterFührung altgedienter Söldner bildeten sie in der Regel auch die legionseigenen, oftmals berüchtigt räuberischen Nahrungsbeschaffungstrupps. War einmal Not am Manne, sind jene als Leichtbewaffnete auch schon mal in arg gelichtete Reihen der Frontkämpfer gestellt worden, um dort in vorderster Linie mitzufechten. Und beim schließlichen Beutemachen nach gewonnener Schlacht waren diese ganz fürchterliche Leichenfledderer und Schlachtfeldhyänen. Noch etwas soll ebenfalls hier nicht verschwiegen werden: die jeder Legion treu folgenden wie rollenden Feldbordelle; liebend gerne mit von der Partie als quasi freibewegliche Frauenhäuser in mobiler Planwagenkolonne mit ihrem quatschvergnügten, quietschfidelen und jeglichem derben Spaß sowie Bums und Valera zugeneigten Weibervolk. Das musste schon sein, und darauf bestanden die ehelos lebenmüssenden Legionäre energischst!

Römische Legionen besaßen Mannschaftsstärken von nominell ca. 6000 Kombattanten (*Zahlenangaben allerdings stark schwankend*); mit taktischer Untergliederung in 10 Kohorten zu etwa 600 Kombattanten. Mannschaftsstärken in praxii zwischen 80 und 120 Leuten schwankend, was die sechs Zenturien jeder Kohorte anbetraf. Diese unterste taktische Einheit in den Legionen wurde von den Zenturionen, und somit Kompaniechefs, verschiedener Graduierungen geführt; und in Zehnergruppen aufgeteilt, dann wiederum vom decurio als Unteroffizierscharge befehligt. Die einzelnen Legionen führten auch eine Art hölzerner Feldartillerie mit: ein großes Katapult als schwere Steinschleuder mit Fernwirkung, mehrere Karroballisten als mittlere Stein- bzw. Speerschleudern sowie einige Skorpione als Pfeilgeschütze, nämlich Wurfmaschinen für Spieße und Speere auf Nahdistanz. All jene ungefügen holzgefertigten Waffenträger wurden selbstverständlich ebenfalls auf stabilen Wagen, mit Ochsenbespannung zumeist, im Truppentroß mitgeführt. Außerdem noch zahlreiches Pioniergerät und die Pontons der Spezialtruppen in den Legionen, welche nominell den jeweils 1. Kohorten mit unterstellt und vom Centurio principis cohors Romana in Personalunion geführt wurden. Jener Erste Zenturio einer römischen Legionskohorte und gleichzeitig deren Abteilungskommandeur, im Legionärsjargon als Kohortus benamt, saß auch mit im hohen Stabsoffiziersrat beim Legionskommandeur und hatte als zumeist dienstälterer wie kriegserfahrener Haudegen Wertschätzung daselbst nebst Stimmrecht. Die Legionäre aber, durch tägliches Üben auf Leistung trainiert und stets in Bewegung gehalten, exerzierten im Normaldienst mit schwerem Gerät, sodaß die eigentliche Kampfausrüstung späterhin als leicht empfunden wurde. Kein Wunder also, daß erstaunliche Tagesmärsche absolviert worden sind, in voller Rüstung, mit Waffen und viel persönlichem Marschgepäck am Manne; Übungsmärsche von maximal 35 km waren in der Regel und sind in unterschiedlichen Tempi „abgelaufen": im Langsamschritt mit 5 km/h – im Schnellschritt mit ca. 7,5 km/h – im Laufschritt mindestens 10 km/h bis maximal 12 km/h. Das war schon ganz beachtlich. (15) Besonders gedrillt wurden alle Legionäre hinsichtlich befestigten Lageraufbaus in dafür geeigneter Umgebung. Als Quadrat oder Rechteck mit vier Toren samt Wachtürmen in alle Himmelsrichtungen und festem Palisadenzaun, ggf. noch Wallgraben davor und natürlich möglichst naher Wasserquelle. Die ledernen Mannschaftszelte und leichten Offiziersbaracken in diesbezüglich ausgerichteten Lagerstraßen münden alle auf zentralen Stellplatz für Aufmärsche und Exerzitien. Angeschlossen ein Extraplatz für Fahrzeuge und Troß. Jeden Abend mußte nach anstrengenden Märschen oder blutigen Gefechten ein nächtliches Marschlager neu errichtet werden: „Schweiß spart Blut" wußten die fluchenden Legionäre und sputeten sich, fertig zu werden. Oft schon im nächsten Morgengrauen musste schnell wiederum abgebaut sein; drei Trompetensignale riefen zur Tat: beim ersten Ruf Zelte nieder- und zusammenlegen; beim zweiten Ruf Packwagen und Tragtiere beladen und alles sachkundig wie körperschonend verschnüren; beim dritten Ruf erfolgte schleunigster Truppenabmarsch vom Platze.

Beim Sturm auf feindliche Befestigungen, baute man wesentlich stabilere Standlager aus. Doch galt auch hier: Wie die Verpflegung, so die Bewegung! Also mußte für regelmäßige und ausreichende Versorgung der Legionäre allerhand getan werden: Mannschaften wie Offizieren, bis hin zum höchsten Befehlshaber, stand eine reglementierte Tagesration von ca. 800 Gramm in Handmühlen zerkleinertes Getreide für einen steifen Mehlbrei oder Fladenbrot bzw. Zwieback sowie erfrischendes Essigwasser zu (im Tagesdienst wurde nichts alkoholisches getrunken, was insbesondere den vielen Ausländern anfangs schwerfiel; drakonische Strafen erzwangen hier unbedingten Gehorsam). Schlachtfleisch oder Pökelware wurde von draußen requiriert oder beigetrieben, ebenso gelegentlich Obst und Gemüse aus der Region. Rückwärtige Dienste, Sanität und Truppenverwaltung waren gut organisiert; in jeder Legion gab es eine Schreiberzenturie sowie die aeneatores (Bläser und Hornisten als Marschmusiker); und mindestens zwei Handwerkerzenturien (Sattler, Schuster, Zimmerleute und Schreiner, Wagner, Schmiede und Waffenreparateure). (16)

Oberster Befehlshaber mehrerer Legionen, und also Feldherren, wurden in aller Regel Mitglieder jeweiliger Kaiserfamilien, römische Konsuln oder Senatoren, in Einzelfällen auch verdienstvolle Veteranen aus der Ritterschaft. Diese bildeten sich dann einen qualifizierten Stab erfahrener Berufsmilitärs und Beamter. An der Spitze die Legaten, Generale als OB-Stellvertreter und Führer einzelner Legionen bzw. von Teilen einer mobilen Feldarmee. Diese wiederum wurden unterstützt von Militärtribunen im Stabsoffiziersrang (zumeist aus römischer Ritterschaft kommend); sechs Tribunen je Legion, welche als Beisitzer im Kriegsrat fungierten. Junge Offiziersadjutanten dienten auf Bewährung und Karriere. Und es kamen auf jede Legion, als eigentliche Offiziersstützen und Truppenkommandeure, insgesamt 60 Zenturionen aller Graduierungsstufen als Masse der Führungskader unterer Ebene in der Befehlshierarchie einer Legion sowie auch römischer Armeen. Ihre Standesabzeichen waren sowohl der gefürchtete Zenturionenstock als auch der farbige Helmbusch, Beinschienen und Militärumhang, kostbar gearbeiteter Gladius am Wehrgehenk über Schuppenpanzer mit kindskopfgroßen Orden auf den Heldenbrüsten (Schild und Pilum schleppten Waffenträgersklaven ihnen nach). Körperschutz und Standardbewaffnung römischer Legionäre bestanden aus (von oben nach unten betrachtet) Metallhelm mit Backenschutz, Lederkoller und/oder kniefreiem Kettenpanzerhemd mit Hakenschließe und Hängeschurz aus Metallplättchen bzw. Starklederstreifen vor den so mannswichtigen Genitalien, Gladius ferreus (ein eisernes Kurzschwert in blecherner Scheide am Wehrgehenk oder eisenschnallenschließenden Hüftgürtel) als gefürchteter Stich- und Stoßwaffe im Nahkampf; zwei scharfen Wurfspießen (pilum) mit Lanzenschuh und langer Spitze, dem halbmannshohen, rechteckigen Buckelschild (mit Legionsadler und Kohortenabzeichen) aus Leichtmetall sowie knöchelhohen Ledersandalen. Nicht wenige vermögende Legionäre auch ohne Chargierung, hielten sich fürs Schleppen ihres umfangreichen persönlichen Marschgepäcks, für Schilder und Speere Trägersklaven. Welche teilweise in bzw. neben oder hinter den jeweiligen Zenturien relativ ungeordnet herlatschten; von Vorgesetzten aller Grade jedoch wohlwollend übersehen und geduldet wurden.

Nunmehr wendete sich Kriegsberichter Pilatus der gespannten militärisch-politischen Situation am Rhenus und in der neu eroberten, jedoch keineswegs schon stabil durchorganisierten, befestigten Provinz Germania zu. Hier nämlich hatten die Römer sich zwar linksseitig des gewaltigen Rheinflusses festgesetzt. Ihre erfahrenen Feldherren jedoch, Drusus und Tiberius, Varus (und späterhin auch Germanicus) unterwarfen und kolonisierten die germanischen Stämme und Völkerschaften linksrheinischer Gebiete in mehreren Feldzügen (*der Jahre 12 v. Zt. bis 8 u. Zt.*). Was ihnen umso leichter fiel, weil diese Barbaren untereinander stets uneins, ja wild verfeindet waren, sich andauernd befehdeten. Und auch rechts vom Rheinfluß blieben die aufmuckend kämpferischen Germanenstämme der wilden Brukterer, Chatten, Chauken, Cherusker, Sugambrer, Sueben den Römern stetig suspekt wie gefährlich. In weiten Landstrichen zwischen Rhein, Main, Ruhr, Lippe Weser und Elbe brannte förmlich die Luft und loderten die Feuer der Aufstände. Und die Römer wußten zu genau, daß – wenn sie ihre Linksrheinlinie samt Besitzungen erfolgreich verteidigen wollten – sie unbedingt in Vorwärtsverteidigung Brückenköpfe und späterhin ganze Landschaftsstriche auf rechtsrheinischer Seite erkämpfen mußten. Denn eine Flußlinie beherrscht man nur, wenn man auch die Übergänge zum sowie Stellungen auf jenseitigem Flußufer fest in Händen hat! (*In Jahren 4 und 5 u. Zt. schafften dies die römischen Truppen und kurzzeitig herrschte hier Ruhe*). Als jedoch Statthalter Varus (*am Jahresende 6 u. Zt.*) seinen schwierigen Dienstposten antrat – da hatte der mächtige Kleinkönig Marbod zwischen Donau und böhmischem Becken seine beutegierigen Markomannenheere (um die 70 000 Fußkrieger und ca. 5000 Berittene) mit einer Germanenkoalition von Hermunduren und Sueben um den großen Albisfluß (*die Elbe*) herum vereinigt und holte zu konzentrischem Gegenangriff aus. Gleichzeitig setzten sich aus ferner pannonischer Tiefebene, vom Flusse Danuvius (*Donau*) her, größere Insurgentenhaufen mordend und brennend in Bewegung, den Römern hier unten überraschend in den Rücken fallend. Und nicht nur das; vermutlich nach genauer Terminabsprache entfachten die beiden Batos in ebenfalls dauerunsicherer Balkanprovinz Dalmatia, mit Hilfe wilder illyrischer Bergvölker einen gewaltigen Flächenbrand von Aufruhr, Mord und Plünderungen. Mühsam stemmten sich die Romlegionen allerorten gegen diese Massenflut; und mehrere Jahre dauerten die

Kriegshandlungen, bis sich die Römer hier siegreich behaupten konnten. In der germanischen Neuprovinz um den Rhein, herrschte in jener Zeit angespannte Ruhe. Auch dank der fünf kampfkräftigen Legionen des Varus – welcher insbesondere mit drei niederrheinischen Elitelegionen (in Teilen auch an der Weser stationiert), der XVII., XVIII und XIX., einen massiven Sperrriegel als Drohpotential und Verteidigungsring der Inneren Linie gegen alle aufständischen Germanenvölker in den Landen zwischen Visurgis (*Weser*) und Albis (*Elbe*) installierte sowie aus festen Grenzpositionen alle Möchtegerngegner militärisch abschreckte. Und solange der dort unbeweglich festsitzen blieb, kamen sie wahrscheinlich nicht zum Zuge. Nur der umtriebige, aber glücklicherweise recht ferne, Marbod rasselte vernehmlich mit dem Säbel und hetzte mittels vernehmlicher Drohgebärden nicht nur seine elbgermanischen Kriegerscharen zum beutegeilen Römerkriege auf. Schreckte allerdings vorab noch zurück, gänzlich allein und rückwärts ungesichert, einen Entscheidungsschlag zu wagen. Tückische Diplomatie, feiger Verrat und übler Treubruch mußten letztendlich helfen, um den solches Ränkespiel nicht ahnenden Varus aus sicherer Defensivstellung ins unsicherer Germanenland rauszulocken. Den Giftköder legte ihm ein hochrangiger Germanenkollaborateur und cheruskischer Fürstensohn aus; Gaius Julius Arminius war das Verräterschwein benamt. Und diente jahrelang als privilegierter Offizier, Tribun und jetzt gar Präfekt (in Generalscharge seine cheruskische Auxiliarreiterei anführend) in Roms Armee stehend; vom Vater her mit römischem Vollbürgerrecht beerbt und als Römischer Ritter ausgezeichnet worden. Eigentlich für nichts und wieder nichts. Hochgekommen, viel geworden – doch der wollte immer noch mehr, zumindest ein eigenes germanisches Kleinkönigreich. Und dafür wurde er zum ehr- wie treulosen Verräter an bisherigen Kameraden, Freunden und am Volke der Römer: Fluch seinem unsäglichen Angedenken und Schande über seinen Namen! „Pacta sunt servanda" – dies galt dem Schelm wenig; und im Legionsstandlager Vetera (*Xanten am Niederrhein*) hetzten folgerichtig jener Arminius und ein verwandter weiterer Auxiliartruppenführer namens Segimer gemeinsam und äußerst beredt den arglosen Varus in die Todesfalle: zwei Legionen sollten hier verbleiben, zur sogenannten Rückensicherung. Und mit, wie gesagt, drei Legionen – samt zahlreichen Hilfstruppen unter Arminius' Kommando, Reiterei (in Masse ebenfalls von Germanen gestellt) sowie Pionier- und Pontoniereinheiten nebst riesiggewaltigem Marschtroß – gings also übern Rhein und auf die jedes Jahr übliche Inspektionsreise des Statthalters. Gleichzeitig als spätsommerlicher Übungsmarsch für die Truppen gedacht, denn Soldatenmassen wollten planvoll bewegt sein. Schon um Dienstgammelei und daraus resultierenden Truppenunruhen vorzubeugen. Im Kriegsmarsch zogen die Legionen und Trossgefolge querland, ostwärts an der Lippe entlang und Richtung auf die Weser samt ihren Flußtälern nehmend. Am erreichten Flusse richtete man ein festes Sommerlager ein; schönherbstliche Sepembertage vergoldeten wahrlich den im Planspiel angenommenen „Ernstfall" (der dann bekanntlich ja auch so blutigdüster eintrat). Nach nur kleineren Zwischenfällen bliesen die Lagerhornisten zu Beginn der zweiten Septemberdekade zum Lagerabbau und Rückmarsch in die rheinischen Garnisonen; gemütlich setzte sich eine vielgliederige, kilometerlang sich ziehende Marschschlange in Bewegung.

Was die übliche Schlachtordnung der Legionen in Kohortengliederung anbetraf, so beschränkte sich Pilatus auf folgende Kurzhinweise: Leichtbewaffnete Vorhuten zu Fuß (Bogenschützen, Steinschleuderer, Speerwerfer) und Kavallerieschleier schwärmten voraus – berittene wie schwerbewaffnete Reitereinheiten der Verbündeten schützten die Flanken und den Troß – sie folgten ebenfalls in gestaffelter Nachhutensicherung. Für den eigentlichen Kampf in großer Feldschlacht oder bei diversen Kleingefechten waren die fußkämpfenden Legionäre dann entweder in überkommener Dreifachschlachtenreihe *(triplex acies)* als Kohortenformation 4/3/3 oder aber in Doppelreihung zu jeweils fünf und fünf Kohorten aufmarschiert. Kohortenkommando hatte deren Erster Zenturio inne; die jeweiligen Schlachtenreihen wurden im Regelfalle von Kriegstribunen geführt. Während die Auxiliartruppen ihre eigenen Anführer hatten – allerdings in römischer Chargierung. Äußerst flexibel war eine solche Kampfesweise; einzelne Truppenkörper konnten per Bläsersignal kurzfristig auf dem Gefechtsfeld hin- und hergeschoben werden (*wie die Schachbrettfiguren*). Wobei dieses Kampfgelände vorher zumeist gründlich überprüft und danach ausgesucht wurde – das Schlachtenterrain mußte schon passen! Soldatischer Dauerdrill der Berufssöldner, harte Exerzitien und antrainierte Körperertüchtigung wie auch ausgeklügelte Lagerdisziplin, überragende Taktik, funktionierendes Kundschafterwesen sowie ständig wechselnder Eroberungspolitik angepaßte Militärstrategie insgesamt, sicherte in den allermeisten Kriegen schließlichen Römererfolg. Wie natürlich auch die von den Spezialisten der Pioniereinheiten in den Legionen ausdauernd durchgeführten Straßen- und Brückenbauten, das stabile Grenzbefestigungssystem mit vielfältigen Sicherungs- und Sperrmaßnahmen, die Anlage bewachter und bewehrter Militärkolonien sowie Lagerstädte usw.

Größere Aufmerksamkeit schenkte der historisierende Kriegsberichter auftragsgemäß dann der so miserabel verunglückten (und letztendliche Totalniederlage herbeiführenden) Marschlogistik der drei Varuslegionen auf ihrem recht ungeordneten, sorglosen Rückmarsch durch feindbesetztes, unübersichtlich hügeliges und also schwer zu begehendes Wald+Busch+Sumpf+Heidesand=Gelände. Da der seinen Germanenverbündeten hundertprozentig vertrauende Feldherr auf sicheren Flankenschutz verzichtete und zudem großzügig gestattete, daß sich viele Troßfahrzeuge und massenhaft Nichtkombattanten aus dem buntscheckigen Legionsgefolge unter die im lässigen Trott dahinziehenden Truppenkörper mischten, ja sich oftmals geradezu zwischen die Marschgliederungen einreihten – und auch die oft wie öfter geübten Front und Seitensicherungen in voller Montur wie schwerer Bewaffnung auf jenem „Nichtkriegsmarsch" sich dann folgerichtig auflösten – war die Anfälligkeit des Riesenheerwurmes (*in geschätzter Gesamtlänge von vielleicht 25 km*) gegen eventuelle Überraschungsangriffe im dafür besonders geeigneten Terrain besonders groß. Nur diesen einen, schlimmen wie auch gravierenden, Organisationsfehler infolge unverzeihlichen Leistungsversagens höherer Befehlsorgane, machte Pilatus dem unglücklichen Feldherrn sowie dessen engerem Stab zum Hauptvorwurf! Obwohl es gerade ihm zum schließlichen Überlebensglück gereichte, daß Varus (wie ja auch dessen großes Vorbild Julius Cäsar es gerne handhabte) zwar für sich und Stäbler samt Gefolge einen Marschplatz inmitten jener langgezogenen Kolonne reservierte – die meisten Wagen des schwerfälligen Lagertrosses samt mitgeführten Belagerungsgerätes, den schweren Waffenschleudern, Pioniergeräten samt Lagerpalisaden ans Kolonnenende dirigierte. Und ihn selbst, kurzfristig zum Führer des wanderzirkusartigen „Gemischtwarenladens" ernannt, dahin beorderte! Wo selbige Große Bagage natürlich nur ziemlich langsam vorankam; sodaß binnen kürzester Frist das geschlossene Marschband nebst Sichtbindung nach vorne hin, im uneben schwierig zu befahrenden Gelände abreißen mußte. Man zuckelte also langsam hinterher und es war auch trotz mehrerer dringlicher Adjutantenritte einfach unmöglich, mit dem Gros hier einigermaßen Schritt zu halten. Dazu hatten lästiger Dauerregen und Starkwind eingesetzt – was die ohnehin schon durch vieltausende vorher durchmarschierender Füße und Hufe zerwühlten Wald- und Heidewege vollends unbegehbar machte. Von weiter vorne drang dazu stetig lauter werdender Gefechtslärm. Und es berichteten atemlos heraneilende Legionäre der Schlußgliederungen von andauernden Überfällen germanischer Krieger im Verbunde mit römischen Überläufern der auxiliares. Große Sauerei also allerorten! Zudem konnten die Legionäre nicht in diesen waldigen bzw. büscheumstandenen Hohlwegen oder schlammig gewordenen Trampelpfaden ihre (allerdings auf ebenem, übersichtlichen Territorium vordem tausendfach geübten) alterprobten Abwehrmaßnahmen anwenden. Zum Beispiel das bewährte *agmen quadratum*, eine für Defensivkampf geeignete Schlachtordnung als dichtgedrängte, kompakte Menschenmasse hinter schützenden Schildern. Dies jedoch scheiterte einfach daran, daß kein Platz war für exzerziermäßige Entfaltung – und außerdem lagerte ein Großteil der jetzt dringend benötigten Schilde und Wurfspeere ja auf inzwischen verstreuten, umgestürzten, brennenden Trossfahrzeugen. Auch gabs, wie erwähnt, die leidige Topografie nicht her, dass sich die Legionäre aller Waffengattungen jetzt aus lockerer Marschformation sofort in erwähntes Kolonnenrechteck zur Massivabwehr eindrehen konnten. Auch mit weiteren erprobten Rückzugsformationen (*wie der Schilderwall testudo oder die kreisförmige Allseitsabwehr orbis als schilderbewehrtes Karré*) sind wegen erschrecklichem Schildermangel und totaler Verwirrung in den eigenen Reihen, wo jeder für sich alleine oder in Kleingruppen den letzten Kampf ausfocht, keine Siegeslorbeeren mehr zu erfechten gewesen. Schlimm, sehr schlimm das Ganze und eine wahre Peinlichkeit für die siegesgewohnten Römertruppen. Nach kurzer Schocksekunde faßte sich der Pilatus schnell wieder – er war jetzt hier der alleinige, höchste Führer und auf ihn kam es an – zog an Flüchtenden sowie schreckensbleich herumirrenden Zivilisten an sich, was eben noch so entkommen konnte. Und verharrte, nach weithin hörbarem Haltesignal des Stabstrompeters an seiner Seite, vorerst auf einem Kreuzweg vorm großen Walde. Seine Wagen und Gerätekolonne sowie den riesigen Troß etwas seitwärts auf einigen Hügeln zur Wagenburg im zweiten Abwehrring zusammenfahrend und sofort ein stabiles Marschlager einrichten lassend. Wo sowohl Wasserquelle vorhanden als auch in Größenordnungen Brennholz zur Hand war und man in einiger Entfernung von den gefährlichen Waldungen vorerst lagern und, in voller Bewaffnung, von Spähtrupps in alle Richtungen laufend informiert, zunächst den kommenden Morgen abwarten wolle. Er ließ größere Wacht- und Wärmefeuer brennen und zeigte sich persönlich hoch zu Roß und in voller Tribunenmontur den Leuten um ihn: In der Ruhe liegt die Kraft; jetzt hieß es abwarten, Kräfte sammeln, Mut schöpfen; alles weitere würde man später sehen, und so die Götter wollen, durchfechten!

Nach einigen weiteren theoretischen Detailerläuterungen – wie etwa der Erkenntnis Julius Cäsars aus dessem seinerzeitigen Gallischen Krieg, daß die schließliche Heeresaufstellung eben leider nur zu oft nicht den überkommenen Regeln klassischer Kriegskunst entsprechen würde – umsomehr jedoch fallweise dem jeweiligen Schlachtenterrain, sowie auch zwingender politischen Lage angemessen, sich unterzuordnen habe – kam der fleißige Schreiber dann rasch zum Schlusse. Wobei er allerdings nicht vergaß, in einem hervorgehobenen Nachsatz extra auf den Umstand zu verweisen, daß er, Pilatus, so manches hier Niedergeschriebene nur vom Hörensagen und aus Veteranenerzählungen Überlebender wisse und also samt allen diesbezüglichen Ungereimtheiten usw. in seinen Bericht mit übernehmen müsse. Dieweil er persönlich ja seinerzeit nicht mit im Zentrum der blutig verlustreichen Ereignisse gestanden sei; und – was er besonders hervorhob (man konnte ja nie wissen bei diesen stadtrömischen Etappengenerälen bis zum Kaiser hinauf), er so leider keinerlei Einflüsse auf letztliche Gefechtsplanung des unglücklichen Varus und seiner engeren Vertrauten nehmen konnte. Wäre es freilich nach ihm und seiner, halt eben nicht abgefragten, Meinung gegangen, ja dann …

Nachdem der Pilatus bis zum jetzigen Jahresende die ihm auferlegte, zeitbefristete Ausarbeitung zur „Legionshistorie in der Kaiserepoche“ beendet sowie in der Präfektur zu Händen des Chefs gegen Quittung abgeliefert hatte – vergingen Wochen des üblichen Dienstbetriebes, bis er schließlich zum vertraulichen Vieraugengespräch befohlen wurde. Der gestrenge Seianus lobte ihn „über den grünen Klee“ (was eigentlich schon wieder gewisses Misstrauen erregte), meinte jedoch anschließend ganz unvermittelt, obwohl der Princeps konkrete Umzugspläne nach Capri derzeit realisiere „und wir alle Hände voll zu tun haben“, sei es ihm als Gardekommandeur eine Freude, den treugedienten Veteranen und ihm allzeit ergebenen Stabsoffizier, zur anstehenden Beförderung in provinzielle Präfektur gratulieren zu können! (Solche Wechsel vom höheren Militär in kaiserlichen Beamtenstatus und auf hohe Führungsposten waren allgemein üblich; insbesondere die Prätorianerstäbler profitierten öfters davon). Zwar müsse Pilatus so ziemlich an den anus mundi; aber immerhin sei er dann dort der Erste – und auch in jener fernen Reichsecke wäre die Welt schließlich nicht mit Brettern vernagelt. Wobei er knarrend lachte, den Hochbeförderten aber nicht aus den Augen ließ, also mitbekam, wie jener sichtlich zuckte, als er den neuen Befehlsstandort vernahm. Hatte der sich schon reale Hoffnung auf eine reiche Pfründe gemacht. Seianus bequemte sich zur Erklärung, daß Pilatus wohl wisse (der wußte's zwar nicht, tat aber immerhin so und nickte wissend), daß die begehrten, reichen Großprovinzen Ägypten und Syrien als sogenannte Senatsbesetzungen auch von diesem einstimmig vergeben werden müßten – und der jeweilige Princeps leider nur über freie Hand bei den kleineren alten oder unsicheren neuen Grenzlanden verfüge („dieses läßt sich zur Zeit nicht ändern, doch man solle geduldig abwarten, wird schon noch werden!“) Kurz und bündig schicke er ihn jetzt erstmal als Statthalter und Präfekt/Prokurator mit allen zustehenden militärisch-zivilen Befugnissen nach Judäa/Samaria.

Wo er in dortiger Garnisons- und Residenzstadt Caesarea maritim an herrlicher Seeküste seinen künftigen Regierungssitz habe. Belehrte Pilatus dann noch über dessen Hauptpflichten: dort unten für stetige Ruhe und staatliche Ordnung zu sorgen – vorzüglich aber dafür zu garantieren, daß jederzeit reichliche Steuergelder fließen, die römischen Staatskassen aufzufüllen. „Aber bitte nicht gleich übertreiben!" Natürlich wußte Seianus auch „Neue Besen kehren gut"; ebenso aus Erfahrung mit anderen Statthaltern, daß jene quasi Provinzfürsten nicht zuletzt auch kräftig für sich selber sorgten, und daß noch keiner von denen später als armer Mann sein Amt quittierte (aus was für Gründen auch immer). „Ja, und noch was auf den Weg: diese Juden dortherum sind unterm gesamten bunten Völkergemisch einzigartig als theokratisch autoritär geführtes Staatsvolk." Mit Alleinstellungsmerkmal ihres einzigen, strengen, allgegenwärtigen, wenngleich unsichtbaren Gottes Jahwe, dem sie wahrhaft fanatisch dienen und ergeben sind, obgleich der sie zumeist sehr hart anläßt. Und auf dessen – oder zunächst seiner irdischen Propheten, auch als Messiasse benamt – irdische Ankunft sie seit Jahrtausenden sehnlichst warten. Damit jener sein angekündigtes Reich auf Erden, mit ihnen zuoberst, endlich errichte. Und der neuernannte Statthalter solle ja nie darauf vergessen, niemals: dies sei ein aktiv rühriger, sehr geschäftstüchtiger, äußerst intelligenter, arrogant machtfordernder, leider oftmals spintisierender und sich untereinander in Glaubensfragen andauernd verbissen zankender, manchmal blutig streitender, nervös beweglicher wie auch kulturbeflissener Menschentyp. Uns Römer (obgleich von ihnen selbst vor ca. einem Jahrhundert ins Land gerufen, ihnen in ihren äußeren wie inneren Zwistigkeiten mit Waffengewalt beizustehen) als inzwischen höchst unwillkommene Besatzer ansehend und gerne öfter aufmuckend. Immerhin einen Trost könnte er dem neuen Oberbeamten spenden, welchem ja auch alles römische Miltär dort unterstellt sei, samt einheimischen nichtjüdischen

Hilfstruppen (berühmt seit Generationen die tüchtigen syrischen Bogenschützen als Leichtbewaffnete) in Stärke etwa einer Halblegion; die Juden als solche lehnten jeglichen Soldatendienst kategorisch ab und könnten notfalls nur ihre zivilen Tempelwächter mit Knüppeln usw. mobilisieren – also keine ernstzunehmenden Gegner vermutlich im Kriegsfalle. (17) Wichtige Verbündete für Pilatus aber waren die einheimischen, also jüdischen Steuerpächter und Zöllner; wegen ihrer stetigen Geldeintreibung für die Römerherrschaft unter ihren Landsleuten gemieden und verachtet. Diese, nebst den oberen Tempelpriestern und Stadtaristokraten im Sanhedrin, ihrem juristisch, politisch, theologischen Streitparlament – sind immer wichtige Kollaborateure, ja Verbündete von uns Römern gewesen; schwerreich an Geld und Grundbesitz auch manche der einfachen städtischen Handwerkerfamilien und ebenfalls viele ländliche Grundherren. Der Hohepriester stamme immer nur aus einer der drei, vier Nobelfamilien Jerusalems und seine Stelle würde jedes Jahr neu ausgeschrieben, muß vom jeweiligen Statthalter feierlich wie schriftlich bestätigt werden. Da sich's die jüdischen Anwärter auf jene Führungsstelle immer ordentlich was kosten lassen, um bestätigt zu werden, bleibe es dem Statthalter überlassen, wie viel davon bei ihm persönlich hängenbliebe. Er, Seianus, habe nichts dagegen, daß sich Pilatus solcherart ein bescheidenes Zubrot zum bekanntlich knappen Beamtengehalt (beide feixten sich augenzwinkernd zu!) nebenher verdiene; „aber, wie gesagt, nichts übertreiben und dadurch ggf. Aufruhr produzieren. Solange die bekanntlich ebenso wohlhabenden wie geschäftstüchtigen Judenoberen stumm und haßerfüllt mit ihren Zahnstumpen knirschen, ists mir egal, solange sie zahlen, zahlen und nochmals zahlen. Nur keinen öffentlichen Aufruhr, Randale oder Kleinkrieg. Immer daran denken: wo ein Jude lebt, ist immer auch wenigsten etwas Geld. Wie bei einem alten Getreidesack; selbst wenn dieser schlaff und leer herumliegt, kommt doch beim energischen Sackklopfen immer noch Getreidestaub heraus. Aber Vorsicht – nicht andauernd oder zu derb draufhauen; wollen wir ihn ja noch ein ganzes Weilchen benutzen. Verstanden, mein Bester? Na fein, fein!" (18) Pilatus nickte Zustimmung, dankte beflissen und versprach, hinfort seine Pflicht und Schuldigkeit tun zu wollen, um seinen Prätorianerchef zufrieden stellen zu können. Bewußt hatte er's vermieden, Kaiser zu sagen; was Möchtegernprinceps Seianus fingerdrohend, aber wohlwollend lächelnd durchgehen ließ. Nach mäßig herzlicher, aber dienststrammer Verabschiedung, Motto „Man hört und sieht sich gelegentlich eines späteren Besuchs schon mal wieder", war der tief durchatmende Pilatus endlich draußen und ließ sich im Vorzimmer des Gewaltigen erstmal einen längeren Urlaub anweisen sowie restliche Dienstbezüge usw. auszahlen. Dann eilte er weiter, um alle bisherigen dienstlichen Belange an den Zenturio der Prätorianerzahlmeisterei draußen im Kasernement weiterzudelegieren. Und obwohl beim Seianus drinnen keine Rede davon war, versprach er dem altgedienten Zahlmops großzügig dessen baldiges Aufrücken samt Beförderung zum Primus pilus und also Ersten Zenturio – wohl wissend, daß solches für den ein gewaltiger Karrieresprung war und selbiger sich künftighin seinen Hintern wegreißen werde, um nur positiv aufzufallen. (Na ja, vielleicht kam auch der Prätorianerchef auf diese einfache Lösung; wenn nicht, war er, Pilatus, schön weit vom Schusse – es sehe jeder zu, wo er bleibt und was er davon hat). Seine ihn deslängeren nervende Gattin Claudia procula informierte er gleichfalls; welche sich in weibertypische Umzugshektik stürzte und fortan mächtig zu tun und zu schaffen hatte. Denn auch sie wollte endlich weit fort aus diesem von Seianus für viele der Nobilitäten und Reichenfamilien zur Todesfalle gemachten Rom. Doch dauerte es noch bis in den Frühherbst des Jahres 26 u. Zt., bis die Familie endlich vom Hafen Ostia aus wegsegeln konnte. Da Princeps Tiberius üblicherweise seine Statthalter und Legaten gerne über lange Zeiten in der Ferne residieren ließ – vorausgesetzt sie schlugen zu seiner Zufriedenheit ein, stellten die einheimischen Stämme und auch die größeren Städte ruhig, vermieden Aufruhr und Krieg sowie treiben regelmäßig die Steuergelder ein – hatte Pilatus fast alle privaten Brücken hinter sich verbrannt; seine Eltern waren schon lange tot und die Schwestern hatte er ohnehin nur noch schwach in Erinnerung als jungmädchenhaft zickige, schwatzhaft kichernde, unreife Geschöpfe. Allerdings sorgte der neue Statthalter vor Abfahrt noch persönlich dafür, daß er mitsamt Tribunenrang in der Musterrolle der Prätorianeroffiziere und höherer Stäbler festgeschrieben wurde, auch sein jetziger Generalsrang (wenngleich nur auf Zeit) festgeklopft. Man konnte ja nicht wissen, wie's kam! Schmunzelnd nahm er ebenfalls Kenntnis vom für ihn wichtigen Zusatz im Versetzungsbescheid, daß Seianus vorerst keinen Pilatus übergeordneten Legaten und somit Oberstatthalter für die Großprovinz Syria dorthinunter beordert hatte – in berechtigter Erwartung, daß sein Prätorianerkamerad sich auch ohne höhere Instanzen im Lande fest- und dort letztlich durchsetzen könne. Stillvergnügt dankte er in seinerseitigem, artig formulierten Abschiedsschreiben dem Machtmenschen in der Reichshauptstadt für gezeigtes Vertrauen; was er aber vorsichtshalber nicht formulierte, war seine besondere Freude darüber, daß er fortan da unten völlig freie Hand hatte und ihm kein ggf. miesepetriger oder langweiliglahmarschiger Vorgesetzter aus ferner, muffiger Amtsstube in sein naßforsches Tun und Treiben hineinquatschen oder gar regieren wollte. Schließlich war er der Pilatus; und lieber Einäugiger unter Blinden sein, als Möchtegernkönig unter potentiellen Königsmördern – so postulierte er sein künftiges Credo gegenüber der amüsiert kichernden Claudia auf schwankendem Schiffsdeck …

Wieder einmal nehme ich, Pontius Pilatus, den Schreibgriffel. Bisher sind doch schon runde fünf Jahre vergangen, seit ich im hiesigen Caesarea maritim, vom Kaiser Tiberius über seinen allmächtigen Stellvertreter Seianus (welcher nach Hörensagen in Rom letzthin ein schreckliches Ende gefunden und also abregiert hat); auf diesen Dienstposten beordert worden bin. Als Präfekt/Prokurator für Judäa und Samaria meinen verantwortungsvollen Reichsdienst versehe. Vieles ist seither geschehen und sicherlich liegt auch noch mancherlei (meistens wohl oder übel nicht allzu erfreuliches, wie gehabt) vor mir. Diese eine kurze wie schlaflose Nacht will ich darum nutzen, und in erster Linie mit mir selbst, Rechenschaft ablegen über bisheriges Tun und Wollen:

In meiner sehr großen, schönen, gut ausgebauten Residenzstadt am Mittelmeer, gefiel es mir von Anfang an recht gut. Sie ist vom großen Judenkönig Herodes zu Ehren des natürlich noch größeren, göttlichen Romkaisers Augustus nämlich als Caesarea (griechisch kaisareia = Stadt des Kaisers) erbaut und benamt. Und ich verfluche schon jetzt den Tag morgen, wo ich mit zahlreicher Begleitung – auch meine umtriebige Frau Claudia samt Gefolge dabei – wieder ins ferne Binnenland und nach klimatisch so ungesundem Jerusalem (so unsere latinisierte, römische Namensform auf vielen der alten Landkarten) – oder Jerschalaim (als die hebräische, altjüdische aramäische) und also umgangssprachliche Bezeichnung jener Tempel-Stadt aufbrechen werde. Wo sich das mehrtägige Pessachfest als jährlicher Reisehöhepunkt mit Volksfestcharakter wiederum sehr heftig austoben würde. Um aber bei diesem zuzeiten unleidlichen Volke, vorzüglich in ihren verzwickten Glaubensdingen, die kein noch so gutmeinender Außenstehender wirklich versteht also die stetig aufwallende Volksseele letztlich ruhigzustellen – somit für gutbürgerliche Ruhe zu sorgen – und unsere erprobte pax romana im einigermaßen ausgewogenem Verhältnis zu stabilisieren, mußte ich persönlich wieder ran und dort mit harter Faust eine staatliche Ordnung durchsetzen. Was nur mit Hilfe ausreichender Söldnermacht zur Unterstützung dortiger Legionäre möglich schien. Ungern gehe ich, wie gesagt, nach Jerusalem; bekommt mir doch dessen Halbwüstenklima überhaupt nicht! Hochgelegen und von ständiger Wasserarmut geplagt, dreckig und mit übelriechenden Innenstadtgassen versehen, sowie ständig übervölkert (mit geschätzten max. 30 000 Einwohnern, samt Festtagszuzüglern von nochmals rund 100 000 Leuten lärmig wie laut überrannt) und im Tempelbezirk wirklich unüberschaubar; scheußlich! Zudem muß ich wiederum, als sozusagen Oberster Richter seitens römischer Schutzmacht, über angebliche oder wirklich todeswürdige Kriminalfälle mein letztinstanzliches Urteil fällen, verkünden und bei Todesstrafen vom öffentlichen Richterstuhl einer aufgeregten Volksmasse laut verkünden; sowie Vollzug der Hinrichtung und deren Ablauf noch rechtsgültig beurkunden. Doppelt scheußlich! Dabei hatten sie für Judäa und Samaria eigentlich ihre eigenen Gerichte, unter repräsentativem Vorsitz jüdischer Hohepriester. Jedoch schoben diese alterprobten Theokraten und staatlichen Oberen füchsisch schlau nur zu gerne wie auch desöfteren uns Römer als angeblich alles verantwortende Besatzer vor. Obwohl sie, bis auf die Todesstrafe alles sonstige eigenständig bewerkstelligen durften. Nur eben das leidige ius gladii oblag uns Römern. Und dahinter versteckten sich jene mit Vorliebe; so ihre Staatsautorität hintan setzend und dem dummen Herdenvolke uns Römer als die Bösen theatralisch vorführend. „Im Namen des Kaisers!“ So murmelten sie ebenso devot wie hinterhältig. Durften sie doch außer dem römischen Princeps in Judäa/Samaria keinen König haben; und freuten sich lebhaft, daß wir uns für sie die Hände blutig und schmutzig machen mußten. Na ja; man gewöhnte sich mit der Zeit auch daran. Wichtiger für unsereinen war jedoch, daß diese Juden, ohne allzu sehr aufzumucken, die ihnen auferlegten jährlichen Steuern entrichteten. Womit aber keinesfalls die außerdem noch anfallenden innerjüdischen Tempelsteuern gemeint waren. (19) Sondern unsere, also Römerbesteuerung, durch die auch in allen eroberten usw. Provinzen üblichen Steuerarten. Nach jeweils vorangegangenem Census sind dies einmal die sogenannten vectigalia = als Ex- und Importsteuer; sowie das sogenannte tributum = als landestypische Kopfsteuer. Zusätzlich entfielen manchmal zu erwähnten Jahressteuern noch quartalsweise oder sporadische Steuerleistungen, wie Mautgebühren, Umlagen für Straßen- und Wasserbauten, sowie auf alle Handelsware eine 2,5 prozentige Umsatzsteuer. Mittels römischer Steuerpächter (natürlich allgemein verhaßt) und jüdischer Steuereintreiber (als biblische Zöllner und üble Kollaborateure noch dazu verachtet und gemieden), sind derlei Gelder oder Naturalien oftmals gewaltsam, unter Waffendrohung und Militärhilfe, eingetrieben worden. Um jedoch wieder auf ein angenehmeres Thema kommen zu wollen, merke ich hier folgendes an, weil mich nun mal die alte Historie immer zuvörderst interessiert:

Meine Residenz und Garnison betreffend, existierte an dieser Küstenstelle ein vielangefahrener Landungsort – den einer der alten griechisch-phönizischen Stadtkönige von Sidon(ia) namens Straton, mit festem Wachturm versehen ließ; nach ihm wurde der sich schnell entwickelnde Seehafen am Mittelmeer zunächst Stratonsturm gehießen. Herodes nannte ihn dann um in Sebastos (steht im Griechischen für Augustus). Späterhin aber bürgerte sich der lateinische Ortsname „Cäsarea am Meer“ nachhaltig ein. Und innerhalb der landseitigen Stadtmauer, bis hin zum Hafengelände, breitete sich die aufblühende Handels- und Militärstadt rasch auf knappe vier Quadratkilometer aus. Mit verhältnismäßig riesigem Hafen (samt Mole und Wellenbrecher ca. ½ Kilometer ins offene Meer hinausgebaut), mit zwei Wasser-Aquädukten, Großarena, mehreren Theatern und Tempeln sowie Hippodrom, mit mehreren Wohn- und Handelsvierteln. In Hafennähe hausten die dortigen Juden, welche dann zahlenmäßig um die 40% der wohl an die 65 000 Köpfe zählenden, vorwiegend griechischstämmigen Einwohnerschaft ausmachten. Was Wunder, daß dort noch ganz eindeutig die antike hellenistische Kultur und Lebensweise alle Bereiche dominierte. Und auch in seinen ersten Amtsjahren, trotz meiner vielfältigen Bemühungen um behutsame Romanisierung und Latinisierung, sich nicht allzu viel geändert hatte. Na, steter Tropfen höhlt den Stein, ich bring's noch zuwege. Weil halt nicht nur wir römischen Präfekten/Prokuratoren – als Militärgouverneure und in Personalunion oberste Zivilbeamte des Imperiums dort lebten und wirkten; sondern eben auch eine erkleckliche Anzahl aus der Heimat herübergesandter römischer Bürger aller Coleur. Unser zentraler Anlaufort war das Prätorium, ein monumentaler Klippenpalast und mit repräsentativem Fernblick, zweistöckig nach dem offenen Meer hin ausgebaut. Hier wohnte und residierte ich also, als Unterstatthalter meines syrischen Oberbefehlshabers. Nur hatte ich leider nicht allzu viele Soldaten, alle innerhalb des Mauerringes in festen Kasernen garnisonierend, zu meiner Verfügung. Dazu noch meistens nicht mal das allerbeste Menschenmaterial: als da waren max. 6 Kohorten Infanterie sowie eine überstarke Reiterala. Alles geworbene Söldner aus dem Lande; also Auxiliartruppen unter römischem Offiziersbefehl. Nur eine einzige Kohorte, mir als Befehlshaber hier als Leibgarde sowie Feldpolizei und Kurierposten dienend, setzte sich schließlich aus Römern und Italikern zusammen. Und ich mußte auch eine stetig wechselnde, gemischte Kohorte nebst Kleintroß, im potentiellen Unruheherd Jerusalem fest stationieren; die übrigen Söldner saßen in Cäsarea und mußten andauernd irgendwie beschäftigt werden. Weil eine Truppe, die sich langweilt, oftmals auf dumme Gedanken kommt. Also ließ ich die Männer bauen, bauen und nochmals bauen. Wenn sie schon nicht kämpfen durften … Die Judenschaft allerdings war, seit den Augustäischen Reformen, mit schriftlich festgeklopfter Militärfreiheit versehen; ihre Männer und Jungens durften also selbst bei eigenem Wollen, nicht in unseren Reihen Dienst tun. Dafür sind mehrere tausend handfeste Judenjünglinge von ihren Tempeloberen, in leichter Schutzkleidung und mit geringer Waffenausstattung, für Wächterdienste und ähnliche Aufgaben in Jerusalem und kleineren Landstädten, im Dauereinsatz gewesen. Für den unvorhersehbaren Fall der Fälle allerdings, konnte ich als in Cäsarea residierender Spitzenbeamter des Reiches, natürlich Militärhilfe erbitten, erhielte diese auch und durfte sie ebenfalls unter mein Kommando stellen. Fungierte ich doch jetzt als Präfekt im niederen Generalsrang (bei fester Chargierung als Kriegstribun in der Prätorianergarde des Kaisers – was ohnehin einem Legatenrang in Linientruppen gleichkam); nur leider die Besoldung lief nach dem etwas niedrigen Etat eines hohen Zivilbeamten. Aber dafür mußte man sich halt eben dann rühren, um ggf. Aushilfseinkommen zu erwirtschaften. Und ein altgedienter Statthalter, der – selbst wenn er von kleinerem Dienstposten und Wirkungsbereich kam – nicht als einigermaßen vermögender Privatmann später einmal zurückkehrte, dieser taugte zugegebenermaßen nicht fürs Geschäft und sollte sich ruhig irgendwo einsargen lassen. Geld macht zwar nicht unmittelbar glücklich, doch beruhigt es ungemein. Und auf „Geldsäcke“ schimpfen stets nur solche, die es nicht verstanden, sich selbige wohlbetucht zu füllen. Künstlerpech eben! Also auf ein Neues in Jerusalem! Könnte mir durchaus etwas besseres vorstellen, na ja. Im alten Prachtbau der Oberstadt, dem Herodespalast, wohne und amtiere ich hier wieder. Für unsere römische Präfektur – als Statthalterresidenz und Prätorium – ließ sich jener gewaltige Gebäudekomplex freilich bestens nutzen. Kleinere Dienstwohnung nehme ich, wie stets bei meinen häufigen Stadtbesuchen, im Hochturm der Tempelbereich und Gesamtstadt überragenden Burg Antonia (wo ebenfalls die hiesige Legionärskohorte kaserniert war). Von ganz oben hatte ich, neben einem wenigstens einigermaßen erfrischendem Lüftchen, den allerbesten Blick übers innerstädtische Leben und Treiben. Scheußliches

Gedränge allerorten! Jerusalem – das war im wesentlichen der überdimensioniert riesengroße Tempelbezirk in Rechteckform. Mehr als ein Fünftel der Stadtfläche mit allen seinen Bauwerken einnehmend (geschätzte 500 x 300 Meter im Quadrat wahrscheinlich); mitsamt größeren, streng abgeteilten Innenhöfen und Außenanlagen und mit Vorhöfen für die äußerst zahlreichen Tempelpriester. Man spricht hier von ca. 5000 Männern des ursprünglich allein Priesterdienste und Tempelkult ausübenden Stammes Levi – sowie von mindestens nocheinmal sovielen Freizeitpriestern im Ehrenamt für die niederen Dienste, die nicht unbedingt gebürtige Leviten sein mußten. Vorhöfe gabs auch für die Frauen, für die Händler mit den Opfertieren u. a. Gaben für die Geldwechsler und Steuereintreiber. Das Betreten diverser Innenhöfe oder gar Tempelhallen samt Allerheiligstem, war nur reinblütigen Juden gestattet – bei angedrohter Leib- und Lebensstrafe für die fremdrassigen Anderen. Was den frommen, gläubigen Juden nun aber ihr Allerheiligstes auch immer sein mochte, ich weiß es wirklich nicht. Man sagte mir nur soviel, daß es ein von großem Vorhang abgeteilter, völlig leerer Raum sei, mit kahlen Wänden und ohne jeglichen Bildschmuck, kein Ornamentzierat, Mosaiks o. ä. beherbergend und natürlich schon gar keine etwaige Götterstatuen. Nicht wie bei uns Römern ging man hier Stufen hinauf, sondern einige davon hinunter (weil es in ihren uralten Aufzeichnungen und Gebeten heiße: „Aus der Tiefe, oh Herr, schreie ich zu dir hinauf!“). Sehr ungewöhnlich das Ganze; andere Länder – andere Leute – andere Sitten wie Gebräuche! Wir als Besatzungsmacht und hiesiger Ordnungsfaktor waren streng angewiesen, derlei Glaubensrituale der Juden weder zu belachen, zu behindern oder gar zu stören. Hauptsache, sie verhielten sich ruhig und zahlten ihre Steuern pünktlich. Wofür ich als Procurator hauptverantwortlich meinem vorgesetzten Legaten sowie dem Kaiser gegenüber bin. Die procura zu haben, heißt im Handelsleben nämlich, für die Firma eigenverantwortlich die anfallenden

Geschäfte zu führen (Prokurator = Geschäftsführer also). Zurück zum Tempel dieser Judenschaft: ein monumentaler, knapp fünf Meter hoher Mauerring schützte und stützte diesen total abgesperrten Bezirk. Innen mit Säulenhallen und Laubengängen versehen, ziehen die sich (*in Metern gemessen*) über Gesamtlänge von westlich 485 m, östlich 470 m, nördlich 315 m, südlich 280 m ums ganze Tempelterritorium. Selbstverständlich war die in sich straff hierarchisch gegliederte Priesterschaft der bestimmende gesellschaftlich-politisch-soziale Machtfaktor in der Stadt, dem Umlande sowie ganz Judäa. Mit welchem wir Römer allezeit rechnen mußten. Ohne diese Leute ging halt gar nichts und sie wußten das leider nur zu gut, ließen es uns wie mich deutlich fühlen! In ihrem sogenannten Sanhedrin (vom griechischen Synedrion), der großen Ratsversammlung dann, sichtlich erhöht, saß der Tempelvorsteher und Hohepriester einem Gremium von insgesamt 71 Personen vor (natürlich sich mit eingeschlossen und alles nur Männer). Es waren dies zum kleineren Teil die nobilitären Sadduzäer, Abkömmlinge von den alten, teilweise recht vermögenden Familien des Jerusalemer Stadtpatriziats – so z. B. die stets abwechselnd das begehrte Hohepriesteramt besetzenden Annanos, Boethos und paar Weitere (allesamt gemäßigte, pragmatischpolitisch denkende wie handelnde Leute, mit denen von unserer Seite bestes Einvernehmen herrschte) – sowie eine größere Anzahl von engstirnigen, blindgläubigen, kleingeistigen usw. Pharisäern, die in Masse städtisches Kleinbürgertum, Händler- und Handwerkerschaft verkörperten, strikt wortgetreu nach ihren zahlreichen Glaubensvorschriften lebten, stets viele Kinder zeugten und so allmählich die altvornehmen Sippen überwucherten, quasi an die Wand vögelten. Mit diesem Teil jener jüdischen Volksvertreter war für uns Besatzer ein schwieriges Auskommen; korrekter gesagt, eigentlich gar keines. Sicherlich, wir hatten sie seitens unserer straffen Administration gehörig in ihren Exekutiv- wie auch Legislativrechten, insbesondere in Fragen der Jurisdiktion eingeschränkt. Waren letzthin aber selber schuld an derlei Misere, weil sie immer und überall, in jeder noch so kleinen wie belanglosen Frage praktischen Lebens, mit ihren zahlreichen Glaubensvorschriften herumdeutelten und so zumeist in endlosen Debatten aus Mäusen dann Elefanten machten. Ich ließ sie wohl oder übel gewähren, mochten die Kleingeister ruhig denken, daß sie Entscheidendes zu sagen oder zu tun hätten. Handelte also nach unserer bewährten römischen Herrschaftsmethode des „divide et impera"! Hauptsache, sie duckten ab und hielten schlußendlich ihre Schandmäuler. Ansonsten gabs paar drauf, Hiebe oder Schlimmeres. Wußten natürlich auch ihre Chefs! Jener Hohepriester Joseph ben Kaiaphas zum Beispiel, den ich bereits seit meinem Amtsantritt in jährlicher Endlosschleife stetig neu sich an der Sanhedrinspitze wichtigtuerisch spreizen ließ – der war altgedienter Priesterfuchs, mir gegenüber anfangs recht arrogant-pomadig aufgetreten und mußte einen gehörigen Dämpfer kriegen, bevor er kapierte, wer hier zwischen uns beiden das Sagen hat. Ich erhöhte also zunächst die „Schutzgebühr" für seinen Amtsornat und sonstige Prachtkleider, die ein Hohepriester zu den zahlreichen traditionellen jüdischen Festen und Feiertagen tragen mußte. Alle meine Vorgänger hatten allerdings nach den Veranstaltungen jene heiligen Klamotten gegen Quittung und besagte Gebühren wieder zurückgenommen, diese in der Antonia im Schutze dortiger Legionärstruppe verwahren und streng bewachen lassen. Um dem Aufmucker Kaiaphas, der wohl glaubte, es mit mir machen zu können, gleichmal einen tüchtigen Hieb zu versetzen, ließ ich nach dessen von mir gegen ein erhebliches Aufgeld abgesegneter Wiederwahl in Folge (abfallender kleiner Nebenverdienst; Claudias Hauswirtschaftskasse konnte derlei Zuwächse immer gut brauchen), diese Prachtkleider allerdings nur per Kurierpost ins, wie ich ihm versicherte, besser für solchen Schutzdienst geeignete Caesarea, meine schwer bewachte Residenz am Meer, bringen – um sie dort in allersicherstem Schutz aufbewahren zu lassen. Wogegen doch er, bzw. sein allgegenwärtiger Gott Jahwe, am Ende nichts einwenden wolle? Der Gefoppte rollte seine häßlichen Schellfischaugen gewaltig, nach meinem spöttischen „nur tote Fische schwimmen mit dem Strom“ und dezentem Verweis auf künftige Erhöhung des Schutzgeldes ums Dreifache. Er wisse doch genau, das Transportgeld und die teuren Aufbewahrungskosten in mondäner Küstenresidenz! Wo das Alltagsleben ohnehin teurer wäre als hier im Hinterlande und in seiner Jerusalemer Provinz. Immerhin bekäme er die Schmachtfetzen demnächst mit extra Kurierpost und sicher bewacht, wieder zu entsprechenden Anlässen von mir zugeschickt. So sorgte ich dafür, daß er sein Amtsgesicht nicht verliere: „Na, bin ich nicht ein guter Freund?“ Meine Geld fordernde Rechte nicht übersehen können, entfernte er sich nach Zahlvorgang mit wütigen Stampfschritten. Womit ich mir jedenfalls einen weiteren erbitterten Feind machte; so interpretierte dieses jedenfalls mein umtriebiges Eheweib – und hatte leider damit nur zu recht. Tja also, es hat halt ein jeder von uns so seine Defizite; ich eben auch …

Rekapituliere jetzt, nachdem wir uns wieder im Palast häuslich einrichteten, daß ich einige der nachfolgend berichtenden Schlappen, die ich als Befehligender und als Mensch in dieser Unruheprovinz während letzter Jahre erlitten habe, nicht zuletzt „Freund“ Kaiaphas zu verdanken habe: Da wäre zunächst die leidige Affäre mit den Fahnenbildern! Gleich zu Anfang meiner hiesigen Amtstätigkeit (Motto: Neue Besen kehren gut; gilt offenbar für die meisten Kommandeursneulinge?), fühlte ich den Drang, der jüdischen Bevölkerung offen zu zeigen, wer im Lande die Macht besitze und diese auch ausüben werde. Und nicht, wie alle meine Vorgänger sowie Romrepräsentanten, diesen komischen Provinzlern allerorten wie leisetretend zu willfahren. Quatsch so was, die bekamen meine geballte Römerfaust zu spüren und gut wars. Wars eben leider nicht, mein erster gezielter

Schuß ging nach hinten los, trotz allem lauten Trompetens! Natürlich wußte ich inzwischen schon, daß den Juden seitens ihrer strengen Religionsgesetze jedwede bildliche oder wie auch immer bildkünstlerische göttliche Darstellung verboten ist. Weshalb man die in der Antonia aufbewahrten ruhmreichen Adlerstandarten und Fahnen unserer Legionen ihrer hübschen, goldverzierter Medaillons mit den Kaiserbildnissen entäusserte und somit unsere Truppenfahnen usw. irgendwie nackig und meiner Meinung nach verschimpfiert waren. Sauerei das; nur wegen völlig andersartiger Religionssitten anderer Völkerschaften – die wie diese Juden dazu von uns Römern beherrscht wurden, die Bildnisse unserer Princeps dergestalt zu entehren. Mir doch egal, was die Juden glaubten und welchem Gotte sie anhingen – dieses ging mir viel zu weit und über die Helmbänder. Natürlich war ich von Amts wegen angehalten, jüdischen Glauben und ihre Lebensweise zu achten. Jedoch waren wir hier unten jetzt die Herren; und selbige Tatsache hätte auch ihr geheimnisvoller, unsichtbarer Gott, bitte sehr, voll zu respektieren. Also ließ ich von Caesarea aus eine kriegsstarke Kohorte mit wieder vervollständigten Standarten nächtlicherweise gen Jerusalem marschieren. Am Morgen dann grüßten die Kaiserbildnisse wieder die staunenden und böse maulenden Städter von den Türmen der Antonia. Na, wie habe ich das gemacht? Soweit so gut, bzw. halt eben schlecht. Wir in Caesarea staunten nur noch, wie in den nächsten Tagen haufenweise die Jerusalemer hier in Klageprozessionen einpassierten, sich Ai und Wai schreiend häuslich vorm Klippenpalast niederließen und mir ankündigten, sich gegebenenfalls Mann für Mann erschlagen zu lassen: die Kaiserbilder aber müssten weg, so oder so. Unverschämtheit so was! Ich entschloß mich, deren Proteste weitgehend zu ignorieren; als aber, trotz regnerischkühlen Novemberwetters immer weitere Judenmengen da unten ansammelten – und auch die Hiesigen Unruhe signalisierten – schon nach einigen fünf Tagen die ersten Dauerprotestler aus den Latschen

kippten, riß mir doch der Geduldsfaden und per trompetender Ausrufer beorderte ich die Massen ins große Hippodrom. Dort angelangt saßen sie in der Mausefalle; ich gab Befehl, sie abzusperren, hielt ihnen in einer geharnischten Strafrede ihr Fehlverhalten vor und erwartete tätige Reue. Fehlanzeige leider! Die schrien und tobten weiter, wollten sich lieber von uns in Stücke häckseln lassen – jedoch die Kaiserbilder müßten weg! Verdammt, was sollte ich machen. Am liebsten würde ich die Unruhestifter allesamt massakrieren lassen. Nur käme ich mit solcher Notmaßnahme in Rom sicherlich keinesfalls gut an; und außerdem: Tote bezahlen keine Steuern; und für die Begräbniskosten müßte ich dann zusätzlich noch Geld ausgeben. Trotz unwilligem Kopfschüttelns meiner gestreßten Legionäre mußte ich am Ende doch zähneknirschend den Juden nachgeben, die Medaillons wieder allesamt entfernen lassen und bei mir in Verwahrung behalten. Dieses Gefecht hatte ich verloren; Roms Götter mochten wissen, oder eben auch nicht, warum sie solches zuließen. Ich jedenfalls vergesse den Juden dieses nicht …
Noch war mein Ärger über jene erste Schlappe, samt damit einhergehendem Gesichtsverlust, nicht verflogen – da passierte mir erneutes Mißgeschick; nämlich die Sache mit meinen Münzprägungen: Hatte ich doch mit Anbruch meines dritten Amtsjahres, dem Beispiel benachbarter Statthalter folgend, damit begonnen, eigene Kleinmünzen für den landesinternen Geldverkehr fertigen zu lassen. Zwar wohlweislich ohne Porträtköpfe irgendwelcher Kaiser oder Götter (weil eben gebrannte Kinder das Feuer scheuen; um's mal so auszudrücken) – aber doch nicht ganz ohne Symbole. Also befahl ich den jene kupfernen Peruta-Münzen schlagenden Handwerkern, einige wesentliche Gegenstände unseres römischen Kaiserkultes aufzuprägen: nämlich den althergebrachten Augurenstab lituus als zukunftweisendes Zeichen und einen harmlosen Wasserschöpfer simpulum, fürs Weinopfer im römischen Kaiserkultus gebraucht. Kaum waren

diese Münzen im Umlauf, klagten die Jerusalemer Tempelpriester und andere Schriftgelehrten ebenso scheinheilig wie lautstark in Richtung Rom; und auch im Sanhedrin revoluzzerten sie wieder. Na, sollten sie sich ruhig erregen und aufblasen; die landesweit sehr geschäftstüchtige Judenschaft nahm meine neuen Münzen als allgemeines Zahlungsmittel an. Doch mußte ich mir selbst insgeheim zugestehen, meine Unbeliebtheit wiedermal bewiesen und gesteigert zu haben. Obwohl ich's doch nur gut meinte. Skandalon! Leider glaubten die maßgeblichen Köpfe im Sanhedrin, sich nunmehr relativ gefahrlos mit mir anlegen zu können. So wars nicht verwunderlich, daß sie auch die Sache mit den goldenen Ehrenschildern wegen der Weihebildnisse für unseren langlebigen Romkaiser Tiberius mächtiggewaltig aufbliesen. Dabei hatte ich nur einige wenige, übrigens lediglich vergoldete, solcher Rundschilde, zum Aufhängen an Ehrensäulen im Prätorium und in der Antonia Jerusalems sowie für meine Palastresidenz in Caesarea anfertigen lassen. Also nicht für die Öffentlichkeit. Mit dem Hintergedanken freilich, nach dem Todessturz meines früheren Gönners Seianus, dem total verärgerten Altkaiser Tiberius als meinem Princeps formal zu huldigen. Hatte überhaupt nichts mit jüdischen Angelegenheit oder gar provokanter Verärgerung der Judenschaft zu tun; außerdem hatte ich jene Weiheschilde ausschließlich für unsere geschlossenen Amtsräume und dazu noch auf eigene Kosten fertigen lassen. Ebenfalls, durch bittere Erfahrungen gewitzigt, waren sie nicht mit diversen wie speziellen Kaisermedaillons versehen; lediglich den Namenszug vom Princeps (und etwas kleiner meinen eigenen darunter) trugen selbige. Verletzten damit keinesfalls das jüdische Verbot figürlicher Darstellungen und fremder Götzenanbetung! Immerhin erfolgte, trotz mehrfacher schriftlicher Beschwerden seitens der Judenoberen beim Legaten in Antiochia sowie in romkaiserlicher Staatskanzlei, keinerlei direkte Reaktion von dort – weder Ablehnung noch Zustimmung. Doch hatte ich das ungute Gefühl,

wieder einmal an einer ungeschriebenen Grenze gekratzt, mich weiterhin unbeliebt gemacht zu haben. Ich konnte hier unten machen, was ich wollte (selbst im festen Glauben, den Leuten etwas Gutes tun zu wollen): alles, was ich machte, wurde und wird mir stetig als böswilliges Negativum ausgelegt und übelst nachgeredet. Klarer Fall von Totalverschiß auf ewige Zeiten. Hatte inzwischen gelernt, damit zu leben. So wie auch im nächsten Fall, der Sache mit der leidigen Wasserversorgung:
Zwar besaß die große, volkreiche Stadt Jerusalem eine geradeso eben noch befriedigende Wasserversorgung durch hereingeleitetes Quellwasser von außerhalb (die in Resten noch vorhandenen Leitungsfragmente, Stollen und Röhren zeugen vom hohen Stand altjüdischer, früherer Ingenieurs- und Wasserbaukunst) – doch mit rapidem Bevölkerungszuwachs reichte dies schon in herodianischer Zeit nicht mehr aus. Worauf der bauwütige Großkönig zwei stattlich Aquädukte erstellen ließ: einen für den riesigen Tempelbezirk samt Oberstadt, und einen für die in vieler Hinsicht benachteiligte Unterstadt, wo die Masse der kleinen Leute in drangvoller Enge hauste. Nach gründlicher Überprüfung seitens spezialisierter Offiziere und natürlich Rücksprache mit Kaiaphas und seinen Tempeloberen, ging ich also daran, durch Bautrupps meiner Legionäre beide Großwasserleitungen umfassend zu reparieren, restaurieren und mit diversen Nebenröhren sowie Wassertiefbehältern nebst kleineren Brunnen außerhalb der Stadtmauern bzw. unter diesen hinweg nach dem Stadtinneren zu versehen. Was alles massive Kosten mit sich brachte. Konnte schließlich ja keiner von mir verlangen, daß ein Präfekt solches aus eigener Tasche bezahlte. Da ohnehin die fluchenden Söldner samt Hilfskräften aus dem Militäretat voll versorgt, verpflegt, bekleidet und abgelöhnt wurden sowie Gerätschaften, Wägen und Pferde bzw. Esel oder Kamele von den Steuerbürgern gestellt oder bezahlt wurden, gings flott voran. Trotzdem beklagten sich die eigentlichen Profiteure jener Wasserleitungen, die filzigen

Jerusalemer Stadtjuden darüber, daß ich ihnen einen Gefallen tun wollte und hielten sich die Taschen zu. Gemeinsam mit dem Hohepriester fand ich jedoch einen gangbaren Weg – und wir setzten seinen üblicherweise reichlich bestückten Tempelschatz (Korban genannt und sorgsam gehortet) jetzt ein. Wie ein Lauffeuer sprach sich das herum; und sofort ging das judenübliche und langanhaltende Lärmgeschrei wiederum los, aufgepeitschte Volksmassen stürmten zur Antonia. Dort und vor dem Prätorium hatte ich aber voraussehend eine Anzahl unserer Legionäre in schlichtem Räuberzivil und mit handfesten Knütteln, sowie ihren Sturmdolchen unter den Lumpen (keine anderen Waffen, ich schwörs!) stationiert. Auf Trompetensignale hin droschen die jetzt mächtig drein, nach von mir ausgegebener Devise: „immer feste drauf los; doch seht zu, daß ihr keinen von den Bumsköppen totschlagt". Dieses ließ sich offenbar doch nicht ganz vermeiden, hatten die verkleideten Söldner ersichtlich zu derb auf die Menge eingeprügelt. Es blieben eine erkleckliche Anzahl Toter oder schwer Blessierter auf dem Platze; Verluste unter eigenen Leuten gabs glücklicherweise nicht. Der alte Schleicher Kaiaphas suchte sich aus alledem herauszuhalten – obgleich allen klar sein mußte, daß er samt Führung im Sanhedrin mein Vorhaben der Wasserversorgungs-Erneuerung voll billigten. Ich alleine auch ohne jüdische Unterstützung und sein Placet niemals jene Sache so angegangen und vorzüglich nicht ans Tempelschatzgeld gekommen wäre. Anstatt sich ehrlich zu erklären und übers jetzt reichlicher fließende Wasser mitzufreuen – schoben mir nunmehr die fiesen Judenoberen alle Alleinschuld an den Aufruhrtoten zu. Postwendend sandten sie eine handfeste Replik und Generalbeschwerde an die kaiserliche Kanzlei nach Rom: ich wäre natürlich wiedermal der Böse und habe mich auch noch privat bedient. Alldieweil ich eine Zweigleitung des Wassers direkt ins Prätorium und damit hiesige Statthalterwohnung, sowie weiterführend noch auf die Burg Antonia leiten ließ. Na klar, was dachten diese

Wasserköpfe eigentlich? Bekamen mehr Wasser, als sie brauchten; und ich als der Initiator gesamter Wasserbauaktion (sowie meine schwer schuftenden Legionäre) sollten schließlich trocken ausgehen und gänzlich leer? An der Quelle sitzt der Knabe; und natürlich bediente ich mich und uns ebenfalls. Badewasser für meine bisher daran Mangel leidende und dieserhalb auch permanent mich anmaulende Claudia jedenfalls war hinfort zur Genüge vorhanden. Denn wie wohl jeder Ehemann weiß, ist es nicht unbedingt wenig Bade- oder Waschwasser, was eine sich langweilende Frau vom Stande, nebst gesamter Weibsgefolgschaft im Tagesverlauf so verbraucht; zumal in jüngeren Jahren und hiesigem Klima. War also für mich lebenswichtig, daß an der häuslichen Wasserfront fortan Ruhe und Zufriedenheit herrschten. Stärkte mir solches doch erheblich den Rücken, der ich schon morgen wieder zum Tagesgeschäft ins Prätorium eilen und dort nach dem Rechten schauen muß! Zumal jetzt während der Pessachtage stetig neue, unvorhergesehene, nicht selten abstrus bösartige Abgründe lauern. Wie bisher hoffe ich, die Chose gut zu überstehen!

Mit einem tiefen Seufzer lasse ich mich in meinen großen Reisewagen fallen, dem Führer der umfangreichen Begleiteskorte das Abfahrtzeichen gebend. Ächzend und rumpelnd setzt sich unsere stattliche Wagenreihe langsam in Bewegung, Richtung Stadttor. Noch einen Blick zurück, wo sich hoch droben auf den Mauern der Antonia viele helmbebuschte Köpfe zeigen – und einen zur Seite, wo sich unterm Torgewölbe eben der Kohortus hier stationierter und kasernierter Legionärseinheit ebenso reglementsmäßig wie auch zackig von mir verabschiedet. „Bis demnächst einmal wieder!“ Frage zum Kutschbock: „Sind alle von uns schon durch und raus?“ Nach forschem „Jawollja, Präfekt“ des nebenherreitenden Zenturios und Eskortenkommandanten, dann mein Befehl: „Also los mit Karacho, wollen hier keine Wurzeln schlagen und deshalb schnellstens via Küstenresidenz, marsch, marsch.“ So winkten wir alle übrigen Wägen und Reitergruppen vorbei, um nur mit meiner begleitenden Stabsrotte im anschließenden Beritt (die Masse rollenden Materials an Fuhrwerken usw. hatten Claudia samt Dienerschaft, Weibsgefolge und Haussklaven besetzt, wie üblich – kaum daß ich noch meine Dienstakten unterbringen konnte) hinterdrein zu zockeln. „Fort, nichts als von hier fort!“ mahnte meine innere Stimme; fast wars eine Flucht, so schien es mir in diesem Falle, Skandalon! Murmelte ingrimmig etwas ähnliches in mich hinein, der ich hinter runtergelassenem Klappdach alleine im Wagen saß – auf den Knien die unvermeidliche Schreibtafel, den Griffel in der Faust und mit anderer Hand den Kopf gedankenvoll abstützend, beim Rumpeln und Schaukeln des Gefährts. Es war wider alles Erwarten doch eine harte Woche hier in Jerusalem (Hierosolyma, Jerschalaim oder wie auch immer benamt, mir letztlich egal und sowieso äußerst verhaßt, das Nest). Doch wollte ich all jene Geschehnisse während dieser Zeit, die mich mehr oder minder überrollten, die besonderen Vorkommnisse der Tage und Nächte möglichst detailgetreu, ungestört und mit dbzgl. hieb- und stichfesten Anmerkungen sowie diversen Kommentaren meinerseits versehen, in chronologischer Reihung und mit einigermaßen aufklärendem politischen Hintergrund, für sicherlich zukünftige Nachfragen (wann, warum, wie, wo und von wem auch immer einmal angefordert) eindeutig wie einprägsam festhalten. Solange nämlich die Erinnerung daran in mir noch ganz „ofenfrisch“ und plastisch da ist. War mir sowieso klar geworden, daß ich dieses alles späterhin einmal verantworten mußte. Und deshalb fuhr ich jetzt auch allein – wie ich eigentlich mein ganzes bisheriges Leben im Grunde gewesen bin; und wie ich im Stillen befürchte, es auch weiterhin bleiben muß – im Wagen. Mit mir leise Selbstgespräche führend, gelegentlich kopfnickend oder auch schüttelnd; und alles mir Wesentliche nochmals kurz Revue passieren lassend. Denn es war da schon allerhand zusammengekommen: Fing nämlich bereits beim ersten Rundgang meinerseits am ersten Tage des Hierseins in der Burg Antonia, sowie später in der Präfektur, an. Massiv überrannten mich ungute Ereignisse und überschlugen sich die Ernstfallmeldungen förmlich. War also nix mit schön ruhiger Festwoche geworden und ich stak alsbald bis zum Hals in der Sch...e! Wie war endlich der Gesamtablauf jener Geschehnisse und Vorkommnisse insgesamt? Gehen wirs ungeschminkt jetzt an, ruhigfest und mutig; und selbstverständlich aus meiner Sicht auf die Dinge – und wie ebenfalls natürlich, in meiner, des Pilatus, Diktion:

Notiz, den inkriminierten Jehoshua Ben Josef Ha-Nozri betreffend, und für Pilatus privat.

Ich vermochte erstmal gar nicht so recht zu glauben, was mir meine fähigen Späher da berichteten! (Gleich bei Amtsantritt hatte ich mir, analog den Verhältnissen bei der kaiserlichen Prätorianergarde in Rom, wo ich ja herkam – nur eben alles einige Nummern kleiner – ebenfalls eine tüchtige Truppe längerdienender Legionäre als stets einsatzbereite Geheime Feldpolizei in den eigenen Reihen sowie für Einsätze nach draußen, zu Informantendiensten, Spionage und Sabotage herangebildet; auf ihre in der Regel zutreffenden Berichte baute ich dann meine dbzgl. Abwehrmaßnahmen.): Auf einem Esel reitend und mit Palmblättern wedelnd sowie fromme Sprüche tönend, sei jener von uns schon deslängerem gesuchte Wundermann und Volksverhetzer quer durch Jerusalem bis in die unmittelbare Tempelbannmeile vorgeritten. Dort habe er sich, mitsamt Bruder Jacobus und mehreren sogenannten Jüngern lautstark wie gewaltsam Zutritt zum Vorhof der Händler und Wechsler verschafft. Selbigen ihre Tierkäfige und Geldtische umgeschmissen, sie übelst beschimpft als unfrommes u. ä. Gesindel, mit einer Peitsche herumgefuchtelt und verlangt, daß man das Haus des Herrn gründlich reinigen müsse von ihnen allen und ihrem Unflat. Danach im ausbrechenden Tumult sei er schnellstens wieder untergetaucht. Wobei ihm seine zierliche Statur geholfen habe. Der größere, massiv gebaute Jacobus aber sei im Gedränge festgenommen worden und sicher verwahrt. Auf meine gezielte Frage nach dem Ausreißer und vorzüglich wie der ausgesehen, gaben sie mir folgende, leider etwas unscharfe, Auskunft. Die mein Gerichtsschreiber sofort danach für einen schnell ausgestellten Haftbefehl und auszuhängenden Steckbrief des Übertäters in kennzeichnende Worte faßte: geschätzte drei Ellen groß (20) und also relativ kleinwüchsig, an sich weißhäutig, aber von erheblicher Wüstenbräune, Antlitz pockennarbig sowie mit deutlichem Silberblick versehen, mit ungepflegt langem wie mittelgescheiteltem Schwarzhaar und faserig zerzaustem Bartwuchs ums spitze Kinn. Sehr mager und drahtig. (Erstaunliche Uneinigkeit bei Festschreibung, ob jener nun ein kleines, buckeliges Männchen gewesen sei oder nicht; wir einigten uns dann auf den Passus: Ersichtlich schief gewachsen und deutliche Rückgratverkrümmung). In dieser Form gingen schleunigst einige Kopien hinaus in die brodelnde Stadt. Das Original dieser forma, von mir persönlich abgezeichnet, nahm der Schreiber zu meinen übrigen Amtsakten unter Verschluß; selbige nämlich schleppte ich bei jedem Umzug oder auf Dienstreisen zumeist mit mir …

Der Möchtegern-Messias und selbsternannte König der Juden gar ein bedauernswerter, mißgestalteter Krüppel? Ich faß es nicht; jedoch immerhin war dieser rednerisch hochbegabt – und seine lautschrille Stimme fesselte größere Volksmassen, mitsamt seinem Charisma, mit Chupze, Einfallsreichtum, Schläue und Witz kam er bei den Leuten durchaus an. Wenngleich ihn viele aus seiner engeren Heimat in Galiläa scheinbar zutiefst haßten oder verabscheuten; und seine eigene Familie sich von ihm distanzierte – oder besser gesagt, er sich von ihr. (21) Als Schnelldenker von offenbar überragender Intelligenz, verfügte der Jeschua, wie ihn hierzulande viele Leute nannten, über gediegene Bildung; sprach wohl neben aramäisch noch perfekt griechisch sowie einige Brocken Römerlatein. Nur etwas Geschriebenes konnten wir von ihm nicht in die Hände bekommen. Also ein ebenso interessanter wie gefährlicher Typ. Den sollten sie mir baldmöglichst mal vorführen!

Des im Kleinkindesalter von den Eltern weg und in strenge klösterliche Obhut der Essenersekte am Toten Meer gegebenen (und dergestalt ohne jegliche mütterliche Nestwärme aufgewachsenen) Jesus Verhältnis zur eigenen Familie ist eher als ein Nichtverhältnis anzusehen. Wie sollte es auch anders sein? So zum Beispiel herrscht er seine leibliche Mutter Mariam einmal barsch an, auf einer Hochzeit in (Chirbet) Kana, etwa drei Stunden fußläufig nordwärts von Nazareth; und zwar als Antwort auf deren bescheidene Bitte um etwas Weinnachfüllung für die munteren Gäste. Wörtlich: „Weib, was habe ich mit dir zu schaffen? Meine Stunde ist noch nicht gekommen." (Nicht, daß er etwa liebevoll Mutter zu ihr sagte ...) Oder auch, wie es einer seiner sogenannten Jünger erstaunt zur Kenntnis nahm: (22, 23) „So jemand zu mir kommt und haßt nicht seinen Vater, Mutter, Weib, Kinder, Brüder, Schwestern – auch dazu sein eigen Leben – der kann nicht sein mein Jünger!" In der Vaterstadt Nazareth allerdings wird er total missachtet; zumal der dort versuchte, sich am Sabbat in der Judenschule an den Mann, sprich die versammelten Jungens, zu bringen: „Wieso gerade der? Woher kommt dem solches Wissen?" Und der örtliche Rabbi war eine Wut: „Ist er nicht der Zimmermann, Marias Sohn, und der Bruder des Jacobus und Joses und Judas und Simon? Sind nicht auch seine Schwestern allhier bei uns? Und sie ärgerten sich an ihm." Jesus aber sprach zu ihnen: „Ein Prophet gilt nirgends weniger denn im Vaterland und daheim bei den Seinen. " Jedoch über seine Predigten waren die unwilligen Nazarether Spießbürger schließlich so erbost, daß sie ihn verfolgten, lynchen und töten wollten. Sodaß er schleunigst flüchten mußte; und fortan mied er tunlichst seine Vaterstadt, predigte nur noch im weiten Umlande. Sicherlich hat er beim Ziehvater, welcher hochangesehener Chef eines Familienunternehmens von Zimmerern und Bauhandwerkern gewesen ist, den soliden Beruf eines Zimmermannes erlernt, als mit ca. 12 Jahren wieder von den Essenern zurück war. Doch blieb er wohl innerhalb des engeren Familienzirkels (Eltern und viele Halbbrüder und -schwestern) stets ein bildungsbeflissener und Höherem zugewandter Außenseiter – dessen gelehrige Leutepredigten den Seinen offenbar zuweilen recht peinlich waren. Der alte Joseph dürfte da aber schon verstorben sein, (24) und Jungzimmermann Jesus mußte mit den Leuten seiner Sippe, deren Männer ja alle im Baugewerbe tätig wurden, manchmal weit über Land ziehen, bis nach Ägypten hinunter sogar. Waren sie doch erfahrene Spezialisten und in Dörfern wie Kleinstädten stets auf diversen Baustellen wie in vielerlei Baugewerken nachgefragt. Nur des Jesus handwerkliche Fähigkeiten schienen lediglich rudimentär entwickelt zu sein und ließen so etliches zu wünschen übrig; schließlich übertrug man ihm die Bewachung der großen Werkzeugkiste. Weil alle Arbeitsgerätschaften kostbar wie auch fast unerschwinglich teuer waren. Deshalb saß also der junge Gelehrte, dieweil seine Brüder hart schuften mußten und in Notzeiten auch mal nur tagelöhnerten, wie ein Wachthund auf der Kiste, selbige sicher verwahrend (denn es wurde gestohlen bei Tag und bei Nacht). Dabei unterhielt er die Seinigen mit flotten Sprüchen, märchenhaften Gleichnissen und natürlich ebenfalls mit ihnen unverständlichen Predigten. Sodaß bei allen die Tagesarbeiten flink von der Hand gingen. Nebenher festigte und vervollkommnete Jesus seine angeborene oder anerzogene Rednergabe und erhöhte seinen Bekanntheitsgrad in Galiläa. Alldieweil ja täglich viele Leute an den wechselnden Baustellen vorbeikamen, eine kleine Weile zuhörten, dann staunend weitergingen und des Jungen, später jungen Mannes

Beredsamkeit entweder priesen oder aber verwarfen. Jedenfalls wurde der solcherart eine Berühmtheit. So richtig verstanden, was der sagte oder meinte, hatten aber wohl die Wenigsten. Von denen bekamen zunächst die geschockten wie empörten Tempelpriester Kunde (die gabs ja in mindestens reichlich doppelter Legionsstärke allein in Jerusalem und Umland); von diesen dann unsere vielen Informanten und Spitzel. Und jene trugen mir schließlich die Reden zu. Nicht nur die großkotzig überheblichen Oberen verhöhnten ihn übelst. Die damalige Volksmeinung der städtischen Judenschaft Jerusalems (25) lautete etwa so: „Was kann schon Gutes von Nazareth kommen?" oder so: „Du bist also ein Galiläer? Forsche Jeschua, und siehe: aus Galiläa steht kein Prophet auf!" Na ja, viel Belastendes kam letztlich doch wohl nicht auf den Galiläer zu. Außerdem war dieser nicht mal judäisches Landeskind. Hmm – man würde sehen und genau hinhören müssen. Anders beim zweiten Problemfall, der gleich mitverhandelt und abgeurteilt werden sollte: ein waffentragender Gewalttäter, Römerfeind und offenkundig Schwerverbrecher, jener? (26) „Aber der andere Kerl, wie hieß der doch gleich", so fragte ich gestreßt nervös und nebenher meinen gelehrten, ebenso eigenwilligen wie eingebildeten, recht selbstherrlich agierenden, Gerichtsschreiber (hellenisierter Syrer aus Caesarea). „Bar Abbas? Ist doch kein ganzer Name fürs Protokoll und bedeutet meines Wissens auf hebräisch Sohn des Vaters. Also, Vätersöhne sind wir ja alle." Maulte da der vornehm tuende Sekretarius halblaut „jener Hundefloh eher nicht" und zuckte dann vor meinem strafenden Amtsblick zusammen. Wonach er mir bei kurzem Sinnieren vorschlug: „Vermerken wir einfach Joshua Bar Abbas! Weil dieser Vorname, auch als Jeschua, Joschua – und bei uns Römern latinisiert als Jesus – hierzulande im Schwange ist; genauso wie die Josesefs, Judasse und Simons." Fragend schaute er zu mir hoch und ich meinte abschließend lakonisch wie laut bestimmend: „Ja, schreibs halt so hin; und Punktum!"

Die Tempeloberen sandten mir per Eilboten das ausführliche Verhörprotokoll des in der Nacht festgenommenen Jehoshua Ben Josef Ha-Nozri! Ein Verräter aus dem engeren Kreis seiner Anhänger, der benamte Judas aus Kariot, hatte ihn nämlich für Geld an den Hohenpriester verraten. Während dessen Tempelschergen unter Befehl eines gewissen Malchus nunmehr zielstrebig durchs Volksgewühl ins Kidrontal bei der Stadt, am Fuße des Ölberges marschierten und weiter in den mauerumzäunten Olivenhain des großen Gartens Getsemani, dort mithilfe dieses Verräters den sich selbststellenden Gesuchten (nach kurzem Gerangel, wobei dem Malchus eines seiner Ohren abhanden kam und auf wundersame Weise wieder vom Jeshua an den Kopf zurückgezaubert worden sein soll) banden und wegführten – strich der Judas erfreut sein Verräterhonorar in Silbermünzen ein; es waren 30 Tetradrachmen. Nicht sehr viel also, doch immerhin etwa der Monatslohn für einen hart tagwerkenden Zimmermann. Danach ging er schnell ab; unser römischer Späher meiner geheimen Feldpolizei folgte ihm sicherheitshalber im Schatten der Nacht. Noch in selbiger mußte sich der hart angefaßte Jeschua vorm Oberpriester Kaiaphas und dessen Vorvorgänger im Amte sowie Schwiegervater Hannas und anderen Tempeloberen des Sanhedrin verantworten. Man warf ihm mehrere Kapitalverbrechen vor – jedes einzelne wahrlich ein Tötungsgrund; u. a. gefährliche Volksverhetzung gegen die Römer als angeblicher Judenkönig. (27) Wo doch jedermann wußte wie zähneknirschend respektierte, daß mit dem Tode des großen Herodes (4 v. Zt.) die Römerbesatzer ein jüdisches Königtum abschafften und nur noch Tetrarchen als Kleinfürsten duldeten. Desweiteren lasteten sie ihm Aufwiegelung zur Steuerverweigerung an; sowie seine stetige Behauptung, er sei der von allen so heiß ersehnte Messias und Gottessohn. (28) Mehrfach stellte der wutrot bebende Kaiaphas dem Jeschua diesbezügliche Fangfrage: „Bist du das, als der Sohn des Hochgelobten?“ Und prompt bekräftigte der Angeklagte sein

Selbstzeugnis: „Ja, ich bin es!“ Mit theatralisch zur Schau gestellter Empörung (so fetzte er sein Prachtgewand in Stücken vom Leibe, welches vorher sorglich bereits angeschnippelt gewesen sein muß) beschimpfte der Tempeloberste jetzt den ruhigbleibenden Angeklagten – der gut wußte, was ihn erwarten würde – und forderte von den Anwesenden die Todesstrafe für den schuldigen frechen Gotteslästerer. Welches stehenden Fußes einstimmig gefällt worden ist. (29) Wir Römer, als Besatzungs- und Verwaltungsmacht samt Behörden, hatten uns das alleinige Recht vorbehalten, auf schwerste Kapitalverbrechen unsererseits so zu reagieren, daß die Judengerichte zwar diese Strafart fordern und dazu verurteilen durften – wir jedoch diese abzusegnen und letztlich zu vollziehen haben. Todesurteile wurden auch per sofort rechtswirksam, weil ich als hiesiger Präfekt/Prokurator eine Sondervollmacht der sogenannten Kaiserdelegation innehatte und im Lande oberste Appellationsinstanz (vom Princeps auf mich delegiert) war. Die Berufung wurde mit meiner bekräftigenden Urteilsunterschrift hinfällig; und das Urteil mußte wegen bevorstehender Fest- und Feiertage nun umgehend vollstreckt werden. Weil eine gesetzliche Zehntagesfrist zwischen Urteil und Strafe für die Justiz in den Reichsprovinzen aus mancherlei Gründen entfiel. Also kurz und schlecht, was den Jeschua und seinen Kriminalfall anbelangte: es hieß lakonisch „fort mit dem ans Kreuz“ oder etwas freundlicher „du wirst das Kreuz besteigen“. Egal wie gesagt – ein schändlich schmerzvoller Tod mit im schlimmsten Falle tagelangen Qualen stand ihm unabänderlich bevor …

Längst war mir klargeworden, daß ich’s hier mit dem Sohne meines alten Legionskameraden und mitüberlebenden Veterans jener unsäglichen Varusniederlage in den Germanenkriegen vor fast einem Vierteljahrhundert zu tun hatte. Erinnerte mich noch recht lebendig an seinerzeitigen nächtlichen Schwatz am lodernden Feuer im wälderumrauschten, sumpfigen Flußuferstützpunkt

und Stapelplatz Areletia (oder Aregelia, weiß nicht mehr so ganz genau). Dieser Jesus aus Nazareth galt hierzulande eben als unehelich gezeugter und geborener Römerbastard – ein ungeliebtes Besatzerkind und kein vollrassiger Jude halt.
Während draußen in zunehmender Ungeduld Kaiaphas mit seinen Tempeloberen und weiteren Priestern seit geraumer Zeit auf für sie extra herbeigeschleppten Stühlen sich räkelten, von der Vormittagssonne üppig beschienen (die Bagage sollte ruhig noch zuwarten) – machte ich mich als Präfekt und oberster Befehliger im Lande hier quasi zum Affen (und gewiß auch heimlichen Gespött). Weil ich andauernd zwischen Verhörraum im Prätorium (wo der Angeklagte festgehalten war) und den feinen Herrschaften draußen in der ersten Reihe vorm Gebäude hin- und herpendelte, um denen vom Ergebnis meines Verhörs drinnen zu berichten. Danach wieder in Eile mit deren Meinungen und Vorbehalten hineinging, um den Angeklagten damit zu konfrontieren. Alles nur, weil sie als Strenggläubige am Rüsttage vor dem großen Sabbat und Volksfest Pessach, aus religiösen Gründen sich nicht schmutzig machen und somit unrein werden wollten. Was sogar ich als oberster römischer Beamter im Lande gefälligst zu respektieren hatte. Ob mir solches nun paßte oder nicht. Also, da diese keinesfalls das Haus eines Ungläubigen betreten würden, mußte ich jenen lächerlichen Zirkus anstellen – obwohl ich dieses ganze versnobte Pack am liebsten hineinpeitschen lassen möchte. „Halt mal an, Alter!“; da kam mir der (wie ich meinte) rettende Gedanke: Ist doch dieser Jesus, territorial gesehen, gar kein Judäer und auch kein Samariter, also nicht meiner Landeshoheit unterstellt – sondern als Galiläer dem dortigen Tetrarchen Herodes Antipas untertänig. (30) Schicke ich ihn am besten jetzt gleich mal paar Straßenzüge weiter um die Ecke, allwo dieser Judenfürst samt Familie und Hofstaat im Stadtpalast während des Festes und der Feiertage residiert. Soll der dort untätig Herumsitzende sich doch des verfahrenen Rechtsfalls annehmen! Heureka; gedacht

wie getan. Ließ drinnen meinen erstaunten Gerichtsschreiber kurze Überstellungsnotiz ausfertigen, siegelte persönlich mit meinem Ringe ab und hieß den Angeklagten schleunigst lostraben, sicher begleitet von zwei Legionären meiner Wache. Die hämisch grienenden Priester draußen ließ ich ungerührt weiterwarten; wenigstens dieses wollte ich jene lehren, als kleine schlappe Rache meinerseits, der ich mich so abarbeiten mußte. Immerhin sammelte sich jetzt draußen viel gaffendes, neugieriges Volk an und nervte ihre Priester mit Fragen. Solche mußte ich mir allerdings drinnen auch stellen – wo nämlich ein keuchender Bote mit Briefchen meines Eheweibes Claudia antanzte. Die zeigte seit kurzem verdächtiges Interesse an jener unbotmäßigen Chrestianersekte; und sie bat mich nunmehr eindringlich, die Hände von jenem Gerechten zu lassen und mich füglich aus der ganzen Affäre herauszuhalten. Weil sie in nächtlichem Alptraum schlimmes durchlitten habe (31) Verdammich noch mal, wo leben wir denn? Fangen wohl gar noch die Weiber an, sich in dringliche Amtsgeschäfte und Justizhändel einzumischen. Nur weil dieser unmögliche Jeschua mit Vorliebe auch weibliche Gefolgschaft um sich versammelte; diese mit solch unerhörten Botschaften rammelig machte, wie beispielsweise einer künftig anzustrebenden Gleichheit der Geschlechter und ähnlichem bösartigen Unfug. Fehlte nur noch, daß auch die Meinige an selbigem Gefasel sich ausrichten möchte. Anstatt geduldig zu warten, bis ich ihr im Ehebett oder auf dem Beilager mal einiges für sie wissenswerte mitzuteilen beliebte. Neugierde, dein Name sei Weib; und das Wasser halten, können diese allesamt bekanntlich nicht. Also kurz fassen und dumm lassen, um's mal zynisch treffend auszudrücken …

Schneller als ich dachte, war aber der Angeklagte wieder zurück. Sein Landesherr bekam nichts aus dem heraus. Der tat ihm auch den Gefallen nicht, irgendein Festtagswunder zu produzieren, wurde ungnädig entlassen und mir zurücküberstellt. Immerhin bekam er ein prächtiges Feiertagsgewand noch geschenkt; und ich die Botschaft übermittelt: man wolle mit der Sache nichts zu tun haben; ich könne mit dem machen, was ich wolle. Jetzt war guter Rat teuer und ich zermarterte mir das Hirn um einen Ausweg. Die immer mehr anschwellende Volksmenge wollte zur Belustigung Blut riechen; wäre doch wirklich mal was anderes, als das übliche Feiertagsritual im Tempel. Spulte also fix meine Gedankenkette von vorhin zurück – war da nicht was mit peitschen gewesen? Na klar: werde ich nun der tumultierenden Volksmenge einen derb gegeisselten Jeschua dann präsentieren, hoffentlich geben sie endlich wieder Ruhe, wenn ich den jetzt stillergebenen Delinquenten als zerpeitschten, mitleiderregenden Übeltäter vorführen lasse, als „ecce homo". Dreimal zehn Peitschenhiebe mit dem derben Flagellum dürften reichen, selbst den kräftigsren Mann von den Füßen zu hauen. Und jenes kleinwüchsige, buckelige Männlein hier würde sicherlich Mühe haben, diese Tortur lebend zu überstehen. Vielleicht stillte der spätere unschöne Anblick des solcherart Geschundenen den dumpfen Blutdurst der rasenden Menge, die ihr Opfer haben wollte. Hatte ich doch drei Male in vergangener Verhörstunde draußen schließlich verkündet, ich fände keine Schuld als Richter an jenem und auch keinerlei gröberen Tadel. Aber dreimal schrie und johlte die von priesterlichen Claqueuren aufgeputschte Menge: „Weg mit dem, schlagt ihn ans Kreuz!" Nun also noch ein allerletzter Versuch meinerseits (dem alten Kameraden Pantera zuliebe; schließlich war dieser sein Junge irgendwie einer von uns Römern, mindestens zur Hälfte). Ließ den alles ruhig über sich ergehen und sich überhaupt nicht wehrenden Jeschua also rasch zur Tortur wegführen; konnten wir gleich in der Präfektur besorgen – ich flüsterte dem mit der Geißelung beauftragten Legionär noch fix zu: „Machs zwar blutig, aber hau nicht allzuderb drauf." Wandte mich dann dem Begleiter des Delinquenten zu, einem mir bislang nur vom Hörensagen erwähnten Angehörigen der Tetrarchensippe und

ferneren Verwandtengrades. Im flüchtigen Gespräch mit mir flüchtig bekanntem (als zwar abenteuerliche Spielernatur, aber doch ganz patenter Kerl sowie Neffe und Schwager vom Tetrarchen Herodes Antipas, Herrscher über Galiläa und sozusagen Landesvater des Jesus) Jungfürsten Agrippa – erfuhr ich erstaunt, wie amüsiert, daß wir beide Kinder des gleichen Geburtsjahrganges seien (10 v. Zt.) und jener zu justifizierende Jesus unser Zeitgenosse, nur wenige Jährchen nach uns geboren; dem Vernehmen nach unehelich gezeugtes Besatzerkind und also ein Halbrömer. Süffisant feixend hat er mir noch gestanden, daß sein würdiger Onkel sich sehr enttäuscht vom angeblichen Magier abkehrte, weil sich dieser strikt geweigert habe, etwelche Wunder zu bewirken. Diesen also freigebe und wir Römer mit ihm nach Belieben verfahren sollten. Übrigens schien auch ihm, Agrippa, dieser Eigenbrötler und Traumtänzer als irgendwie zeitloser, nicht erdgebundener, lebensfremder Typ. Einer also, der aus angestammter Zeit total herausfalle bzw. herausgedrängt worden sei. Wie hoch, wie tief, wohin letztendlich steigt solcher Jemand hinauf oder hinab und fällt schließlich wohin? Falls einmal wirklich das Ende kommen sollte. „Na, wir beide werdens wohl nicht mehr zusammen erleben, schätze ich mal", verabschiedete sich Agrippa höflich lächelnd von mir – dieweil sie den schlimm Zerpeitschten jetzt wieder hereinschleppten. „Alle Götter", murmelte ich leise in mich hinein „so was steht wirklich nicht jeder in guter Haltung durch, die dreißig derben Hiebe mit schwerer Stachelpeitsche, anschließende Verhohnepiepelung im Narrenkostüm mit Dornenkrone usw. Immerhin, meinen Respekt vorab!" Und lauter dann zum Angeklagten: „Machen wir nun weiter und kommen allmählich zum Ende hin."
Wieder draußen vor den Raubtieren, den wankenden Jeschua im Gefolge, von zwei Legionären gestützt und in seinen jetzt durchbluteten, zerfetzten Prachtlumpen einen wahrlich erbärmlichen Anblick bietend, stellte ich diesen vor mich hin. Daneben einen

aufrührerischen Schwerkriminellen, nämlich besagten Bar Abbas; der noch gar nicht so recht begriff, was hier vorging. Desto besser jedoch ich, und ich verfluchte mich im Stillen wegen meines Riesenfehlers (jene beiden nebeneinander zur Schau zu stellen). Die Menge verstummte schlagartig und die Priesterschaft der ersten Reihe glotzte mich feindselig spöttisch an. Die hatten jedenfalls begriffen und triumphierten ersichtlich – als ich jetzt mit leiser Stimme von meinem erhöhten Richterstuhl auf beide Angeklagten wies, verkündend: „Einen von den zweien gebe ich euch frei, egal, was sie getan haben, von wegen des Feiertages und anstehender großer Festwoche. Welchen wollt ihr loshaben von beiden; der andere wird sofort exekutiert." Gespannte Stille und nur von den eifrig gestikulierenden Tempelpriestern abgesandte Helfer mischten sich diskutierend unters Volk. Warum ich plötzlich in jene lähmende Unsicherheit verfiel? Ganz einfach, wegen der unglücklichen Zurschaustellung beider Protagonisten! Hier der Eine: schmerzvoll stumm sich windender, blutig peitschenzerfetzter, kleinwüchsig schiefgewachsener Jehoshua ben Josef – als ein kümmerlichhäßliches wie unglückliches Stückchen Menschenfleisch; und neben ihm der triumphierend frech blickende, munter mit öbszönen Sprüchen in die Menge rufende, großgewachsene und männlichmuskulöse Kerl mit seiner stattlichen Preisringerfigur, ähnlich einem Gladiator in der Arena wirkend und verächtlich auf den geschundenen Nachbarn heruntergrienend. Kreischend lüstern den Großen, Starken, Schönen anstierend, fingen sich nach vorne drängelnde Weiber mit schrillen Rufen an (und denen waren ersichtlich keinesfalls nur die funkensprühenden Augen feucht geworden!). Was sich sofort in heftig grollend lautes Bittgeschrei der Versammelten entlud: „Barrabas frei – wir wollen den Barrabas los haben!" Kleinlaut machte ich einen Rückzieher: „Aber der sagt, er sei euer König ..." Tobte die Menge frenetisch wieder: „Hinweg mit dem!" Und die Priesterschaft ließ mich wissen: „Wir haben ein Gesetz, und nach dem Gesetz soll er sterben; denn er hat sich selber zu Gottes Sohn gemacht". Leider richtig; solches hat er mir und auch denen gestanden. Bei allen Göttern Roms; jetzt hatten sie mich in der Klemme. Dachte ich noch vorhin, jene seien auf dem Holzwege, so war ich dies, der am Kreuzweg angelangt, eigentlich in jeder Richtung hin nur das Falsche tun könnte – egal, welchen Schritt ich auf welchem Wege auch immer gehen würde. Nunmehr galt es für mich, ohne größeren Gesichtsverlust aus der Bredouille wieder herauszukommen. Vorzüglich jedoch nicht meine weitere, angestrebte Karriere beschädigen; wollte ich doch nicht am hiesigen Arsch der Welt dauernde Wurzeln schlagen. Vor mir tanzten sie förmlich mordgierig herum: „Läßt du diesen los, bist du des Kaisers Freund nicht!" Andere skandierten: „Wir haben keinen König außer dem Kaiser!" (Vonwegen; noch vor wenigen Wochen hatte ich anderes vernommen. Diesen mordgeilen Menschen hier schien alles recht zu sein; jeglicher früher geäußerte judäische Patriotismus abhanden gekommen, jegliche Würde vergessen – nur um einen moralisierenden Querdenker loszuwerden, scheußlich). Seufzend gab ich denen schließlich nach und überantwortete den Jeschua heraneilenden Gerichtsdienern „Abi in crucem!" (32) Mit einem letzten Blick zu mir und sogar Anflug eines bitteren Lächelns auf zerbissenen Lippen im zuckenden Mund, entschwand er fast lautlos mir aus den Augen wie auch aus meinem Leben. Den Rest werden dann die damit beauftragten Legionäre erledigen, draußen vor der Stadt, auf der Schädelstätte Golgotha. Wollte damit wirklich nichts mehr zu schaffen haben; diktierte dem Schreiber also kurzes Gerichtsprotokoll nebst Exekutionsanweisung. Wendete mich wiederum dem ungeduldig auf Entfesselung wartenden, breitbeinig herumpöbelden, furzenden sowie alle die geilen Weiber anmachenden Bar Abbas zu. Mit symbolischem Tritt in den Hintern schleuderte ich das Untier förmlich in die weitausgebreiteten Arme des Volkes. Winkte müde ab, ließ mir eine Schüssel mit klarem Wasser kommen, nuschelte den siegessicher abziehenden Tempelpriestern verbittert nach: „Sehet also ihr zu, wie es gehen mag – ich jedenfalls wasche meine Hände in Unschuld.“ Wie von ferne hörte ich noch das verworrene Gegröhle der diesen Bar Abbas jetzt im Triumphzug auf ihren Schultern abschleppenden, sich allmählich auflösenden Hammelherde Volkes: „Sein Blut komme über uns und unsere Kinder!“ Na, die werden sich hoffentlich freuen, schön bedanken, ja ihren blutgeilen, dümmlich agierenden Altvorderen ewig dankbar sein – oder eben auch nicht …

In unserem vorherigen Vieraugengespräch (den schmollenden Schreiber hatte ich unter irgendeinem Vorwand kurzfristig aus dem Raum geschickt), entbrannte nunmehr eine, unterm äußeren Zwang und stetigen Zeitdruck, leider allzukurze wie interessante Diskussion zwischen mir und dem Jesus. Es ging da um Wahrheit und Wirklichkeit, um Wesenheit und Zeitbegriff(e): Was bzw. wo ist letzte Wahrheit? Inwieweit gibt's verschiedene Wirklichkeit(en)? Leider ungenaue Definition zeitlicher Begrifflichkeit(en). Und wie viel von Zeit gibt's einmal subjektiv im Leben von uns Einzelmenschen – im Gruppen/Stammes/Volksleben objektiv, sowie schließlich als endliche bzw. endlose Weltenzeit – evtl. sogar außerhalb dieser unserer Erdenzeit! Wie gesagt, brandaktuell und für mich äußerst nützlich. Der war nämlich weder ein Aufrührer noch ein Spinner; der war ein reiner Idealist! Jener maulfertige Möchtegern-Messias und selbsternannter Scheinkönig der Judenschaft (dessen Reich angeblich nicht von dieser Welt sein sollte und der trotzdem die Menschheit beglücken wollte – ich verkniff mir die Fangfrage, wie er's denn anzustellen gedachte, ohne Zwang und/oder Gewalt gebrauchen zu müssen?), ist eigentlich nach unseren Erkenntnissen lediglich die letzten knapp zwei Jahre erst propagandistisch agierend wirksam geworden; etwa seit seiner Jordantaufe durch den nunmehr kopflosen Johannes. Zumeist aber im fernen Galiläa, und dort um den See

Genezareth herum, desöfteren auch im Städtchen Kapernaum, jedoch kaum im heimischen Nazareth, wo ihn dortige Einwohner mit dem Tode bedrohten. Draußen vorm Prätorium tobten sie schon wieder: „multiduo credula" murmelte der Angeklagte in seinem bröckchenhaften Römerlatein, und ich bestätigte ihm gerne: „Jawohl, die leichtgläubige Menge" – aufgehetzt von seinen Todfeinden, den oberen Tempelpriestern um Kaiaphas. Fragt mich doch dieser Jesus laut „Denkst du, Hegemon (wir unterhielten uns fortan im ihm geläufigen griechisch), daß es hier herunten auf Erden überhaupt intelligentes Leben gibt?" Verkniffen lächelnd antwortete ich ihm leise, weil der Schreiberling plötzlich auftauchte: „Ab und an schon – aber leider bin ich nur zu Besuch hier! Und wenn ansonsten wir Menschen denken, daß wir denken, dann denken wir nur, daß wir denken", ganz im philosophischen Stil der römischen Stoa und ihrer führenden Skeptizisten. Dieses Jeschua Wahrheit ist jedenfalls nicht die Meinung seiner jüdischen Tempeloberen – und ebenfalls nicht meine Wahrheit. Weshalb ich ziemlich schmallippig wie übelgelaunt knurrte: „Was ist schon letztenendes die wirkliche Wahrheit?" Und erstmal eine Verhörpause einlegte. Ich blickte über ihn hinweg, angestrengt nachdenkend: Heiler, Propheten und Messiasse – allesamt Phantasten und Wunderknaben – gabs in der Historie dieses Judenvolkes seit altersher wahrlich in Größenordnungen und zur Genüge. Waren gutmenschelnde Schwärmer unter ihnen (wie sehr wahrscheinlich auch dieser hier), doch leider eben genauso viele verbiestert, religiöse Hysteriker, von traumatischer Einsamkeitsdepression wie auch latentem Samenkoller getrieben. Etwa vom Schlage des düsterfanatischen Johannes vom Jordan, jenen heuschreckenfressenden Einsiedler, den sie einen Täufer nannten. Alle hatten sie einstens oder heute noch irgendwelche angeblichen Wunder bewirkt: Kranke gesunden lassen, Blinde sehend und Lahme gehend gemacht, gar Tote wiedererweckt und notwendigen Regen herniederprasseln lassen. Also nix besonderes und daher auch nicht extra zu erwähnen. Dieser hier vor mir Stehende und krampfig um gute Haltung Bemühte, war allerdings von gänzlich anderer Art und konnte – wenn ich den ansonsten stets glaubwürdigen Berichten meiner geheimen Informanten und Fernspäher Glauben schenken durfte, sogar fußläufig übers Wasser wandeln oder auch tausende Menschen aus einem einzigen Brotkorb speisen. Entwickelte wortgewaltig wie dreist beachtliche Kreativität mittels Witz und fixer Schlagfertigkeit. Wie beispielsweise anläßlich feierlicher Totalverfluchung eines verdorrten Feigenbaumes nahe Bethaniens bewiesen. Dieser wollte partout nicht grünen und Früchte tragen, denn trotz allem Zuspruchs des Wundermannes regte sich nichts – jener sich aber ganz furchtbar auf: „Nun esse von dir niemand eine Frucht ewiglich!“. Selbst seine vielen hämischen Kritikaster gingen anschließend mit den Gläubigen fröhlich nach Hause. Zwar durften sie allesamt kein Wunder miterleben, sich dafür aber wohlig gruseln. Das war doch auch was, und besser noch als gar nichts. Immerhin hatten sie jetzt Gesprächsstoff für viele Jahre; es passierte in ihren ärmlichen Wüstenorten ja doch nichts weltbewegendes und man gönnte sich ansonsten halt auch nichts. Also wirklich, einen toten Baum rundum zu befluchen – darauf mußte einer erstmal kommen; zumal unter erheblichem Zeitdruck und Gefahrenmoment erheblichen Gesichtsverlustes. Der Wanderprediger konnte ruhig wiederkommen. Nur, was meinte jener so arg gescholtene Kümmerlingsbaum zum ganzen Spectaculum? Der äußerte sich nicht und mickerte weiter stumm vor sich hin. Sprödes, undankbares Holz eben – bestenfalls noch für ein Hinrichtungskreuz am Ende geeignet …

Welcher Art waren nun aber des Jesus Jünger und Gefolgsleute? Abgesehen von stetig mitziehenden Weibspersonen – darunter seine leibliche Mutter Mariam, eine Gleichnamige von deren Schwestern sowie eine aus Magdala – sind einige von den Mannspersonen bei uns Römern schon seit längerem als Kleinkriminelle aktenkundig geworden. So sein Halbbruder Jacobus, benamt als „der Gerechte“ (und keiner weiß genau, warum dies?), sein angeblicher Lieblingsjünger Johannes wegen angeblicher Aufruhrpredigten; die zwei namens Simon (einer benamt als „der Zelot“ und der andere als „ein Barjona?“). Zu ihnen gesellte sich später noch ein weiterer Simon: gewalttätig rabiater Fischersohn vom See Genezareth und ob seiner rabaukigen Barschheit weithin berüchtigt; Achtung Waffenträger wie auch die vorgenannten Simons sich Schwerter käuflich erwarben. Daneben noch zwei namens Judas: einer davon als sicarius, d. i. Messerwerfer berüchtigt, der andere ein Mann aus dem Orte Kariot oder Kerijot herstammend, ein flinker Taschendieb laut unserem Verzeichnis. Sowie weitere, bislang nicht besonders auffällige Typen aus niedersten Volksschichten; mit wechselndem Anhang kamen etwa schätzungsweise um die zwei Dutzend Menschen zusammen (manchmal auch Kinder darunter), streiften durch die Lande, wohl zumeist im fernen Galiläa und mußten von den Bewohnern jener Ortschaften, in welche sie wie Heuschreckenschwarm eingefallen waren, am Ende verpflegt und versorgt werden – einer geregelten Tagesarbeit jedenfalls gingen alle diese nicht nach. Jener Fischersimon wurde vom Meister und allen aber nur Petrus gerufen, soll heißen der Fels …

„Und was ist deine Meinung zur bösen Anklage wider mich und mein Tun, Hegemon?“ Bohrte und frug der hartnäckig weiter, in Richtung Tempel zeigend. Verflucht ja, auf solche leidige Fangfrage hatte ich die ganze Zeit gelauert. Natürlich besaß ich eine eigene, vor jener der draußen mordgierig wartenden Judenmenge sehr abweichende, Meinung. Wollte sie aber dem Delinquenten nicht im Beisein des neugierig aufhorchenden Schreibers mitteilen. Ihm auch keine Hoffnung machen – der arme Hund hatte wirklich schlechte Karten oder eben keinen Glückswürfel und somit keinerlei Chance im Todesspiel. Das erwähnte Würfelspiel übrigens hatten wir Römer schon vor über 200 Jahren erfunden; und nicht von ungefähr singen unsere heutigen Legionäre ebenso gerne wie laut: „Das Leben ist ein Würfelspiel, wir würfeln alle Tage / Dem einen schenkt das Leben viel, dem andern Müh und Plage!" Aber ich will nicht ablenken, schalt mich im Stillen selbst für wohl unpassenden gedanklichen Schlenker, und sagte ausweichend wie leichthin: „Nun ja – ich habe hier ein Amt zu verwalten, und keine eigene Meinung zu verkünden!" Der Schreiber feixte still vor sich hin; der Angeklagte jedoch – hui und pfui, wie der mich anstarrte. „Tut mir wirklich leid" (was durchaus stimmte), „kann dir aber nicht helfen" (hätte lieber gesagt, ich darf dir nicht helfen, hast dich da selber ja hineingeritten) „muß dich also jetzt zum schlimmen Kreuzestod verurteilen". Und fuhr leise, unhörbar für den Protokollanten, weiter fort: „Stirb wenn möglich mit Anstand, ich sorge dafür, daß es schnell geht und schenke dir draußen den Gnadentod." Der nickte ergeben; ich aber schämte mich sehr, keinen festen Standpunkt aufweisen zu können – lediglich einen machtkühl kalkulierten einstweiligen wie wackeligen Stehpunkt auf Zeit: Lebenszeit, Menschenzeit, Weltzeit; nichts also für universale Ewigkeiten. Hier zwischen steckt irgendwo der Fehler in aller Berechnung. Leider fand ich ihn, und finde ihn auch weiterhin, nicht heraus.

(Notiz, die Vorgänge um den Kreuzestod des Jehoshua Ben Josef Ha-Nozri betreffend; und nur für Pilatus privat gefertigt)

Nachstehende Aufzeichnungen habe ich – nach Berichten und Vortrag dienstlich dabeigewesener bzw. mit der Sache direkt betrauter Untergebener – hier einmal in kürzestmöglicher Form persönlich getätigt; und zwar als nichtoffizielles Protokoll. Aber zweitens auch ob seither anhaltend ungutem Bauchgefühls sowie nebulös ungewisser Vorahnung, über jenes Geschehen später einmal Rechenschaft ablegen zu müssen (warum-vor wem-wo auch immer) Ergo et ceterum: Todesstrafe durch Kreuzigung wurde in einer die Delinquenten absolut entwürdigend erniedrigenden, brutalstmöglichen Form durchgeführt! Und abgesehen von ganz wenigen, staatspolitisch wie machterhaltenden exemplarischen Fällen von Hoch- und Landesverrat sowie gewerbsmäßiger Seeräuberei, fand selbige eigentlich nur für rechtlose Sklaven, Nichtrömer und Provinzler ohne römische Bürgerrechte Anwendung. Übernommen hatten wir Römer jene geradezu barbarische Leib- und Lebensstrafe von den benachbarten Assyrern, Karthagern und Persern. (33, 34, 35) Kaum also war der körperlich schwer gezeichnete und kopfhängend niedergeschlagene Jeschua inmitten seines Vollzugsgeleites – stramm hatten sich Zenturio Longinus nebst üblicher Viererrotte bei mir abgemeldet – auf seinem letzten und Leidensweg zur nahegelegenen, etwas außerhalb der Stadt befindlichen, alten Schädelstätte Golgota unterwegs – da meldeten sich schon wieder die ekelhaft lästigen Tempeloberen bei mir. An der Spitze Kaiaphas, forderten sie lautstark wie tatsächlich eine Inschriftenänderung der vorgeschriebenen Kopftafel vom Jesuskreuz. Wie stellten sich das die eifernd-geifernden Blödlinge denn vor? Hatte mich nicht wenig Mühe gekostet, sie noch rechtzeitig fertigen zu lassen. Ihr Vorwurf an mich lautete (dieser schleimige alte Wüstenfuchs und Oberpriester hatte dank seiner höheren Intelligenz geschnallt, was ich über Beschriftung beabsichtigte): ich habe solcherart mit zielführendem Verweis auf diesen „Jesus von Nazareth, König der Juden" seine sträfliche Selbsterhöhung unterstrichen, damit dessen unzeitgemäße Aufwertung betrieben. Harsch und herrisch wies ich solches zurück. Innerlich aber frohlockend; jawoll, das war genauso beabsichtigt, ihr feiges Mordgesindel. Habt mir mit dem Prozeß zwar schwere Niederlage und voraussehbar andauernde Rufschädigung beigebracht, wofür ich mich jetzt räche. Schlappe Rache, zugegeben – aber immerhin besser als keine. Wenn ich den armen Jeschua, Panterasohn und als Halbrömer quasi einer von uns, schon nicht länger leben lassen durfte, dann soll er eben als ein Judenkönig sterben können. Das war ich mir und altem Kameraden aus blutiger Varusschlacht schuldig! Sie forderten weiterhin (sic!) von mir, ich sollte die Beschriftung dahingehend ändern lassen, daß daraufstehe: „Behauptet von sich, ein König der Juden zu sein", oder so was ähnliches. (Na, denen werde ich gleich was husten). Um die schäbige Bande in ihrer glitzernden Festtagstracht wieder loszuwerden, produzierte ich nun einen meiner gefürchteten Wutausbrüche, die ich verstand fallweise wie echt vorzuschauspielern, und tobte los: „Quod scripsi, scripsi!" Was ich schrieb, das schrieb ich – basta und Ende der Fahnenstange. Eiligst stanken die anmaßenden Tempelpriester jetzt ab, verfluchte Mischpoke ... Vorsichtshalber ließ ich noch meinen getreuen Macro kommen, langgedienten Trecenario der speculatores. Welchen ich mir selbst herangezogen hatte; als tüchtigen Führer meiner hiesigen, zwar zahlenmäßig kleinen, doch hocheffizient wirksamen Sonderformation der zivilen Geheim- und Fremdenpolizei und in Personalunion Feld- und Militärpolizei, fungierte er im Dienste meiner Präfektur als Zenturio unterer Charge. Der griechischstämmige Offizier aus Küstenlanden war ein absolut vertrauenswürdiger wie unersetzlicher Spezialist, mehrsprachig begabt (so beherrschte er das von uns Römern schwer zu sprechende Aramäisch und auch diverse palästinensische Dialekte der Wüstennomaden) und ein Schnelldenker hohen Grades. Diesen umtriebigen Fachmann beorderte ich nunmehr schleunigst in Zivilkleidung („reicht aus, wenn du über der Uniform und Kurzschwert den langen Wüstenmantel unserer auxiliaren Kamelreiterei als Tarnung trägst und notfalls noch die Kapuze mit Augenschlitzen überstülpst") dem Exekutionstrupp hinterher. Zwecks geheimer Beobachtung aller Geschehnisse „und denk daran, noch vor Einbruch der Abenddämmerung muß alles dort oben beendet sein: Schluß mit Spektakel, die Toten vom Kreuz abnehmen, notfalls eben nachhelfen" (wurden ja neben Jeschua noch zwei Schwerkriminelle zum Tode gebracht) “und vor allem sofort unter die Erde bringen lassen – wegen der Juden und ihrem alten Begräbnisritual, insbesondere in jetzt anbrechender Festwoche; daß mir da keine Klagen kommen, verstehst du?“ Er verstand und ich instruierte ihn noch betreffs individueller Sonderbehandlung des Jeschua mittels barmherzig schnellerem Herzstich zum Tode. „Ich gab zwei vornehmen Räten des Sanhedrin schriftliche Genehmigung, dessen Leichnam dort oben in einem steinernen Extragrab zu bestatten.“ Indem ich auf persönlichen Vollzugsbericht Macros hinwies, verabschiedete ich diesen mit aufmunterndem „mach deine Sache gut und vorzüglich schnellstens; werde mich dafür erkenntlich zeigen. Und jetzt Abmarsch im Eiltempo!“ „Ich höre und gehorche, Präfekt“ – schon war Macro draußen; ich wußte, auf den Mann war Verlaß. Würde gleichmal dessen Laufbahnakte durchblättern; inzwischen war es die Vorstunde des hellen, heißen Mittags geworden und ich wollte gerade zur noch schmollenden Claudia hinübergehen (sie nahm mir halt übel, daß die Sache so verunglückt ablief mit ihrem geschätzten Wunderpropheten) – als ich schon wieder aufgeschreckt wurde: Ein vom schnellen Lauf erhitzter Macro meldete sich stramm salutierend und glaubte mir von besonderem Vorkommnis berichten zu müssen. Auf dem kurzen Wege zum Hinrichtungsort, war der durch vorangegangene Geißelung entkräftete Verurteilte unter schwerer Kreuzeslast auf der Gasse zusammengebrochen und von fluchender Eskorte vor ein Haus geschleppt worden. Dort im schattigen Torraum abgelegt; als schon ein wortreich gestikulierender unfreundlich lautstarker Hauswirt erschien, sich solche Einquartierung sofort unter Protest verbat. Ein Werbeschild an der Tür wies den Bösebold als einen hiesigen Schuhflicker namens Ahasver aus – der mit harten Worten und Fußtritten dem erschöpften Jeschua nicht nur die Schattenpause, sondern auch erbetenen Labetrunk Wasser schroff verweigerte. Es mußte also Abhilfe anderer Art her; und die Legionäre griffen sich nach rascher Soldatenart den nächstbesten vorbeikommenden Straßenpassanten – einen gewissen Simon aus nahegelegener Ortschaft Kyrene. Der nichtsahnende Landmann war vom Dorfe zum Pessachfest in die Stadt gekommen. Und war also hier zur falschen Zeit am falschen Ort gewesen. Die aufgebrachten Legionäre zwangen ihn dann – den weiterhin zeternden Schuster verächtlich wegstoßend – unter Strafandrohung mit ihnen zu gehen und des Jeschua schweres Holzkreuz zu schleppen. *(Während er dieserhalb späterhin seliggesprochen und als Heiliger verehrt wurde – widerfuhr dem bösartigen Schuhbesohler viel schlimmeres Schicksal, wie auch im jüdischen Talmud festgehalten).* (36) Er, Macro, habe sich nicht eingemischt, nur unsichtbar aber genauestens beobachtet; später den Namen und Wohnort des zwangsweise vergatterten Kreuzschleppers sich notiert und übergebe dies an mich. Meinen Dank mitnehmend, eilte er schleunigst dem Exekutionstrupp hinterher zur Richtstätte; dort seiner Aufsichtspflicht nachgehend.

Heiß brannte eine erbarmungslose Sonne (am späten Nachmittage dann von bleischwerer, grauwolkiger Schwüle abgelöst) auf die hilflos verzuckenden Männer an den drei Kreuzen. Erstaunlicherweise hatte Jeschua noch die Kraft und behielt offenkundig auch bis zuletzt klaren Kopf, um sich mit seinen beiden Nachbarn und auch einer nahebei hockenden Trauergruppe laut zu unterhalten – ebenso im vernehmbaren Zwiegespräch mit einem unsichtbaren Gott – sodaß der sich dadurch in seinem leise Gerede mit dem Offizierskameraden brüsk gestört fühlende Longinus ein barsches Kommando hinüber schnauzte „Maul halten, der Kerl da am Mittelkreuz, und keine Volksreden abspulen. Hier wird jetzt gestorben, und zwar in strammer Haltung. Wenn wir um etwas Beeilung bitten dürften, macht voran und zacki, zacki.“ Der Jeschua folgte ermattet dem Befehl, bat lediglich um letzten Labetrunk: „Mich dürstet.“ Worauf ihm der Zenturio einen Schwamm, ins erfrischende Essigwasser (Marschgetränk der

Legionen) getaucht und an eiserne Speerspitze gesteckt, zum Munde hochreichte. Der Gekreuzigte dankte höflich, saugte gierig die Flüssigkeit aus, senkte den Kopfe hernach auf die Schulter und starb still. So jedenfalls kam es Longinus vor, der – nachdem ihn der lautlos herantretende Macro vom Präfektenwunsch nach sicherer Sterbehilfe informierte – jetzt seinen Speer fest faßte, Schwamm abstreifte und schräg nach oben rasch, unter letzter Rippe durch, einen tiefen Stich in die eingefallene Brust des Opfers führte. Mußte anschließend jedoch vergnatzt die leise Spottrede des Kameraden anhören: „Seit wann erfolgt Herzstich denn rechtsseitig? Nach allem, was man weiß, schlägt die Pumpe links, mein Bester!“ Au Backe – da war dem Linkstatzer Longinus ein wahrlich kapitaler Seitenfehler unterlaufen. Schamvoll trotzig stieß er zur Rechtfertigung nur heraus: „Na ja, der ist doch schon vorher mausetot gewesen; hast du doch ebenfalls gesehen, oder nicht?“ Worauf der Geheime kichernd meinte: „Wollens mal glauben, was bleibst uns ansonsten übrig – außer mächtiggewaltigem Anschiß vom Präfekten; bleiben wir dabei, dieser war schon tot und gut ist es.“ Den beiden urplötzlich, wie aus dem Nichts, an sie herantretenden vornehmen Ratsmitgliedern vom hohen Sanhedrin, dem reichen Handelsherren Josef von Arimathäa sowie Rabbi Nikodemus – welche eine schriftliche Erlaubnis von der Präfektur vorwiesen, betreffs Genehmigung, den toten Jeschua in steinern ausgehauener Grabgruft ganz in der Nähe beizusetzen – wurde selbiges gnädigst erlaubt. Und mit Hilfe der herandrängenden Frauen sowie des stillen Johannes aus der Trauergruppe wurde die Leiche vom Kreuz abgenommen, flüchtig einbalsamiert und eingelagert. Übrigens waren die Weiber hier wieder einmalmehr tapferer als die Männer aus sogenannter Jüngergefolgschaft. Außer Johannes nämlich ließ sich von allen denen kein einziger auf Golgota blicken – obgleich die Hinrichtung ja durchaus öffentlich gewesen ist. „Feiges Pack“ spuckte der biedere Longinus aus, „große Reden schwingen; aber wenn's darauf ankommt, den Schwanz einziehen!" Mühsam rollten die Trauernden einen großen Schließstein vors Grabgewölbe; einmal der Totenruhe wegen und zum anderen sollte niemand die Leiche ausrauben. „Na also, was hat jener denn schon mitgenommen?" brummte Longinus verdrossen; jedoch Macro meinte trocken „ganz gut trotzdem so, kann ihn keiner wegklauen!" Einer anschließenden, fast flehentlichen Bitte der jüdischen Trauergruppe, die römischen Legionäre noch zur Nachtwache am Jeschuagrab bewegen zu wollen, kamen diese allerdings nicht nach. Froh, sich nach dem hässlichen Spectaculum jetzt zum fröhlichen Abendumtrunk zusammensetzen zu dürfen – nachdem sie soeben schwer schuftend und laut fluchend, die beiden anderen Schächer von ihren Kreuzen herunter und durch lokkeres Eingraben noch vor der Nacht eingeerdet hatten – waren sie ihren unwilligen Offizieren dankbar für die Ablehnung. Während Longinus seine vier Hanseln samt Gerätschaften usw. mit lautem „Ohne Tritt marsch!" in Bewegung Richtung Stadt und Burg Antonia dirigierte, rief den um ihren Meister trauernden Juden der am Kolonnenschluß dahinschlendernde Macro über die Schulter noch zu: „Stellt eure eigenen Tempelwächter zur Wache ab; laufen doch tausende von diesen in Jerusalem herum und schlagen ihre Zeit tot." Und sie sollten die Oberpriester nur gehörig nerven, schön laut heulen und zähneklappern; vielleicht daß jene dann gestresst dem Wacheanliegen zustimmten? „Warum aber eigentlich – ein Toter veranstaltet schließlich kein Schaulaufen mehr, haha". So war der Vermummte noch ganz ferne vernehmbar, ehe auch er in anbrechender Dämmerung verschwand.

Als mir Zenturio Longinus am späteren Abend jenes wahrlich aufregend historischen Tages Vollzug der Hinrichtung meldete, auch über deren Kreuzabnahme und sofortiger Verscharrung von zweien der Schächer berichtete – vergaß er nicht, Jeschuas erstaunlich frühen Tod am Nachmittage sowie dessen umständliche

Kreuzabnahme durch die zwei Ratsherren Josef und Nikomedus, des weiteren die von mir unterschriftlich genehmigte Beisetzung im massiven Prachtgrab des Ersteren in allen Details zu erwähnen. Vergaß aber wohl absichtlich, seinen peinlichen Patzer beim Herzstich auf verkehrter Seite mir ebenfalls zu beichten. Den sich wie vordem immer im Hintergrund haltenden Macro sah ich dabei hämisch grienen. Der wusste um meine Manie abzufordernder doppelter Berichterstattung. *(Und zwei Jahrtausende später sollte ein gewisser W. I. Uljanow-Lenin folgenden prägenden Kernsatz sich zu eigen machen: „Vertrauen ist gut – Kontrolle ist besser!" Was wahr ist, muß wahr bleiben. Da bin ich doch wieder mal ganz meiner Meinung ...).* Mit ungutem Gefühl in der Magengrube hatte ich nämlich vorher schon dessen, freilich den alten Kameraden möglichst schonenden, Ablaufbericht vernommen. Und bohrte jetzt genauer nach beim Longinus bezüglich dessen mißlich fehlgeleitetem Lanzenstich in die rechte Brustseite unter siebter Rippe in den schlaff zusammensinkenden und verzuckenden Körper des offenbar schon Toten: „Weiß auch nicht, warum ich die falsche Richtung anpeilte? Ist mir ja auch klar, daß unser Herz linksseitig schlägt", keuchte der arg belämmerte Longinus fast weinend – und demonstrierte mir jetzt an herumstehender Marmorstatue mit seiner Wächterlanze, wie er zugestochen habe, "und es kamen wirklich Blut und Wasser aus der tiefen Wunde" beschwor er uns beide eindringlich, „der Mann da am Kreuz ist wirklich und wahrhaftig tot gewesen, könnt ihr mir schon glauben!" Sichtlich schämte sich der alte Soldat seines Malheurs. Macro blickte mich, leicht verunsichert, fragend an; und ich nickte beruhigend zum gedemütigten Zenturio hinüber. Galt es doch, diesen wieder aufzurichten; und somit ließ ich ihn nach freundlich milder Kritik wegtreten. Zweierlei nämlich war mir schlagartig klargeworden, wie er so mit der Stichwaffe herumhantierte: einmal, daß der Offizier Linkshänder ist. Und zum anderen, daß bei aller Eile und Hektik die Leichen wieder von den Kreuzen herunterzukriegen (nachdem den beiden noch lebenden Kriminellen mit eiserner Keule wie üblich die Schienenbeine zerschlagen werden mußten, um die Körper möglichst schlaff herunterhängen zu lassen, von angespannter Beinmuskulatur nicht länger gestützt und solcherart schnellen Erstickungstod herbeizuführen), und gleichzeitig die sich nunmehr herandrängenden Leute aus der klagenden Trauergruppe zu überwachen – er also den Speer mit seiner linken Griffhand hochführend, abgelenkt und nicht weiter nachdenkend, dem Gekreuzigten mit ungesteuerter Reflexbewegung in eben die falsche, nämlich rechte und ihm spiegelverkehrt zugewandte, Brustseite stieß (wo sich natürlich kein Herz befand). „Verflucht noch mal, ging denn heute wirklich alles schief?" Grummelte ich in mich hinein; hatte ich doch dem Panterasohne einen gnädigen Tod fest zugesagt. Was war letztlich mein Offiziersehrenwort dann noch wert? Konnte lediglich darauf hoffen, daß jener wirklich schon vorher abgestorben war; dann hätte er auch nur wenige fürchterliche Sterbestunden ausharren müssen. Weil ihn sein Buckel auf schmaler sedecula nicht sitzen ließ und er wirklich am Kreuze „frei" hing. Also beschloß ich, selbiges jetzt wie fürderhin ganz fest glauben zu wollen. Obgleich – so ganz hundertprozentig würden ich, wie auch ungezählte Andere, in Zukunft darüber wohl niemals Sicherheit(en) bekommen ... Mein Fehler ganz allein; und da nützte mir auch wohlgemeinter Zuspruch des treuen Macro wenig: „Keine Sorge Präfekt! Daß der Verurteilte ordentlich tot ist, reglementsgemäß begraben und der Fall damit abgehakt werden kann, dürfte über jeden Zweifel erhaben sein. Sind noch weitere Aufträge für mich anliegend?" Dank dir für den gutgemeinten Zuspruch und „Na ja, wir haben noch eine Klitzekleinigkeit miteinander zu bereden, dann ist auch für dich heute Dienstschluß!" Trug ihm auf, zwei sichere Leute abzustellen, um diesen irgendwo im Stadtgetümmel sich umhertreibenden Verräterjudas ausfindig zu machen, jenem den Sündenlohn von 30 Tetradrachmen irgendwie abzunehmen: „Wenns geht ohne Gewalt; vielleicht im Spiel oder beim Wein oder mittels gefügiger Huren – na, du weißt schon, wie das geht. Der ist ein junger, verdorbener Mensch und vermutlich ein Windhund, dazu Trick- und Taschendieb (bei uns gerichtsnotorisch geworden und vorbestraft). Für so einen sind jene 30 Silberlinge viel Geld, direkt eine Verlockung, eventuell Kumpane anzuwerben für weitere verbrecherische Abenteuer, oder auch nur, um Rebellen für gefährlichen Aufruhr gegen uns Römer zu besolden. Kurz und schlecht, ich bin irgendwie unruhig und erst zufrieden, wenn ihr das Geld in Händen habt. Wie es deine Leute anstellen, ist mir egal – sollte es aber nicht anders gehen, dann kurzen Prozeß und ratzfatz!“ Mit flacher Hand über die Gurgel streichend, lächelte ich den verstehend Zurückgrinsenden an. „Sichere euch völlige Straffreiheit zu; nur solltest du tunlichst Sorge tragen, daß es nicht an die große Glocke kommt.“ Der patente Schnelldenker Macro blickte kurz zu Boden, dann wieder auf mich, fragte nochmals vergewissernd nach, ob er mich auch recht verstehe? Nach Bejahung meinerseits und Bitte um Beeilung, verschwand er lautlos, wie es seine Art war. Immerhin ist er kurz nach Mitternacht schon wieder zurück gewesen, um mir den dicken Beutel mit den 30 Silberlingen diskret in wartende Hand zu drücken. Sein Kurzbericht lautete trocken: „Meine Leute haben ihm das ganze Geld in einer verrufenen Herberge wieder abgenommen. Es sei doch wohl bei mir besser verwahrt, als bei diesem Spieler, Säufer, Hurenbock; und auch noch vollzählig vorhanden, ehe der es verjuxen konnte – ich möge es ruhig mal abzählen.“ „Keine Ursache, Getreuer; ich schätze deine Tüchtigkeit und weiß mich auf dich zu verlassen. Was hat der Verräter denn so gesagt?“ „Eigentlich gar nichts, weil er nichts mehr sagen konnte; bei plötzlich ausbrechender Rauferei in der Schänke ist er flüchtend aus oberstem Bodenfenster auf die Straße gestürzt und zu Tode gekommen. Wir haben ihn dann im Stall mittels Kälberstrick um den gebrochenen Hals so über einer leeren Box aufgehängt, daß alles nach formidablem Selbstmord aussieht – und sind allesamt, ich war selber auch von der Partie (natürlich wie die übrigen in Räuberzivil) mit dem Gelde schnellstens verschwunden. Ach ja, verflixte Kiste, haben doch glatt das Bezahlen vergessen." Ich feixte lauthals: „Na das ist Kummers Kleinster; sollte eine Spur hierher führen, ich pauke dann euch raus bzw. mache klar, daß wir Römer nicht in solchen Hurenspelunken verkehren. Danke euch und vorzüglich dir, mein Macro! Und nun noch ein Allerletztes: Morgen schicke du zwei deiner Leute nach Kyrene, also in jenes Bauerndorf, woher der stämmige Kreuzesschlepper für den Jeschua stammt. Hier in der überfüllten Stadt gliche eine Suche nach dem wohl dem Wühlen im Heuhaufen nach verlorener Nadel. Wenn ihr ihn dort auch nicht antrefft, so überreicht die 25 Silberlinge (ich zählte sie ihm auf die Hand, ließ mir Übergabe quittieren) an den Ortsvorsteher oder dörflichen Rabbiner, natürlich auch gegen Quittung, und macht den Leuten klar, das Geld ist für diesen Simon und seine Sippe, von uns Römern als Entgelt für dessen Einsatz als zeitweiliges Transportmittel eines schweren Gebrauchsgegenstandes auf die hochgelegene Schädelstätte Golgota. Von den restlichen fünf Münzen behalte ich eine als Belegstück in den Justizakten; und je zwei Münzen gibst du nach erledigtem Auftrag diesen beiden Männern. Sollen sie es ruhig vertrinken – nur nach Möglichkeit nicht in jenem Hurenhause! Und was dich anbelangt: wann war eigentlich deine letzte Beförderung gewesen?" Natürlich wußte ich selbiges aus seiner Personalakte; aber eine solche Frage ist in jedem Falle personenwirksamer. Der begriff, strahlte förmlich auf bei passgenauer Antwort. Mit leichtem Erröten dankte er mir, der ich so eher beiläufig nun murmelte: „Ist ja bestens; sehe dich nächstens als Primus pilus vor der Front. Und wir feiern nachher in Caesarea deine neue Charge beim heftigen Umtrunk; denn selbstverständlich mußt du ordentlich einen ausgeben!" Beglückt stolperte er ab; für ihn wars eine nachgerade Aufwertung in höhere Chargierung innerhalb der Zenturionengarde. Und ich konnte hier als Präfekt meiner Unterprovinz solche truppeninterne Beförderung in begründeten Ausnahmefällen beantragen sowie durchführen. Entsprechender Papierkrieg via Rom war schon eingeleitet worden. Bin wirklich äußerst zufrieden mit dem Manne; hoffentlich entzogen die Bürokraten und Sesselfurzer in der Reichszentrale mir solch ausgezeichneten Mitarbeiter nicht wieder. Damit mußte man auf fernem Außenposten am Anus mundi leider immer mal rechnen. Erwähnten Silberling aus der Akte nahm ich später als privates Erinnerungsstück an mich und trug ihn ein ganzes, langes Leben mit mir herum. Schätze, der Jeschua wird mir solche Handlungsweise keinesfalls verübeln; wenn aber doch – dann schadet oder nützt es uns beiden auch nicht besonders, schätze ich mal. Zudem mich die Münze stetig wieder an meinen, unbestreitbar großen und relevanten, Führungsfehler in jener so bedauernswerten Geschichte erinnern sollte. Hakte jetzt also die ganze Affäre als erledigt ab. War sie aber leider eben noch nicht ganz:

Denn im Verlauf der Feierwoche meldete sich der räudige Fuchs Kaiaphas wieder zu Wort und überfiel mich, mitsamt einigen Ratsherren, in der Antonia. Der verlangte tatsächlich, ich möge ihm sein zerrissenes Festgewand ersetzen; so könne er sich der Menge im Tempel nicht zeigen. Da schlage doch gleich ein feuriges Donnerwetter drein! Mühsam beherrschte ich mich, preßte nur schief lächelnd heraus, ich hätte ja seine heiligen Klamotten nicht zerfetzt, „das warst du höchstselbst sei deinem Theatrium vorm Hohen Rat. Bei uns Militärs nennt man so was mutwillige Sachbeschädigung oder schlimmer noch, Selbstverstümmelung, belegt beides mit hohen Strafen, mein Lieber. Was du, deine Leute und euer Gott Jahwe darin für ein Zeichen sehen wollen, weiß ich allerdings nicht." Auf weiteres Jammern und Wehklagen ob der Schande, möchte ich liebendgerne dem alten Gauner die Peitsche durchs feiste, kaltäugige Altmännergesicht ziehen. Wir kennen uns aber zu gut, und leider benötige ich jenen weiterhin, solange er unsere Besatzungspolitik unterstützt; sich selber dabei bereichernd. Doch seine Priesterschaft und die Volksmassen fest im Griff behält. Wofür ich ihn Jahr um Jahr im Amte bestätige, natürlich gegen entsprechende Vergütung außerhalb der Steuertabellen; man weiß schließlich, was man aneinander hat. Riet ihm daher, vorab seine frommen Fetzen einigermaßen zusammenzustückeln; nach meiner Rückkehr via Caesarea würde ich ihm ein neues Prachtkleid nähen und auch gleich, wie er wisse, ganz sicher bei mir verwahren lassen. Ich nahm schließlich noch mit halbem Ohr jene unwahrscheinliche Kriminalgeschichte von nächtlicherweise verschwundener Jeschualeiche zur Kenntnis, blieb aber ziemlich gelassen. „Na toll; das Steingrab war fest verschlossen. Und bewacht habens übrigens deine Leute, Wächter und Tempeldiener, die dort in stattlicher Meute zugange waren. Falls die gepennt haben sollten, ist das nicht meine Angelegenheit, sondern eine rein inner-judäische Begebenheit, die man uns Römern nicht auch noch anlasten wolle. Falls aber jetzt, und künftig etwa andauernd, tote Juden aus ihren Gräbern vor lebenden Juden fluchtartig davonlaufen – in Jerusalem und darum herum sowie im Lande Judäa – ist es besser, wir Römer mischen uns da erst gar nicht ein. Wozu habt ihr vom Sanhedrin und aus dem Tempel, eigentlich eure anteilige Verwaltungseinheit, auf die ihr so stolz seid? Dann macht mal davon Gebrauch; ich halte mich nunmehr aus alledem möglichst heraus. Seht also zu, wie ihr klarkommt und sendet mir gelegentlich Nachricht. Denn ich habe vorab noch eine Menge anderes Wichtige zu tun." Verabschiedete mich sehr hastig und ließ einen zutiefst verunsicherten Hohepriester zurück. Im Stillen gönnte ich dem Gesocks herzlich jenen langen Schatten, welchen der Gekreuzigte ab sofort auf sie alle werfen dürfte. Zumal mir auch zugetragen wurde, daß nicht wenige Leute hier und mancherorts diesen quicklebendig herumspazieren gesehen, gehört, gesprochen haben wollen. Und demzufolge wäre Jeschua tatsächlich wiederauferstanden? Diesem mir nicht unsympathischen Schlitzohr traue ich solches durchaus zu: „Nimm dein Grab und geh! Möglichst weit fort von hier, hinaus in alle Welt. Alles Gute und viel Glück wünsch ich dir (was alles du am Ort nicht hattest). Lebe weiter; wenns denn so sein soll, auch ewig und drei Tage. Vergib mir, wenn du kannst – Panterasohn Jeschua – denn ich weiß nur zu recht, daß ich in dieser ganzen Sache nicht unbedingt eine wirklich gute oder untadelige Figur gemacht; und höchstwahrscheinlich auch über meinen eigenen Tod hinaus dann damit leben muß." Trotz aller meiner Mühen, das Procedere sowie mir geläufigen jüdischen Vorschriften um die endliche Kreuzigung Jesu! Jesus wurde bekanntlich an einem Freitag um die Mittagsstunde an den Pfahl gehängt bzw. gekreuzigt. Bei gläubigen Juden beginnt ja schon am Abend v o r dem Samstag ihr heiliger Sabbat. Und die streng verordnete wie überwachte sogenannte Sabbatruhe zur Heiligung ihres siebten Wochentages (bei den Christen ist dieses dann der Sonntag geworden), verbot den Juden jegliche, selbst minimale Handarbeit! Es hatte also totale Arbeitsruhe zu herrschen. Deshalb durfte an solch behördlich kontrolliertem Feiertag auch keiner mehr ans Kreuz geschlagen bzw. von selbigem herabgenommen werden – lebend oder tot. Und natürlich auch niemand begraben sein. Zumal in solch einer Feierwoche wie dem Pessachfest eben nicht. (Johannes und die Synoptiker bekämen dieserhalb Beifall?).

Jenes vorgeblich so Wichtige, was ich dem Schleimer Kaiaphas als Abschiedsgruß hinschmiß, waren jedenfalls die anstehenden Rückreisevorbereitungen nach meiner geliebten Küstenresidenz. Die Jerusalemer Häßlinge sollten mich mit ihrem alten Scheiß und sämtlichen Glaubenskriegen, Querelen, Zänkereien füglich in Ruhe lassen. Werde mich die wenigen Tage bis Ende des Pessach und Auflösung hiesigen Menschengewühles hinter den dicken Mauern der Stadtburg Antonia und im Schutzkreis meiner Legionäre bergen. Mit Claudia hoffentlich wieder aussöhnen und die baldmöglichste Abreise von diesem mir verhaßten Fleck ersehnen. Die frische Küstenbrise mit stetig wehenden Winden von See her, soll mich nach allen bisherigen Aufregungen und Scheußlichkeiten dann weitgehendst beruhigen. Wenn ich nur schon dort wäre, im repräsentativen Klippenpalast, mich hinter meinen Akten und vielen dicken Büchern verschanzen könnte. Sie sind meine wahren Freunde allein, und nicht etwa die Menschen um mich herum. Jene stören meine Kreise eher und ich bin am liebsten für mich!

Nach recht langer Schreibpause setze ich hier nun meine (wie üblich nächtens betriebenen) privaten Aufzeichnungen fort. (37) Vor kurzem erst aus dem ungeliebten Jerusalem zurückgekehrt, der mir seit jeher feindlichen Hauptstadt mit ihrem aufdringlich protzendem Tempelzentralismus und mir zutiefst verhaßten Theokratenklüngel aller Coleur, samt nobilitärem Stadtpatriziat jener die Tempelszene dominierenden alten Familien dortselbst. Wie auch den unsympathisch machtgeilen Hohepriester Kaiaphas; habe ihn immerhin auf ein weiteres Jahr im Amte bestätigt – wenn ich richtig rechne, ist er's in Folge schon das achtzehnte Jahr, und ich reiße hierselbst auch schon mein zehntes Dienstjahr unlustig herunter. Der jedenfalls durfte für sein ungebrochenes Kleben am Amt an mich allerhand Bares berappen (was solls, umsonst ist nicht mal der Tod, selbst der kostet uns noch das Leben). Glücklich habe ich, den Göttern sei Lob und Dank, dortigen Wallfahrtstrubel nur einigermaßen genervt überstanden. Wie gesagt, stehe ich nunmehr ein Jahrzehnt hier unten am Anus mundi im Reichsdienst und wünschte mir des öfteren, ich käme einmal von hier fort, ohne größeren Schaden an Amt und Person zu nehmen, Mein angeborenes Gespür für kommende Dinge und ein ungutes Bauchgefühl vermelden immer dringlicher, daß Gefahr im Verzuge und ahne auch, woher: Zum einen hatte der Kaiser (immer noch der alte und schier unverwüstliche Tiberius)

mir seit dem Vorjahre einen „scharfen Hund“ als ausgesprochen arrogant-unliebsame Kontrollinstanz vor die Nase gesetzt; somit baldigen Ärger vorprogrammiert. Denn jener neubeamtete syrische Legat und Princepsprotegé Lucius Vitellius ist nicht nur tüchtiger wie durchgreifender Staatsbeamter, sondern kündigte bereits lautstark an, mir und anderen hiesigen Potentaten unseren angeblichen selbstgefälligen Machtschlendrian unbedingt austreiben zu wollen. Besonders mir in Judäa/Samaria werde er Feuer unterm Hintern machen (der Blödmann und hergelaufene, landfremde Scharfmacher!), dieweil ich in jahrelanger Abwesenheit eines ordentlichen Verwaltungschefs und Präfekten der Großprovinz Syria, meine Sache zwar einigermaßen ordentlich erledigt – jedoch mich geschickt jeglicher von oben initiierten Amstkontrolle entzogen, völlig eigenständig gehandelt und vorzüglich in zentralistisch-diplomatischen Missionen wie ein Elefant im Porzellanladen herumtrampele, wo eigentlich allergrößte Zurückhaltung angebracht wäre. Wer weiß, was sie dem da in die Ohren geblasen haben? Sollte ruhig mal an meiner Stelle mit den Jerusalemer Tempeloberen verhandeln müssen; da würde dieser feine Römerpinkel sicherlich alsbald aus den Sandalen kippen …
Kurz und schlecht: nachdem der einige Jährchen in Antiochia kommisarisch wie höchstselten persönlich residierende altersmüde Pomponius Flaccus plötzlich verstarb (*war im Jahre 35 u. Zt.*), zog sich unerwartet und in politisch-religiösen Flächenbrand rasch ausartend, in Samaria eine vieltausendstimmige und mir mißliebige Aufruhrsituation zusammen. Und meine prompt darauffolgende Gewaltaktion mit blutigem Ausgange, schien doch größere Wellen geschlagen und bis zum Neuen in Antiochia hinübergeschwappt zu sein. Was war geschehen? Wohlmeinende Bekannte von da brachten mir ungute Botschaft, daß höherenortes ein Riesenärgernis in oberster Verwaltungsspitze tobe und seitens des Legaten gar meine alsbaldige Amtsenthebung beabsichtigt sei. Verdammte Kiste: ich, der verdienstvolle Pontius

Pilatus, vielleicht gar noch als ein Fall von spoliare dignitate – der Würde entkleidet, von wegen angeblich brutalblutiger Amtsanmaßung! Und das alles, weil diese lausigen Samaritaner plötzlich aufzumucken beliebten; jene selbst von allen Judäern und natürlich auch deren Tempeloberen ungeliebten, volksfremden, bestenfalls nur halbjüdisch bzw. halbheidnisch verhaßten Nachbarn. (Von denen später ein Judenprophet namens Jesus Sirach als einem „törichten Volke in Sichem" äußerst abfällig, abwertend sprach). Klar, daß ich genau wußte, worum es hierbei ging; und im Nachhinein glaube ich selbst auch, in diesem Falle zu rasch wie zu hart reagiert zu haben. Im allerbesten Wollen jedoch, unbedingt Ruhe zu schaffen und unserem neuen Legaten hier den Rücken zu stärken. Denn an den ohnehin stetig unruhigen Landesgrenzen der Provinz zu den Armeniern und insbesondere den Parthern stinkt es seit geraumer Zeit gewaltig. Resultierend aus innerfamiliären Spannungen zwischen diesen unzuverlässigen Rompartnern und Adelsherrschern, zeichnete sich latente kriegerische Verwicklung mit unüberschaubaren Folgen ab. Wir standen in angespanntem Verteidigungszustand; Antiochia hatte bereits die römische Kaiserkanzlei diesbezüglich informiert – und nun gefährdete ich in Samaria durch meine dortigen Handlungen zusätzlich die Gesamtlage. Zugegeben, soweit dachte ich wirklich nicht; aber wenn man aus dem Tempel kommt, ist man immer ein ganzes Stück klüger, als bevor man hineinging. Wie ist's letztlich zum Eklat gekommen? Durch meine vorzüglichen Fernspähtrupps und diverse Zivilspione hatte ich nämlich beglaubigte Nachricht bekommen, daß sich in den Samariterlanden einer herumtreibe und als sozusagen neuen Messias bezeichnen lasse. Selber sich als altbiblischen Taheb und Meisterpropheten bename. Nie gehört von so einem; aber im Hinterkopf machte es sofort „klick" und ich mußte an die leidige Jerusalemer Affäre um dortigen Messias und Judenkönig denken, Jesus den Nazarener – den ich mehr gezwungenermaßen kreuzigen lassen mußte. Sollte mir heute und hier nicht noch mal so passieren: also voll draufhalten und derlei religiöse Eiferer nebst ihrem Anhang von Bumsköppen ordentlich zusammenhauen lassen. Als gar noch unsere wenigen Sicherungsposten auf dem allen Samaritern heiligen Berg Garizim dringliche Notfallmeldung absetzten, daß sich ringsum Scharen bewaffneter Menschen mit aufrührerischen Parolen und Drohgebärden zu einem gewaltigen Heerzug auf diesen Berg formieren – dem unsere wenigen Hanseln am Ende nicht gewachsen wären – da mußte ich wohl oder übel reagieren. Beriet mich zunächst mit „Freund“ Kaiaphas; wußte ich doch, daß gerade seinen arrogant machtbewußten Jerusalemer Tempelpriestern jene im Volke der Judäer schlechtangesehenen Samariter mißfallen; die man einstmals sozusagen „eingemeindet“ hatte, aber denen man als nicht ganz reglementskonforme Volksgenossen nach wie vor mißtraute und sie als eine mindere Abart oder Schmutzkonkurrenz behandelte. Dann der Berg Garizim gar. (38) Schmonzes und Waigeschrei! Der Hohepriester legte mir schließlich energischst nahe, die randalierende Volksmenge zu zerstreuen. Also wies ich meine Legionäre an, von denen ich eine Kohorte Fußkrieger und schnelle Reiterverbände der Auxiliares dorthin sandte, die lärmend ungezügelte Masse einzukesseln und niederzuknüppeln. Leider hauten die mit scharfer Klinge drein und so blieben letzthin zu viele tot oder verletzt dortherum liegen. Die Menge zerstreute sich alsbald; unsere Wachtposten auf dem Berg oben wurden zunächst verstärkt und dann wars wieder ruhig. Von den Hauptschreiern, die außerdem nach den Worten ihres Scheinpropheten daselbst nach angeblich vom Vorvater Moses hier vergrabenen Schätzen suchten (in solchem Falle würde wohl ein jeglicher Statthalter hellhörig; stand ja sogenanntes Schatzregal – alles was im Boden verborgen ist – in erster Linie dem Staate zu; in diesem Falle uns Römern als Besatzungsmacht), ließ ich eine geringe Anzahl in exemplarischen wie öffentlichen Gerichtsverfahren zum Tode verurteilen und vor Ort gleich exekutieren,

samt ihrem Taheb gingen die also ab übern Jordan. So heißt das im Legionsjargon, wenn einer abkratzt hier unten.
Soweit so gut, bzw. schlecht: diese Samariter waren – genau wie ihre ungeliebten, übermächtigen Nachbarn, die Judäer, eben keine dumpfbackigen Germanentrampler. Sondern leider filigran schlauer; und gingen demzufolge mit vielen empörten Schreiben und dergleichen an die Kanzlei des Syrischen Legaten sowie direkt ins römische Kaiserhaus zum Gegenangriff vor „betreffs meines besonders blutrünstigen, unbedachten Verhaltens“ in jener Sache. Dem Alten auf Capri mochten die welken Ohren geflattert haben – und meinem syrischen Vorgesetzten die Hosen! Jedenfalls erhielt ich zum Dank für alle staatserhaltenden Bemühungen in einem Akt schreienden Undankes seitens Vitellius (der überhaupt nicht ein einziges Mal mit mir über die Affäre gesprochen, bzw. mir etwas schriftlich zukommen ließ), über einen von dessen Aktenträgern und Schreibgriffeln die vorerst noch unbestimmte, unbefristete Abmahnung, nebst Zusatz, daß mich zu gegebener Zeit ein Reskript erreichen werde. Worin meine Absetzung nebst Befehl, mich danach zum Kaiser nach Rom verfügen möchte, sowie einige Gehaltsabrechnungen stünden. Hohepriester Kaiaphas schrieb mir betrübt, wie sehr es bedauerlich sei, daß ich gerüchteweise abgesetzt und nach Rom vors Kaisertribunal zitiert werde; der schien ebenfalls zu ahnen, daß er mit oder nach mir abdanken müsse. Ich aber rechnete fest mit bevorstehender winterlicher Suspendierung vom Amte. Freilich würde ich mein stattliches Jahressalär (in etwa dem Tribunengehalt bei den Prätorianern gleich; nebst anfallenden Sondervergütungen usw.) vermissen, blieb nach außen hin jedoch gelassen. Mit ihrem weiblichen Gespür erfaßte mein noch Eheweib Claudia die Lage, und sie traf ihre eigenen Vorbereitungen, sich von mir in Bälde abzusetzen. Sehe jeglicher von uns zu, wo er oder sie bleibe! Na, mochte sie tun oder lassen, was sie lustig war; wir hatten uns schon länger nichts mehr zu sagen; sie hing insgeheim jener

Chrestianersekte an. Die immer mal wieder von sich reden machte. (Letzte Nachricht von einem ihrer Jerusalembesuche; olle Kaiaphas habe mir, mir! eine rührselige Abschiedsrede gehalten). Der wiederwärtige alte Heuchler spürte wohl kommende raue Zeiten für sich? Ich aber beschließe hier meine Reminiszenzen mit einem uralten jüdischen Weisheitsspruch (um zu dokumentieren, daß ich eben nicht der poltrig-plumpe Judenhasser, Unterdrücker, Verfolger sein möchte – nur weil ich glaubte, meine römische Pflicht und Schuldigkeit tun zu müssen, so wie ich selbige verstand)! „Achte auf Deine Gedanken, denn sie werden Worte. Achte auf Deine Worte, denn sie werden Handlungen. Achte auf Deine Handlungen, denn sie werden Gewohnheiten. Achte auf Deine Gewohnheiten, denn sie werden Dein Charakter. Achte auf Deinen Charakter – denn er wird Dir zum Schicksal!" Mein Schicksal werde ich in naher wie auch ferner Zukunft jedenfalls mit Selbstachtung und Würde tragen … (39)

Abschiede kommen oftmals sehr plötzlich und sind dann mit scharfem Trennungsschmerz verbunden, wirken auch noch längere Zeit nach. Vitellius, neuer Statthalter in der kaiserlichen Großprovinz Syrien, war als einer der wichtigen „legati Augustii pro Praetore" neben seiner dienstlichen Eigenschaft als knochentrockener, genau rechnender, krümelkackender Beamter – in persona wohl ein fieses Charakterschwein. Denn kurz gehalten, schriftlich fixiert und vor Ort zu quittieren: dies war der Abschied als ungnädige Suspendierung vom Amt für den mit genau zehn Dienstjahren hier unten am anus mundi residierenden Präfekten/Prokurator Pontius Pilatus. Seine alten Feinde, die obersten Theokraten im Tempel von Jerusalem hatten nunmehr ihr Hauptziel erreicht, nachdem sie ihn (mal wieder) heftig beim römischen Kaiser angeschwärzt und auch den syrischen Legaten diesbezüglich beeinflußt haben. Jetzt behandelte ihn sogar der, als offenbar zusätzliches Ärgernis die Botschaft überbringende, dienstjüngste aller questores aerarii (40) aus des Legaten Kanzlei als Abschaum und krummen Hund. Immerhin schiß der rausgeschmissene Ex vor seiner bestätigenden Unterschrift und Empfang nötiger Abreisedokumente diesen Ärmling noch kräftig an, nebst düsterer Drohung „Abrechnung erfolgt in Rom – und von dort aus werde ich euch hier noch ordentlich den Arsch aufreißen lassen!" Der zweibeinige Schreibgriffel entschwand blitzschnell; und alles folgende geschah im Eiltempo. Seine Nochgattin Claudia (sie neigte jetzt stärker denn je dieser dubiosen Chrestianersekte von Abweichlerjuden zu, und hatte ihm die seinerzeitige Kreuzigung deren Glaubenspropheten Jehoshua in Jerusalem bitterlich wie nachtragend verübelt) bekam mit ihren Sklavinnen alle Hände voll zu tun, den umfänglichen Hausrat in Caesarea per Kisten und Kästen aufs vorgesehene Schiff zu bekommen. Da fiel es dem wachsamen Quästor wirklich nicht auf, weil er ja nicht überall zugleich sein konnte, daß sich Pilatus ein starkes Halbdutzend kleiner, stabiler Kisten privat abzweigte. Worin er seine sorgsam gehorteten vielen, strammgefüllten und prallvollen Geldsäckchen mit Münzen aus aller Herren Länder, Goldstücken und dem wertvollen elterlichen Familienschmuck seiner Sippe deponierte und absiegelte; außerdem war noch eine größere Kiste mit hübschen Sidoner Glaswaren und einigem getöpferten Zeugs dabei. (41) Seine reichen Schätze für ein geruhsames Altenteil (*Motto: „Braver Mann sorgt für sich selbst zuerst!"*) hatte er selbst der Ehefrau verschwiegen; man weiß ja, daß die Weiber das Wasser nicht halten können. Auch kam noch eine Kiste dazu, mit wichtigen, für ihn zukünftig vielleicht unschätzbar wertvollen dienstlichen Dokumenten und dergleichen. Dem befreundeten Kapitän des nächstens auslaufenden Frachtschiffes übergab er die Sachen nach gründlicher Geheimabsprache. Dieser schipperte des Pilatus Schätze, natürlich ohne Kenntnis vom Kisteninhalt, dann gemächlich hinüber in den Adriaort Aternum, wo sie vom alten Majordomus des dort nahebei liegenden elterlichen Sommersitzes samt ausführlicher, versiegelter Ordre abgeholt werden sollten. (Die eine größere Kiste mit dem Glas und Tonzeug durfte dieser dann als Dankeschön erhalten; wußte der Pilatus doch, daß der sich altershalber zur Ruhe setzen und den Lebensabend bei seinen Kindern verbringen wollte; man stand schließlich in dauerndem Schriftkontakt). Und der getreue Alte war seinerzeit gelegentlicher Spielkamerad froher Kinderjahre dort gewesen. Nunmehr aber hatte er einen allerletzten, sehr pikanten Auftrag noch durchzuführen; und mußte später genauen Vollzug dem Pilatus melden: einmal vom geheimnisvoll und nächtlicherweise im Gutspark zu verbuddelnden Kistenschatz (vom Inhalt erfuhr der Alte nichts, denn *„Vorsicht ist die Mutter der Porzellankiste!"*). Den Vergrabungsort gab der Absender dem Empfänger ebenfalls vor, um die Sachen nachher wiederzufinden. Und sogar einen Grab- und Tragehelfer schickte er dem mit (samt Geheimordre, wie mit selbigem anschließend zu verfahren sei): nämlich einen schnell noch aus der Todeszelle ohne Aufsehens persönlich herausgehol-

ten mehrfachen Totschläger und Meisterdieb. Diesem versprach Pilatus (von dem keiner bislang wußte, daß er geschaßt war) sein unwertes Leben und die große Freiheit jenseits des Meeres, wenn er zunächst dem Kapitän und danach dem Alten drüben beim Transport besagter Kisten behilflich sein wolle. Der sagte freudig ja und amen – allerdings so richtig war dem Mistkäfer weder jetzt noch später zu trauen; da wars wohl das Sicherste, für diverse Sonderbehandlung zu sorgen. Immerhin erfuhr der Ex später postlagernd in Ostia, daß diese Geheimaktion insgesamt ordentlich ablief und seine Kisten im Parke auf ihn warteten. Aber eine Einschränkung machte der berichtende Majordomus doch betreffs des Typen, der ihm hilfreich anvertraut war: Nach abgeschlossener Grabungsaktion hätte sich der lotterige junge Mensch abscheulich besoffen und sei im Vollrausch leider, leider in den versiegten, daher offenen Parkbrunnen gefallen! Um derlei Vorkommnisse künftighin auszuschließen, habe man diesen mit Steinen und Geröllschutt verfüllt, außerdem oben drauf mit stabilen Holzbohlen noch abgedeckt. Womit der Herr dann hoffentlich zufriedengestellt sei? Na klar doch; und also hat schlußendlich jedermann so seine Leiche im Keller – beim Pilatus wars dann eben der Brunnen …
Während inzwischen der Geschaßte sich nebst Gattin aufatmend in Begleitung des ihn überführen sollenden jungdümmlichen Beamten aufs vorbestimmte Schiff begab und der sich geschäftigwichtigtuend überall einmischte, sowie natürlich ein scharfes amtliches Auge auf alle Habe und Mitbringsel der Abreisenden warf. Wobei ihm nicht klar wurde, warum der Ex immer so füchsisch griente, wenn er ihn anlief. Dieser freundete sich rasch wie zielstrebig mit dem Kapitän der Kriegstriere an, welcher vom rechten Schlag und ein altbefahrener illyrischer Seebär war und dem Pilatus vieles aus seiner Jugendzeit in kleiner dalmatischer Küstenstadt und Griechenkolonie Epidaurus berichtete – sodaß dieser sich nebenher genaue Baulichkeiten und den Ort insgesamt

sowie das nähere Umland in geradezu derbdrastischer Farblichkeit und Fülle einprägen konnte. Welche lokalen Eigenheiten ihm sehr bald schon von äußerstem Nutzen sein sollten.
Als sie in Ostia anlandeten, hatte er insgesamt eine interessante wie lohnende Überfahrt hinter sich gebracht. Gar keine Hilfe war dem inzwischen erneut Heimatlosen seine sich in Rom nun schnellstens von ihm trennende Gattin, die ihre eigenen Wege ging, welche sehr verschlungener Art waren. Während er die längere Wartezeit bis, zur kaiserlichen Vorladung in einer Art Ehrenhaft mit Freigängerschaft zubringen mußte, einigte er sich mit Claudia auf schriftlich festzulegende Gütertrennung bei anstehender Scheidung nach römischem Bürgerrecht. Wie Pilatus bereits vorausahnend einplante, mußte er also das elterliche Familiengut an der Adria drüben veräußern, um die Geschiedene auszahlen zu können. Ein grämlicher Ädile stellte ihm hierüber die Urkunde aus. Er galt jetzt als Nichtgüterbesitzer und überhaupt geldloser Freibürger (von seinen Kisten wußte hier ja keiner, was auch so bleiben sollte). Sein nunmehriger Armeleutestatus sollte ihm ebenfalls noch sehr nützlich sein – immer schön wie lautstark tiefstapeln, war jetzt seine Devise!
Neben dieser kleinen familiären Katastrophe, vollzog sich zeitgleich eine weit größere mit nachfolgenden gesellschaftlichen Umbrüchen: Ein Kaiser starb ab! Solches war halt immer ein gewaltiges Spektakulum, zog ganz Rom in seinen Bann. (Kurzes Rückerinnern an den Schöpfer des neuen Kaiserimperiums, den seinerzeit äußerst beliebten, verehrten Princeps und Imperator Augustus Caesar Octavianus und dessen Sterbestunde. Am 19. August 14 u. Zt. – auf Inspektionsreise befindlich und im kampanischen Kleinstädtchen Nola hingestreckt / wo übrigens schon sein Vater Gaius Octavianus verstarb; seine Mutter Atis war eine Schwester des berühmten Julius Caesar / versammelte er seine engere Gefolgschaft um sich, ließ sich zurechtmachen und fragte anschließend aufgeräumt locker die Anwesenden überraschend

wie ironisch: „Habe ich die Komödie meines Lebens gut gespielt?" Nach erfolgter Bestätigung verabschiedete er sich noch von langjähriger Gattin Livia Drusilla, die ihm in 51 Ehejahren so manche Affäre zu verzeihen wußte, mit Handschlag und knapper Weisung „Livia, gedenke unserer Ehe und lebe wohl!" So sterben echte Kaiser von Rang; er war 75 Jahre alt geworden und regierte insgesamt 57 Jahre, sechs Monate, zwei Tage. Wurde allgemein ehrlich betrauert und vererbte seiner Witwe ein Drittel seines Vermögens sowie den Ehrentitel „Augusta". Seinem hingegen allgemein gefürchteten wie verhaßten, einsiedlerisch menschenscheu auf der Insel Capri sich vergrabenden Nachfolger und Adoptivsohn, dem düsteren Tiberius, vererbte er zwei Drittel seines Vermögens und den Imperatorentitel „Augustus". Dieser starb erst im 95. Lebensjahre, nach einer Regierungszeit von immerhin 22 Jahren, sechs Monaten und drei Tagen – einsam und unbetrauert. Und schließlich gedanklich-zeiträumlicher Vorgriff auf weiteren Kaisertod: Der wirklich begabte General, Politiker, Verwaltungspraktiker Titus Flavius Vespanius d. Ä. und in Kurzfassung Vespasian, starb im Alter von 78 ½ Jahren an einer Krankheit – und zwar stehend; den Gevatter Tod schon im Rücken, ließ er sich aus dem Bett heben, auf die Füße stellen, um – wie es sich für einen Altmilitär und Imperator gehörte, stehend zu sterben; dabei hörten sie ihn dumpf und murrend granteln: „Das fehlte mir noch, mich jetzt in einen Gott zu verwandeln!" Ja, mit der Religiosität hatte es der wackere Haudegen nie gehabt. Um aber wieder auf besagten Tiberius' Tod zu kommen; der war vielfach sogar bejubelt. Sein Nachfolger wurde überraschend der erst 25jährige Großneffe und Germanicussohn Gaius Caligula; dieses Scheusal sollte allerdings nur knapp vier Jahre bis zur endlichen Ermordung regieren – jene hatten es aber wirklich in sich. Vorab jedoch freuten sich alle und der unreife Jüngling bekam riesige Ovationen und jede Menge Vorschußlorbeeren; „Brot und Spiele" fürs Volk und Staatsgeld massenhaft zum

Fenster hinausgeschmissen; das freute die römischen Plebejer und die Prätorianer. Konsuln und Senat schauten zunehmend besorgt in ungewisse Zukunft! Der Neue hatte nun allerdings erstmal andere Dinge zu regeln, als den abgehalfterten hohen Beamten anzuhören und ggf. verurteilen. Somit wartete ein in Folge nervös ärgerlicher Pilatus als bessergestellter Ehrenhäftling und de jure immer noch Angehöriger der Prätorianergarde in deren Kaserne, der Castra Praetoria bei der Porta Viminalis. Ehemals Tribun und damit höherer Stäbler in der Kaisergarde zu Seianus Zeiten, genoß er nun ein knappes Jahr äußerst löcherigen Hausarrest – den er natürlich zur Regelung vielfacher persönlicher Lebensumstände nutzte. In jener Zeit manchmal quälenden Fastnichtstuns kommt ein flüchtiger Bekannter aus des Pilatus Protektoratszeit in Judäa ins Spiel. Der sich auch hier in Rom überhaupt nicht durch Bescheidenheit und Zurückhaltung auszeichnete (*Motto: „Nur die Lumpen sind bescheiden!“*) und sich nunmehr zugunsten seines „alten Kameraden“ eloquent weltmännisch agierend, vielfach für diesen einsetzte. Obwohl er ebenfalls (allerdings über anderen Dienstweg und auf anderem Schiff) von Palästina nach Rom strafweise verschickt wurde: Agrippa I., ein Enkel des großen Herodes und derzeitiger „Königohneland“. Diesen Königstitel hatte er über seinen getöteten Vater geerbt, mehr aber leider nicht. Welchen Zustand er jetzt baldigst zu ändern gedachte. Jener (*Herodes*) Julius Marcus Agrippa war aus Sicht des stocksoliden Pilatus schon ein sehr schräger Vogel! Abenteuernder Kavalier alter Schule, persönlich sehr charmant, mit guten Manieren vordergründig gewinnend (manchmal auch verlierend, denn er war die typische Spielernatur), bedenkenlos in der Wahl seiner Mittel und eigentlich ein recht liebenswertes Lümpchen. Heute als Millionenjongleur mit Geld um sich werfend, und morgen völlig mittellos im Schuldenturm – doch stetig agil sich wieder aufraffend, durchwuselnd sowie überall zugange, aber nirgendwo richtig daheim. In der höheren Romgesellschaft und besseren Kreisen jedoch liebend gerne gesehen als Hansdampf in allen Gassen, hochkarätiger wie äußerst intelligenter Schnelldenker, Diplomat und Geheimagent und sich den wirklich Einflussreichen wie Mächtigen andienend. Während im fernen Palästina, innerhalb seiner dort weit verstreuten Sippe, der blanke Wahnsinn herrschte und alle sich heillos zerstritten, blutig befehdeten und andauernd hin- wie hergerichtet, gescheußelt , gemordet wurde. Der alte Judenkönig Herodes hatte sich bis zum schrecklichen Ende ein ziemliches Länderimperium einverleibt, besaß römisches Bürgerrecht (was sein Enkel mitgeerbt hatte) und war mit – mindestens – zehn Haupt- und Nebenfrauen liiert. Viele Kinder, noch mehr Enkel krönten seine Zeugungsleistungen. Wohl auch deshalb nannten sie ihn den „Großen". Im Palast wurde es allgemach sehr eng, weswegen er totaler Bauraserei verfiel, Jerusalem sowie den Tempel mächtig gewaltig erneuerte und auch die eigenen Reihen der Großfamilie mittels Tötungen und Verbannungen ausästete, auf daß Platz für neue Herodianer werde. Man lebte also flott und starb dann fix oder wurde gestorben. Und immer die allzeit hilfreichen Römer zur Seite! Pilatus' neuer Freund, der neben ihm in einem Raum der Prätorianerkaserne hauste, führte aber den Herodesnamen von Großvaterseite nicht offiziell; dafür als nomen gentile den Julius, als praenomen den Marcus und schließlich als cognomen den Agrippa; und als König Agrippa I. ging er dann in die Historie ein. Irgendetwas war an diesem Menschen, (wenn er denn einer war?). Was alle Zeitgenossen und Historiker gleichermaßen anzog wie abstieß; Pilatus seinerseits vermochte sichs nicht zu erklären – im übrigen fand er ihn hilfreich und nett ... Wie gesagt, man kannte sich aus Jerusalem; wo vor Jahren Tetrarch Herodes Antipas (als Kleinkönig von Galiläa und Peräa), fürstlicher Landesherrscher des von Pilatus auf Betreiben der Tempeloberen justifizierten Jesus, sich auch nicht gerade mit Ruhm bekleckert hat – aber dafür wohlmeinend um den verarmten Schwager Agrippa kümmerte. Als dieser sich beim römischen Stadtpräfekten einer jüdischen Kleinstadt so eben mal 300 000 Sesterzen aus der Stadtkasse borgte, vergaß diese zurückzuzahlen und sich nach Mahnung einfach aus dem Staube machte, wurde der Landflüchtige etwa zeitgleich mit Pilatus ebenfalls via Rom verfrachtet. Ein bitterböser Brief des geprellten Römerbeamten an den alten Tiberius erreichte diesen aber erst Tage nach dem Überraschungsbesuch des schnellen Agrippa auf Capri – der sich dem Kaiser artig vorstellte, ein wenig mit ihm plauderte und dem also Gutgelaunten nebenher sogar noch einiges Zehrgeld abluchste (*Motto: Bin gerade mal nicht bei Kasse und in Rom ist alles so schweinisch teuer, bitte höflich um paar Sesterzen zwecks Begleichung anstehender Auslagen!*). Tatsächlich holte das Pumpgenie aus dem geizigen Alten eine für jenen erstaunliche Summe heraus. Nach Lektüre der Beschwerde brach auf der Insel ein ordentliches Kaiserdonnerwetter los; glücklicherweise war Agrippa eben nach Rom zurückgeschippert, wo er nun auf des Alten Betreiben hin in Schuldhaft genommen wird. Von den zahlreichen Freunden seines auch dort inzwischen aufgebauten Netzwerkes interner Verbindungen zu gegenseitigem Nutz und Frommen aber nur neben dem Pilatus in mildem Hausarrest mit Freigang in der castra praetoria. Langweilig wurde es den beiden dort sicher nicht, dafür sorgte schon der agile, fixe Agrippa. Sie ließen es sich gut gehen – so sehr lange würde es der knapp Einhundertjährige auf seiner quasi Fluchtinsel nicht mehr machen. Solches schrieb ein unvorsichtiger Kleinkönig ohne Land einem weiteren Freund im Kaiserhause. Briefinhalt überbrachte man „wohlmeinend" dem griesgrämigen Alten – was diesen bewog, den Agrippa in eine immerwährende Schuldhaft zu verdonnern (ihm gleichzeitig aus purem Ärger die Galle platzte und er solcherart dann mit Tod abging; dem eigentlichen Briefempfänger Caligula bescherte das alles jedenfalls die alsbaldige Kaiserwürde, was der dem Agrippa nie mehr vergaß). Inzwischen war folgendes in Rom passiert: Der wendige Judenkönig ohne Land und Geld, entlieh sich von der hauptstädtischen Grauen Eminenz, schwerreicher wie gefürchteter Dame Antonia aus dem Kaiserhause, Mutter des späteren Kaisers Claudius und Großmutter des Caligula mit gewandter, sanfter Überredungskunst einige 300 000 Sesterzen – um damit nicht nur seine palästinensischen Schulden an den Fiskus zurückzuerstatten, sondern sich offenbar gleichfalls als Finanzgenie zu empfehlen. Worauf ihm ein hoher kaiserlicher Höfling, der samaritanische Jude Thallus, ebenfalls auf die Schnelle, wiederum die für diesen Schwerreichen wohl lausige Summe von einer Million Sesterzen auf Ehrenwort und Handschlag verlieh. Welches Geld jener dann großteils an die kaiserlichen Sprößlinge Caligula und Claudius weiterschenkte, sich solcherart für Größeres empfehlend. Und natürlich auch der ihm gewogenen Dame Antonia ihre 300 000 Sesterzen postwendend mit Dank zurückgab; was seine Beliebtheit bei dieser nur steigern konnte. Wie man hier lesen kann; wo Agrippa ist, dort ist auch das Geld. Obwohl er wirklich meistens keines direkt zur Verfügung hat, lebt er und läßt auch seine Freunde mitleben. Pilatus profitierte davon. Als die beiden Ehrenhäftlinge in ihrem offenen Hausarrest während der geschilderten Politwende und Umbruchzeit mal eine rauschende Orgie feierten und auf Betreiben Agrippas nur das Beste und Teuerste aufgetischt war, der fixe Hasardeur aber gerade wieder mal kein Kleingeld zum Bezahlen hatte – da stand der unvermeidliche Pfändungsbeamte und Magistratsquästor vor der Tür, rechnete ihm vor, daß dieses die nunmehr fünfundzwanzigste Pfändung in kurzer Zeit wäre. Um die Schuldensumme samt aufgelaufener Gerichtskosten wurde er folgerichtig ein weiteres Mal gepfändet; was Agrippa zu brüllendem Gelächter, Pilatus zu verschmitztem Lächeln und selbst den sauertöpfischen Beamten zu müdem Grinsen veranlaßte. Wußte der Arme ja aus Erfahrung, hier ist nichts zu holen. Vorerst allerdings nur – denn mit dem Tode des Alten von Capri änderte sich die Lage entscheidend: Der schon länger ungeduldig wartende Caligula vergaß als nunmehriger Princeps seinen guten Freund Agrippa keineswegs. Bestätigte diesem nicht nur seine bisherigen Ämter und Titel, fügte seinem lückenhaften Kleinkönigtum noch großzügig eine Anzahl weiterer Ländereien und Territorialfetzen aus der verstreuten Erbmasse des großen Herodes zu. Samt schriftlicher Zusicherung von alsbaldigem weiteren Landgewinn drunten in Palästina – was nach unvorhergesehen frühem Tode infolge Meuchelmordes dann sein dankbarer Nachfolger im Kaiseramte, der ebenfalls mit Agrippa befreundete Claudius, großzügig abrundete. Während also Caligula den Judenkönig unverzüglich in Freiheit setzte, mußte Pilatus noch eine ganze Weile bei den Prätorianern in Ehrenhaft schmoren; die allerdings ein ausgedehntes Freigängertum und stetig beste Versorgung seitens römischer Freunde des Agrippa milderte. Jener nämlich war schnellstens mit den kaiserlichen Bestallungen und Urkunden per Schiff retour nach Judäa usw. gefahren, um daselbst vor Ort nach dem Rechten zu schauen, sich in diverse Machtpositionen fest zu installieren und eventuell Nebenbuhler wegzubeißen. Als er nach etwa einem Dreivierteljahr wiederkam, reisten beide Freunde per Schiff und über See von Ostia aus via Gallien „in Privatangelegenheiten" auf Staatskosten; dort den mächtigen Strom Rhodanus hinauf zur großen römischen Militärkolonie Vienna (*heute Vienne, unterhalb Lyons an der Rhone*), einem beliebten Verbannungsort der Römer, wo sich der Kaiser gerade auf Inspektionstour befand. Als sie beide im Vorraum des Kaiserquartiers auf den Allgewaltigen (und sich inzwischen leider durch deutliche Sonderheiten, um nicht zu sagen, schmutzige Abnormitäten oder Scheußlichkeiten „Hervortuenden") warteten und von Anderen erfuhren, daß man wirklich nicht wußte, ob dieser ein Perversling, ein verschrobener Wirrkopf oder geradezu Verrückter geworden war, da stampfte ingrimmig verbiestert ein hünenhafter Prätorianertribun mit abgeholter Tagesparole aus des Kaisers Privaträumen, laut fluchend und reichlich Schaum vorm Munde: „Los, los, sollt alle beide reinkommen, wird's bald, hopphopp“ und er trampelte dröhnend ab. „Haben wir ein Glück, daß Caligula sich sein Mütchen bereits an diesem armen Hund Cassius Chaerea gekühlt hat, ansonsten wir zwei die volle Ladung abbekommen hätten.“ „Und wer ist dieser Wüterich denn?“ So fragte Pilatus beim Hineingehen den Agrippa leise aus; „Na der Kommandeur der Leibgarde und aus unbekanntem Grunde stets äußerst schlecht vom Kaiser behandelt; das geht auf Dauer sicherlich nicht gut und einmal kommts zum großen Krach“. Das flüsterte Agrippa dem Pilatus noch zu, dann waren sie auch schon drinnen. Wo sie der Kaiser, bequem herumlümmelnd, mit seinen engsten Vertrauten vom sogenannten „Küchenkabinett“ empfing. Da saßen sie also: dessen quasi Kabinettschef Callistus, allmächtig und steinreich, einflußreicher libertin am Kaiserhofe, in persona gleichzeitig Bankier und Finanzminister – der knorrige Prätorianercenturio Lupus, ein narbenbedeckter Haudegen und Chef des Begleitkommandos der speculatores (als kaiserliche Geheimpolizei, Feldjägertruppe und Spezialkuriere im Inneren Dienst; auch zu Sonderaufgaben mannigfacher Art herangezogen, bis hin zu Henkersdiensten, Mordaufträgen, Sabotageakten und Diversionen aller Art) – sowie der namenlos bleibende kaiserliche Geheimschreiber, ein Grieche der Aussprache nach. Der sich offenbar langweilende Kaiser nahm sich als ersten den Agrippa vor, überhäufte diesen mit Freundlichkeiten und weiteren Ländereien sowie Pfründen in Palästina. Natürlich strahlte der Judenkönig ob solcher Zuwendungen (allerdings konstatierte Pilatus nüchtern, Bares fiel dabei nicht ab; offenbar wußte man höherenortes um dessen Hang zur Geldverschwendung). Worüber sich wiederum Caligula freute; zumal der Beschenkte sofort wieder nach Judäa abzureisen versprach, um dort energisch nach dem Rechten zu sehen. „Und nun zum anderen Sünder“, feixte der aufgeräumte Kaiser, den Rechtfertigungsbescheid des Pilatus mit diversen Klagen übers fiese Charakterschwein Vitellius in der Hand. Es folgte ein milder Anschiß, sodaß der gespannt vor ihm Sitzende das Bauchgefühl bekam, es würde alles nicht so schlimm werden und die ganze leidige Affäre könnte glatt untern Teppich gekehrt werden – wenn der Kaiser nur wollte; und er seinen ausgelegten Köder geschluckt bzw. den allerletzten Köcher mit Pfeil dankbar entgegennahm. Es sah ganz danach aus. Dafür hatte er Freund Agrippa auf der langen Überfahrt hierher tagelang mit Erzählungen aus seiner Kriegs- und Legionenzeit in Germanien gelöchert; und daß er sich direkt freue, seinen „alten“ Kriegskameraden und jetzigen Kaiser einmal wiederzusehen! Beim persönlichen Vorabtreffen des Gewaltigen mit Agrippa hatte dieser ihm am Vorabend heutiger Gerichtssitzung gewiß davon berichtet. Also glubschte ihn Caligula mit verschwiemelten Schellfischaugen fragend ihn wie drohend an und meinte ohne Umschweife: „Wieso sind wir beide denn alte Kriegskameraden? Ich kann mich nicht entsinnen, kläre mich mal auf, aber bitte in Kurzfassung!“ Alle hoben gespannt die Köpfe und stellten die Lauscher hoch, witterten wohl ein Sensatiönchen oder so was in der Art. Pilatus wußte, jetzt gings um den Kopf, holte tief Luft und fabulierte ungeniert los – in der nur zu begründeten Hoffnung, es würde sich der damalige Dreikäsehoch nicht mehr oder nur bruchstückhaft rückerinnern können, war das alles bereits fast ein Vierteljahrhundert her. „Also ich jedenfalls erinnere mich noch sehr gut an jenen Tag im Herbst des Todesjahrs unseres großen Priceps Augustus, der mich zutiefst schmerzte. Bin ich doch selbst ein glücklich Überlebender der vom unsäglichen Varus seinerzeit verlorenen großen Germanenschlacht fünf Jahre früher; und habe ich als Tribun die Nachhut samt großen Lagertroß und Pioniergerät nebst Belagerungswaffen in heftigen Gefechten bis hinter unsere schützenden Grenzsicherungen und über den großen Rhenusfluß ohne größere Verluste retten können.“ (Hier sah ihn der altgediente Lupus wahrlich bewundernd an, konnte er selbiges doch gut einschätzen).“Wie wir also damals so auf der großen

Brücke am Hauptlager von Novaesium standen – gegenüber die zügellose, revoltierende Legionärsmeute, die mit Fackeln den Holzbohlenbelag anzündeten und höhere Offiziere massakrierten, Zenturionen und Tribune mit ihren Kurzschwertern förmlich in Stücke hackten, sie oder ihre körperlichen Reste übers Geländer in den hochangeschwollenen Rhenus hinunterstießen – da war uns beiden Erwachsenen dies nicht egal. Deine tapfere, hochschwangere Mutter und ich, beide je ein Schwert blankgezogen, ja und dann du, als Kleinkind mit deinen gerademal zwei Jahren doch schon ein tapferes Kerlchen und nach wie vor Liebling aller Legionäre, auf meinen breiten Schultern reitend, stolz auf die original für dich gefertigten Stiefelchen dein Holzschwert schwingend und begeistert in die andrängende Menge hinüberkrähend, sie solcherart zum Stehen, Nachdenken, Lächeln und letztendlich begeisterten Hochrufen auf dich und die ganze Germanicusfamilie bewegend. Das wars, und als sich altgediente Soldaten der unnützen Mordschreier auf soldatische Art entledigten (will heißen, Kopf ab und in den Fluß runter), da hatten wir erstmal Zeit gewonnen. Zeit gewinnen, hieß damals alles gewinnen. Kam doch plötzlich dein Vater an der Spitze einiger Reiterturmae hinter uns angehetzt, und brachte er mittels gewaltiger, donnergleicher Strafreplik die Meuternden zur Räson; versprach Abhilfe ihrer Beschwerden und Untersuchung des Tatherganges, schickte sie friedlich wieder in ihre Quartiere. Mit dir jetzt an der Spitze, auf Vaters Pferde stolz sitzend und immer noch schwertschwingend. Deine Mutter und ich schauten uns nur an, drückten uns die Hände und kamen langsam hinterhergegangen. Vorsichtigerweise hatte ich – und es gereichte uns zum glücklichen Erfolg – einen schlichten Soldatenmantel über meine Tribunentoga geworfen, sodaß ich nicht gleich als hoher Stabsoffizier erkennbar gewesen bin. So war das damals; und wie gesagt, bis an mein Lebensende bleibe ich stolz auf uns und insbesondere dich, als meinen alten, wenngleich damals jungen, ungemein tapferen

Kriegskameraden!“ Schließend zu den atemlos Lauschenden gewandt (der gewitze Agrippa schaute leise lächelnd zu Boden) meinte er noch „da hört ihr es von einem unmittelbaren Augenzeugen jener Ereignisse, was für ein ganzer Kerl unser Princeps doch schon immer war!“ (*Hoffentlich habe ich damit nicht zu dicke aufgetragen? Ach was, nicht kleckern sondern klotzen ist die Devise!*) Alle schauten jetzt stumm und ergriffen auf einen schwer atmenden Caligula. Dieser Blödmann hatte jene Story tatsächlich voll verinnerlicht; wenn der nur wüßte, daß er damals zwar mit dabei, aber doch in Volltarnung und ganz weit am Rande jener blutigen Ereignisse gestanden habe und sich hütete, mitten ins dammliche Getrubel mit reingezogen zu werden. Dafür hatte er nicht das große Gemetzel von vor fünf Jahren gesund überstanden, das ihn jetzt vom lumpigen Pöbel aufgehetzte, verunsicherte Soldaten verhackstücken dürften. Nicht beim ollen Pontius Pilatus – sollen sich untereinander abwürgen, wenn ihnen so ist. Und der Kaiser legte lautstark los, redete sich in Heldenpose (*Motto: Habt ihr auch alle richtig zugehört?*): „War schon eine große Sache damals, wie ich die Revolte ganz alleine dort erledigte! Also, man ist entweder schon als kleiner Junge ein ganzer Kerl – oder man wird niemals ein richtiger Mann. Und basta!. Dir, Pilatus, Dank für deinen detailgetreuen Bericht; und du hast ja dort auch nichts falschgemacht. So wie leider späterhin in Judäa. Was fangen wir jetzt also mit dir an? Strafe muß sein – sonst verlier ich mein Gesicht, das geht keinesfalls. Nur, wie ziehen wir die Sache durch?“ Seinem dummen Kopf merkte man es direkt an, daß ihm die Gedanken fehlten oder durcheinander gerieten. Pilatus ergriff nunmehr die Initiative und schlug vor, ihn seine Meinung zum Verlauf der Affäre vortragen zu lassen. „Gut, gut“, schnaufte Caligula erleichtert, „wäre doch jammerschade, wenn ich dir das kluge Köpfchen so Ratzfatz absäbeln lassen müßte.“ Und sein Leibfinanzer Callistus nuschelte mißtrauisch „nur Geld darfs nicht kosten!“ Also entwarf der Geschaßte seinen in langen, bangen Nächten sorgsam vorbereiteten Lebensplan wie folgt einem gebannt zuhörenden Gremium oberster Entscheider: „Theoretisch stünden mir ja beim Ausscheiden als höherer Prätorianerstäbler, nach runden 20 Jahren Dienstzeit, gewaltige Ablösesummen inklusiver Prämien und Sonderzuwendungen sowie sonstige Abfindungen mit Beamtenruheposten und/oder Landzuweisungen nebst Sklaven zu?“ Darauf wolle er, Pilatus, in Anbetracht der Lage aber gerne verzichten. Ein erlöstes Aufatmen des Callistus und erstauntes Augenbrauenheben Agrippas „und ich würde mich schon durchaus anstandslos verbannen lassen, weithin weg von Rom und an ferne Gestade in einer Grenzprovinz des Reiches.“ Um dort, an einer Militärgrenze dem Imperium als alter Soldat und Beamter weiterhin treu dienen zu können, möchte er liebendgerne in einer Militärkolonie oder deren weiterer Region mit einigen wenigen anderen Veteranen siedeln und ableben wollen. Und mit Schwung haute er seine Rechte auf den Tisch: „Hier seht ihr meine Hand; der Daumen von fünf Fingern bin ich selbst. Fehlen nur noch die vier Finger; wenn ich nachher mir persönlich aus dem, wie ich sah, fertig zusammengestellten Transport solcher Leute (die nächstens abgehen sollen, rüber aufs Festland) mir die passenden ‘Finger’ heraussuchen dürfte?“ Die Hand zur Faust ballend und selbige donnernd auf die Tischplatte krachen lassend „fünf Finger machen eine Faust! Und die müssen wir Römer jedenfalls unseren mehr oder minder anpassungswilligen Bündnisgenossen bzw. Grenzlandbewohnern von Zeit zu Zeit immer wieder mächtig auf die frechen Nasen hauen; soll heißen, wir bestimmen wo’s lang geht, und diese haben Ordre zu parieren. Ende der Fahnenstange!“ Fügte noch wie nebensächlich hinzu: „Ist ja jetzt Mode geworden, die Altgedienten nicht mehr mit Geld, dafür aber Landlosen abzufinden. Schont die Staatskasse und hilft wirtschaften. Nur dorthin, wo es mich zieht, bitte ich für mich und meine vier Finger dann dringlich um möglichst großzügige Zuteilungen; dieweil dortiger Boden kargsteinig ist und solcherart ertragreiche Früchtespezialisierungen nicht möglich. Und natürlich möchte ich für mich – als Äquivalent wegfallender Gelder usw. – auch bitte reichliche Zuteilung von Grund und Boden erbitten. Leben ist teuer ...“ „Klingt eigentlich vernünftig“, meinte der Kaiser und alle übrigen nickten bejahend, „wo gedenkst du dann also hinzugehen?“ Pilatus weiter in die gleiche Kerbe hauend: über die Adriatische See hinüber und ein Stück gen Südosten runter, nach Dalmatien. „War mal kurz während des Illyrienaufstandes drüben und habe die zwar ärmliche, aber reivolle Küstenlandschaft kennengelernt.“ (Dies war erlogen, aber ganz passend erfunden, und der Kaiserdümmling wird hoffentlich nicht nachforschen). Caligula nickte wohlwollend, und jetzt ergriff zum Staunen aller der schweigsame Schreiberling die Initiative. Der war wirklich ein Adriagrieche und hatte Kinder- und Jugendjahre im heutigen Provinzhauptort Salonae zugebracht. Offenbar romantisch sentimental geworden, schwelgte er nunmehr in Erinnerungen. War natürlich besonders aktiv, um dem künftigen ländlichen Gutsbesitzer und treuen Romvasallen Pilatus dort auf die Beine zu helfen. „Die reichlicheren Landlose für dich und deine paar Hanseln sind das Problem nicht, oder?“ Auf seinen fragenden Blick nickten Kaiser und Finanzer bestätigend. Und selbst der grobschlächtige Lupus von den Speculatores griente Zustimmung (als Pilatus jetzt erwähnte, daß er weiter südwärts von Salonae siedeln wolle – dort, wo die kaiserliche Poststraße beim Küstenstädtchen Epidaurus endete, einer Griechenkolonie an der Adria). Bog dem Pilatus seine Finger wieder zur Faust und wedelte selbe hinterhältig vor des Griechenschreibers Nase herum: „Immer zu, zeige diesen rotzfrechen Seegriechen öfters mal die Römerfaust, haha!“ Jener zuckte zwar schmerzvoll zusammen, blieb aber beherrscht und holte vom Kaiser die Zustimmung ein, daß er anschließend mit Pilatus diverse Einzelheiten und Termine noch abklären wolle; es mußten Reisepässe ausgestellt, Urkunden und Bestätigungen ausgefertigt und versiegelt werden – und was es für sonstige unerläßliche Kleinigkeiten da alles noch gab. Caligula hatte inzwischen die Lust verloren, erhob sich und rauschte mit den schließenden Worten „Damit erkläre ich die Sache Pilatus für abgetan und erledigt – viel Glück weiterhin und vielleicht hört man mal etwas von dir und deinen Plänen?“ samt Gefolgschaft hinaus. Callistus nickte ihm sehr wohlwollend zu (hatte er doch eben eine Menge bares Geld gespart) und Agrippa meinte leichthin, so regle sich halt manches von selber im Leben; und sie beide würden sich noch hier in Vienna sehen. Aufatmend ließ sich Pilatus vom dauergrinsenden Lupus hinausgeleiten, welcher beziehungsreich seinen Gladius streichelte und (klang da nicht doch ein gewisses Bedauern mit?) meinte, daß er so halt mal nicht die Schwertklinge vom Blut eines kurzweg Geköpften reinigen müßte. Nachdem Pilatus in überraschend kurzer Zeit die von ihm sogenannten vier Finger sich aus der Masse abgehender künftiger Kolonen herausklaubte – und dabei seine ganz eigenen Pläne verfolgte, denn diese sollten durchaus keine bäuerlichen Neusiedler sein; hatte er doch zielführend andere Vorstellungen über sein zukünftiges Leben und Streben. Nach diversen Beglaubigungen usw. seitens der Kaiserkanzlei und Erhalt großzügig bemessener Landlose, setzte er sich, wie versprochen, noch mit dem freundwilligen Agrippa (der hier auch seine eigenen, recht verschlungenen Wege ging und von Caligula weitere Länderfetzen in Palästina einheimste sowie immer noch wackeligen Königstitel befestigte) zu einer veritablen Feier zusammen. War auch als Abschied gedacht: „Man hört sich; und vielleicht sieht man sich einmal wieder, Kamerad?“ Letzteres sollte aber eben leider nicht sein. Pilatus jedenfalls bewahrte diesem Judenkönig ein lebenslang freundliches Andenken (und hatte später, was dessen frühen Tod und irdisches Wirken insgesamt anbelangte, so seine tiefinnerlich ganz speziellen Vorstellungen verfestigt). Von seinerzeitiger und beschwerlicher sowie viele Wochen, ja Monate dauernder Rückreise aus der gallo-römischen

Militärstadt als kaiserlichem Verwaltungszentrum hiesiger Provinz, blieben dem Pilatus leider nur einige wenige Erinnerungen haften. Zu groß müssen wohl Anspannung und Erleichterung gewesen sein, nocheinmal recht glimpflich davongekommen zu sein. Der kluge Kopf saß jedenfalls wieder fest auf dem Halse – und so sollte es auch hinfort bleiben, dies schwor er sich im Geheimen. Und bei den Göttern: Er war ein Mann, der Wort halten konnte! Von Vienna aus bewegte sich also ein langer Konvoi unter Legionärsbedeckung entweder per Lastkähnen auf bzw. mittels rollendem Transport durch Ochsen und Eselsgespanne neben dem großen Fluß Rhodanus, bis hin zu dessen Mündungsdelta und der Hafenstadt Massilia. Eine stürmische Seefahrt folgte, immer in Sichtweite der fernen Landesküsten, auf schweren Mehrdecker-Frachtschiffen, oben herum nach Ostia, dem berühmten Seehafen Roms an der Tibermündung. Im unruhigen Mare Tyrrhenum hatten sich Mensch und Vieh fast die Seelen aus dem Leib gekotzt. Was es Pilatus sehr erleichterte, seinem schwer von Seekrankheit gezeichneten persönlichen Begleitbeamten aus kaiserlicher Hofkanzlei an dessen Spezialkiste mit diversen Geheimdokumenten zu kommen. Sorgsam studierte der vorzüglich die paar ihn persönlich betreffenden Dokumente, verbesserte hier etwas, löschte da wiederum was aus, und als alter Schreibfuchs redigierte er so manches nachträglich zu seinen Gunsten. Das Täfelchen mit dem Verweis auf stetige behördliche Beaufsichtigung ließ er sicherheitshalber mal gleich über Bord gehen; ersetzte es durch ein Dokument, in welchem er die ihm ohnehin reichlich zugewiesenen Landlose noch mehr als das Dreifache aufstockte. Fest den Schreibgriffel ins Wachs drückend, zitterte ihm nicht etwa die Hand; nein – er hatte das Gefühl, sich schadlos zu halten, weil „Der brave Mann sorgt für sich selbst zuerst!“ Mit protzigem Hofkanzleisiegel, das jenem weichlappigen Freigelassenen und früherem Schreibersklaven des Caligula, während eines heftigem Kotzanfalls zeitweise abhanden kam, vervollständigte Pilatus flink die amtliche Glaubwürdigkeit der Dokumente und legte diese zurück in des Beamten Kiste. Grinsend schlich er sich dann wieder aus dem Verschlag des inzwischen tausend Tode (fast) sterbenden Verwaltungsfritzen. Er mochte jene hochgekommenen Sklavenseelen und Freigelassenen nicht besonders, einmal Sklave – immer Sklave. Hier gings schließlich ums Eingemachte, nämlich sein späteres Leben. In Ostia angelandet, mußte die ganze Gesellschaft noch zuwarten, bis Caligulas Vertrauter einen anderen Konvoi zusammengestellt und einen römischen Quästor urbanus zum neuen Konvoiführer bestimmte. Welcher nicht allein die Begleitlegionäre kommandierte, sondern auch alle den Pilatus betreffenden Personal usw. Dokumente gegen Quittung übernahm, um diese dem Verwaltungsoberhaupt im fernen Epidaurus wiederum zu übergeben (von Inhalten, Verfügungen wie auch den Pilatus'schen Fälschungen wußte er natürlich nichts); und das leidige praeceptum certum, als die den Verbannten angehende Vorschrift mit jenen bestimmten Befehlen hinsichtlich Achtung wie Vorsicht, lag nunmehr grabessicher auf dem Meeresgrunde, wo sich die fröhlichen Fische mit ihnen amüsieren konnten. Als der Quästor seine Schäfchen beisammen hatte, setzte sich der Reisezug in Bewegung. Unter weiträumiger Südumgehung der Hauptstadt, auf ebenfalls recht beschwerlichem Landweg querbeet Italien, in Richtung Küste des irgendwie geheimnisumwitterten Mare Adriaticum. Auch mal hier und dort einen der Veteranen entlassend bzw. Neuankömmlinge aufnehmend. Unterwegs hatte Pilatus *(Motto: Fuchs kann man nicht werden, Fuchs muß man sein!)* sich dem arglosen Konvoiführer soweit angenähert, daß er den völlig Ortsunkundigen über Grund und Boden des erst kürzlich verkauften alten Familiengutes lotsen und dort im Park, während nächtlicher Ausgrabungsaktion, seine vorsichtshalber in einer Erdgrube versteckten Bargeldreserven sowie alten und wertvollen Familienschmuck, wieder heimlich an sich bringen konnte. Als quasi Zehrgeld für sein künftiges Leben in drübiger Provinz Dalmatia. Vom Hafenort Aternum fuhren dann der Pilatus und seine paar Hanseln, zusammen mit dem Aufsichtsbeamten über See. Und nach insgesamt monatelanger Reise endete im Hafen von Epidaurus jene aufregend abwechslungsreiche Odyssee schließlich glücklich. Sich selbst und seine Leute erstmal provisorisch in einer Herberge unterbringend, machten der Pilatus und sein behördlicher Begleiter sich auf den vorgeschriebenen Dienstweg ins städtische Praetorium; wo sie sich anmeldeten und der Verbannte gegen Quittung übergeben wurde. Worauf sich nach kurzem Abschied der Konvoiführer postwendend empfahl, Pilatus vertrauensvoll den ganzen Schriftkram usw. in die Hände drückte und schnellstens mit dem nächsten Retourschiff über See wieder zurückfuhr. Nach dessen unspektakulärem Abgang übergab also der nunmehrige Neubürger das ihn und seine Leute betreffende Schriftgut vom Kasiserhofe an den hiesigen Ortsoberen, einen anscheinend gemütlichen Proprätor und Praefectus Urbi. (42) Welcher ihn fragend, dann schmunzelnd anschaute (sicherlich mit amtseigener Menschenkenntnis auch schon mal fix als Person taxierend); mit diesem sollte ihn späterhin eine lebenslang andauernde Freundschaft verbinden! Beziehungen schaden bekanntlich nur demjenigen auf Dauer, der keine hat … Mit des Stadtgewaltigen (übrigens ebenfalls Ex-Prätorianer, was beider Zuneigung nur festigen konnte) Empfangsbestätigung war jedenfalls vorläufig die Affäre ausgestanden. Und mit der Ermordung des Kaiserscheußlings paar Jahre später in Rom dann endgültig; es krähte kein römischer Amtshahn mehr danach. Immerhin meinte der Propätor anerkennend wie erstaunt bei Durchsicht der ihm übergebenen Dokumente (pflichtgemäß alle unversehrten Siegel auf Echtheit überprüfend), er habe in längerer Amtszeit bislang noch niemals so viele und reiche Landlose an eine Einzelperson erlebt – dabei griente er den Pilatus an, welcher zurückgriente – und auch die centuriae (43) für dessen vier Begleiter seien ungewohnt großzügig ausgefallen. Nach gemurmelter Bestätigung: „Na ja, geht mich nichts weiter an, der Kaiser wird schon wissen, wie er seine Getreuen entlohnt" (war es doch inzwischen fast Brauch geworden, daß langgedienten Legionsveteranen als Äquivalent und Bargeldersatz für ihre Dienstjahre dann allerdings zumeist recht knapp ausfallende Landzuteilungen verliehen wurden), notierte und registrierte er anstandslos die jeweiligen Bodenflächen – und war geradezu erfreut, als ihm Pilatus in die Hand versprach, die nachherige Aufteilung unter seine Leute selber vornehmen zu wollen, gleichzeitig ebenso den Empfangskritzel für sie allesamt aufs schnell ausgefertigte Amtstäfelchen setzte. Wonach sie beide sich in nahegelegener Taverne zum Krüglein Roten gemütlich zusammensetzten. Der inrollierte Neubürger gab dem Stadtgewaltigen gerne mehrere Krüge aus und ließ sich von diesem auch betreffs Ankauf eines Häuschens beraten (womit er sich das hiesige Stadtrecht erwarb und als Verbannter auch römische Bürgerrechte somit behalten konnte). Pilatus sagte aber, daß er noch etwas weiter nach Süden hin sich ein Landgut erwerben und dort auch leben wollte, zog ihm noch ein paar fette Würmer aus der Nase, will heißen Informationen über wichtige Persönlichkeiten in Verwaltung, Justiz, Geschäftsleben usw. Erfuhr dabei nebenher, daß jene Taverne, wo sie eben tafelten, öfter von den Gesellschaftsspitzen der Stadt besucht sei, aber leider zum Verkauf ausgeschrieben, und daß man derzeit auch leider keinen Posthalter habe, wo doch hier vor der Stadt jetzt beim Wachkastell die große Küstenstraße samt kaiserlicher Postroute ende und es deshalb besonders auf einen vertrauenswürdigen Mann ankomme. Ob er, Pilatus, nicht einen wisse? Der hatte schon längst die Lauscher hochgestellt und meinte zum nunmehr etwas weinselig abschwankenden Proprätor, der solle sich keine Sorgen machen, man würde sehen … Und notierte sich nachher so einiges Wissenswerte zu Stadt, Land und Leuten.

Indem seine Veteranen nebst Anhang noch sehr mit sich zu tun hatten, erkundete er in den nächsten Tagen eingehend das kleine, noch recht ländlich geprägte Küstenstädtchen, eine nur oberflächlich romanisierte alte Griechensiedlung: Auf stabilem Unterbau ein kleines, offenes Amphitheater als kleinstädtisches Zentrum. Nahe dem ebenfalls allseits freistehenden Forum die ebenfalls stufenerhöhten Tempel diverser Götter. Anschließend ein weiterer Platz als Begegnungs/Geschäfts/Handelszentrum: das m a c e l l u m, mit Stellplätzen für die Lohnkutscher und Lastenfuhrleute. Dort drängten sich Kaufläden und Verkaufsstände für Obst und Gemüse, Fisch und Fleisch, Bäckereien und Spezereien; auch die üblichen Geldwechslertische waren da. Und die städtische Hauptverkehrsstraße schloß sich an, mit wuchtigem Praetorium als Amtssitz der kommunalen und Regionalverwaltungen – ein stattliches Steingebäude mit wappengeschmücktem Portikus samt Durchgang zu offener, großräumiger, säulengetragener Vorhalle mit Kolonnaden und Laubengängen staatliche Wichtigkeit repräsentierend. Dann die wahrlich unerläßlichen öffentlichen Thermen – in je ein Männer- und Frauenbad zweigeteilt. Nicht zu vergessen die geräumige scolae für den lernbegierigen Nachwuchs (aber nur für Jungens). Hinterm lärmigstaubigen macellum drängen sich die kleinen Handwerkergäßchen, wo die ortsansässigen canabenses werkelten, in teils regellos aneinander, aufeinander, übereinander gebauten mehrgeschossigen Kleinstwohnungen bzw. niedrigen Einzelhäuschen der Städter. Dazwischen öffentliche Privatlatrinen. An diese Plebejerquartiere schloß sich unmittelbar das Hafenviertel an, mit seinen Schiffsliegeplätzen, Speichern und Werftbetrieb. Und nahe dem gutbewehrten Stadttor das mauerumgebene Castellum, mit Kaserne und Waffenlager für Stadtsoldaten und Nachtwachen. Dort, nahe der großen Küstenstraße, befand sich auch die zentrale Reichspost- und Kurierstation, samt Ausspanne, Stallungen, Vorratshäusern und der Fremdenherberge inklusive Taverne und Packraum. Zwei vorgescho-

bene hölzerne Wachtürme sicherten in Nahentfernung die Anlage. Noch war Epidaurus eine fast reinrassige Griechenkolonie, aber mit zunehmend römischem Einschlag; und wie viele solcher provinziellen Kleinzentren zu einer Art von „Mini-Rom“ baulich, verwaltungsmäßig wie auch militärstädtisch ausgestaltet. (44)
Eine Sorge wurde Pilatus erfreulicherweise ganz schnell los, die ums Wohl seiner Begleiter (der „vier Finger“) nebst Familienanhang: nach Intensivberatung bei reichlichem Weinkonsum kamen jene überein, ihm alle ihre Landlose zu sicheren Händen anzuvertrauen. Dafür von ihm in ihrer neuen Existenz gefördert zu werden. Mit sicherem Gespür für Menschen, hier allesamt alte und langjährig gediente Soldaten, die weder fähig noch willig für harte Bauernarbeit waren, brachte er sie allesamt recht gut unter. Sowohl den akkuraten, stramm disziplinierten Optio und Rechnungsfeldwebel von der Prätorianergarde als seinen künftigen Administrator auf Lebenszeit fürs baldigst neuzuerwerbende herrschaftliche Landgut. Welchen Großbetrieb der mit Frau und Söhnen sowie den dazu unerläßlichen Sklaven selbst bewirtschaften wollte. Jener energisch tüchtige Exgardist und kriegserprobte Soldat war ersichtlich froh, wieder etwas verwalten zu dürfen. Immerhin hatte er sich, trotz Heiratssperre für die Legionäre, während seiner Dienstzeit eine Ausnahmegenehmigung erwirkt, wie auch immer, was dem Pilatus schon imponierte. Außerdem bekam er als Exgardist auch noch die jenen nach ihrer vollen Dienstzeit von 16 Jahren sehr großzügig ausgezahlten Bargeldabfindungen und Treueprämien mit auf den Weg, sodaß er seine ihm zufallenden Landlose großmütig dem neuen Chef anvertrauen konnte. Und für den früheren Heilgehilfen und anstelligen Mannschaftsdienstgrad in einem römischen Garnisonslazarett von der Militärgrenze im Norden, ist ja die wirtslose Taverne im Stadtzentrum wohl das Geeignete? Nicht schwer, ihn dafür zu begeistern; auch seine Lebensgefährtin und frühere Marketenderin benötigte keinerlei Überredungskünste, um dort die Küche zu

übernehmen. Sie fungierten nunmehr hier als Erbpächter, mit späterer Eigentümeroption. Da dort die städtischen Soldaten und Beamten verkehrten, avancierte er sogar bald ins Ehrenamt des Feuerwehrchefs. Und hatte also, wie viele dieser ausgedienten Legionäre, eine kommunale Spitzenfunktion als Vertreter römischen Staatswesens auch in fernsten Provinzen des Imperiums inne. Was den leider etwas windigen Reitersoldaten einer Ausländereinheit pannonischer Auxiliares anbetraf, so hievte ihn der willige Proprätor geradezu in die Langzeitpacht der freien kaiserlichen Poststation an wichtiger, hier zunächst endender Küstenstraße. Er war damit hochzufrieden, zumal dies für ihn ja eine wirkliche Beförderung war; auch konnte der seine mitgebrachten Erfahrungen als Helm- und Beschlagschmied sowie Roßarzt hier in klingende Münze umsetzen. Blieb noch der „vierte Finger" (Pilatus war bekanntlich der Daumen geballter Faust); und jener – als früherer Holzwurm und Pontonpionier – ging ebenfalls noch ein kleines Stück weiter südwärts, wo er im winzigen Küstenfischerdörfchen Verwandschaft hatte. Um sich dann, nach längeren Vermittlungsbemühungen des freundwilligen Proprätors (welcher die amtliche Gewerbelizenz unter Umgehung städtischer Berufsbannmeile zusagte), an günstiger Meeresbucht einen kleinen Werftbetrieb für Fischerboote und kleine Handelskähne aufzubauen. Und dafür setzte Pilatus sogar dessen Landlose in Bares um. Somit war ja schlußendlich allen geholfen. Als der fällige Dank an den Stadtgewaltigen beim abendlichen Umtrunk abgestattet war, meinte dieser gemütlich: Tres faciunt collegium (45) – „und sind wir immerhin schon drei Männer von den Prätorianern jetzt im Städtchen, da können wir glatt einen zünftigen Kriegerverein bilden, was?" Des Pilatus neugewonnener Freund liebte es übrigens, sich als strammer Exsoldat mit dem eher militärischen Titel Proprätor anreden zu lassen; obwohl, rein verwaltungsjuristisch gesehen, seine hiesige Funktion die eines schlichten, munizipalen und provinziellen Duovirn der kleinstädtischen Exekutivspitze im Magistratskollegium war; also eines „Zweiermannes" und quasi der konsularen Doppelspitze im hauptstädtisch römischen Senat entsprechend … Pilatus wars zufrieden; saßen doch ab jetzt im regionalen Verwaltungszentrum Epidaurus einige stets ohrenspitzende Vertraute von ihm, der er sich bewußt vorsichtig und in möglichster Volltarnung als zufälliger Exileur verhielt. So kamen in Abständen und mit üblichem Zeitverzug doch allerlei Neuigkeiten aus dem Lande, bis zur Provinzhauptstadt Salonae hoch; ja auch über See bis Rom hinüber, in seine Abgeschiedenheit. Vorzüglich aus dem Hafenbereich, sowie aus Händlerkreisen und über die Posthalterei, flossen ihm viele interessante Detailinformationen zu. Nicht zu vergessen sein hiesiger Majordomus und Sogut-wie-Schwiegervater nebst zahlreicher Julia-Sippe, die weit herumkamen im Lande. Aber erst als nach Kaiserscheußling Caligulas Ermordung keinerlei Weiterungen bzw. gezielten Nachfassen von Rom her oder der Provinzialverwaltung kamen, da durfte der sich inzwischen fest installiert habende Gutsherr Pilatus endlich wieder so richtig frei durchatmen. Ab jetzt konnten sie ihm alle mal am Tüffel tuten. Oder wie sein rühriger Administrator, eingedenk dessen kurzzeitigem Kriegseinsatz in ferner Großprovinz Ägypten, als stetige Humoreske gerne zum besten gab: „Selbst ist die Mumie! Wie man sich wickelt, so liegt man. Paßt einer dabei nicht auf, so ist er bald schiefgewickelt, ha ha ha!"

Ein relativ gut ausgebautes Straßennetz durchzog schon die ganze dalmatinische Küstenregion. Darauf in flottem Trab die regelmäßig verkehrenden Kurierdienste und redae, letztere vierrädrige Fracht- und Postwagen der regionalen Reichsverwaltung – sowie die zwei- und vierrädrigen Reisewagen (bequem aufgepolstert und mit schützender Beplanung versehen, leider jedoch ohne jegliche Federung) heranrollten. Kastelle und Blockhäuser mit Legionärsbesatzung, manchmal auch nur vereinzelte speculas als Wachtürme mit Steinunterbau, Holzgalerie ums Obergeschoß und nur über einziehbare Leitern erreichbar sowie mit einigen bewaffneten Spähern besetzt, schützten die Strecke nahe bei Ansiedlungen, Handelsstationen, Raststätten und Posthaltereien. Ordnung und Sicherheit hatten Vorrang in Rom! Der Pilatus wollte aber gerne noch wenigstens eine Tagesreise weiter gen Süden hin sich ansiedeln. Vom „vierten Finger" im Küstendörfchen erhielt er einen guten Tip, wo in der Nähe auf seeseitigem Oberhang ein alter römischer Gutshof frei und billig zu erstehen wäre – aber wohl neu und moderner aus- und umgebaut werden müßte. Mit Vermittlung des treuen Proprätors fand sich auch ein tüchtiger Baumeister, Steinmetz und Architekt. Und schon bald war Pilatus stolzer ländlicher Gutsbesitzer. Der seinen Kohl allerdings nicht selber baute, sondern vermittels der reichlichen Landlose bis zu 20 bäuerliche Kolonen als Kleinpächter dortherum siedeln ließ. Von deren in harter Arbeit erwirtschafteten Erträgen, bzw. ihren jährlichen Pachtgeldern, er fortan doch recht ordentlich leben konnte. Während der Ausbauzeit seines Gutsbesitzes – fußläufig ca. eine stramme Marschstunde zum unterhalb liegenden Küstenfischerdörfchen (dessen Namen er sich nie merken konnte), und von dort dann noch etwa eine volle Tagesreise bis Epidaurus hinüber – machte Pilatus mit anderen gerne Jagdausflüge oder Mehrtagesreisen in höhergelegene, küstenferne, frischgrünbelaubte Buchenwaldungen der wildromantischen Bergschluchten um den sagenumwobenen Monte negro. Dabei stets die Waffen griffbereit; denn hier siedelten vereinzelt wildbarbarische Sippen roher, großgewachsener, grobschlächtiger Wäldler – ebenso kriegerisch wie räuberisch und in ihrer unbedingten Freiheitsliebe gefürchtet.

Die Bewohner ländlicher Regionen dieser Küstenlande lebten beschaulich-bescheiden von der See (mit Handelsschiffahrt, Piraterie und natürlich allerorten betriebenem Fischfang). Sowie aus dem Lande, mit vorzugsweise Obst- und Gemüseanbau, mit

Knoblauch- und Maulbeerkulturen. Überall wo auf kargem Boden möglich, Getreidefelder *(Brot war bekanntlich damals Grundnahrungsmittel auch im römischen Reich).* Man hielt sich auf geeigneten, wasserreichen Mergelböden Feigenbäume, Olivenbäume und Orangen- und Zitrushaine. Weidewirtschaft mit größeren Schaf- und Ziegenherden war ebenso im Schwange wie der vielerorts bestens florierende Weinbau mit seinen riesigen, unüberschaubaren Rebflächen. Und auf der von Griechen erstmals besiedelten Insel Korkyra melaina *(die Waldreiche)* wurde auch Forstwirtschaft betrieben. Das Landesklima war mediterran: warme, trockene Sommer wechselten sich ab mit vergleichsweise milden Wintern; generell aber blieb es niederschlagsarm. Vegetation eigentlich nur bis unterhalb des felsigen Karstes im Hinterland sich haltend. Während in Strandregionen zumeist sonnendurchglühte, verbrannte, niedere Buschlandschaften der hiesigen Maccia dominieren – ein wildwachsendes Gebüsch mit um ausgetrocknete Tümpel sich sammelnde Sträucher, Blumen, Gräser und Farne sowie vereinzelte Lorbeerbäume. Die neben Myrrhen und rotflammigem Oleander intensive Mischgerüche verstreuen. Niedere Zypressen und hochaufragende, immergrüne Steineichen (letztere dem Küstenschiffbau gutes Holz liefernd) runden das Bild ab. Gefürchtet wurde gelegentlicher Nordwind, die B o r a: als überfallartig auftretende und zumeist heftig trockenkalte Fallwinde; oftmals in richtigen Orkanböen von den Bergen heruntersausend zur wärmeren Küstenregion, dann auf die Inseln hinüber und weiter auf See hinaus *(Vom griechischen boreas – Nordwind – sprachlich abgeleitet).* Ganzer Gegensatz dazu ist der angenehm warme und milde Westwind Maestral oder auch Mistral als echter Freund der Küstenschiffer und Seeleute. Denn auf den römischen Fernhandels-, Fracht- und Kriegsschiffen dienten viele Illyrier als gefragte gut besoldete Matrosen. Und vom großen Hafen Ostia verkehrten die Seetransporte im Romimperium in alle nahen wie fernen Küstenländer und Provinzen. Wobei sich die Seefahrzeuge zumeist möglichst in Küstennähe hielten. Weiter draußen nämlich lauerten ganze Piratenflotten von Griechen und Kilikiern auf die langsamen und schwerfälligen Großschiffe der Römer. Denen sie mit ihren kleinen, leichten, wendigen Eindeckern, sogenannten Liburnen, schwer zusetzten und nur allzu oft lohnende Beute machten. Auch im Inselgewirr und zwischen den Untiefen der langgestreckten dalmatischen Seeküste waren seit altersher illyrische Seeräuber aktiv und schädigten römischen Frachtverkehr, wo und wie sie nur konnten. In allen Hafenorten kannte man sie und unterstützte sie offen wie auch heimlich; man kaufte gerne ihre Beutegüter zu Billigpreisen. Denn die eigenen Leute waren schließlich auch Menschen wie du und ich. Und letztendlich wollten alle leben. Wer möchte es ihnen verwehren, aus dem Meere weitgehenden Nutzen zu ziehen?

Mit solcherart spezieller Mentalität hiesigen Menschenschlages kamen Pilatus und andere Neusiedler anfangs nur schwer zurecht; zumal wenn man hören mußte: „Maledetti stranieri che vengono a rompere la nostra bella noia" *(verfluchte Fremde, die unsere schöne Langeweile kaputt machen).* Und seinen künftigen Landpächtern wollte es der, wenn's sein mußte, auch brutalhart zupackende, Gutsherr Pilatus schon austreiben, falls sie künftighin lauthals stoßseufzten, daß sie bis an die Leistungsgrenze beansprucht wären und moserten: „Warum denn zuviel arbeiten? Lieber genügsam mit dem Wenigen auskommen, was die karge Vegetation gerade noch so hergab. Richtig harte Arbeit aber, die schwächt den Mann, lähmt auf Dauer seine Lenden und vermindert solcherart die Manneskraft in diesem anstrengend ganzkörperfordernden feuchtschlaffen Klima. Was wiederum unseren jungen Frauen und Mädchen sicherlich weniger gefallen dürfte!" „Ich werde euch das Arbeiten schon beibringen, ihr Faultiere", tobte der Administrator los und mußte doch heimlich grienen, wenn Pilatus todernst hinzufügte: „Zum Kindermachen sind die arbeitsfreien Nachtstunden da! Und außerdem gibt's für echte Schwerstarbeiten schließlich die Sklaven; wenn diese es schaffen, sich trotzdem wie die Feldmäuse zu vermehren, dann werdet ihr selbiges wohl ebenfalls hinkriegen, verdammich. Oder ich lasse euch in die Ehebetten hineinpeitschen, ihr Schwächlinge. Sowas wollen Römer sein? Schlappschwänze, (im Wortsinn)!"

Die Küche in jenen Landschaften, samt vorgelagerten Inseln und bis weit ins karstigfelsene Hinterland hinein, ist eigentlich typisch für die Armeleuteküche von Bauern, Fischern und Kleinstädtern, welche oftmals weit verstreut in ihren kleinen Gehöften oder losen Dorfschaften *(vicus parvus)* sowie in freiwilliger *societas facta* (geschlossenes Bündnis, Gemeinschaft) einfach dahinlebten. Egal, ob sie sich Sklaven hielten oder nicht; alles andere als althergebrachter *voluntas Patria* (väterlicher Wille) des hier siedelnden *colonus romanus* oder sonstigem Landpächters wäre damals allen Beteiligten zwar als ein *singularis somnium pulchrum* (einzigartig schöner Traum) – letztlich aber doch als visionäre, ja eine *stultidia ridicula* (lächerliche Dummheit und Torheit) in provinzieller, oftmals feindlicher *solitudo deserta* (verlassene Einöde) erschienen. Die arg verweichlichten, oft schon dekadenten, Hauptstadtrömer würden wohl beim Mittagsmahl hiesiger „Neurömer" sich ekelnd verächtlich die Zähne heben. Und auch den bodenständigen, stark erdigen bernsteinfarbenen oder roten Landwein verschmähen. Was solls, der Mensch ist, was er ißt (und trinkt), also ein Gewohnheitstier. Daher schmeckte es nach längerer Eingewöhnungsfrist auch einem Pilatus notgedrungen. Vorzüglich an den Wein Marke Eigenbau konnte man sich mit den Jahren schon gewöhnen; wovon er ein Weinlied singen würde – so es denn jemand wirklich hören wollte ... Also kurz und gut – der Pontius Pilatus ließ sich über Jahre hin seinen kleinen herrschaftlichen Gutshof ausbauen, als sogenannte *villa rustica*; und er notierte sich interessehalber folgendes dazu: Solche Villae rusticae (Mehrzahl) sind in der Regel geprägt vom hauptstädtischen bzw. altrömischen Vorbilde, in Baustil und Materialverwendung aber mit durchaus eigenständigen provinziellen Besonderheiten als ländliche Gutshöfe ausgestattet. Meistens mit schlichtstabilem und manchmal sogar aufgestocktem steinernen *Atriumhaus.* Eine stets etwas dämmrige Eingangshalle im Erdgeschoß, statuengeziert und mit zum säulenumzogenen sowie kolonnadenumbauten *Peristyl* als blumenbepflanzten, gartenähnlichen, offenem Innenhof mit Springbrunnen. Viele jener ländlichen Villen schauten vorzugsweise nach innen; da sie aber, zumal in Küstenregionen, auf Hügeln oder an Hängen oberhalb von Siedlungen errichtet wurden, natürlich gleichzeitig nach außen, mit weitem Seeblick und interessantem Landschaftspanorama. Manchmal durch kleine Fenster vom *tablinum* aus zu sehen – dem zugleich herrschaftlichen Wohngemach und intimen Empfangs-Eß-Wohnraum und manchmal noch zusätzlich als gutsherrliches Arbeitszimmer und Bibliothek genutzt, Schlafräume befinden sich im meist einzigen Obergeschoß; ebenso Bäder und die winzige Küche, mit Abflußrohren nach unten und draußen – wo sich auch holzüberdachte Latrinen befanden. Unweit davon der zentrale Lebensmittelpunkt solcher villa rustica, die große Wasserzisterne, für Mensch und Vieh unverzichtbar. Allerdings nutzte die herrschaftliche Familie für hinterwärtige Geschäfte zumeist den Nachtstuhl *(lasana)* auch tagsüber; zu dessen regelmäßiger Entleerung und Säuberung ein speziell angestellter Haussklave als *lasanophorus* tätig wurde. An den Innenseiten der dicken Gutshofmauern drängten sich dann die Stallungen, Wirtschaftsgebäude und Remise (mit Scheunen, Dreschtenne, Öl- und Weinpressen, Getreidemühle, Kornspeicher, Weinkeller usw.). Alle mittels rozbeziegelter Dächer gedeckt. Das herrschaftliche Haupthaus mußte übrigens ohne diverse hauptstädtische Rafinessen auskommen, wie es die farbigen Mosaikfußböden oder glasierter Ziegelestrich mit Teppichbelägen, Haustoiletten mit Wasserspülung und vielleicht gar *Hypokaustien* als Fußbodenheizung, darstellten und Reichtum wie

zugleich auch gewisse Dekadenz damit ausdrücken sollten. Die kleinen Fenster waren nur selten mit importiertem, daher teuren, Glas versehen; zumeist tat es festes Ölpapier, oftmals wurden die Öffnungen auch nur mittels hölzerner Läden verschlossen. In den fernen, teilweise noch unterentwickelten, Reichsprovinzen mußten transportable eiserne oder kupferne Wärmeöfen bzw. tragbare Kohlepfannen für nötige Wärme sorgen (die Holzkohle dafür stellte man selbst her). Gebaut wurde sehr oft in Dalmatia mit dem weißen, harten Marmorkalk, der von kleinen, vorgelagerten Adriainseln aufs Festland herübergeschippert wurde; und draußen im Tagebau mittels harter Sklavenfron gebrochen sowie in transportable Brocken zerteilt war. Jener weiße Baustein gab den Häusern und Siedlungen die ganze Küste entlang, wie auch teilweise im küstennahen Hinterlande, ihren uniformen Anblick.
Dieses alles – und vieles noch mehr, hatte sich der gründlich geschulte Exbeamte und altgediente Militär Pontius Pilatus – nur für sich selbst – in vielen Nachtstunden bei flackernder Kerzenbeleuchtung, schriftlich festgehalten.

In solch nächtlicher Einsamkeit – teilweise ermüdet durch jahrelanges Wirken beim weiteren Ausbau des großen Gutsbesitzes in dalmatischer Küstenprovinz, und während seine liebe Julia längst friedlich schlummerte – notierte sich der Pilatus ebenso amüsiert wie sorgenvoll all jene diversen Details und geradezu unglaublichen Vorkommnisse, welche ihm über sein vielgestaltiges Informantennetz (natürlich mit entsprechender Zeitverzögerung und manchmal lückenhaft verzerrt) von Rom her über Land und See zugetragen wurde. Also auch die für ihn eigentlich frohe Kunde, daß jener tyrannische Despot und „Stiefelchenkaiser" nach gerademal vierjähriger turbulentverrückter Regierungszeit von der Garde aus Amt und Leben meuchlings gemordet sei. Na bitte sehr: Wie sich doch manches auf dieser Welt letztlich ganz von selbst erledigt! Ob zum Guten oder Bösen, dies mußte sich stets im Nachhinein herausstellen. Und ihm gegenüber hatte sich Caligula eigentlich recht kulant verhalten; da gabs wirklich nichts zu meckern. Kurzgefaßter Nachruf auf den Toten: Dieser war in Art und Wirkungsweise wohl einsame Spitze. So einen hatten die Römer noch nicht; und vom Pilatuswiedergänger vorausgreifend festgehalten – so einen würden sie auch nicht mehr bekommen. Gegen den blieb sogar der künftige Nero ein bläßlich bescheidener wie harmloser Waisenknabe! Allerdings sind für die Historienschreiber aller Coleur derartige Typen die reinsten Schmeckerchen … Aber daß jener mordlüsterne Prätorianerzenturio Rufius Lupus (dem Pilatus von Vienna her in unguter Erinnerung) beim blutigen Drama gleich noch die unschuldige Kaisergattin Milonia Caesonia „der Ordnung halber" miterledigte, indem er sie mit dem Gladius förmlich zerhackte und ihr entsetzt schreiendes Töchterchen mit dem Kleinkinderköpfchen an eine Steinsäule schmetterte – dies hatte den altgedienten Soldaten und Beamten doch gewaltig abgestoßen! Mord und Totschlag aus Staatsräson, na gut – mußte schließlich ab und an so sein – doch ausufernd abartige wie blutrauschend sinnlose Mordorgien, zumal an Unbeteiligten, das mußte nicht sein und entehrte einen tapferen Krieger. Na ja, nun waren sie jedenfalls hinüber und sicherlich auch schon fertig geworden mit ihrer Umwandlung in wie auch immer geartete Wesenheiten anderer Dimension; blieb noch die begründete Hoffnung, daß sich die Götter ihrer annehmen würden. Beim „Stiefelchen" allerdings konnte man das nicht so genau wissen: Caius Julius Caesar Germanicus – geb. 31. August 12 u. Zt. in Augusta Treverorum (*heutiges Trier*) als sechster und jüngster Sohn von 9 Kindern des allseits beliebten römischen Feldherrn aus Kaiserfamilie, Germanicus, sowie seiner Gemahlin Agrippina maior (also der Älteren und fruchtbar wie ein Kaninchen) – trug als Großneffe des verstorbenen Imperators Tiberius das Blut beider Großfamilien in sich, welche bislang die Romkaiser stellten, Claudier und Julier. Aber ebenso den Keim später ausbrechender Erbkrankheit, der Epilepsie. Am 29. März 37 vom Senat zum Princeps erhoben und mit allen kaiserlichen Rechten auf Dauer ausgestattet, wurde der neue Herrscher in allen Volksschichten jubelnd und mit riesigen Vorschußlorbeeren begrüßt. Gemeinhin aber zumeist nur Caligula (Stiefelchen) benannt, was er sich gerne gefallen ließ. Warum das? Da seine Familie den römischen Heeren folgte und sein feldherrlicher Vater andauernd die Legionslager und Militärkolonien an der rheinischen Imperiumsgrenze inspizierte, wuchs der Junge unter den Soldaten auf, war alsbald abgöttisch geliebtes, verzogenes Truppenmaskottchen jener familien- wie heimatlosen Legionäre geworden. Man schneiderte ihm eine Militäruniform, verpasste ihm Helm(chen) und vor allem die typischen Halbstiefel der Soldaten, caligae, in Kinderpaßform und trieb überhaupt einen enormen Kult mit dem aufgeweckten Rotzjungen. Was dessen sich allmählich herausbildende negativen Charaktereigenschaften jedenfalls nur verschlimmbesserte. Er wurde älter, aber leider niemals so recht erwachsen. Geleistet hatte er eigentlich nichts; Soldat war er nicht geworden und in der Beamtenlaufbahn reichte es gerade noch eben (vermutlich auf Protektionen hin) zur untersten Charge, dem Quästorenamt. Entsprechend unbedarft legte „Stiefelchen“ nach feierlicher Inthronisierung ebenso vollmundig wie unverfroren los: sein späterer Biograph Sueton sah sich genötigt, leidgeprüft schamvoll von ihm als ein wahres Supermonster zu berichten *(reliqua ut de monstro)*. Zorngeschüttelt führte er u. a. diverse Kaisersprüche an, wie folgende: „Merket auf, daß mir als Gott alles erlaubt sei, und zwar gegenüber allen“ oder auch den: „Um in Rom anständig leben zu können, muß man entweder Kaiser sein oder aber ein sehr reicher, sparsamer Mann.“ Wobei gerade er es mit zitierter Sparsamkeit überhaupt nicht hatte! Binnen weniger Monate war das sehr reichlich vom alten Capri-Eremiten angehäufte Staatsvermögen total verschleudert: Brot, Spiele, Volksvergnügen allerorts und en masse, dabei Eintritte, Essen, Trinken frei; erhebliche Steuersenkungen bzw. Geschenke für jedermann usw. usf. Es schien, der unreif gebliebene Jüngling wollte alle Menschen um ihn herum restlos glücklich sehen. Solange „der Rubel rollte“, gelang ihm das wohl einigermaßen. Dann aber, nach ca. einem Jahr maßloser Vergeudung und Verschwendung, waren die ca. fast 3 Milliarden Sesterzen aus Tiberius’ gehortetem Kronschatz restlos perdu und zum Fenster hinausgeschmissen. Auch dieses im Wortsinne, dieweil er an gewissen Wochentagen, nach öffentlicher Ankündigung durch alle hauptstädtischen Straßen, auf die Dächer seiner Paläste kletterte und von dort oben dann beidhändig Geld, Gold und Juwelen in die sich unten rasch sammelnde, ihn natürlich hochlebenlassende, Volksmenge schleuderte; sich an derem Gekreisch, Gebalge, Gerangel herzlich freuend. Soweit – sogut; nur als die Kassen restlos leergefegt waren und der Staatsbankrott voraussehbar, da zeigte er plötzlich sein anderes, schreckliches Gesicht. Und es wurden flugs neue Steuern ausgeschrieben, wie beispielsweise folgende: Tagelöhner, Lastenträger, Kutscher, Handwerker und Lohnarbeiter allgemein mußten 1/8 ihres Tagesverdienstes abführen; Prostituierte den

Gewinn mindestens eines wöchentlichen Beischlafs sowie vom Sonn- und Feiertagsbums dann zwei (von wegen behördlich festgelegten, weil nachweislich doch gesteigerten Lustempfindens an solchen Tagen). Was übrigens gelegentlich durch dafür besonders geschulte Geheimkontrolleure aus den Reihen der Prätorianer, in leiblichem freudvollfrontalem Einsatz überprüft wurde; und auch „Stiefelchen" war sich für derlei Kampfeinsätze nicht zu schade. Testamente und Nachlässe vermögender Bürger, hoher Beamter und Armeeoffiziere unter nichtigem Vorwand zugunsten der Staatskasse eingezogen; und die eigentlichen Erben durften noch heilfroh sein, wenn sie ihr, nunmehr ärmliches Leben behielten. Weil der Kaiser (sicherheitshalber jedoch nur in privaten Vieraugengesprächen) schließlich dekretierte, daß jeglicher private Reichtum – mit Ausnahme seines eigenen – in höchstem Maße gesellschaftsfeindlich, weil totes Kapital und solcherart halt unproduktiv sei sowie den Menschen nur zum Sklaven seiner Genußsucht machte. Also solle im letzten Grunde alles Eigentum staatlich vereinnahmt und somit des Kaisers sein, dem alleinigen Kassenwart des weltweiten Romimperiums. *(Eigentlich ganz modern, ja fast kommunistisch-klassenkämpferisch durchdacht; wenn solches der ganz ähnlich agierende Karl Marx viele Jahrhunderte später gewußt hätte?!).* Jedenfalls verarmte seinerzeit, auf Grund vieler ähnlicher Stiefelchenaktivitäten, ein bisheriger Hauptträger romstädtischen Kaisertums, die Mittelklasse der Ritter, Banker, Händler, Pensionäre in zunehmendem Maße. Auch wurden sich die wenigen, den fortdauernden kaiserlichen Finanzsanktionen und Konfiskationen verweigernden Familienvorstände bei öffentlichen Schaufolterungen mit Musik gefügig gemacht bzw. hingeschlachtet. Wobei ein guterzogener, höflicher Caligula (wie er sich selber sah) deren Angehörige zum Zuschauen verdammte; auch schon mal kränkelnden oder sonstwie unpäßlichen Leuten eine Sänfte nach Hause sandte. Damit auch sie sich am Todeskampf ihrer Lieben „erfreuen" könnten; wobei an die Henkersknechte Befehl erging

„schön langsam, damit wir alle was davon haben". Kurz und schlecht: kein einigermaßen gutsituierter Bürger in Rom oder umliegenden Provinzen war nach laufenden Steuerschätzungen, Immobilien- und Landbesitzüberprüfungen usw. seines Geldes oder Lebens mehr sicher. Doch auch innerhalb seiner eigenen Sippe wütete Caligula; und vornehmlich dessen abnormes wie ungezügeltes Triebleben wurde bald hauptstädtischer heimlich-unheimlicher Gesprächsstoff: Nicht nur, daß er es als bisexuelles Ferkel scheußlich gerne und heftig mit möglichst brutalplebejischen Gladiatoren, Stallknechten, Wagenlenkern hinter(n)wärts betrieb und sich desöfteren in Weiberkleidern draußen zeigte. Alle wussten um seine dauernden inzestiösen und offenherzigen Beziehungen zu den Schwestern Agrippina, Livilla, Drusilla. Insbesondere Letztere handhabte er liebend gerne, hatte selbige aber schon im Jahresverlauf 37 heruntergeritten und so fertiggemacht, daß die Arme zu Tode gevögelt hinstarb. Wonach sie sich posthum mit dem Range einer Göttin schmücken durfte. Immerhin, Langeweile ließ „Stiefelchen" gar nicht erst aufkommen. Er hatte sich schließlich höchstselbst zum Gott erklärt. Und dieses öffentlich per Dekret. Viele von den Reichen in der Hauptstadt machte er daraufhin zwangsweise zu seinen Priestern; welche hohe Ehre sie natürlich teuer bezahlen mußten – wehe dem, der sich verweigerte und keine riesigen Geldsummen in den Kaiserpalast sandte. Von Prätorianerhenkern wurde selbiger dann schnitzelchenweise verhackstückt. Im zunehmenden Murren des Offizierscorps wegen solch unehrenhafter Dienstleistungen kündigte sich bereits Gefährliches an. Auch ob einer weiteren „Meisterleistung" des Kaisers waren sie verstimmt. Denn es sollte ein jeder Imperator natürlich auch wenigstens einen erfolgreichen Feldzug an den Grenzen des Imperiums (und möglichst darüber hinaus) absolviert haben. Bei „Stiefelchen" sah das dann so aus: Dessen Appetit auf den kostbaren, aber schwer verdaulichen, Happen Britannia war weit größer, als sein schließliches Unvermögen, das

Maul soweit aufzureißen (nicht sprechend, aber malmend), um es letzthin überschlucken zu können. Seine seeungewohnten Legionäre nämlich weigerten sich konstant, unter seiner erhabenen Führung bis an Galliens Nordküste im Überlandmarsch herangekommen, die dort bereitliegenden Schiffe zu besteigen *(Motto: Bleibe im Lande und nähre dich redlich!)*. Also ließ er die Feiglinge an den Stränden in Gefechtsformation aufzumarschieren, unter anhaltendem Schlachtgeschrei und Tubablasen die dort überall herumliegenden Muscheln, Seesterne, Treibgut u. ä. aufzusammeln, zu bündeln und im geordneten Rückzug zunächst ins Lager mitzuschleppen. Um selbiges inzwischen vergammeltes Gelump dann beim allfälligen Triumphzug durch Rom als „Geschenk vom Meeresgott Neptunus" an seinen hiesigen Götterkollegen naßforsch wie teuer zu verscherbeln. Kann unsereins nur anerkennend stöhnen „AHOI" …
Trotz alldem wilden Spectaculum ging der Krug solange zu Wasser, bis er bricht; und Gottkaiser Caligula hatte es schließlich mit allen gründlich verdorben. In den Gassen Roms warnten sich die vor ihm jetzt davonlaufenden Städter mittels lautstarker Rufe wie „Cave canem" *(Vorsicht vor dem Hunde)*! Und als sich dann sowohl seine, auf sichtbare Distanz gegangenen, Finanziers aus dem Palaste wie auch die höhere Armeeführung im Reich und in den Grenzprovinzen von ihm abwandten, da war sein Maß übervoll und seine Zeit abgelaufen. Nur noch die dumpfbackigen Barbaren von der speziellen Leibwache, rothaarig wildgelockte, bärtige, grobschlächtige Germanenriesen, hielten ihm noch die Treue und vergötterten ihn, so wie er das liebte. Die fixen, modesüchtigen Römerinnen hatten allerdings bald herausbekommen, daß beileibe nicht alle jener Muskelmänner (und gelegentlichen Bettgenossen) überall echtes Rothaar besaßen, sondern sich ihr ursprüngliches Blond mittels eines Sudes aus wildwachsenden Heidelbeeren rötlich einfärbten; zu Ehren ihrer Kriegsgötter, wie sie sagten. Und auch die Prätorianergarde fing zu maulen an –

obgleich ihnen der klamme Herrscher die Jahresprämien zum Normalsold erheblich aufstocken wollte, wenn mal wieder Geld im Staatssäckel wäre – denn „ohne Moos nix los …
Viel interessanter für Pilatus war jedoch, daß nach zwei Jahren als Tetrarch (Vierfürst und Herrscher) von Caligulas Gnaden am fernen Arsch der Welt und in unruhiger Wetterecke Palästina, urplötzlich sein ebenfalls von früher her Bekannter und zuletzt befreundeter jüdischer Abenteurer und Kleinkönig, der offenbar unvermeidliche Agrippa wieder heftig, wenngleich als zumeist „Schattenmann" in den römischen Wirren zugange war – wie es seinem umtriebigen Wesen entsprach. Was aber hatte jener dort zu suchen, gewinnen oder verlieren? Alles! Rekapitulieren wir an dieser Stelle in gebotener Kürze das Wesentliche. Insbesondere, wie er seinen ungelenken Freund, den nachfolgenden Romkaiser und Gutmenschen (?) Clau-Clau-Claudius zu selbigem „gemacht" hat. Dieser, wie auch der Pilatus und eben Agrippa waren Kinder des gleichen Geburtsjahrganges 10 v. Zt. Übrigens ist auch der Galiläer Jesus unmittelbarer Zeitgenosse dieser drei gewesen. (46)
Es hatte sich also eine insgeheim verschworene Allianz höchster kaiserlicher Staatsbeamter sowie Militärführer aus Prätorianerkreisen gegen den wirrköpfigen Princeps in Rom gebildet – während die weiter entfernten Provinzialstatthalter und Legionskomman deure, zwar sichtlich murrend aber immerhin, noch stille hielten; hatte man u. U. doch seine geliebten Pfründe und Privilegien zu verlieren. Ergo hielten sie sich alle an den altbewährten Grundsatz: „Maul halten und weiter dienen!" In der Hauptstadt des Weltreiches wurden inzwischen selbst die prominenten wie auch schwerreichen libertines *(freigelassene ehemalige Sklaven)* aus dem Kaiserpalast und früheren Haushalt der energisch-exzentrischen Grande Dame Antonia minor (heißt der Jüngeren; sie regierte trefflich als Nichte des großen Augustus, Witwe von Drusus und Schwägerin von Tiberiua, Mutter der Söhne Germanicus und Claudius sowie Großmutter u. a. des missratenen Caligula) rebel-

lisch. An der Spitze der schon erwähnte Castillus (vom nachmaligen Kaiser Claudius wiederum in eine Vertrauensstellung berufen, als sogen. *a libellis* und somit Vorsteher des Beschwerde- und Bittschriftenbüros beim Princeps), sowie die tüchtigen Zwillingsbrüder Marcus Antonius Pallas (ehem. Majordomus und Kassenwart bei Antonia) und Felix (unter Claudius kurzfristig zu einem der römischen Prokuratoren für Judäa/Samaria ernannt; er galt aber als ebenso brutal wie korrupt, betrieb Vielweiberei und war in einer seiner Ehen mit Drusilla, der Tochter Agrippas I. verbandelt). Alle Genannten waren unterm quasi Matriarchat oben erwähnter Dame, welche äußerst einflussreich agierte und in römischer Oberschicht bestens vernetzt war, entweder beschützt aufgewachsen und allgemach von ihr in höhere Führungspositionen geschoben worden – trotz des niederen sozialen Status als Sklave bzw. dann Freigelassener mit eingeschränkten Bürgerrechten. Und alle waren zusammen mit dem arg vernachlässigten Claudius sowie dem wiederum mit ihnen allen befreundeten Agrippa jetzt in einem Boot. Was ja von der alt gewordenen Antonia *(36 v. Zt. bis 37 u. Zt.)* wohlwollend gesteuert wurde. Und ganz besonders scheint es ihr der charmant umtriebige Agrippa angetan zu haben; ihn nämlich bemutterte sie förmlich, während sie ihren eigenen Sohn Claudius auf eigentlich skandalöse Weise mißachtete und möglichst von sich fern hielt. Der aber offenbar nicht nachtragend war, ihre pompöse Begräbnisstätte nicht nur aus der Privatschatulle bezahlte und für andauernde Grabpflege sorgte (während Scheußling Caligula froh war, die Alte loszusein; hatte sie ihn doch einstmals bei inzestiöser Vögelei mit Lieblingsschwester Drusilla ertappt und gerügt). Auch den cleveren Pallas, Gespielen aus nicht gerade fröhlichen Kindertagen, engagierte der neue Princeps für seinen Hofstaat, nämlich als sogenannten *a rationibus* (Finanzverwalter) und somit in wichtigen Schaltstellen der Macht!

Als der total abgehoben verblendete Caligula im Verlauf des Blutjahres 41 die Volksmassen mit neueingeführter Mahl- und Schlachtesteuer plus einer zwölfeinhalbprozentigen allgemeinen Einkommenssteuer *(also keine Erfindung späterer Herrscher in viel späteren Jahrhunderten, aber genauso verhaßt gewesen)* enorm „beglückte“ – alle höheren Offiziersstellen an vermögende Meistbietende verhökerte, gleichzeitig die einfachen Legionäre mit erheblichen Soldkürzungen drangsalierte – und sogar die heiligen und wertvollen Tempelschätze der ewig leeren Staatskasse zuführte: da war er schließlich bei allen unten durch und viel zu weit gegangen. Hieß im Klartext „Der Schädling muß weg“! Und die Anführer o. erw. Fronde beschlossen seinen schimpflichen, ja sogar öffentlichen Tod und setzten nunmehr den 24. Januar 41 als Liquidierungstermin fest. Als Ausführender des geplanten Mordanschlags bot sich freiwillig der vom „Stiefelchen“ so oft gedemütigte und schimpfierte Prätorianertribun Cassius Chaerea an. Auch weil es ihn *(nach Sueton und Cassius Dio)* arg bedrückte und verdroß, in zunehmendem Maße als Kommandeur von prätorianischen Polizeieinsätzen gegen Steuersünder, wie auch desöfteren Henkersdienste leistenden soldatischen Exekutionsformationen, herangezogen zu werden. Dieser Meinung, daß solches für ehrenhafte Soldaten aller Grade auf Dauer entwürdigend sei, schloß sich auch sein Kollege Prätorianertribun Cornelius Sabinus und auch dessen gleichrangiger Kamerad Papinus an. Ebenfalls war zumindest einer der zwei etatsmäßigen Prätorianergeneräle *(praefecti praetorio)* und Führer jener Kaisergarde, namens Arrecinus Clemens, informiert und ganz im Stillen auf ihrer Seite. Der aber ist offenkundig ein weichlappiger Feigling und Rückversicherer gewesen sowie äußerst bemühter Leisetreter. Weil er es meisterlich verstand, stets persönlich unsichtbar zu bleiben, wenn’s schwertklirrend zur blutigen Sache ging. Aber nach erfolgreichem Putsch sich dann, große nationalpatriotische Reden schwingend, überall dort zeigte, wo Publikum und Öffentlichkeit waren. Dafür durfte er zwar alles gesund überleben; jedoch verschwand er bald (vermutlich mit wohldotiertem, aber einflußlosen Pöstchen abgesichert) in späterer historischer Versenkung. Jene zwei dann offenen Chefstellen der Kaisergarde besetzte Claudius mit neuen Generälen, den der römischen Ritterschaft entstammenden Catonius Justus und Rufrius Pollio. Diese getreuen Parteigänger brachten die Garde wieder auf Vordermann!

An jenem trüben Januartage aber herrschte in Rom Volksfeststimmung. Es war Schlußtag der Palatinischen Spiele, (47) mit üblichem Massengedränge. Gardetribun Cassius Chaerea hatte sich am Morgen die fällige Tagesparole vom ihn ritualmäßig beleidigenden Princrps eingeholt (dieser zeigte ihm feixend den Stinkefinger) und spekulierte ganz richtig darauf, im Massengewühl des Frühnachmittags leicht ans „Stiefelchen" heranzukommen. Welcher nichtsahnend, mit seinem engeren Gefolge schwatzend, ein Bad in der Volksmenge nehmen wollte. In einigem Abstand folgte ihm sein guter Onkel Claudius (war dieser ggf. auch ins Komplott eingeweiht?), begleitet von weiteren Nobiles. Da drängte sich plötzlich, mit Schaum vorm Munde wüste und obszöne Schmähungen ausstoßend, der Cassius Chaerea vor und dazwischen, hieb dem nichts ahnenden Kaiser sein Schwert von hinten seitlich in den Hals und brachte ihm so eine tiefe, blutige Wunde bei. Der ging schmerzstöhnend zu Boden; doch hatte sich des Mörders Gladius ins Schlüsselbein verklemmt. Also übernahm Mitverschwörer Sabinus jetzt den Part, drückte den sich schwach Wehrenden vollend nieder (welcher nur röcheln konnte, er sei schließlich am Leben und man solle ihn nicht solcherart schnöde meucheln). Samt einigen eng herbeidrängenden Mitwissern verhackstückten sie jetzt den Halbtoten und metzgerten ihn fachgerecht ab. Im Massengewühle spielte sich dieses alles derart rasch ab, daß die verstreut mitlatschenden germanischen Leibgardisten (langsam im Denken, wie sie nun mal waren) das Geschehen erst gar nicht so recht mitbekamen, vielleicht an einen Sturz des Princeps dachten? Jedenfalls waren sie schnellstens abgedrängt; heranbefohlene Prätorianer steckten den über zugerichteten Leichnam auf einen Haken und schleppten ihn fix ab. Das war am Nachmittage; schon am frühen Abend versammelte sich ein aufgescheuchter, ratloser Senat in der römischen Curia Iulia, einem Eckgebäude des Forums und ihrem traditionellen Sitzungssaal. Hier redete sich der, nach seiner Mordtat wahrscheinlich mental aufgeladene und psychisch angefressene, Chaerea um Kopf und Kragen. Als er nämlich den Senatoren lauthals aufgeregt verkündete, das Kaiserscheusal sei endlich tot und er bekenne sich zu dieser Tat. Den von ihm widerwillig mitgeschleppten Praefectus Urbi (Roms Polizeipräsident und General der vier cohortes Urbanae und also Stadtsoldaten wie Wachpolizisten) fest am Schlafittchen von dessen Militärumhang packend, hielt der Mörder nun den total verunsicherten Senatoren eine geharnischte Standpauke ob ihrer verwerflichen feigservilen Schleimscheißerei und tatenlosen Kriecherei dem durchgeknallten Tyrannen gegenüber. Wobei er allerdings verschwieg, daß ja er selber bislang eifrig mitgemacht hatte. Im Übrigen sei er Demokrat und Republikaner; auch erbot er sich – um künftige Erbmonarchie zu verhindern – gleich noch weitere abgesägte Köpfe aus der Großfamilie des Princeps dem Hohen Hause vorzulegen. Ausdrücklich erwähnte er dabei den des Claudius; weil es nicht angehe, daß nach einem Wahnsinnigen nunmehr ein Schwachsinniger herrschte. (Hatte sich's doch inzwischen herumgesprochen, daß der Gemeinte von der Garde in der Prätorianerkaserne in Sicherheit verwahrt und dort gar schon zum künftigen Kaiser ausgerufen worden sei!). Nach solcher dramatischen Philippika stürzte er eiligst davon, den armen Polizeipräsidenten wieder mitschleifend. Jedoch rollte das eiserne Rad der auch von Cassius Chaerea forcierten blutigen Geschichte gnadenlos weiter – und nunmehr auch über diesen malmend hinweg, stampfte ihn ein. Weil vermutlich auf des Schlaumeiers Agrippa klugen Rat hin (dieser war in jenen Stunden und Tagen wirklich überall zugange, wo wichtige Entscheidungen getroffen bzw. praktisch umgesetzt wurden; agil wie charmant, schnell denkend wie zupackend, großräumig strategisch denkend wie keiner sonst – dabei aber stets sich im Hintergrund haltend und andere machen lassend), der neue Princeps ein Schnelltribunal aus engsten Vertrauten bildete. Welches ganz kurzen Prozeß machte, als in Rom noch einige Verwirrung herrschte: Amnestie für alle Meuterer des 24./25. Januar. Bis auf Tribun Chaerea und Zenturio Lupus; die konnten gefährlich werden, denn sie wußten entschieden zu viele Interna des Putsches, seiner Vorbereitung und Mitbeteiligten. Also exekutierte man beide am Folgetage 27. Januar in der Prätorianerkaserne (mit Ratzfatz, Kopf ab!) Solcherart statuierte man ein abschreckendes Exempel gegen Kaisermörderei – und einem geplagten Claudius saß das eigene, kluge Köpfchen wieder recht fest auf dem Halse. Die Garde wurde mit Geldern abgefunden und so ruhiggestellt; und der neue Kaiser aus alter Familie installierte sich mitsamt neuem Verwaltungsapparat in beachtlich kürzester Zeit … Der römische Senat, welcher es eine kurze Zeitspanne lang in den Händen hatte, das römische Kaisertum abzuschaffen und die frühere Republik wiederzuerrichten, sich inzwischen jedoch bequem in einer quasi Erbmonarchie eingerichtet und hier politschwätzend als sehr bedeutend fühlte – jener Senat opferte später beim allgemeinen Totengedenken heuchlerisch beredt, auch dem „unvergessenen, tapferen Cassius Chaereas“ und bat ihn, droben vom Kriegshimmel aus, ihren der Staatsräson geschuldeten Undank großmütig zu verzeihen. Wer den altgedienten Haudegen allerdings näher kannte, der sich von unteren Legionärschargen bis in höchste Stabsoffiziersränge durch lebenslange „Ochsentour“ hinaufarbeitete, mochte hierbei vermutlich so seine Zweifel haben. Sein mitputschender und mitmordernder Tribunenkollege Cornelius Sabinus jedoch war zu ehrpusselig: zwar vom Schnellgericht freigesprochen und im Rang bestätigt, schämte er sich als Idealist, der er offensichtlich war, zu Tode und stürzte sich ins eigene Schwert. Nun ja, immerhin machte er so eine begehrte Stäblerstelle frei.

Wie aber kam es zu jener berühmten (und von vielen altrömischen Historienschreibern immer ebenso gerne wie vielfarbig noch und nöcher geschilderten) Kaiserwerdung ausgerechnet dieses angeblichen unheilbar kränkelnden, nervenschwachen Familientrottels Clau-Clau-Claudius? Und welche dubiose Rolle dabei hat endlich der Wundermann Agrippa gespielt? Es ist dies eine fast unglaubliche, vermutlich sogar wirklich so gewesene, geradezu märchenhaft-phantastische Story und soll hier in angemessener Kürze einmal objektiv betrachtet werden:

Am Spätnachmittag des Mordtages streunten erregte und plündernde Germanenleibwächter Caligulas durch den Kaiserpalast sowie angrenzende Gebäude. Diese *corporus custodes* rekrutierten sich aus Söldnern vom Stamme Bataver (48), aber auch aus Freigelassenen und Sklaven. Nunmehr waren sie alle herrenlos, auch fürchteten diese Fremdlinge natürlich um ihren ausbedungenen Sold. Wie um ihr Leben samt Daseinsberechtigung, waren sie doch allgemein unbeliebt in Rom. Mit blankgezogenen, blutbespritzten Schwertern (einige mehr zufällig daherkommende Nobiles hatten sie bereits in den Hades geschickt) tobten sie sich in düsteren Hallen und Gängen jetzt aus. Da erblickte einer hinter vorhangverhüllter Säule ein Fußpaar unter mit breitem prpurnem Senatorenstreifen verzierter Toga hervorlugen. Schnell zerrte man den ängstlich auf die Knie fallenden älteren Herren vor – ein Leibgermane holte schon zum Todesstreich aus, als ihm andere besänftigend in den Arm fielen und riefen, jener sei doch der harmlose Onkel Claudius und Bruder des unvergessenen Germanicus, ein gutmütiger alter Knabe und immer zu freundlichem Schwatz mit ihnen sowie manch spendiertem Kruge Wein sich nicht zu fein gewesen. Stellten den Angstzitternden also auf die Beine und zogen mit ihm vor ihren ratlosen Kommandeur und Exgladiator Sabinus. Der freilich meinte den Claudius gut zu kennen; jedoch irrte er – wie auch die meisten Zeitgenossen und alle späteren Historiker auch – in diesem Punkte schwer. Weil dieser nämlich weder so schwächlich-anfällig oder gar dümmlich-gutmütig war, wie allgemein angenommen wurde. Und wie selbiger das lange Jahre so trefflich zur Schau stellte. Als vermutlich dessen einzige Chance, alle vorangehenden, teils blutig-rauhen Irrungen und Wirrungen im Kaiserhause und dessen tragenden Familien, zumindest geistig sehr gesund, zu überleben. Körperlich freilich war er kein Adonis und von eher schwächlicher Konstitution, doch äußerst zähe. Dazu mit der hässlichen Erbkrankheit seiner Sippe behaftet, der Epilepsie – welche sich jeweils anfalls bzw. schubweise seiner bemächtigte. Dazu stotterte er zuweilen heftig, zitterte vor Nervosität und wackelte mit dem Kopfe, speichelte sich auch beim Sprechen laufend ein, hatte manchmal Sehbeschwerden u. a. mehr. Er zeigte diese wie auch andere Schwächen relativ offen; aber weil er in entscheidender Senatsrede am 25. Januar kaum einmal stotterte und auch alle Anwesenden trotz schwachen Dämmerlichtes klar erkannte, teilweise persönlich ansprach, ist zu vermuten, daß er seine zahlreichen Leiden zumeist nur spielte und hierbei tüchtig schauspielerte (und so des Augustus vorgeblicher „Idiotenenkel" doch wohl im Gegenteil der Klügste seiner ganzen, weitverästelten Familie gewesen ist!). Jedenfalls trugen ihn noch am Vortage die Leibwachen auf ihren breiten Schultern zu den Prätorianergarden in die Kaserne hinüber. Wobei der, nicht wissend, wie ihm geschah, vorsichtshalber schon einmal sich sträubte – und Hochrufe auf die Demokratie sowie die Republik ausstieß. Dann aber im Prätorianerlager ganz schnell verstummte, als man nach kurzer Beratung ihm klar machte, daß er jetzt bitte den Mund halten und ihre Kaiserwahl annehmen solle! Wobei ihm einer der höheren

Offiziere klarmachte, dieses koste aber mehr als eine Kleinigkeit und sie wollten endlich ihren Sold sowie diverse Prämienzahlungen sehen; dabei mit Daumen und Zeigefinger die allgemeinverständliche Geste des Aneinanderreibens demonstrierte. „Also, entweder Kaiser und Zahlemann – oder aber Ratzfatz", mit entsprechend ebenso bekannter Handbewegung übern Hals streichend. Was sollte der Arme machen; und so willigte er ein – wurde von den jubelnden Prätorianern in ihrem Lager also zum Kaiser ausgerufen. Sowohl die Truppe als auch die Hauptstädter (es verbreitete sich die Nachricht mit Windeseile in ganz Rom) kannten diesen Sonderling, welcher bisher als wohlhabender Privatier im Schatten des Kaiserhauses ein eher unscheinbares Dasein führte und in Archiven sowie Bibliotheken herumkrebste, dickbändige Werke über Kulturgeschichte und Kunst der alten Etrusker publizierte, sowie sprachvergleichende Studien zum Römischen Recht und dessen fortschrittsfördernde Rolle fürs Imperium betrieb. Roms Bürgerschaft schätzte diesen weltfremden Claudius als einen, der sich von allem Schmutz und Unrechtsgebaren seiner Vorkaiser sorgsam fernhielt und selber ein bislang untadeliges Leben führte; allerdings mit seinem oftmals recht linkischtapsigen Auftreten in der Öffentlichkeit mehrfach Spott erregte. Auch war sein Privatleben in mehreren unglücklichen Ehen wohl recht chaotisch (man denke nur an seine ehebrechende und dafür exekutierte, männervertilgende wie sexuell maßlosperverse Messalina; da wendet sich auch der Historiker mit Grausen). Ansonsten fanden selbst bösartike Kritikaster kein Haar in der Suppe. Und das wollte im damaligen Sündenpfuhl Rom schon etwas heißen. (49)
In all jenen wahrlich entscheidenden Stunden und Tagen agierte nun Claudius' wendig-windiger Freund Agrippa äußerst rührig. Und tauchte an vielen Stellen, wo sich entscheidendes anbahnte oder zutrug, fast gleichzeitig auf; überall diplomatisch geschickt ab- oder aufwiegelnd, begütigend, versprechend, tumultzerstreu-

end. Wie dieses ein Einzelner schaffte, bleibt rätselhaft. Doch berichten sie alle später davon: ob im Senat *(wie kam einer wie er überhaupt dorthin?)* vor des Claudius Auftritt die total Verschreckten tröstend und sich für eine dankbar aufgenommene Vermittlerrolle zu den wildgewordenen Prätorianern empfehlend *(wieso akzeptierten ihn diese alten Haudegen? Hatte er doch niemals gedient!)* – überall ließ man den eigentlich völlig unbedeutenden Kleinkönig aus fernen Landen erstaunlich frei gewähren. So auch in seinen Vieraugengesprächen mit angeblich schwerstbewachtem Neukaiser Claudius; welcher seinem eher zögerlichen Naturell entsprechend, die ganze Sache langsam angehen ließ. Vor allem aber mittels unglaublich erfolgreicher Finanzjongleurskünste seitens Agrippa, welcher tatkräftig improvisierend wie zielführend sofort handelnd, den geldfordernden Leibwächtern, der anderthalb Legionen starken Prätorianergarde, städtischen Soldaten und Wachtpolizisten (und jeweils für Offiziere und Stabschargen ein Mehrfaches der Mannschaftsgratifikationen) pro Nase runde 15000 Sesterzen auszuzahlen versprach. Und der, ohne mit der Wimper zu zucken, binnen zwei, drei Tagen dann auch dieses Versprechen einlöste. So daß als Endsumme ca. 200 Millionen (!) Sesterzen zur Auszahlung kamen *(von wem hatte der diese unheimliche Riesensumme in so kurzer Zeitspanne besorgt?)*.Weder er, noch der ob solcher Transaktion vom Schluckauf geplagte Claudius, hatten so viel Geld! Zumal Agrippa noch vor wenigen Jahren als geschätzter Dauergast in römischer Schuldhaft einsaß – und seine eher ärmlich dotierten Ländereien am Anus mundi sicherlich auch nicht allzu viel hergaben … Egal, das Geld war da und verteilt sowie die kaisertreuen Soldaten, Beamten, Senatoren usw. auf den Priceps eingeschworen; alles blieb in Folge relativ ruhig und friedlich, der blutige Staatsstreich gelungen, die Tagesgeschäfte gingen weiterhin ihren Gang. Nur eine erneute Republik galt es einem Teil der älteren Senatoren auszureden; unterstützt wurden die Kumpane Claudius und Agrippa durch waffenklirrende und

Drohgebärden zeigende Prätorianergardisten. Weil im Falle rückkehrender Volksdemokratie für selbige natürlich kein Platz und auch keine Gelder mehr waren. Neukaiser Claudius wollte am liebsten die lautesten Senatsschreier einen Kopf kürzer machen lassen; jedoch der allgegenwärtige Agrippa meinte, herablassend wie zynisch ihm leise ins Ohr flüsternd: er solle die lärmigen Aufmucker sich ruhig austoben und dann nach Hause gehen lassen! Denn wenn sie jetzt von den Soldaten gemeuchelt würden – über wen wolle der Princeps denn künftig noch bestimmend herrschen? Worüber Claudius lachen mußte und sich gnädig zeigte, die feigen „Volksvertreter" frohgestimmt abpendelten und die Soldateska laut wie dreckig feixte. So einigte man sich gütlich-schiedlich: „Der Kaiser ist tot, es lebe der Kaiser!" Erbmonarchie bleibt erhalten, Republik war vorgestern und die Gelder fließen reichlich; es waren am Ende alle zufrieden. Vorzüglich jedoch Kaiserfreund und Judenkönig Agrippa I. Denn jener bekam vom dankbaren Claudius einige bedeutsame Zugeständnisse in Steuerfragen, sowie weitere Ländereien in Palästina. „Do ut des" – ich gebe, du gibst (oder im Sprichwort altdeutscher Volksstimme: eine Hand wäscht die andere; heißt auch soviel, wie „Wer gut schmiert, der gut fährt"). Nach endlicher Abreise aus Rom und wenigen erfolgreichen Herrscherjahren des bei seinem Volke nicht unbeliebten Judenkönigs, hatte der in zäher Beharrlichkeit, staatsmännischer Gewandtheit, diversen spontanen Kraftaktionen, aber auch dank seiner Schlitzohrigkeit, manchmal gar in aller Stille, tatsächlich (fast) alle jene Gebiete wieder in einer Hand vereinigt, über welche sein gefürchteter Großvater Herodes der Große einst mit harter Faust gebot. Als da wären Judäa, Samaria, Galiläa, Peräa und die verstreuten Landesteile Gaulanitis mit caesarea philippi, Auranitis, Chalkis und Abila sowie Trachonitis nebst einigen Hafenorten am Mittelmeer. Leider aber starb der so Erfolgreiche schon im Jahre 44; sein legendenumwölkter Tod im Theater seiner aufblühenden Hauptstadt Caesarea maritima (wo er sich angeblich wie einen Gott feiern ließ und vom richtigen, zornigen Gott der Judenheit abserviert worden wäre – oder von gedungenen Meuchelmördern aus der unübersehbaren Verwandtschaft? Man weiß es bis heute nicht so genau), läutete zugleich absehbares Ende des neuen Staatswesens ein. Sein zum Todeszeitpunkt noch nicht volljähriger Sohn Agrippa II. wurde vom fürsorglichen Claudius unter Kuratel gestellt; dieser ließ die nun wiederum arg schrumpfenden Landesteile von römischen Prokuratoren verwalten *(bspw. Judäa/Samaria vom Pallaszwilling Felix).* Nominell herrschte der zumeist in Rom lebende zweite Agrippa zwar bis zum Tode über seine Lande (so zwischen 95 und 98 ist er verstorben), diente sich lieber jedoch den Romkaisern Claudius, Nero, Vespasianus und seiner Sippe an; gegen ein anständiges Taschengeld als Apanage, freier Kost und Logis in der Hauptstadt. Wo er von ferne miterleben mußte, wie gerade ein derb zupackender Soldatenkaiser vom Schlage des harten Vespasianus aus der Flavierfamilie, seine engere Heimat in den Judenaufständen seit Mitte der 60er Jahre und bis 73 so ziemlich verwüsten, auch Jerusalem samt Tempel total zerstören und die Lande entvölkern ließ. Für die zahlreiche, tiefgläubige Judengemeinde Roms erfüllte sich somit jenes böse zürnende Gotteswort wider sein zwar auserwähltes, aber zu oft eben aufmüpfig-unbotmäßiges Volk (schon vor Jahrtausenden beschwörend zum alten Moses so gesprochen). (50) Aus seinem fernen Exil jenseits der Adriatischen See verfolgte zwar Pilatus (in den 40er Jahren noch sehr mit seinen dortigen pekuniären, baulichen wie auch rein privaten Problemen beschäftigt) alle hier erwähnten hauptstädtischen u. a. Ereignisse aufmerksam, sobald sie ihn zeitverzögert erreichten. Und er kam letztlich nicht umhin, was seinerzeitigen lose befreundeten Gefährten Agrippa anbelangte (den Claudius kannte er nicht persönlich und konnte sich also auch kein rechtes Bild von jenem machen), immer wieder einmal folgenden, zugegeben hochspekulativen, wie wohl auch ketzerischen, Gedanken weiterzuspinnen: Vielleicht hatte sich Pumpgenie und Meisterlobbyist Agrippa die vielen Millionen ja von den inzwischen schwerreich gewordenen ehemaligen Haussklaven und nachherigen libertines der Dame Antonia besorgt. Die ihren an sich elenden, quasi rechtlosen sozialen Status als Freigelassene damit zu übertünchen suchten, daß sie allesamt sehr viel Geld verdienen durften. Und vermutlich hatte sie ein dankbarer Princeps Claudius (welcher ja mit ihnen zusammen im Kaiserpalast aufwuchs) nach seiner überraschenden Kaiserwerdung nicht umsonst an die Schaltstellen der Macht bzw. in deren Vorzimmer berufen. Neben den bekannten Callistus, Pallas, Felix u. a. tauchen jetzt auch noch ein gewisser Narcissus als *ab epistulus* und Geheimsekretär sowie Redenschreiber und der Siegelbewahrer Polybios auf. Hingegen ist nicht bekannt, daß der agile Agrippa etwa im Keller oder Schuppen seines Wohnhauses eine produzierende Münzprägewerkstatt besaß – und von dorther sein massenhaft unter die Leute gebrachtes Geld stammen könnte! Hahaha – und was wohl würde des Claudius gefürchtete Großmutter Livia erst sagen, könnte sie den Aufstieg ihres verachteten „Idiotenenkels Clau-Clau-Clau" noch persönlich miterleben. Von welchem sie desöfteren wegwerfend meinte, daß man ihn eigentlich rasch der Euthanasie (also dem milden Tode) unterziehen soll. Nun aber blieb jener so ziemlich der Einzige, der aus ihrer kaiserlichen Sippe sich sowohl um ihre Grabstätte wie auch die seiner Mutter Antonia minor kümmerte, dort dann die fälligen Opfergaben darbrachte. Was ihn durchaus ehrte …

Und Pilatus sinnierte weiter wie folgt: War etwa dieser allzu Geheimnisvolle und trotz all seiner manchmal fragwürdigen individuellen Eigenheiten letztlich in allen Dingen stetig erfolgreiche Kleinkönig aus fernem Lande gar der von allen Juden andauernd erwartete Messias gewesen? Warum hats dann aber keiner wirklich bemerkt, daß selbiger bereits unter ihnen weilte! Besaß ihr uralter Judengott Jahwe/Adonai (im Alten Testament der

Bibel stets als völlig humorlos dargestellt) vielleicht doch einen gewissen derbgranteligen, bissigen, süffisanten Humor? Etwa solcherart artikulierend: „Menschen, was wollt ihr eigentlich noch? Da schicke ich euch endlich den durch alle Jahrhunderte dringlich ersehnten Messias. Zugegeben, in Volltarnung als schwer fassbare und schillernd-elegante, diplomatisch weltläufige Figur, einen Abenteurer-Glücksritter-Spieler von Format und Größe. Doch denkt mal wenigstens ein bißchen logisch: hat jener nicht mein euch vorzeiten verheißenes Land jetzt in fast gleichem Umfange und in jenen alten Grenzen wieder fest in den Händen gehabt, wie einstmals sein Großvater, der große Herodes? Nach ihm ist solche Vereinigung keinem aller zahlreichen Herodianerprätendenten mehr gelungen! Doch nicht meine Schuld, daß niemand von euch allen diesen Messias als einen solchen erkannte. Obwohl gerade der alle Voraussetzungen dafür mitbrachte: also Volljude aus königlichem Geblüt und ein fürstlich Gesalbter – sowie als Wiederhersteller des euch von mir einst angelobten Landes, in allen seinen urtümlichen Grenzen. Bitte sehr, ich habe meinen Part ehrlich gespielt; doch würfele ich auch gelegentlich ganz gerne. Wie bekannt, fällt mancher Würfel nicht immer auf die rechte Seite. Pech und jetzt allein euer Problem, daß alles so kam, wie gehabt: klärt das unter euch!" Pilatus lächelte dünn, schluckte einen Becher vom bodenständigen Roten und nuschelte: „Treppenwitz der Weltgeschichte? Oder doch mehr gewesen, dieser Agrippa!" (51)

Anläßlich eines seiner gelegentlichen Besuche beim befreundeten Proprätor in Epidaurus drüben, erfuhr der neugierige Pilatus auch einige nicht unwesentliche Details über den neuen Imperator Claudius im fernen Rom. Welcher eine überraschend gelungene Außenpolitk machte. Solcherart auch in Gallien sehr umfassende Romanisierungsprogramme verwirklichte und (in den griechisch dominierten Adriastädten waren sie darob sehr zufrieden) sich mit zumeist griechischstämmigen engen Mitarbeitern umgab. Und für die planerisch großangelegt administrativen, finanziellen, städte- und straßenbaulichen Maßnahmen sowie Reformbestrebungen im gesamten Reichsgebiet, zog der Kaiser jetzt in Rom die hauptstädtische Ritterschaft – und später auch die Equites in den Provinzen und Kolonien – heran; somit einen die Exekutive befehligenden Beamtenadel sehr fördernd. Und militärstrategisch feierte er ebenfalls größere Erfolge, was die Ausweitung und Sicherung der Imperiumsgrenzen anbelangte. Vorzüglich war es dann auch die gelungene Invasion übers Mare Britannicum, welche die Römer im Jahre 43 befähigte, sich den gesamten Süden der großen Insel Britannia einzuverleiben. (Im Zuge der geostrategischen Erkundungen sowie Umrundungen hatten sie, gänzlich überraschend, erkennen müssen, daß dieses stetig aufrührerisch-feindlich bleibende Britannien halt nur eine Rieseninsel war, und keinesfalls einem nördlichen Länderkontinent zugehörig). Claudius ließ sich im Jahre 44 mit prächtigem Triumphzug durch die Reichshauptstadt von den jubelnden Römern ausgiebig bewundern. Fakt jedenfalls war, daß sich dieser ehedem zumeist belächelte, oftmals verspottete Clau-Clau-Claudius binnen kürzester Zeit zum ausgewiesenen Verwaltungsgenie und weitsichtigen, großräumig planenden Staatsmann gemausert hatte! *(Brachte er ggf. diverse Überlegungen, Vorplanungen usw. als Geheimpapiere in seine Regentschaft schon mit? Und war der angeblich trottelige Eigenbrötler vielleicht doch nicht nur mit literarhistorischen Studien früher beschäftigt gewesen? Half ihm jemand – Freund Agrippa läßt grüßen! – auf die Spur? Wenn ja, wie und warum?).* Überlebenskünstler Claudius überstand während seiner ca. 14jährigen Herrschaft immerhin ein reichliches Halbdutzend Komplotte, Putschversuche, Verschwörungen; wofür er dann, wenig zimperlich und hart durchgreifend, an die 350 Staatsdiener aus Senatoren- und Ritterkreisen über die Klinge springen ließ – Ratzfatz, Köpfe ab und Tote beißen nicht mehr … Die Prätorianergarde wie auch die Masse der Legionen im Reiche hielten ihm stetig eiserne Treue; wofür sie dann auch mit jährlich steigenden Dotationen und Soldzuwendungen belohnt wurden. Die Garde machte ab sofort die Kaiser – und ließ sich dafür bestens bezahlen; jenes neue Prinzip hatte Claudius also eingeführt! Ebenfalls die seither periodisch anfallenden Judenverfolgungen in Rom. (Wo vor allem die Abweichlersekte, die sogenannten Chrestianer oder Christen, immer mal wieder für erhebliches Aufsehen sorgten). Während die Judenschaft vorübergehend aus der Hauptstadt verbannt wurde und die Christen in den Untergrund gingen (sprich in den unterirdischen Katakomben verbargen), durften sie sich allerdings im sonstigen Reichsgebiet weitgehend unbelästigt aufhalten. Von gelegentlich aufflammenden (ferngesteuerten?) Pogromen in den Provinzhauptorten einmal abgesehen, wo sich dann die angeblich „gesunde Volksmeinung" austoben durfte. Aber auch in Rom passierte selbiges manchmal; wobei auch die zu den Christen übergetretene Exgattin Claudia des Pilatus auf schauderöse Weise zu Tode kam. „Ad bestias" verurteilt und in öffentlicher Arena mit weiteren Leidensgefährten, als quasi Zwischennummer vor Gladiatorenauftritten, den wilden Tieren vorgeworfen und blutig zu Tode gefetzt. Dieses raunte der Proprätor hinter vorgehaltener Hand dem Freunde zu. Worauf der keineswegs Trauernde seine trockene Antwort „Na, ist ja ihr Problem – wenn sie sich verbessern kann" mit kräftigem Schluck vom roten Landwein hinunterspülte. Kurzkommentar beendet! Erfahren mußte der Pilatus jedoch auch, daß jener beruflich so außerordentlich erfolgreiche Princeps in seinem offenbar recht chaotischen Privatleben völlig gescheitert, und daran letztlich mit Tod ab- und zugrundegegangen worden ist: Viermal unglücklich verheiratet gewesen, zweimal geschieden; eine künftige, neue Ehefrau verstarb noch am Morgen vor der Hochzeitszeremonie, oder wurde weggestorben?; eine Ehefrau (Messalina, mit der er Sohn und Tochter hatte) nach diversen, aufsehenerregenden Eskapaden liquidieren lassen; und an der letzten Ehefrau Agrippina *(die ihm den völlig mißratenen Sohn Nero mit in die Familie brachte, gezeugt von einem der wildesten Lüstlinge Roms, Gnaeus Domitius Ahenobarbus. Welcher in seltenem Anfall von Ehrlichkeit einmal öffentlich bezeugte, daß dieses mit der jüngeren Agrippina einer noch nichtsahnenden Menschheit geschenkte Scheußlingskind noch tüchtige Furore machen sollte*), ist Claudius dann selber verstorben. Diese aber war ihm von den äußerst rührigen libertines im kaiserlichen Kabinett förmlich aufgeschwatzt worden, denn „Ein römischer Kaiser muß eine Frau haben!“ Vorzüglich der treue Pallas engagierte sich heftig wie fürsorglich; war jene Neue doch seine langjährige Geliebte gewesen und bekam er über sie noch mehr Macht über den Princeps. Sie war aber nicht nur eine der schönsten Frauen Roms – neben dem alternden Kaiser als einem der hässlichsten Männer der Hauptstadt, schaute jedermann mit Wohlgefallen auf sie. Welche immerhin Claudius' Nichte ist, und seinerzeit mit dem gemeuchelten Caligula in jahrelanger inzestiöser Verbandelung als dessen „Zweitliebste“ repräsentierte. Jene aber wollte noch viel mehr sein; auf ihr stetes Drängen hin adoptierte Claudius im Jahre 50 ihren üblen Sprößling Lucius Ahenobarbus als künftigen Thronerben Nero Claudius Caesar usw. (wobei er den eigenen Sohn Britannicus in die zweite Reihe abstellte). Auch betrieb die rührige Agrippina jetzt die Hochzeit ihres Söhnchens Nero mit der Claudiustochter Octavia – womit sie fest vernetzt im Kaiserhaus war. Machtbesessen wollte sie aber immer mehr: schon ließ sie sich auf neuen Münzen als „Augusta“ verewigen; auch eine mächtig aufblühende römische Militärstadt in Germania Inferior am Rhenusflusse, erhielt ihren Namen als Colonia Agrippinensium. Dieses erreicht habend, entschied sie sich, daß der alte, aber zähagile Claudius entschieden zu lange lebte. Also musste der jetzt weg! Einen ersten Mordversuch mittels vergiftetem Pilzgericht überstand der krämpfegeschüttelt unerwartet gut. Worauf sich die Mörderin mit des Alten Leibarzt verbündete, diesen mittels ordentlicher Bestechungssumme sowie Mehrfachsex am Sterbelager auf ihre Seite bzw. zwischen ihre Schenkel brachte. Den Pilatus schüttelte es vor Ekel; dennoch drängte der Freund zum weiteren Zuhören. Somit erfuhr der Exilant, wie jener gewissenlose, geile und höchst geschäftstüchtige Grieche, ehemaliger Legionsarzt namens Stertinius Xenophon, der machtgeilen Kaisergattin hilfreich assistierte und dem sich windenden Opfer eine Pfauenfeder tief in Rachen und Hals einführte (das übliche Mittel, um Erbrechen herbeizuführen). Nur daß diesmal die Feder dick mit einem Spezialgift aus der befreundeten Dame Locusta, Roms berühmtberüchtigter Gifthexe und Inhaberin einer richtigen Giftmischerschule alter Weiber, Kräuterküche beschmiert war. Sodaß dem Claudius die hochkommenden Kotzbrocken mit erstickender Wirkung im Halse stecken blieben. Das wars dann eben auch gewesen und der zum eigenen Schaden langlebige (insgesamt gesehen doch erfolgreiche wie intelligent agierende, ausgenommen seine dubiosen Weibergeschichten und mangelnde Menschenkenntnis) Kaiser an jenem 13. Oktober 54 zwangsweise zu den Göttern expediert. Nach einer Regierungszeit von 13 Jahren, 8 Monaten, 13 Tagen; von ihm soll auch der Stoßseufzer stammen: „Seit ich die Menschen kenne, liebe ich die Künste!" Na ja, so besonders gut hat er die Menschen wohl nicht unbedingt gekannt …

Dank tatkräftiger Vermittlung vom Faktotum Pallas und dessen Klientel, darunter auch der gleichnamige Agrippasohn und der Prätorianerpräfekt Afranius Burrus sowie renommierter Hauslehrer Seneca, konnte ein geradernal 17jähriger Kaiser Nero, als ein Urgroßenkel des inzwischen vergotteten Augustus, vom stets willfährigen Senat zu Rom die Würde des princeps erhalten. Edelhelfer Marcus Pallas und Zwilling Antonius Felix hatten ihrerseits inzwischen auch vorgesorgt: Ersterer raffte bis zur schließlichen Ermordung auf Neros Befehl hin, ein unermeßliches Vermögen von geschätzten 400 Millionen Sesterzen allein an

Bargeld zusammen. Und Letzterer verstand es sehr geschickt, sich auf wichtigem Grenzposten des Imperiums festzusetzen – und schön weit entfernt vom Machtzentrum Rom nicht nur ordentlich Kasse zu machen, sondern als Prokurator von Judäa/Samaria mittels später Heirat auch zur herrschenden Theokratie dortiger Juden fest zu verbandeln. Indem er nämlich Drusilla, eine Tochter des verewigten Judenkönigs Agrippa I. sich gefügig machte. Sein Ruf allerdings war weder in Rom noch Jerusalem der Allerbeste, galt er doch allgemein als ein übles Subjekt und arrogant brutale, großmannssüchtig korrupte, machtgeile Sklavenseele. Kopfschüttelnd, hämisch grienend und fleißig weintrinkend, nahm ein sichtlich geschockter Pilatus in Folgejahren – leider war Freund Proprätor schon vor geraumer Zeit friedlich verstorben und so mußte halt der bodenständige Rote nunmehr alleine vertrunken werden – von gelegentlichen Besuchern die Ereignisse im fernen Rom und um den wohl irren Nero wahr. Skandalon und Extremgeschehen dominierten geradezu abnorme Tatsachen und *„Zustände wie im alten Rom!"* – die wohl jeden altgedienten römischen Beamten und Militär aufs Äußerste befremden mußten: Da wurden Prätorianerpräfekt Burrus, inzwischen Konsul, sowie der einstige Claudiusgetreue Narciccus erst entlassen, dann von Locustas Weibern vergiftet; sie wußten offenbar zu viel über interne Neroschweinigeleien. Ihnen folgte der allwissende Pallas, welcher dem Geldverschwender und Schöngeist ersichtlich zu alt wurde und jener nicht anders an dessen vielhundertmillionenschweren Sesterzenschatz gelangen konnte. Auch der zunehmend lästig werdende schönschwätzende Moralphilosoph Seneca mußte gehen und servierte sich selbst im lauwarmen Badewasser durch Öffnen der Pulsadern stilvoll ab. Ein halbgewalkter, dilettantischer Putschversuch vom Senator Calpurnius Piso und Prätorianerpräfekt Fannius Rufus gegen Nero scheiterte blutig. Und dann folgte die Hetzjagd des entarteten Sohnes auf seine, zugegeben machtbesessene, Mutter. Jene hatte zunächst einmal, um spätere Konkurrenz für allemal auszuschalten, das Ihrige dazu getan, um Kaisergattin Octavia nach Scheidungsprozeß von wegen erheblicher Unfruchtbarkeit, kurzerhand verbannen, dann hinrichten zu lassen. Den armen, jungen, absolut harmlosen und keinerlei Machtambitionen zeigenden, Britannicus erwischte es nicht lange darauf. Die hier zögerliche Gifthexe Locusta wurde, obwohl mit Nero persönlich befreundet – der ihre Giftmischerschule bei Rom großzügig förderte – strafweise ausgepeitscht und musste sich bequemen, ein starkes Nervengift herzustellen. Nach dreimaligem Aufkochen und probeweisem Schweinetöten, wurde das Höllengebräu ins Essen gemischt und dem Opfer beim Mittagsmahl verabreicht. Dieser soll nach Augenzeugenberichten sofort und total erledigt worden sein, Krampfzuckend-stieräugig atem-und-stimmlos auf dem Flecke umfallend (ja, wie ein Drache sogar feuerspeiend) sowie am ganzen Körper blauschwarz anlaufend; am Haken zerrte man den übel zugerichteten Leichnam hinweg. Agrippina triumphierte zwar – aber jetzt fürchtete sich ihr ebenbürtiger Mördersohn derart heftig vor der Rabenmutter, daß ihm in der gebotenen Eile ein erster Anschlag auf deren Leben glatt mißlang: während Ausfahrt auf offene See brach das rundum angesägte Decksteil, worauf sich diese samt Gefolge aufhielt, ab und stürzte in den Schiffsrumpf – welcher sicherheitshalber noch angebohrt war und mächtig Wasser leckte – hinab, auf die Köpfe der Ruderer. Jene stürzten sich wutbrüllend auf die mit paar Abschürfungen davongekommene Agrippina. Flott und sportlich wie sie nunmal war, sprang sie über Bord ins Wasser – und schwamm einige Kilometer weit bis zur Küste hin. (War sie doch in früheren Jahren vom inzestvögelnden Bruderherz Stiefelchen, da sie einmal nicht die rechte Lust zeigte, prompt auf die griechischen Inseln verbannt worden; wo sie der Fama nach ihren Lebensunterhalt mit Schwammtauchen verdiente). Beim zweiten Anlauf Neros klappte dann die Sache besser und Mama lief in eine tödliche Falle des kaiserlichen Gardepräfekten Ofonius Tigellinus, eines pathologischen Wüstlings und Großkriminellen am Hofe. Der sie von gedungenen Auftragsmördern kurzweg erdolchen ließ. Nach Abholung seiner sicherlich nicht unbeträchtlichen Geldbelohnung setzte er sich fahnenflüchtig von der Truppe ab, verschwand in fernster Provinz und historischer Versenkung; immerhin scheint er überlebt zu haben. Sein würdiger Nachfolger als Gardekommandeur wurde ein gewisser Nymphidius Sabinus (Enkel von Caligulas seinerzeit allmächtigem libertin und Bürochef Callistus). Und dieser entschloß sich endlich, mit einigen Mitverschworenen, im Blutjahr 68 zum Staatsstreich. Kaisermord auch deshalb, weil er Augenzeuge war, wie der haltlose Princeps seine neue Frau Poppaea Sabina mordete, (im Jahre 58 seinem fähigen Legionsgeneral Otho nach Scheidung ausspannte – welcher offenbar froh war, dieses machtwitternde Luder los zu werden und gerne nach Lusitania und den fernen Iberern abging; nur weg aus dem römischen Sündenpfuhl, weit weg)! Nero also hatte die hochschwangere Gattin förmlich totgetreten, per zornwütigem Fußtritt in den Babybauch, sodaß jene mit blutiger Frühgeburt am Orte starb. Wonach sich der vorgeblich große Mime und Sänger mitsamt zahlreichem Gefolge fluchtartig auf längere Reisen durch seine Provinzen absetzte und vorzugsweise die Griechenkolonien in Kleinasien und jenseits der Adria „beglückte". Bis nach Epidaurus allerdings kam er nicht; doch soll er in der dalmatischen Provinzhauptstadt Salonae gesichtet worden sein – von wo der jämmerliche Impressario mitsamt Theatrium aber schnellstens wieder abhaute. Weil inzwischen in der Reichshauptstadt wegen chronischer Staatspleite und massiver Teuerung die aufmuckenden Plebejer wüteten. Dieweil in den entfernten Provinzen sowie an den Imperiumsgrenzen einflußreiche Legionskommandeure gegen den völlig militärfremden Scheußling (auf den Weltkünstler schissen sie kräftig; was sollte der ihnen mitsamt seinem weibischen Getue denn überhaupt noch wert sein?) putschend mobil machten. Mit dem römischen Prätorianerchef Sabinus, der wie immer sein eigenes, verwickeltes Spielchen betrieb, entwarfen diese Haudegen ein geeignetes Umsturzszenario: man motivierte den über siebzigjährigen Senator und Statthalter Servius Sulpicius Galba in Nordspanien zum Aufruhr und jener ließ sich von dortigen Truppen zum neuen Princeps ausrufen! Unterstützung fand dieser zunächst bei seinen Legatenkollegen Aulus Vitellius und Marcus Salvius Otho. Also marschierte der alte Galba mit erheblicher Macht durchs befriedete Gallien und auf Rom. Dort rebellierte aufständischer Plebs mit Waffengewalt; es wurde geplündert, gezündelt, vergewaltigt. Die Prätorianer hielten sich weisungsgemäß aus allem heraus, verschanzten sich im Lager. Nunmehr erklärte ein angstzitternder Senat den in die Umgegend Roms geflüchteten Nero zum Staatsfeind und für abgesetzt. Obwohl schnellstens in die Stadt und seinen verödeten Palast zurückgekehrt, setzten sich jetzt alle seine bisherigen Beamten, Diener, Günstlinge fix von dem Geächteten ab. Der abtrünnige Prätorianerchef läßt alle Wachen vom Palast abziehen, durch dessen leere Räume ein verzweifelter Nero schlaflos irrte. Laut wehklagend, was doch mit ihm für ein großer Künstler von der Bühne abtreten müsse – und warum denn keiner mit ihm weine (außer seinem Schreibsklaven Epaphroditus war allerdings niemand mehr bei ihm) – prüfte er die Schneidenschärfe des Dolches vom Schreiber und ließ sich von jenem per Hammelschnitt die Kehle aufschlitzen; Exitus am 9. Juni 68; und wahrlich, es weinte ihm keiner auch nur eine Träne nach. Sein Kadaver wurde feurig entsorgt; immerhin die Asche von seiner heimlich herbeischleichenden langjährigen, wenngleich saufend verschlampten, Sexsklavin und lasanophora Acte in der außerhalb Roms befindlichen Familiengrabstätte der einflussreichen Ahenobarbis in leerem Essigkrug beigesetzt: *„Sic transit gloria mundi"*.

Mit zwei großen Legenden der Nero-Zeit sei hier deshalb aufgeräumt. Denn auch der romferne Pilatus wußte es schon seinerzeit besser: Einmal hatte Kaiser Nero eben nicht, wie später allgemein behauptet, jene große Feuersbrunst des Juli 64 (vom Circus Maximus ausgehend und sich windgepeitscht zum wahrlich verheerenden Flächenbrand entwickelnd) ausgelöst oder befohlen, um dann auf den rauchenden Ruinen die Leier erklingen zu lassen und lauthals sentimentale Balladen abzusingen. Er war zum Zeitpunkt des Brandausbruches nicht in Rom. Während furchtbarer neun Tage sind dann zwei Drittel Roms erfaßt, drei Stadtbezirke total vernichtet und sieben andere schwer in Mitleidenschaft gezogen worden (von insgesamt 14 Bezirken); mit Tausenden Menschenopfern, samt Wohnungen, Hab und Gut vieler Bürger. Doch waren es zumeist die städtischen Proletarierslums und dicht bei dicht verbaute Wohnsiedlungen der Plebejer. Sodaß der Kaiser daraufhin durch teils selbstgezeichnete Neuplanungen eigentlich ein im Nachhinein viel schöneres, moderneres Stadtbild gestalten ließ, wo es sich sauber, gesünder, großzügiger für alle Schichten leben ließ. Neben reichhaltigen Entschädigungszahlungen an die Brandopfer – welche aus dem aufgelegten Sonderfonds von allen Reichsprovinzen als Brandsteuern in Rom eingingen und als staatliche Beihilfen an nachweisliche Brandgeschädigte und deren Familien weiterflossen, konnten sehr viele neue Häuser, Wohnstätten, Straßen und Gehwege breit, geräumig und möglichst gerade durchgängig gebaut werden. Wobei die Häuser alle jetzt im Erdgeschoß und den Straßenfronten in Steinbauweise erstellt werden mußten. Auch ließ der Kaiser eine neue Brandschutzordnung für Rom herausgeben und reorganisierte die städtischen Feuerwehren stadtviertelweise sowie nach Berufsgruppen. Nero wollte allerdings dann die wieder sehr zahlreich ansässig gewordenen Juden als Sündenböcke für den Brandausbruch verantwortlich machen lassen. Jedoch gelang es dem ebenfalls nach Rom geeilten Agrippasohne, jeglichen Verdacht von der dankbaren (und vermutlich reichlich dafür zur Kasse gebetenen) städtischen Judenschaft weg – und zu deren abgespal-

tener Sekte sog. Chrestianer hin – zu lenken. Welche daraufhin, sofern man ihrer habhaft werden konnte, in wüsten Pogromen en masse abgeschlachtet wurden. Was wiederum zur Folge hatte, daß jene in alle Reichsteile sich flüchteten und somit ihre Glaubenslehren übers gesamte Weltreich verstreuten.
Und zum Zweiten hatte Nero mit der furchtbaren Giftmischerein Locusta keinerlei intimes Verhältnis, nicht mal flüchtigen Sex. War jene doch nun wahrlich keine Schönheit, weder fraulichkörperlich anziehend, eher vom Typ hagerhäßlicher Hexe. Außerdem mehrfach verurteilte Giftmörderin. Die aber eine von Nero sanktioniert wie finanziell geförderte Giftmischerschule leitete (alles so ähnliche Hexentypen). Alte Weiber, die auf Bestellung in Rom mordeten und vorzüglich in verwickelten familiären Erbschaftsangelegenheiten aktiv gefragt waren. Auch ihre diversen Mittelchen zu Kindestötungen, Abtreibungen, Schönheitskuren, Traumdeutungen ect. in allen Gesellschaftsteilen beredt anboten. Nero wußte die Firma Locusta durchaus zu schätzen, unterstützte deren giftiges Institut mit Geld und Gütern; auch ließ er dort eigene Vergifter ausbilden. Mit Neros Tod endete auch Locustas Glückssträhne; Nachfolger Galba ließ sie nebst ihren Weibern arretieren und nach Schauprozeß zu Tode bringen …
An eines der letzten Gespräche mit seinerzeit schon lange im Ruhestand befindlichen Freund Proprätor in Epidaurus erinnerte sich der natürlich auch nicht mehr junge Pilatus desöfteren. Es ging um fortwährende Christenverfolgungen und staatlicherseits sanktionierten Mord an zahlreichen Anhängern jener altjüdischen Abweichlersekte auch in den romfernen Reichsprovinzen. Gerne wurden deren Todeskandidaten in öffentlichen Schauveranstaltungen nämlich „ad bestias“ verurteilt und vor vielem Volke gefesselt oder bestenfalls leichtbewaffnet den blutgierigen Wildtieren gegenübergestellt, somit zum Fraße vorgeworfen. Während beide ältere Herren solches zwar nicht schön, aber irgendwie natürlich empfanden (außerdem diente es in volkspädagogischer

Hinsicht letztlich der Staatsräson, wie beide ehedem hohe Beamte und Militärs einschätzten) – so sehr lehnten sie nachgerade diverse Schweinerei in den Arenen Roms ab: weil neuerdings dort sogar – igittegitt – leichtbekleidete, ja halbnackt ihre Titten präsentierende, weibliche Gladiatorinnen gegeneinander, gegen Tiere oder gegen missgestaltete, kleinwüchsige Männer fochten. Weiber in Gladiatorenrüstung und mit Gladiatorenwaffen sowie gemäß Gladiatorenbrauch auftretend. Skandalon!! Nicht wenige freie Schaukämpferinnen neben Sklavinnen – so stellten sich jene maskulinen Kampfweiber einem wild applaudierenden Publikum vor (Schwerter, Rundschilde, Dreizack, Pilum und Netz mit dem gleichen Eifer handhabend wie ihre männlichen Kollegen; manchmal ebenso Arm- und Beinschienen wie auch Halbrüstungen und Helme tragend). Gerne ließ man schwarze Nubierinnen paarweise gegeneinander fechten; auch bekamen sie reichlichen Nachwuchs aus Kleinasien und von Griechenland her. Worauf insbesondere der Kampfname einer in Rom besonders Furore machenden, großgewachsenen starkknochigen und mit bleckendem Pferdegebiß eigentlich mordshäßlichen, Gladiatorin verwies. Diese trat dort als „Amazon" auf – überlebte siegreich viele Kämpfe, worin sie mit öfteren männlichen Gegnern zumeist relativ kurzen Prozeß machte. Was das frenetisch jubelnde Publikum dann mit „Daumen herunter" betreffs unterlegener Kämpfer quittierte. Ob jene berühmte Amazon, getreu ihren altgriechischen Vorbildern, sich auch eine ihrer strammen Brüste abschneiden ließ, ist nicht genau überliefert; wohl aber, daß sie sich mit einigem blutig verdienten Geld späterhin zurückzog und einen kleinen Händler ehelichte. Solches wenigstens berichtete Frau Fama. Den gar nicht amüsierten Pilatus schauderte es förmlich beim Gedanken an solche Verbindung – weil derartige kampfgewohnte Rabaukinnen nur äußerst schwer zu beherrschen wären. Und er meinte „diese müßte man direkt ans Lager fesseln und mit Jagdhieben auf die Schläfe ruhigstellen, um sie – wenn überhaupt – einigermaßen ungestört regulär bereiten zu können; nein wirklich, das wäre nichts für mich!" (52) Ebenso anrüchig wie ferkulös das Ganze und schlimmster Sittenverfall …

Und wieder einmal erfreuten die langsam heranwachsenden Enkelkinder seines alten Vienna-Gefährten von ehedem im nahegelegenen Küstenörtchen (dessen Namen sich Pilatus einfach nicht merken konnte) den Einsamen. Inmitten lärmiger Freundesschar waren sie heraufgekommen und tobten jetzt mit der geduldigen Lupa durchs Gelände, um den Janustempel und die große Eiche. Besorgnisse ihres mit zum Alten gekommenen Begleiters zerstreute jener mit launiger Bemerkung, daß seine liebe Freundin sicherlich in früherem Leben ihre jetzige Felluniform wohl nicht immer getragen habe und durchaus Kinderfräulein gewesen sein könnte; so gut, wie sie auf die Rangen aufpaßt und mit ihnen klarkommt. Freudvoll laut kreischend, ritten die Kinder abwechselnd einige Runden auf derem starken Rücken und stellten sich brav an, weil jedes einmal drankommen wollte. Drinnen schwatzten derweil die Beiden und taten sich am Landwein gütlich. Der mitgekommene Kutterkapitän aus dem Orte, soeben von Handelsfahrt nach dem römischen Festland drüben zurückgekehrt, hatte viele gruselig interessante Neuigkeiten aus der Hauptstadt mitgebracht und berichtete folgendes:
„Es ist kaum glaubhaft, doch hatten wir nach Neros mysteriösem Abgang ein blutiges Dreikaiserjahr – nur daß wir hierherüben wie auch in den Provinzen kaum oder so gut wie nichts davon mitbekommen haben." Der staunende Exilant erfuhr also von seinem Gewährsmann einiges brisante politische Geschehen: Wie bspw. der allzu ehrgeizige Gardepräfekt Nymphidius Sabinus mehr oder minder offen gegen den schwächelnden Nero putschte, den römischen Senat und einige altgediente Legaten sowie Provinzgouverneure an den Reichsgrenzen zum alsbaldigen Mittun aufhetzte, sich selbst aber sorglich im Hintergrund hielt. Vorzüg-

lich den 73jährigen Servius Sulpicius Galba bearbeitete er; dieser war ab 61 kaiserlicher Statthalter in Hispania Tarraconensis. Und der ließ sich bereits am 6. April des Jahres 68 (noch lebte Nero, wenngleich isoliert und zurückgezogen) zum „Legaten des Senats und der Römer" dort drüben ausrufen und marschierte mit seinen Truppen durchs befreite Gallien nach Italien hinüber, auf Rom zu – wo er vom wie immer kraftlos willfährigen Senat umschleimt und am 8. Juni zum Kaiser ernannt wird. (Immerhin lebte der jetzt flüchtige Nero immer noch; wenngleich nur einen Tag). Die gefürchteten Prätorianergarden erkannten Galba ebenfalls an. Hofften sie doch auf jene gewaltigen Geldsummen, welche ihnen der gewissenlose Präfekt Nymphidius wortgewaltig aus dem (leider nicht mehr existenten) Staatsschatz versprach: u. a. pro Mann zehnfachen Jahressold als Prämie und Insgesamtddotationen für alle Gardisten, Unterführer, Offiziere sowie Beamte, römische Stadtsoldaten, Wächtermilizen usw. Also eine stattliche Summe von ca. 350 Millionen Sesterzen. Obzwar er sie gar nicht besaß „jedoch Kaiser Galba wird das Geld baldmöglichst auszahlen, mein Wort darauf!" Jener allerdings dachte nicht daran; und als der übermütig gewordene (oder größenwahnsinnige, kommt aufs Gleiche heraus) Präfekt sich im Prätorianerlager flugs selber zum Kaiser ausrief, hatten jene kurz vorher schon den alten, redlichen Galba hochleben lassen, brachten den großmäuligen, aber finanzschwachen Möchtegern kurzerhand um, stellten den arg verschandelten Leichnam des Querulanten in eisernem Käfig aus. Natürlich hatte Neukaiser Galba die vom leichtfertigen Vorgänger versprochene Riesengeldsumme auch nicht, vertröstete die Prätorianer zunächst auf kommende bessere Zeiten und versuchte erst einmal, deren zügellose Reihen wieder zu disziplinieren. Ließ auch einige korrupte Politiker sowie zwielichtige stadtbekannte Lebemänner hinrichten – was ihm naturgemäß kaum Sympathien einbrachte. Als sich die Lebensumstände für die meisten Hauptstädter jetzt verschlechterten, Teuerung und

Mißernten in der Region dazukamen, wurde es eng für den Alten. Der persönlich zwar integer, jedoch von Hause aus geizig war. Weshalb er sich nunmehr dringlich ihre versprochenen Stillhaltegelder einfordernden Prätorianern gegenüber diesbezüglich total harthörig gab. Jene offen rebellierende Soldateska in wahrlich bemerkenswerter Manier abkanzelte und klarstellte, daß er Soldaten zwar fallweise ausheben ließ, diese aber keinesfalls zu kaufen pflegte. Da meuterten die Legionäre seiner Stabskohorte, verbündeten sich mit dem jetzt massenhaft aufmuckenden, marodierenden und plündernden innerstädtischen Pöbel, beschimpften den anständigen Galba als einen stinkenden Geizknochen und schlachteten ihn auf offener Straße ab. Sein kahler Kopf diente johlenden Zeitgenossen dann sogar als Fußball. So endete kläglich ein Kaiser (dem eigentlich nicht vorzuwerfen war, als daß er eben kein Geld hatte bzw. keines ausgeben wollte) nach Kurzherrschaft von sieben Monaten und acht Tagen am 15. Januar des Jahres 69. Doch war schon der nächste Princeps in der Hauptstadt und äußerst rührig: Marcus Salvius Otho aus altnobilitierter Konsulfamilie und mit etruskischem Königsblut in den Adern – am gleichen Tage vom Senat zum Kaiser ernannt, war einer aus dem früheren Freundeskreis Neros. (Seine Exfrau Poppaea Sabina hatte sich von ihm scheiden lassen, um den seinerzeitigen „Künstlerkaiser“ zu ehelichen, als späteres Dankeschön trat der sie bekanntlich tot). Mit seinen 37 Jahren war Otho aber schon recht verlebt, ein kahlköpfiger Perückenträger und weder richtiger Soldat noch tüchtiger Beamter gewesen. Dafür eine echte Spielernatur, ein Zocker und liederlicher Haushälter. Welcher zwar den meuternden Garden ihre versprochenen Gelder auszuzahlen versprach, dieses Geld natürlich ebenfalls nicht hatte. Dafür eignete er sich den stolzen Beinamen Caesar zu. Was aber den Truppen in fernen Grenzprovinzen nicht zu imponieren vermochte; zumal den kampfkräftigen neun Legionen in Germania Inferior und derem Chef nicht. *Seit 68 war hier ein gewisser Aulus*

Vitellius Statthalter (Sohn des ehedem Pilatusvorgesetzten und Syrienlegaten Lucius Vitellius); jener ist einer von vielen Liebhabern der früheren Claudiusgattin Messalina gewesen. Und so hatten die rheinischen Truppenformationen bereits Anfang Januar ihren Befehlshaber zum Gegenkaiser ausgerufen. Auch dieser ein berüchtigter Spielschuldner, den seine zahlreichen Gläubiger seinerzeit am liebsten in der Hauptstadt festgenagelt hätten. Bei Nacht und Nebel floh er aus Rom an den fernen Rhenus. Kaiser Otho folgte dann mit gemischt gallisch-italienisch-spanischem Heereskontingent. Und bei Cremona lieferten sich seine Soldaten mit den weit kampfkräftigeren batavisch-germanischen Legionären von Vitellius eine blutige Schlacht. Welche Letzterer gewann und Ersterer verlor; damit zugleich sein Leben, denn er entleibte sich selbst, indem er sich – wie man so gerne schrieb – ins eigene Schwert stürzte. Das geschah am 16. April 69, und mit ihm selbstmordeten sich massenhaft die treuen Leibgardisten (aller Leichen auf großen Scheiterhaufen dann verbrannt). Also muß Otho zumindest bei seinen Soldaten nicht gänzlich unbeliebt gewesen sein; ansonsten wohl eher unbedeutend und nach einem runden Vierteljahr unglücklicher Herrschaft kaum irgendwelche Spuren hinterlassend. Nach dessen Selbstberäumung bestimmte der wie üblich angstzitternde römische Senat den eher lethargischen Sieger Aulus Vitellius zum Princeps. Dieser aber folgte ganz langsam seinen vorausströmenden wilden Horden, die unterwegs in Größenordnungen Dörfer und Städte abfackelnd und mordend-plündernd-vergewaltigend alle Heerstraßen via Rom absicherten. Obwohl unterm 19. April ausgerufen, lehnte er die Kaisercharge in scheinbarer Bescheidenheit ab (löste damit einhergehend gleichzeitig die Prätorianergarde auf) und ließ sich „nur" als consul perpetuus installieren, also ein immerwährender Konsul auf Lebenszeit. Er war knapp 54 Jahre alt – verharrte allerdings ab sofort in absoluter politisch-militärisch-verwalterischer Tatenlosigkeit. Seinem Berichterstatter fleißig vom Roten nachschenkend und sich selbst nicht vergessend, mußte der Pilatus dreckig feixen, wie ihm sein Gegenüber ein tolles Persönlichkeitsbild vom neuen Herrscher lieferte. In Kurzfassung: dumm, faul und gefräßig! Dabei ständig pleite und in diversen Geldnöten. Obwohl er nach der Machtübernahme sofort alle seine hauptstädtischen Gläubiger (bei denen er mit erheblichen Summen hoch verschuldet war) unter Vorwänden festsetzen und später heimlich ermorden ließ. Solcherart frisch entschuldet, suchte er trotzdem ständig weitere Gelder zu bekommen. Doch liefen ihm alle einigermaßen wohlhabende Römer panikartig weg, suchten rechtzeitig das Weite oder versteckten sich vorm Sesterzenklau. Zudem verprellte er insbesondere die städtische Bäckerinnung, dieweil das fressgierige Süßmaul fast täglich ausschweifende Rundgänge durch ihre Backstuben und Läden machte, dort alles ihm erreichbare Gebäck vor Ort wegfraß. Vorzüglich auf Schmalzgebackenes war er scharf und stopfte dieses in rauen Mengen in sich rein. Leistete also wenigstens hierbei gründliche Arbeit; natürlich griffen auch seine schwerbewaffneten Leibwächter tüchtig mit zu. Sodaß nach endlichem Abzug der ungebetenen, nichtzahlenden Gäste meist nur noch Kahlfraß und Leere zurückblieben – samt traurig blickender Bäckersleute. Binnen kurzem schwoll der Herrscher zu mächtiggewaltigem Leibesumfang auf. Seine Unfähigkeit wie auch krankhafte Freßsucht hatte sich im Reich natürlich schnellstens herumgesprochen und ließ diesen Typen einfach lächerlich erscheinen. Sodaß im illyrisch-dalmatisch-pannonischen Raum, jenseits der Adriatischen See nunmehr die Legionen meuterten. Und den sie langjährig kommandierenden General und Haudegen Vespasian als ihren neuen Kaiser ausriefen. Zum Nominierungszeitpunkt 1. Juli 69 war dieser allerdings Statthalter und Legat in Syrien *(inklusive Galiläa, Judäa und Samaria).* Schnell zogen kampferprobte und disziplinierte Truppen in Richtung Hauptstadt heran, warfen in harten Kämpfen die auseinanderflatternden Haufen des Vitellius nieder. In Rom selbst tobte blutiger Bürgerkrieg. In welchem zwar der Othosche Stadtpräfekt, ein gewisser Sabinus und Bruder des erwähnten Generals Vespasian getötet worden ist; des Generals jüngerer Sohn Domitian sich aber glücklich retten konnte. Am 18. Dezember 69 dankte Vitellius offiziell zwar ab und versteckt sich im Pförtnerhaus des Kaiserpalastes, gemeinsam mit Leibkoch und Frühstücksbäcker. Nach Entdeckung und Festnahme, wird ein furchtsam zitternder, total verfetteter und um sein erbärmliches Leben winselnder Exherrscher am Kälberstrick nackt aufs Forum gezerrt, dort scheibchenweise verhackstückt, seine blutigen Körperteile und Fleischfetzen unter Freudengeheul massenhaft zusammengelaufener Gaffer dann in den Tiberfluß geschmissen. Und am 22. Dezember 69 übertrug der solche Zeremonien schon gewohnte Senat brav abnickend alle Rechte und Privilegien des Princeps an den nichtanwesenden neuen Kaiser Vespanian – der mit seinem älteren Sohne Titus noch am fernen anus mundi aktiv wirkte und dort ausgebrochenen großen Judenaufstand erfolgreich bekämpfte. „Ja, ja – so was kommt von so was“ ätzte ein gutaufgelegter Pilatus genüßlich und nach heftigem Weinschluck wohlig rülpsend „der Apfel fällt nicht weit vom Pferd“. Nachtragend und nie vergessen wollend „wie übrigens jedes Tier von edler Rasse“, wußte er dem sich jetzt verabschiedenden Dörfler breitmäulig grinsend noch fix zu erklären, daß er schon mit dem Vater dieses Fresskaisers als seinem früheren hohen Vorgesetzten und äußerst fiesem Charakterschwein in Syrien so seinen Ärger hatte – und nur bedauere, diesem das jämmerliche Scheitern seines Filius nicht mehr persönlich mitteilen zu können. „Na ja, im Hades werden die sich garantiert treffen, wo sie flüssiges Feuer sowohl schlucken als auch spucken dürfen. Ich wünsche beiden dort guten Aufenthalt!“

An dieser Stelle muß ich nunmehr auch auf meine geliebte J u l i a zu sprechen kommen. Sehr vieles (dabei so manches Überflüssige) habe ich in meinem langen Leben gedacht, gemacht, geredet und geschrieben; jedoch niemals gerne und oft, schon gar nicht offenherzig, von all jenen Dingen anderen Menschen berichtet, welche mir ganz alleine gehörten oder mich persönlich etwas angingen. Dieses war und blieb das Meinige, und daran mochte ich andere nicht teilhaben lassen. Denn es sollte tief in mir und nahe bei mir bleiben für ewige Zeiten. Deshalb in aller gebotener Distanz und Kürze hier nur soviel:
Als ich seinerzeit, nach meiner vom mißgünstigen syrischen Legaten Vitellius inszenierten Abberufung aus der jüdischen Präfektur sowie zwecks Abstrafung, vor den Kaiser nach Rom zurückbeordert war – dort aber dann längere Zeit vor meiner Anhörung und ggf. Verurteilung (oder auch Rechtfertigung, was weiß man denn schon vorher?) verweilen mußte – bin ich keinesfalls untätig gewesen. Bekanntlich war inzwischen der Imperator Tiberius überraschend verstorben; und sein Nachfolger Caligula hatte zunächst natürlich viele wichtigeren Angelegenheiten zu regeln. Meine Frau Claudia procula entschloß sich während dieser Zeit zu einer Scheidung von mir, nach römischem Recht. Ungern, doch verständnisvoll willigte ich ein. Da meine Situation ja vorerst ungeklärt war, mein Kopf jederzeit fallen konnte und sie mit ihrer Absetzbewegung sich selbst aus der Schußlinie bringen wollte. Mit ihrer Kameradschaft, Notgemeinschaft oder Treue hatte ich sowieso nicht rechnen können – indem sie sich zunehmend jener aus der Judenschaft abspaltenden Sekte der Christianer zuwandte. Na ja – suum cuique! Zwar besaß ich nominell als Mann und römischer Vollbürger die sogenannten Hausvaterrechte und als pater familias auch alle Gewalt über mein dominium, also Hausgewalt über alles Eigentum betr. Menschen, Grundstücke, Tiere, Inventarien meiner Häuser bzw. auch aller fahrenden Habe. Jedoch war die der mächtigen stadtrömischen Oberschicht konsu-

larisch-senatorischer Familien entstammende Claudia mitnichten in meine nur ritterständische Familie mittels Heirat eingetreten und hatte sich eine notariell beglaubigte materielle Gütertrennung ausbedungen. Der vor Jahren damit beauftragte Prätor bescheinigte ihr auch noch extra übers bürgerrechtliche „ius civile" eine diesbezüglich weitgehende *„cives Romanis sui iurus"* und also völlige Rechtssicherheit sowie Selbständigkeit in Personalunion. Weil ich sie auszahlen mußte, veräußerte ich zögerlich, wenn auch zu gutem Preise, mein Familienerbe und kleines Landgut am Flusse *Aterno* beim alten Hafenort *Aternum* am *„Mare Adriaticum"*. (53) Bei meinen seltenen Kindheitsbesuchen dort hatte ich mich immer wieder über das weite Meer hinüber in verlockende Ferne, nach sagenhafter Provinz Dalmatia geträumt. Ohne ahnen zu können, daß ich dermaleinst, als gereifter Mann, an dortiger Seeküste einmal Wurzeln schlagen würde. Das war nach vielen Monaten der Hast und Hektik und stetiger realer Gefahr für Leib und Leben, als ich dort drüben, in griechisch geprägter Römerkolonie und kleiner Provinzstadt Epidaurus ein bescheidenes Landhaus mit winzigem Gärtchen (den Hang, nicht allzu steil, über'm Hafen hochterassiert), erwerben würde. Die inwohnende brave wie vielköpfige Familie ließ ich als Hausgenossen dort wohnen, mietfrei und dafür zu gelegentlichen Handreichungen für mich, der ich mir einige wenige Räume im Obergeschoß vorbehielt. Der griechischstämmige Freigelassene fungierte jetzt als mein hiesiger Majordomus, lebte vom Fischhandel und war heilfroh, daß ich seine zwei ältesten Kinder, ein etwa so um die achtzehn Jahre zählendes Zwillingspärchen, mit mir nahm, sie für persönliche Dienstleistungen usw. anzustellen. Denn ich wollte doch noch etwas weiter ins Küstenvorland hinauf, um mir dort ein größeres Landgut auf- und auszubauen. Den Rotschopf Thomas benötigte ich als flotten Kutscher für die vielen nun anstehenden Überlandfahrten; und bei seiner wirklich hübschen Schwester Julia würde man sehen: diese war für ihr Alter gereift, ebenfalls rotblond (mit je nach Jahreszeit unterschiedlicher Röte und Haarfärbung, lustig wippendem Pferdeschwanz – und mit milchweißer Haut, darauf keineswegs störende Sommersprossen im Gesicht und um die kecke Nase), hatte knapp meine Größe und echt junoische Fülle, also nicht zu mager und sehr fraulich, wie ich das liebe. Außerdem ein für scharfe Ohren unüberhörbares entzückendes Lispeln; nicht zu vergessen die grünen Augen. Kurz und gut: Sie gefiel mir schon auf den ersten Blick äußerst sehr! Die Geschwister waren für ihren Stand, als Kinder eines Freigelassenen, auch recht gebildet, beherrschten das Lesen und Schreiben (Julia insbesondere auch das Rechnen) sowie die griechische und römische Sprache. Donnerwetter ja! Wohlgefällig blickte ich ihr ein reichliches Jahr nach; doch war ich mit all den vielfältigen Aufgaben eines sich neueinrichtenden ländlichen Gutsherren und hausbauenden Grundbesitzers voll ausgelastet, sodaß es vorerst noch zu keinerlei engerem Kontakt kommen sollte. Immerhin hatte ich das Mädel, bevor ich einen ausgedienten Veteranen als Administrator/ Verwalter installierte, mehrfach zu vielfältigen diversen Schriftarbeiten, Rechnungs- und Haushaltführung herangezogen. Wobei sie mir, wie man wispernd hinter vorgehaltener Hand lächelte, deutlich sichtbar schöne Augen machte. Nun ja, ich war geradeemal eben Fünfzig geworden, stand noch voll im Saft – auch sollte ein Mann auf dem Lande nicht unbedingt alleine leben. Also rüstete ich mich zum frontalen Sturmangriff, wie ichs als alter Soldat ja gewohnt war. Und so kam es denn, wie es kommen mußte: Nach einem der hier üblichen schwülwarmen Mittage des Frühsommers, als auch die erfrischende Seebrise solch *meridies calidus* nicht angenehmer machte, die Hof- und Feldarbeit zwangsweise ruhte, zog von See her geschwind eine dunkle Gewitterwand auf, durchzuckt von grellen Blitzen und dumpfdröhnend donnerbeschallt. Wir flüchteten uns beide ins steinmauergeschützte Atrium, dicht aneinandergedrängt im hintersten Winkel. Da war das Unwetter auch schon voll über uns – Blitze zuckten in rasender Folge, Donner brüllte, und jetzt strömte noch sintflutartiger Regen herab. Da und jetzt! Rotglühend stieß der Blitz zu, unmittelbar gefolgt vom Donnergebrüll – das war wirklich ganz nahe über unserem Hause. Mit kleinem Angstgeschrei flüchtete sich also die zitternde Julia in meine schützend weitgeöffneten Arme; sie hing mir am Halse, ich suchte ihren Mund nebst strammer Brüste, und sie drängte sich eng an mich, der ich durchs dünne Kleidchen die üppigen Formen ihres fraulichen Körpers spürte und roch den betörenden Duft ihres Haares. Nahm mir dann bei jetzt schnell nachlassend abziehendem Gewitterregen das, was nun zu mir kommen und mir angehören wollte. Ein Mann und ein Weib in fester, williger Vereinigung; solcherart blieben wir beide auch ab sofort und das volle nächste Vierteljahrhundert. Wir wichen uns nicht von der Seite in guten wie auch weniger guten Zeiten, bis zu Julias sinnlos-tragischem Tode durch feige Mörderhand. Jedoch davon zu reden, gar darüber zu schreiben, was und wie wir zwei in der Liebe engstens miteinander verbandelt waren – dieses will und werde ich nicht. Weil es Fremde, aber auch die wenigen Freunde, die ich mir im Leben machte, halt überhaupt nichts angeht, wie unsere große Liebe gewesen ist. Das war ganz allein das Unsere – und soll auch im späteren Nachhinein immer das Meinige aus jenem glückhaften Unsrigen bleiben. Im Gegensatz zu allen anderen meiner personenbezogenen Lebenserinnerungen und manch zeitgenössischer Darstellungen, welche im Buche kurz oder lang aufgeführt wurden; diese dürfen, ja sollen sogar allen anderen und vordringlich meiner Leserschaft gehören …

Ich habe wirkliches Glück mit meiner lieben Julia gehabt – und im Ganzen lebten wir beide ein einfaches ländliches Leben in Eintracht und Frieden zusammen. Natürlich stritten wir uns auch schon mal, desöfteren krachte es derb, denn Julia war recht temperamentvoll, aber nicht nachtragend. Es waren halt fast immer diese erbbiologischen, von Mutter Natur genau so gewollten wie geschaffenen Grundverschiedenheiten in der Psyche von Mann und Weib. Stets rappelten wir beide uns wieder zusammen. Julia lebte, schaffte, wirkte – obzwar Freigelassenenkind, mit nur eng begrenztem, eingeschränkten römischen Bürgerrecht versehen (immerhin wurde solch minderer Rechtszustand in den fernen, weitläufigen Provinzen des Imperiums eher lax und nicht formaljuristisch allzustreng gehandhabt; zumal wenn einer gewisse Beziehungen nutzte, denn selbige schaden bekanntlich nur denjenigen, welche keine hatten) – von den übrigen Hausgenossen und Gutsleuten, sowie den wenigen Nachbarn im nahen Küstendörfchen und bis hinüber nach Epidaurus als ebenso tüchtig wie rechtschaffen anerkannt. War auch allgemein geachtet als hiesige *domina* (Herrin) und entwickelte sich allgemach zu einer domina sedula, also fleißigen Hausfrau. Entscheidend ist letztlich doch immer, wohin man will und nicht, woher einer kommt. Ihr Kutscherzwilling bewunderte seine schöne Schwester; ihre Eltern samt heranwachsenden Geschwistern respektierten sie sichtlich und konnten nicht Rühmens genug davon machen, wie gut es die Julia doch getroffen hatte. Rührend, mit welcher Würde meine junggebliebene Julia die anstrengende Gastgeberinnenrolle anläßlich der Vierteljahrhundertfeier unserer Verbindung absolvierte; alle zahlreichen Gäste aus der weiteren Nachbarschaft äußerten sich noch lange sehr lobend darüber. Wie sie aber auch meinen, zugegeben derben, Trinkspruch belachten, obgleich alle Weiblichkeit, einschließlich meiner Liebsten, dabei pflichtschuldigst errötete: „Vorne fit und hinten dicht; oben klar – mehr will ich nicht!“ Erfreulicherweise hielt meine Julia nichts vom Reisen; sodaß wir nur ein einziges Mal ins weit entfernte Provinzialzentrum, die Stadt Salonae für einige Tage fuhren. Und ich aus meiner vorsichtshalber selbstgewählten Deckung und exilierten Einsamkeit, den Göttern sei Dank, nicht weiter heraustreten mußte. Brave Julia!

Aber ich hätte mirs eigentlich denken können, daß nichts auf der Welt und im Leben ewig währt und nach den vielen schönen, ruhigen Jahren unserer Gemeinsamkeit irgendwann der schmetternde Schicksalshammer fällt. Es muß für alles bezahlt werden; wieder einmal war Frühling und wir beide im Hause mit lästigem Schreibkram beschäftigt. Warm ist es uns dabei geworden; und beide traten wir gemeinsam ans Fenster, um den schließenden Holzladen weit zu öffnen, milde Frühlingsluft hereinzulassen. Leichtfüßig eilte Julia mir voraus, der ich ihre Hände haltend, sie bremsen wollte. Loslösend rief sie lachend zurück: „Laß mich, ich kann schon alleine laufen!" Und seltsam klar (ohne es langsam denkend, ganz erfassen zu können) sah ich mit Staunen, wie mit jedem ihrer Schritte diese Julia mehr und mehr aus meiner körperlichen Nähe entschwand – es schob sich das Halbdunkel des Raumes trennend zwischen uns beide. Zwar holte ich sie am offenen Fenster ein, doch sprachen wir kein einziges, armes Wort mehr zueinander und alles folgende ging in rasender Schnelle vor sich. Unwillkürlich zur Tür blickend, glaubte ich nun am Eingang wie eine flüchtige Nebelwolke, plötzlich den Grauen Gast zu sehen; Sekunden nur, aber hinterher war ich sicher, der ist das gewesen. Warum kam er? In meiner Familie ging nämlich seit altersher eine Sage um, daß einem jeden erstgeborenen Sohne (und ich war einer, denn außer mir gabs da nur noch kleine Schwestern) von unseren getreuen wie verehrten Hausgöttern gesandt, an allen entscheidenden Lebensecken stets geheimnisvolle Boten, als graunebelnde Wesenheiten von andersher zukämen, mit zauberischen Kräften versehen. Von Stunde der Geburt an bis zum einstmaligen Ableben, wären diese Grauen zumeist wortkarg wortgewaltig in aller Deutungshoheit dichtbei und nur für uns Erstgeborene allein sichtbar. So auch jetzt, heute und hier. Was war sein Anliegen für mich? Bleischwere Last drückte mir fast das wildschlagende Herz ab. Und wie eine Flammenschrift an der Wand, so brannte sich eine uralte Augurenweissagung ins

Gemüt: *„Wen die Götter wirklich lieben, den holen sie sehr frühzeitig zu sich hinauf!"* Sollte dieses die für mich bestimmte Nachricht sein – Julia, Liebe? Die drückte mich urplötzlich beiseite, schob sich direkt vor mich, fast körperlos schwebend und doch mich schützend. Denn er hat wohl mir gegolten, jener lange Widerhakenpfeil, von außen oben abgeschossen und dumpf einschlagend durch Julias Hals dringend, hinten mit der Spitze herausragend. Eine tödliche Wunde, ich kannte so was aus meiner Kriegszeit, sah auch die blutverschmierte, perforiert pulsierende Halsschlagader – da gabs keine Rettung mehr vor schnellem Tode. Julia war mir schwer in die Arme gesunken, schaute mich seelenvoll aus ihren meergrünen Augen an, die jetzt verschleiernd erstarrten. Ehe ich laut Hilfe herbeibrüllen konnte, starb meine tapfere Liebste rasch und stillergeben an meiner blutbespritzen Brust. Danke dir, meine Julia, für Alles und Jedes, was du gerne gabst; und ein frohes Wiedersehen da droben, falls es den Göttern so genehm ist. Mühsam verbiß ich mir die Tränen, weil ein echter Mann eben nicht – oder aber wenn doch, äußerlich unsichtbar nach innen – weint. Himmeldonnerwetternocheinmal! Solcherart laut fluchend, eilte ich jetzt an hereindrängenden Gutsleuten vorbei auf den weiten, ummauerten Hof, wo sie den Mordschützen auf einem überhöhten Scheunendach ausfindig und mit rasch geworfenem Fischernetz eingefangen und dingfest gemacht hatten. „Holt ihn runter, ich will den lebendig haben!" Hämisch grinsend, den dicken Kopf tief in die Schultern gezogen, wieselten seine Augen flink durch die Gegend, offenbar nach Fluchtmöglichkeiten suchend. Aber eisern hatte ihn der aufgeregte Kutscherzwilling im Würgegriff. „Warum?" So fragte ich den Kerl mit stockender Zunge. Der spuckte verächtlich aus; als ihm darauf Thomas mit geballter Faust heftig aufs Schiefmaul haute, spuckte er wieder, nur wars diesmal Blut und auch ein paar Zähne dabei. Mir wurde berichtet, seit dem Vortage hätten hier einige jener barbarisch wilden Hinterwäldler und Banditen aus den dichten, undurchdringlichen Wäldern um den ferne hochaufragenden Monte negro herumgestunken – wohl passende Diebstahlgelegenheiten ausbaldowert. Einen Halbwüchsigen und zwei schäbigschmuddelige Weiber hätten sie über die Nacht gefaßt und eingebuchtet. Julias Gutmüdigkeit habe diesem Gesindel sogar noch ein ordentliches Abendessen beschert. Ihren Dank statteten sie wie gehabt ab. „Na, also dann, Daumen herunter!" Mit einer Eisenstange schlugen sie den jämmerlich brüllenden Jungen tot; und bald darauf hingen die sich heftig wehrenden Weiber, mit blauen Zungen leer glotzend, an einem der Hofbäume. Der Räuberchef sah es sichtlich ungerührt mit an. Ehe ich wieder zur Julia ins Haus trat, flüsterte ich Zwilling Thomas noch etwas ins Ohr und erteilte ihm lautstark das Kommando über nachfolgende Exekution des von böse schreienden Menschen umgebenen, jetzt an einen verkümmerten Pfirsichbaum mit flugs um den Leib geschmiedeter Eisenkette lose so gefesselten Mistkerls, daß der Delinquent gerademal zwei, drei Schritte weit um selbigen herumlaufen konnte. Danach wurde mit herangeholtem Scheitholz und sonstigem Holzbruch in Nahdistanz eine Mauer um Baum und Mensch aufgeschichtet. Die Windrichtung jedoch so austariert, daß der vom Brandopfer wegwehte, jenes also nicht so schnell im Rauch ersticken konnte. Nach Anzünden und Wegbrennen des Holzes in lodernder Flamme wurde nun der feige Mörder schön langsam in der eigenen Haut im Feuerkreis gesotten. Schmerzlich brüllend, qualvoll sich windend, um schnelleren Tod flehend, tanzte der immer schneller um den Baum herum seinen Todesreigen. Zuletzt nur noch mühsam und schrittchenweise wankend, stürzend, wieder sich aufraffend, um dem Höllenfeuer irgendwie, doch immer vergeblicher, zu entkommen. Das Spucken aber war jenem schon lange vergangen, der konnte nur noch leise krächzen. Von allen Seiten mörderisch eingeheizt, sank der Todgeweihte nach längerer Zeit gargebraten endlich in sich zusammen. Die Masse der Umstehenden applaudierte mit frenetischem Geheul.

Seine fast unkenntlich verkohlte Masse wurde alsbald den sich im Rudel gierig herandrängenden Hofhunden zum Fraß vorgeworfen, die sich köstlich daran delektierten.
Da war ich längst wieder im Hause, winkte die helfenden Hände aus dem Atrium dankend hinaus. Wo man inzwischen meine tote Julia gewaschen und in reines, weißes Leinen gekleidet, unter Blumenschmuck aufgebahrt hatte. Stundenlang hielt ich drinnen stumme Zwiesprache mit ihr: das glücklich geruhsame Lied unseres gemeinsamen Lebens war verklungen. Und wirklich alles aus – vergessen – vorbei, wenn unsere körperliche Hülle dann in feuriger Lohe und Opferrauch in den Himmel aufwehte und zuletzt nur noch die Asche tief in schützender Erde verbleibt? Nein, so nicht! Das Gemeinsame von dir und von mir geht solcherart doch nicht flüchtig hinweg. Da muß noch etwas bleiben vom Geist und der Seele des Individuums. So schrieben es jedenfalls berühmte Philosophen in meiner Zeit … „Julia – so wie du dort jetzt ruhst, wirst du zwar nicht wieder aufleben. Du schläfst nun ungestört von irdischer Hast und menschlichen Eitelkeiten. Und ich hoffe, daß du mir trotzdem zuhörst, was ich dir zuallerletzt noch sagen möchte: Schau von oben herab auf mich, der hier unten um dich trauert und so sehr hofft, daß du auf mich wartest, da ich wohl noch eine kleine Weile hier auf Erden ableben muß. Geh bitte mit ganz kleinen Trippelschritten in deine Ewigkeit – daß ich dich dann auch einholen und mit dir gemeinsam weitergehen kann. Zeit ist doch für euch da droben nun wirklich kein Problem, mein Schatz. Wenn ich dich so anschaue, darf ich sagen: Liebste, du bist immer noch schön! Weil dir das gemeinsame Alter erspart blieb und auch die damit unvermeidlich auftretenden Altersschwächen und Schmerzen. Hast mich unerwartet im Glanz stetiger Jugendfrische verlassen müssen. Die allesfressende Zeit konnte dir nichts anhaben, Liebste; denn jungmädchenhafte Ausstrahlung und Charme begleiten dich.“
(Leise dachte ich aber bei mir, fast schuldbewußt ob selbiger

Einflüsterung: auch die überall lauernden moralischen Gefahren und Versuchungen, welchen eine junge, lebfrische Frau an Seiten eines wesentlich älteren, abgelebten Mannes immer wieder ausgesetzt ist, blieben dir – und damit auch mir – letztlich erspart; somit bist du ohne Schuld und Skrupel geblieben und ich selbst ohne Ärgernis! Bitte verzeih mir diesen Gedankensprung ; aber du weißt ja genau, daß ich mich redlich mühte, dir gegenüber stets ehrlich zu sein!) Aufstehend und jetzt rücklings aus dem Raume heraustretend, sodaß mir die kleine Illusion verblieb, ich käme wieder herein, murmelte ich noch ein letztes Lebewohl für meine gemordete Liebe. Welche offenkundig, so wünschte ich das künftig zu interpretieren, von den allmächtigen Göttern in einem unergründlichen Akt der Gnade, zu mir und in eine blutschlechte, häßlich ungerechte und verworrene Welt gesandt war – und zu einem ihnen genehmen Zeitpunkt ohne jede vorherige Ankündigung wieder zurückgeholt worden ist. Also hatte Julia nun alles Irdische hinter sich; und ich meinte, auch bald soweit zu sein. Vorher war aber doch noch allerlei zu bestellen und bewerken; Julias Begräbnis zum Beispiel mit Schaffen eines eigenen kleinen Totenhaines dicht beim Gut, um Janustempel und Steineiche herum, wo noch Platz für diverse Zuwächse sein sollte. Nicht zuletzt für mich selbst. Schon demnächst war dann eine winterliche Totenfeier für Julias Bruder, den treuen Kutscherzwilling, auszurichten. Welcher es ersichtlich sehr eilig hatte, seiner verehrten Schwester ins Jenseits nachzufolgen. Auch seine Asche kam, nebst etwas kleinerem Stein, mit in den geweihten Boden des neuen Begräbnisplatzes. Woselbst ich in den Folgejahren stets gerne verweilte: Bald schon wieder mit treuer Begleiterin – diesmal jedoch einer Lupa auf vier flinken Pfoten. Was wiederum eine neue Geschichte ist und ebenfalls mehr als eine flüchtige Episode in meinem Leben blieb.

„*Homo hominem lupos*" (Der Mensch ist dem Menschen ein Wolf)! Genauso erfuhr ich das immer wieder in einem langen Leben; und auch ich habe es, ehrlich gesagt, nur allzu oft genauso gehalten. Doch ist jener vielgeschmähte Wolf im Grunde wohl der bessere Mensch – ebenso wie sein domestizierter Artgenosse Hund. Nur das will halt keiner von uns „höherstehenden" Menschen wirklich wahrhaben. Und auch darum will ich jetzt, in angespannt vibrierender Unruhe dieser Nacht – welche ich verwachen werde und wo ich letzte Heerschau und Rollenmusterung meiner engeren Getreuen gedanklich freiweg abhalten will – ein Weniges von meiner allerletzten Liebe auf Erden erzählen, von der Wolfshündin L u p a. Eigentlich nur, wie sie damals auf recht ungewöhnliche Weise zu mir kam und nach längerer Gemeinsamkeit ebenso geheimnisumwölkt wieder von mir fortging:
Während hochsommerlicher Mittagshitze pflegte ich, wie seit Jahren und nach meiner geliebten, unvergessenen Julia so sinnlos-tragischem Tod, im kleinen steinernkühlen Aussichtstempel mit weitem Fernblick auf die Adriaküste unter mir, nicht außer Sichtweite der Umfassungsmauern von Villa und Gutshof und nahe der auf einem Hügel dominant immergrünen gewaltigen Steineiche, die heißesten Tagesstunden abzuruhen. Und bildete mir wenigstens ein, etwas erfrischende Seeluftkühlung abzukriegen. Als ich, bequem auf oberster Tempelstufe an steinerner Säule gelehnt, folgendes Spektakulum erst hörte, dann sah: hastiges Trappeln und Schleifen, Bellen-Hecheln-Jaulen störte die beschauliche Mittagsruhe in der Stunde des Pan doch erheblich. Und da standen sie schon vor mir, ein ganzes Rudel von Wölfen oder Wildhunden aus den Wäldern des bergigen Hinterlandes. Angeführt von einem mächtigen alten, narbenbedeckten Rüden, welcher zuvörderst auf der Stufe dicht unter mir verhielt, mich scharf aber nicht feindlich anschaute, scheinbar abwartend. Und hinter ihm formierten sich die übrigen Tiere des Rudels, zu zweien und dreien ordentlich aufgereiht, auch sie jetzt stumm

geworden (ganz so wie die Legionäre in strammer Reihung hinter ihrem Decurio in der Front). Schreiend kam da vom Gute her ein knüppelschwingender Sklave angelaufen, welcher die Ankömmlinge schimpfend zu vertreiben suchte. Ich wies ihn zur Ruhe, denn mich amüsierte doch sehr die aufrechte Bettlerhaltung dieser, wie mir schien futtersuchenden, Rotte. Also gab ich Weisung, denen etwas altes Fleisch, Knochen und dergleichen rauszubringen; auch eine größere Schüssel mit Wasser. So geschehen, sammelte sich die Truppe auf herrisches Kopfnicken des Häuptlings relativ rasch wie ruhig ums Fressen. Nachdem sich der Alte den größten Knochen herausgefischt hatte, nahmen sich auch die anderen, vermutlich je nach Hierarchie in der Rotte, ihren Anteil. Und jetzt erst sah ich diesen kleinen Welpen, fast noch ein Babytier, der da ganz am Schluß des Rudels flink aber tapsig herumwuselte, sich hier ein Fetzchen und da ein Knöchlein ergatterte oder stibitzte. Lächelnd sahen die inzwischen vom Gutshof herausgekommenen Leute zu, wie der Winzling nun sogar zum Saufen mit allen Vieren in der Wasserschüssel herumplantschte. Nachdem der Rottenchef gemächlich zu Ende gefressen hatte, packte er mit scharfem Fang das possierliche Tierchen im Nackenfell, schleppte es vor mich hin und ließ es in meine, schützend instinktiv zusammengelegten, Hände gleiten – mich dabei unverwandt wie kopfnickend anschauend. Quasi ein „Bitte schön, nimms als Geschenk an". Änstlich winselnd näßte sich jetzt das wuschlige Puschel ein; und beim Hochheben sah ich, daß es ein Hunde- oder Wolfsmädchen war. Daher auch die zähe Dreistigkeit und das Beharrungsvermögen der Kleinen beim Futterfassen (welche im weiteren Sinne wohl dem weiblichen Geschlecht allgemein angeboren sein dürfte). Wie die erwachsenen Tiere also abspeisten, lag ich mit der Kleinen, die mich inzwischen vertrauensvoll akzeptierte, schon lang auf den Tempelstufen und suchte der noch Ungeschickten das mühsame Treppensteigen beizubringen: „Na los, kleine Lupa, gleich noch mal – erst die Vorderbeinchen und danach die hinteren Läufe hochziehen; runter fällst du dann schon von ganz alleine“. Im Gesicht des Leitrüden glaubte ich ein wohlwollendes Grinsen zu sehen; der ordnete nunmehr seine Truppe nach der Mahlzeit wieder, alle reihten sich rasch in Marschordnung Richtung Seeküste, der Chef setzte sich an die Spitze, bellte mir ein lautes Dankeschön zu – und husch, husch, waren sie allesamt hinterm nächsten Hügel verschwunden, trappelnd, hechelnd, bellend. In meinen Armen weinte indes die verängstigte Kleine, und ich redete ihr gut zu. Bald schon beruhigte sie sich und begann, ihre nächste Umgebung intensiv zu beschnuppern. „Na, wie nennen wir dich denn?“ So fragte ich nachdenklich in die Runde der Zuschauer. „Wenn sie ab jetzt bei mir bleibt, muß sie doch einen Namen haben!“ „Hat das Tier doch“, mischte sich ungefragt der gewichtige Administrator vom Gute ein, „du nanntest doch eben das Tierchen Lupa, Herr – ersichtlich sind bei der doch mindestens neunzig Prozent wölfisches Blut eingekreuzt“. „Ja, du hast recht, also bleiben wir dabei, hörst du das Lupamaus?“ Die hörte zwar mit abgeknicktem einen Ohre zu, kaute jedoch lustvoll lieber meine einzelnen Finger durch. „Aua, du hast ja schon paar Zähnchen Mädel, na dann wollen wir mal wieder“ klemmte ich den Puschel untern Arm. Die Leute verstreuten sich, vergnügt schwatzend, wieder an ihre Tagesarbeit. Ab sofort hatte ich genügend Beschäftigung, und es konnte mir mit der Lupa wirklich nicht langweilig werden. Denn wie alle jungen Hunde machte auch sie ihre einzelnen Entwicklungsetappen voll durch, verschleppte ständig meine Sandalen, zerknautschte, zerriß und zerbiß, was sie nur kriegen konnte; und es dauerte lange, bis ich sie soweit stubenrein hatte. Die Hunderotte jedoch kam niemals wieder und keiner hatte sie nochmals gesehen! Und man raunte hinter vorgehaltener Hand respektvoll darüber, daß mir meine sehr bald liebgewordene, unzertrennliche, treue Gefährtin der Altmännerjahre wohl von den mir offenkundig gutgesinnten

Göttern zugesandt worden wäre, um meine Einsamkeit ein bißchen zu beleben. Da mochte schon etwas dran gewesen sein. Nach etwa zwei Jahren hatte sich Lupa zur großen Wolfshündin und zu einem markantmuskulösen Tier *(wenn sie denn eines war?)* ausgewachsen, mit schönem Charakterkopf, weich gezeichnetem, ausdrucksvollen Gesicht, scharfen Zähnen und langem Fang, hohen sehnigen Läufen, buschiger Rute, rötlichbraungrauem Fell und funkelnden gelblichgrünen Wolfsaugen; Körperhöhe beim Widerrist um die 75 Zentimeter und ebensoviele Pfunde an Gewicht; trotzdem schnell laufend. Ihre Beschützer- und Wächterrolle bezüglich meiner Person, in die sie allmählich hineinwuchs, nahm die Getreue bis zuletzt energisch wahr: keiner von den Leuten und erst recht kein Fremder kam nahe an mich heran, den sie nicht vorher gründlich fixiert und berochen hatte. War ihr was nicht geheuer, knurrte sie zunächst drohend wie unüberhörbar, fletschte die Zähne ersichtlich gereizt, grollte danach drohend auf und bellte zuletzt lauthals und dröhnend. Meinen Leuten begegnete sie mit knappbemessener Freundlichkeit, hielt sie aber auf gebührendem Abstand. Fremden gegenüber war sie ausgesprochen hellwach und misstrauisch. War also stets um mich, begleitete mich eng bei Fuß, lag tagsüber zumeist vor meinen Füßen und nachts innerhalb des Schlafraumes quer vor der Tür. Bei Ausfahrten und/oder seltenen gelegentlichen Besuchen im Küstendörfchen unterhalb oder in der Provinzstadt Epidaurus drüben, war sie natürlich immer mit von der Partie; man kannte uns beide als unzertrennliches Gespann die ganze Küste entlang, rauf wie runter ... Leider hat alles einmal ein Ende, ganze fünfzehn Jahre hatten wir beide eine wirklich schöne Zeit miteinander und viel gäbe es darüber zu berichten. Man sagt, ein Hundejahr sei soviel wie sieben Menschenjahre. Danach war die Lupa über hundert Jahre alt geworden und zuletzt eine alte Dame mit allerlei Gebrechen und Altersleiden; vorzüglich die Augen machten nicht mehr recht mit und die Läufe vermochten den schweren Körper

nicht mehr zu tragen. Wurde zuletzt von mir in einem kleinen Kastenwägelchen bei gelegentlichen Spaziergängen in die nähere Umgebung hinterhergezogen. Denn wie ein Kleinkind wollte sie jetzt nicht mehr alleine sein. Ich bangte echt unserem voraussichtlich baldigen Abschied entgegen! Wie meine liebe und getreue Lupa schließlich von mir ging – davon möchte ich hier abschließend noch kurz berichten, solcherart meiner letzten Liebe im Leben einen Denkstein setzen:
Das war wiederum im, allerdings späten, Sommer, und die von keiner Seebrise gekühlte Luft flirrte und glühte über die Maccia. Im hohen Mittag ballte sich eine schreckliche Schwüle dumpfdräuend zusammen; es herrschte wahrlich ungute laute Stille ringsher. Von der See draußen formierte sich gewaltig schnell eine dunkle Gewitterwolke, von zuckenden Blitzen zerrissen und dröhnendem Donner begleitet, welche zunehmend aufs Land (und wie es mir schien, direkt auf uns beide) zudrehte. Lupa und ich hockten mattschlaff auf oberster Treppenstufe meines Lieblingsplatzes. Zwar im Schatten des vorkragenden Daches, aber beide in der Höllenhitze schwer atmend bzw. hechelnd. Ich lehnte bequem an einer der Pfortensäulen – als Lupa ihren großen, immer noch schönen Kopf mit den ausdrucksvollen Augen (allerdings reichlich grau um die Schnauze herum geworden) mühsam von meinen Knien abhob, unruhig nach draußen witterte, sich bäuchlings näher heranschob, um mir urplötzlich mehrmals mit rauer Zunge fast zärtlich übers Gesicht zu fahren („Lupa nicht doch, laß das sein"), danach einmal und nocheinmal mir beide Hände leckte und nach stummen Treueblick sich aufquälte, die Stufen hinabschleppte, langsam und steifbeinig staksend zur benachbarten Steineiche hinüberschwankte. Ich war immer noch wie von der Hitze erschlagen, vermochte gerade so zu denken „Na hallo, was ist denn jetzt los! Wie, wenn das ein Abschied wäre?" Wollte sie zurückpfeifen, der Schlund aber vertrocknet und ich selbst schweißüberströmt, keinen Muskel konnte ich

regen in jener so bleiernen Schwüle – wo diese grauschwarze Todeswolke drohend über uns hing und sich nunmehr herabsenkte.

Doch sah ich trotz meiner Lähmung jetzt wen bei der Eiche stehen; wie aus der Wolke herausgetreten, lang und schmal, das Gesicht im beginnenden Regen verschwimmend. Das war doch, na klar, der Graue Gast – lange nicht geschaut und trotzdem wiedererkannt. Der schritt zur langsam auf ihn zu schleichenden Lupa hin. „He Grauer, was willst du von meiner Lupa; laß die Treue gefälligst in Frieden!" würgte ich heiser röhrend hinüber. Und meinte im jetzt voll losbrechenden Gewitterregen dessen Stimme zu vernehmen: „Was heißt hier meine Lupa? Und was ist schon Dein? Alles hier auf Erden ist ja nur geliehen, auch das Glück auf Zeit!" „Dann laß mir wenigstens meine Freundin, bittebitte…" Der tönte wiederum zurück: „Du kannst ja sogar um etwas bitten; na klar, Freunde hast Du auf Erden kaum gehabt; und wenn, dann waren es wohl nicht die richtigen, wie? Also kämpfe darum, los!" „Grauer Gast, ich bin alt und schwach, kann nicht mehr kämpfen – doch war ich nie ein Feigling, bitte!" „Klar warst Du ein Feigling und hast Dich hierher verkrochen, in der Hoffnung, man würde Dich nicht finden und alsbald vergessen. Wir haben Dich gefunden und vergaßen deiner nicht", so lächelte der Graue dünn „und ich nehme die Lupa mit, ihre Erdenzeit ist um; wir schenkten sie Dir als Baby und nehmen sie zurück, auf daß sie nicht länger leiden muß. Du bist noch nicht soweit, aber bald schon komme ich, um auch Dich abzuholen." Da grollte meine treue Lupa den Abgehenden laut wie böse an: alle Wetter, sie bellt auf den Mittagsgott oder wer dieser Kerl auch immer sei! Ein schweflig zuckender Blitz spaltete mit nachdröhnendem Donnerhall die Wetterwolke, die sich nunmehr schnell auflöste. Und vor der blitzzerfetzten Steineiche sah ich meine bis in den Tod getreue Lupa sprungbereit knien, Vorderläufe gestreckt und Hinterläufe wie im Ansprung auf den Boden gestemmt, Kopf und

Hals nach oben gewandt, die offenen und blicklosen Augen starr in den Himmel gerichtet. Da wußte ich, daß ich sie verloren hatte, fuhr mit der einen Hand über die Augen, während die andere Lupas Fell streichelte („dieser verdammte Wind aber auch"). Als ich meinem lieben alten Mädchen zufällig auf die Vorderbrust schaute, dort, wo sie den weißen Fleck hatte, zuckte ich förmlich zurück. Sah ich doch ein großes, zackiges Loch eingebrannt, und es hatte ein Todesblitz ihr treues Kämpferherz herausgerissen, mit sich fortgenommen. Droben über mir löste sich die Wolkenformation zunehmend auf, um hernach in vielleicht ein Dutzend kleinere Wolken zu zerfasern; jetzt in langer Reihung wieder auf die See hinaus ziehend. Wo verdammt hatte ich solches, wenngleich in anderer Dimension, nur schon mal gesehen? An der Spitze die größte Teilwolke und ganz hinten am Schluß eine winzige kleine, unruhig und wieselig zerfasernd. Als mir's wieder einfiel, rannen mir ungehemmt einige bittere Tränen die Wangen herab; und ich schämte mich fast, als der mit einigen Leuten heraneilende, inzwischen auch schon recht wackelige, Administrator tröstend zu mir sprach – es klang in meinen Ohren wie ein irdischer Nachruf auf meine treue, langjährige Weggefährtin: „Herr – ich bin wie du ein alter Soldat. Leben ist ein immerwährender Krieg; und beim stetigen Kampf sind es die Treuen um dich, welche auch im Sterben mit ihren Taten zu dir sprechen. Viele gehen dann stumm und wortlos aus ihrem zum Selbstverständnis zählenden Dienst für immer fort und viele derselben bleiben auch ewig stumm wie unbekannt. Während die feigen Dummschwätzer als zumeist Überlebenskünstler von sich reden machen und in die Historie eingehen wollen. Lupa aber gab Laut bis zum Sterben, und sie war dir getreu bis in den Tod! Wir sollten deinen Liebling gleich neben der unvergessenen Julia in die Erde betten, auch so einen großen Denkstein draufsetzen – und sie jetzt zu Asche verbrennen!" Ich hatte mich inzwischen soweit gefaßt, daß ich mich bei den Leuten für die Tröstung bedankte, für alle den Resttag arbeitsfrei erklärte und mit dem alten Administrator zusammen in der aufkommenden frischen Seebrise einen großen Weinkrug leerte „auf Lupas Wohl". Ihre Asche würde in einer Amphore zunächst provisorisch im Totenhain vergraben; wir schickten auch sofort einen reitenden Boten nach Epidaurus hinüber mit Auftrag und Zeichnung für Lupas geplanten Grabstein, darauf ihren Kopf in Vollplastik. (Ich würde dann gleich mal für mich einen ähnlichen Grabstein mit in Auftrag geben; und mir Ausstattung wie Schriftinhalt einfallen lassen – stets der mahnenden Worte des Grauen Gastes eingedenk!).

Bei einem eher zufälligen Besuch der nahe Epidaurus stationierten kaiserlichen Posthalterei an der großen Küstenstraße, welche von stetig aktiven Bautruppen der Legionspioniere etappenweise immer mehr, höher, weiter gen Süden hin verlängert worden war, erfuhr der neugierige Pilatus von einem redseligen Zenturio der Bauaufsicht wahrlich Interessantes über die wirren römischen Zustände. Und insbesondere den eisenharten Neuen an der Reichsspitze. Wer kannte in Militär und Beamtenschaft diesen Vespasian nicht! Hatte irgendwann irgendwo neben oder unter ihm gedient, zumindest schon von ihm gehört? In der Armee jedenfalls war der Princeps bekannt wie ein bunter Hund. Als erfolgreicher General und gewiefter Taktiker zwar nicht allseits beliebt, aber unbedingt respektiert, wenngleich von so manchem auch gefürchtet ob seiner brutalen Derbheit. Hatte er sich doch aus kleinen Verhältnissen durch allerlei Widrigkeiten hochgedient; und begründete dann mit 60 Jahren die Kaiserdynastie der Flavier: Großvater Flavius war (als Sohn eines ländlichen Gutsverwalters) langgedienter Legionsunteroffizier; seine brave ackerbürgerspießige Unteroffiziersfrau vererbte später an den Enkel Opas silbernen Weinbecher, zwar schwarz geworden, doch stets hoch in Ehren gehalten. Vater Titus Flavius fing als bäuerlicher Viehzüchter in sabinischer Kleinstadt Reate des Abruzzenvorlandes an – brachte es in Legionsdiensten zum Zenturio, wirkte später als Steuerpächter und Zolleinnehmer. Starb hochbetagt als „ehrlicher Geldverleiher“ zu Raetia *(in heutiger Schweiz, na wo denn sonst bei jenem Beruf?).* Seine treusorgende Frau Vespasia (aus Nursia und also ebenfalls Sabinerin) kümmerte sich, daß ihre beiden Söhne Sabinus – endete bekanntlich als Hauptstadtpräfekt 69 unter Otho – und Vespasian eine solide Bildung erhielten, die allein zum höheren Staats- und Militärdienst befähigte. Letzterer wurde 17. November 9 u. Zt. in Reate geboren; und absolvierte die „Ochsentour“ mit Stufen Quästor, Zenturio, Militärtribun, Aedile und Praetor. Als Legat *(Legionsgeneral)* unterstützte Vespasian, der kurz vorher den Oberbefehl über die rheinischen Legionen übernommen hatte, mit seiner Kriegserfahrung den eher unbeholfenen Feldherren Claudius bei der endgültigen Eroberung Südbritanniens 44 ff. Wofür ihm 51 kurzzeitig sogar das Konsulat verliehen wurde. Für den einfachen Jungen aus ländlicher Provinz schon ein mächtiggewaltiger Karrieresprung. Jedoch drohte unter nachfolgendem Künstlerkaiser Nero Ungemach: weil der bäuerlich unsensible General bei seines eitlen Herrschers Theaterauftritten und Gesangsdarbietungen (zu denen er als Claqueur mit hinbefohlen war) regelmäßig einschlief, zudem noch undiszipliniert laut wie vernehmlich schnarchte – wurde er streng gerügt und strafversetzt. Nämlich an den Anus mundi, als Legionslegat, Präfekt und Statthalter – was in Rom natürlich als Ungnade und Verbannung angesehen wurde. Doch erwies sich dieses dann dort unten, in ferner Grenzprovinz Syria eher als Glücksfall. Lernte er doch seine nachmalige Gattin Flavia Domitilla kennen und lieben; sie wurde Mutter seiner Söhne Titus und Domitian, sowie Tochter Domitilla. Seit dem Jahre 66 tobte dann in jenen unwirtlichen Grenzlanden ein großangelegter Judenaufstand wie rasch um sich greifender Flächenbrand. Feldherr Vespasian und Sohn Titus machten sich energisch an dessen Bekämpfung. Aber erst nach mehrjährigen blutigem Mühen gelang den erbitterten Römern ein totaler Sieg im totalen Krieg. Allein die Belagerung, Einkreisung, Erstürmung, Schleifung Jerusalems, mit Ober- und Unterstadt, Tempelberg und Burg Antonia im Jahre 70, dauerte gegen aufopferungsvoll verzweifelten Widerstand der Verteidiger ca. fünf lange Monate. Dann wurden die brandzerstörten Ruinenreste der Heiligen Stadt abgetragen und deren Grundfläche in Ackerland bzw. Wüstung umfunktioniert; die überlebenden Bewohner entweder massakriert oder nach anderwärts in die Sklaverei verkauft. *(Ganz so, wie es in den alten Schriften oder mündlichen Überlieferungen der Judenschaft prophezeit worden war!)*

Der alte Pilatus nickte hier bestätigend und meinte im Stillen so für sich: „Ja, ja – diese Juden; als Auserwähltes Volk sich fühlend und ewig aufmüpfig. Hier hatten sie es mal mit grobschlächtigen Berufsmilitärs zu tun – und nicht mehr mit diplomatisch-intellektuell bemühten Statthaltern meiner Coleur!" Wurmte es ihn doch lebenslang, daß man ihm dort hinten, am quasi Arsch der Welt, einen schandbaren Ruf wie Donnerhall angehängt habe und seinen bislang guten Namen für alle Ewigkeit gründlich versaute. Hatte er doch immerhin mit diesem Nazarener, den er nachmals an den Pfahl hängen und kreuzigen lassen mußte, noch ganz zivilisiert diskutiert und gestritten. Um Wahrheit(en) war es gegangen, um Wesenheit und Wirklichkeit(en) hier auf Erden und auch weiter droben. Diese Flavier jedoch fackelten nicht lange herum, sondern gleich ab – schlugen keinen Vergleich vor, sondern lieber gleich tot – philosophierten nicht gelehrt, sondern brandschatzten und zerstörten in Größenordnungen. War's das wert gewesen? Und was hatten sie alle zusammen nun davon? Nicht mehr sein Problem! Er war aus alledem raus und hielt sich auch draußen. Mochten sie sich ruhig gegenseitig an die Kehle gehen; er hielt sich lieber an seinen hiesigen Wein, prostete dieser unruhigen Welt mit altersweiser Milde zu, denn nur in Vino veritas ... Alles übrige war Kakophonie und Kokolores. Auch daß im Jahre 70 der nunmehr offiziell im Amte bestätigte Kaiser Titus Flavius Vespanius, nebst verdienstvollem Sohn Titus, Mitregenten und jetzt einzigem Prätorianerpräfekten Roms, von den Hauptstädtern mit wohlverdientem Triumphzug geehrt wurde. Die energischen Flavier als Romneulinge gingen als erstes daran, die ewig unruhigen Prätorianergarden an kurzer Leine zu halten. Danach in den lebenswichtigen Sektoren Straßen- und Wohnungsbau, Handel, Verkehrswesen sowie in die gesamte Reichsverwaltung frischen Wind zu bringen. Vorzüglich die sehr rückläufigen, stagnierenden Einnahmen und Finanzen des schleppenden Ämterbetriebes hatten es dem Alten angetan. Blieb er doch als bodenständiger Kleinbürgersprößling lebenslang sparsam, wenn nicht geizig und war dem Gelde allzeit gut. Knappe 40 Milliarden Sesterzen Staatsschulden waren immerhin zu tilgen. Also mußten wieder neue Steuern her – da ließ sich der Alte in seiner zehnjährigen Herrschaftszeit so allerlei einfallen *(Fuchs bleibt Fuchs, selbst wenn er desöfteren seinen Balg wechselt)*. Der Senat, von ihm schlauerweise jetzt mit vielen neuen, jüngeren Honoratioren aus hauptstädtischer Umgebung oder auch weiter entfernten italienischen Kleinstädten angereichert, folgte seinem zunehmend autokratischen, fast militantem Herrschaftsstil gehorsam – und erlegte den heimlich protestierenden Bürgern sogar eine bis dato unbekannte Latrinensteuer auf. Genauer gesagt, wurde hier nur der menschliche Urin besteuert; immerhin – welch Novum und darauf muß man erstmal kommen. Als auch Sohn Titus bedenklich die Nase rümpfte, hielt ihm sein Alter, behaglich lächelnd, eine der aus diesen Steuererträgen geprägte neue Münze unter selbige: „Pekunia non olet" *(es riecht nicht)*. Was wahr ist, muß wahr bleiben – Geld stinkt wirklich nicht; übrigens auch sogenanntes Blutgeld nicht. Dazu noch folgender Hinweis an dieser Stelle: Wichtig für diverse Lebensprozesse Roms und aller anderen Städte und Kommunen im Kaiserreich wie auch der Provinzen, waren unbedingt die öffentlichen Bedürfnisanstalten in den Thermen, sowie außerhalb der Bäder die kommunal oder privat betriebenen Latrinen der Wohn- und Geschäftsviertel. Und schon anno dunnemals verewigten sich zufriedene bzw. mißlaunig meckernde Toilettenkunden an Wänden oder auf Türen. Wie nachstehend typische Beispiele humorig bezeugen sollen. Erstens sachlich-dankbar: „Apollinaris, der Leibarzt des Kaisers Titus, hat hier einen guten Schiß verrichtet" sowie zweitens bissig und böse: „Ich hoffe – Chios – deine Hämorrhoiden sind blutig wieder aufgerissen. Und sehr wünschte ich, sie möchten dir mehr brennen als jemals zuvor".

Bereits vor seiner Kaiserwerdung war Vespasians Gattin leider verstorben. Und der alte Praktiker trauerte ehrlich um sie, aber ihr nicht allzu lange nach. Sondern rief seine vorehelich gehandhabte Liebste, Antonia Caenis, an seine Seite. Sie kam gerne wieder zu ihm. Heiraten konnte er diese intelligent vielgebildete (vermutlich auch recht emanzipierte) Exsklavin und libertina aus dem früheren Haushalt von Dame Antonia minor, wo sie Schreibsekretärin war, nach römischem Bürgerrecht zwar nicht – und als Princeps schon gleich gar nicht – doch hielt er sie als seine Konkubine fortan öffentlich in Ehren. Was eigentlich von allen in seiner Umgebung anerkannt wurde; nur im Kaiserpalast selbst eben nicht vom dümmlich-arroganten zweiten Sohne Domitian. Dem war sie über, weil zu klug; Caenis konnte lesen und schreiben sowie schnell und scharf denken. Und genauso gut rechnen wie Vespasian. Frau Fama berichtet augenzwinkernd, daß über sie manche hohen Staats- und Beamten/Militär- und Priesterämter sowie höhere Posten und Pöstchen in städtischer Municipia der Provinzen durchaus käuflich zu erwerben gewesen sind. Ebenfalls durften in Ungnade gefallene Höflinge, sofern sie mit wohlgefülltem, münzklingelnden Geldbeutel auf ihrer Matte standen, sich ihrer Fürbitte beim Gestrengen erfreuen. Solcherart erzielten Privatgewinn teilten sich dann Caenis und Vespasian „brüderlich"; non olet eben. Immerhin hatte Letzterer, energisch, hart und straff durchgreifend sowie als sparsamwirtschaftlich regierender Princeps den allseitigen Aufschwung des maroden Staates bewerkstelligt. Ebenso die Stadtgrenzen Roms großräumig ausweiten lassen (um beginnender Übervölkerung gegenzusteuern) und bedeutende Straßenbauten, große Aquädukte für die Wasserversorgung ebenso wie viele neue Wohn-Pracht-Kulturstätten errichten lassen. Nur die Fertigstellung eines Lieblingsprojektes und Riesentheaters als Amphitheatrum Flavium – kurz Kolosseum benamt – durfte er nicht mehr persönlich miterleben. Dafür aber 78jährig nach Krankheit friedvoll und im Stehen, auf dem ländlichen Familiengut Reate am 23. Juni 79 ins ewige Legionsmarschband wegtreten. Seine Halbstiefel hatte sich der alte Soldat bis zuletzt noch stets selber angezogen. Einige Jahre vor ihm war seine umtriebige Caenis in aller Stille und mit Würde im hohen Alter verstorben. Man beschrieb sie in späteren zeitgenössischen Berichten zumeist als „des Kaisers vertrautes Weib in allen Dingen, außer ihrem Namen". Die gebürtige Griechin war ganz sicherlich eine der bemerkenswertesten Frauengestalten Roms im ersten Jahrhundert nachchristlicher Zeit. Und sie bewahrheitet in ihrer Vita die Erkenntnis altantiker Denkschulen, daß hinter jedem erfolgreichen Manne wohl (mindestens) eine strebsam unterstützende Frau stehe (sitze oder liege) …

In vielen langstündigen Gesprächsrunden mit fremden Nachfolger als Gutsherr, mit seinem und dessen Notaren (aus Pilatus' Sicht natürlich alles Schwerverdiener und Rechtsverdreher), welche dem Alten nunmehr energisch als Dauerschuldner auf den Pelz rückten, da sich dessen miese finanzielle wie materielle Lage, samt damit zwangsläufig minderer Sozialstatus nicht länger verheimlichen ließen, wurde ihm begreiflich gemacht, daß es ernst stehe und eng würde. Die Pfändung seines ohnehin arg geschrumpften Restbesitzes am Gute und damit verbundene Minimierung seines persönlichen Lebensraumes als geduldeter Altenteiler auf ehemaligem Eigengrund stand unmittelbar bevor und eine kurzzeitliche Gnadenfrist zum Wohnen im kleinen Janustempel innerhalb seiner Grabstätte konnte auch nicht ewig mehr dauern. Jetzt endlich gingen ihm doch so manche bisher verdrängten Fackelflammen sogenannter Altersweisheit auf, welche sich nicht lässig mehr wegtrinken ließen. Zum Beispiel die Flüchtigkeit menschlicher Bindungen betreffend „amicus fidus rara avis" *(Ein treuer Freund ist ein rarer Vogel!)* oder die angebliche Gleichheit aller vor dem Gesetz als eine schönfärberische Floskel, weil „quod licet Iovi, non licet bovi" *(Was dem Jupiter erlaubt ist, ist einem Ochsen nicht erlaubt!).* Mußte sich auch zahnstumpenknirschend selbst vorwerfen, seinerzeit manch gravierenden Führungsfehler begangen zu haben, da er noch hohe Ämter bekleidete und viele Menschen befehligte. Und weil die Masse Mensch erfahrungsgemäß eben nicht in der Lage ist, klare Gedanken zu fassen, geschweige denn auszudrücken – so müssen ihre Führer sie befähigen, jenes Nichtdenkenkönnen oder -wollen lautstark zu artikulieren. Wobei zwar zumeist Dummheiten herauskommen; die aber ungemein beruhigen, zumindest jene, die sie herauslassen. Und wer dann zuletzt lacht, der hats halt nicht eher begriffen, daß in schlechten Zeiten eben auch die Fische Federn lassen müssen. Was ebenso Geldgeschäfte wie Materie anbelangt, unser flüchtiges Erdenleben überhaupt, in all seinen Höhen und Tiefen – um wieder auf des Pilatus pekuniäre Zwangslage zurückzukommen. Denn sein sorgsam Erspartes war in unzähligen Lebensjahren restlos verbraucht, sein üppiger Grundbesitz verramscht, Möbel und Inventar, fahrende wie liegende Habe weggekommen. Alle versuchten jetzt, einem nackten Manne in die Taschen zu greifen. Fassten aber ins Leere, operierten ihm gegenüber mit Fakten und Zahlen, regten sich auf und wieder ab. Leider kriegte er nichtmal mehr seinen Piepel richtig hoch, um die Mischpoke schön spritzig anzupinkeln. Es ging zu Ende mit Schrecken; jedenfalls besser so, als ein Schrecken ohne Ende. Blieb also ruhig und gelassen, entgegnete allen Fangfragen ausweichend und verwies auf flirrenden Zauber der Abstraktion. Welche Theorie er sich im hohen Alter so zurechtgebastelt hatte: Nämlich das vermutlich Richtige sehen zu wollen ohne das Verwirrspiel um genauere Zustandsschilderung dieses Richtigen. Wohingegen einem Absoluten sicherlich nur mittels Zahlen beizukommen wäre. Die wiederum nur Maßstäbe setzen betreffs endlicher Überwindung leidiger Wirklichkeiten. Menschliche Phantasie hingegen läuft zahlenlos stetig neben jener weltlichen Wirklichkeit her. Beide ergänzen sich zwar trefflich – können oder wollen sich jedoch letztlich nicht treffen. Also gings dem weise gewordenen Pilatus gar nicht mehr um die Scheingenauigkeit irgendwelcher Fakten, sondern um den harten Kern von Sachverhalten. Weil „Zahlen sind immer nur relativ", so machte er den harthörigen Gläubigern schmunzelnd klar, „sine ira et studio". Obs die Dumpfbacken aber so richtig verstanden haben? Und nur so ganz nebenbei nahm er das Abscheiden Vespasians sowie die Herrschaftsübernahme von Sohn Titus Flavius Vespasianus am 26 Juni 79 wahr. Dieser schien ihm doch eher ein Schöngeist und nach hartem Vater irgendwie bläßlich schwächelnder Gutmensch (?) zu sein. Ob solches wohl gut gehe als Princeps? Nun, die Römer akzeptierten ihn, ja liebten ihn sogar mit seinen vierzig Jahren. Obwohl die versnobten Hauptstädter nie vergaßen, daß jene kleinstädtisch und provinziell geprägte Flaviersippe eben nicht der bislang die Kaiser stellenden Aristokratie aus alteingesessenen Konsuln- und Senatorenfamilien entstammte und nicht einmal aus der Ritterschaft kam. Titus ist zwar schon in Rom geboren und als Sohn des bei Claudius angesehenen Generalsvaters im Kaiserpalast Spielkamerad von dessen Sohne Britannicus gewesen. Ging dann mit Vater als Unterlegat der berühmten XV. Legion nach Syrien, wo beide entscheidend zur Niederwerfung des Judäischen Aufstandes beitrugen, und Titus dann mit Einnahme und Rundumzerstörung Jerusalems dort für Friedhofsruhe sorgte. Als nachheriger alleiniger Gardepräfekt nahm er die Prätorianer fest in den Griff und hielt alle jene unter Nero hochgekommenen Denunzianten, Schönschleimer, Schmarotzer, Möchtegernkünstler eisern kurz. Er selbst lebte zwar etwas mehr „barock" als sein spartanischer Erzeuger – doch ebenso ehelos. Denn nach zeitiger Trennung von Ehefrau Marcia blieb er mit kleiner Tochter Julia alleine. Auch ihn erfaßte die Bauwut: am Kolosseum und mit Prachtbädern, vorzüglich mit seinem gewaltigen Triumphbogen über die Via sacra nahe dem Forum, setzte er sich persönliche Denkmale.

Aber wie das so oft beim unvollkommenen Menschengeschlechte ist – die Guten werden vom höheren Orte manchmal sehr bald weggeholt; lediglich knapp zweieinviertel Herrschaftsjahre waren ihm letztlich vergönnt. Dazu suchten schlimme Brand- und Naturkatastrophen die verunsicherten Römer heim: am 24. August 79 war der Vesuv ausgebrochen, welcher in der Bucht von Neapel und im Hinterlande totale Zerstörung anrichtete. Und während Titus' eiliger Inspektionsreise samt Kurzaufenthalt vor Ort, wüteten in Rom vernichtende Großfeuer, die u. a. Kapitol, Pantheon, Bäder und Wohnviertel einäscherten. War letzteres gar Brandstiftung gewesen? Das alles zusammen förderte nicht unbedingt den Gesundheitszustand des ohnehin nervlich labilen Princeps. Welchem höfische Schmeichler späterhin nachrühmten, er habe stets nur Gutes für die Bürger und das Imperium gewollt und jeglicher Tag, an welchem er nicht wenigstens einem Menschen eine Wohltat erweisen könne, sei für ihn ein verlorener Tag gewesen (Seneca läßt grüßen). Im Katastrophengebiet Campanien muß er sich wohl die Keime seiner dann ebenso schnell wie tödlich verlaufenden Krankheit geholt haben; man vermutete Malaria. Zunächst aber, schnellstmöglich wieder in die Reichshauptstadt zurückgekehrt, half er hier mit Rat und Geld den Abgebrannten, wo er konnte. Versilberte sogar wertvolles Palastmobilar (Töchterchen Julia konnte mit Mühe gerade noch ihr Spielzeug nebst Lieblingspuppen vorm Ausverkauf retten), um hungernde Bittsteller speisen zu lassen. Doch schon in erster Septemberdekade 81 erlag er jener tückischen Infektion. Nach körperlichem Zusammenbruch mit Weinkrampf – und das vor zahlreichem, bestürzten Theaterpublikum in der Großarena Roms – drängte es ihn aufs kleine sabinische Familiengut Reate. Wo er fiebergeschüttelt und in Sänfte getragen noch anlangte, um dort gleich seinem Vater zu sterben. Allerdings nicht stehend, sondern liegend, in spätsommerblauen Himmel schauend und folgende Klageworte ausstoßend: „So soll ich schon sterben und habe es doch nicht verdient!" Nichts hätte er getan, das er bereuen müsse; zuckte aber dann krampfend zusammen und murmelte kaum hörbar: „Eines ausgenommen …" Obwohl sein Leibstenograf (auch Titus beherrschte die von Seneca entwickelte Kurzschrift bestens) sorgsam alles mitnotierte, konnte sich keiner der Anwesenden einen Reim auf erwähnte Ausnahme machen. Der Sterbende hatte, da selbst ohne Thronerben, den von ihm ungeliebten jüngeren Bruder Domitian (die Abneigung war gegenseitig und jener soll ungeduldig aufs Ableben des Princeps gelauert haben, was diversen Gerüchten Tür und Tore öffnete) zum Amtsnachfolger bestimmt. Ein wie immer folgsamer Senat bestätigte, allerdings zögerlich und mit geheimen Gegenstimmen, diesen zum 13. September 81. Titus jedoch avancierte trotz seines Kurzherrschertums zu einem der beliebtesten Romkaiser und wurde später nahezu vergöttert! Ein Zustand, von dem sein Nachfolger nicht mal andeutungsweise träumen durfte, obwohl er's lebenslang heftig anstrebte, dafür sogar über Leichen ging.

Während der wenigen Regierungsjahre des Titus waren es natürlich vor allem die Katastrophenmeldungen, welche den sich jetzt fast ausschließlich in sich selbst und sein tristes „Armeleutetempeldasein" zurückziehenden Pilatus erreichten. Nach der geliebten Hündin Gewittertod und Entwürfen für ihr sowie gleichzeitig sein künftiges Grabmonument im noch ihm allein gehörigen Totenhain – wartete der Alte zunehmend ungeduldig aufs erlösende Hornsignal zum Wegtreten in die Ewigkeit. Zwar nahm er die ihm gelegentlich überbrachten Informationen zu Leben wie Sterben des guten Kaisers sowie alsbaldiger Gottwerdung dieses Princeps wohlwollend zur Kenntnis. Mit absolut interesselosem Nichtgefallen die ersten törichten Eskapaden des nachherigen, erst dreißigjährigen Folgekaisers Domitian *(Regierungszeit 13. September 81 bis 18. September 96)*, dessen sich schon abzeichnende autokratisch-blutige-größenwahnsinnige Herrschaft von ferne registrierend. Dieses alles ging ihn in seiner Einsiedelei glatt am Arsch vorbei und wirklich überhaupt nichts mehr an. Ende der Fahnenstange!

Unter insgesamt zehn Kaisern hatte er gelebt, gedient, gewirkt; und die Herrschaftszeit eines elften sogar noch angeschnitten – sechs Kaiser sind unfriedlich abgeräumt, sprich weggemordet worden, beim jetzigen siebten zeichnete sich solches unscharf ab. Sie alle waren gut und normal oder auch schlecht und verrückt; so wie es halt die Menschen nun einmal sind. Ihm jedenfalls reichte es jetzt. Und vielleicht dürfte er noch einmal wiederkommen; in viel späterer, gänzlich andersartiger Welt und anderen Zeitverhältnissen ein zweites oder auch drittes Leben nochmals neu führen. Wäre eigentlich gar nicht so übel, zumal er ja immer schon recht neugierig gewesen war. Nur für heute und hier galt das alte Sprichwort: „Solitudo coeli Ianua“ *(Einsamkeit ist die Pforte zum Himmel)*! Dieses beherzigend, genoß der Uralte in seinen letzten Daseinsmonaten, mit so gut wie 92 Jahren auf dem gichtverkrümmten Rücken, den wie zum Abschiednehmen nur für ihn geschaffenen, herrlichen Weinherbst Dalmatiens, rührte sich nicht mehr aus dem Bau und wartete sehnlichst dem Grauen Gast entgegen. Als treuem Wegbegleiter auf letzter Marschetappe in nebelverhüllte Unendlichkeit. Denn insgesamt gesehen und in der Rückschau gewertet, war dieses Pontius Pilatus’ Erdenleben doch eher ein unruhiger Marsch gewesen. Und sogar jetzt noch mußte er eilen, um die zwei einzigen Wesen, die er einst wirklich liebte – seine flinke, vierpfotige Lupamaus sowie die schon vor ihr weggegangene zweibeinige Juliaschöne, atemlos glücklich einholen zu können: „Vita somnium breve – Per aspera ad astra!“ (54)

Der Starke ist am mächtigsten allein! Na ja, sei es drum, und dies sagt sich so leicht dahin. Aber verdammt, warum muß gerade einer wie ich stetig andauernd ins Grübeln geraten – ob manches oder gar vieles von dem, das ich einst gesagt, gewollt, getan oder ungesprochen wie unterlassen habe, am Ende rechtens war beziehungsweise richtig ausgeführt? Zu Lebzeiten allerdings ist mir solches Denken draufgängerisch, naßforsch, schneidig meistens so was von scheißegal gewesen. Jedoch nun, heute und hier und zu unguter Letzt! Es sollte wohl meine allerschlimmste Bedrückung werden; nebst tief eingebranntem Wissen um die Ewigkeit meiner Vergänglichkeit. Immerhin: Nichts, aber auch garnichts, wird künftighin bei allen Menschengeschlechtern, die mir nachkommen, ohne mich sein können, den römischen Ritter PONTIUS PILATUS! Trotz vielen Lautgeschreis und leiser Häme um mich und über mich, will ich unter wie auch in euch sein, als Hammer oder Amboß jegliche Zeitläufte überdauern; komme, was immer da kommen soll oder will – Jahrzehnte, Jahrhunderte, Jahrtausende lang. Oder kurz gesagt, je nachdem woher oder wohin einer die Sachlage betrachtet und welchen Schauplatz er einnimmt. Jawoll, ich habe mein ganzes, langes Leben hindurch zumeist alleine gehandelt, gesprochen, gerichtet und nur zeitweilig mit anderen zusammen oder gegen andere gekämpft; ich habe im Grunde stets nur mein eigenes Spiel gespielt, dabei gewonnen und verloren; ich habe geliebt, gehaßt und gelogen. War also auch nur Mensch unter Menschen, will heißen ein Wolf unter meinesgleichen. Seine Feinde bekommt man von den Göttern geschenkt; seine Freunde muß sich ein jeder in seinem Leben schon selbst aussuchen! Vom altpersischen Seher und feueranbetenden Priesterpropheten Zoroaster hatte ich mal gelesen: „Das Leben ist ein Born der Lust. Aber wo das Gesindel mittrinkt, da sind alle Brunnen vergiftet. Und mancher, der sich vom Leben abkehrte, kehrte sich nur vom Gesindel ab; er wollte nicht Brunnen, Flamme und Frucht mit dem Gesindel teilen." (55) Wie wahr! Doch da blieb mir aus früher leider nicht zu Ende geführter Grundsatzdiskussion mit seinerzeit gekreuzigtem Nazarener immer noch – und bis aufs Allerletzte – die wie eine heftig blutende Wunde offen stehende philosophische Frage im Raum und der Zeit stehen: „Was ist Wahrheit und das Wesentliche? Wie ist Wirklichkeit und wo ist Ewigkeit? Wenn ja, warum und mit beziehungsweise bei wem?" Solches Nachdenken ist dann wohl mein Fluch nebst schwerer Last, welche ich ganz alleine zu tragen habe – und ich nehme dieses ohne zu murren an. Eben weil ich der bin, der ich bin, selbst wenn ich manchmal wer ganz anderer sein mochte …

„Gehen müssen wir alle einmal – attentione! – doch manche kommen wieder." Selbiges hatte ich vorsorglich ins dreieckige Giebelfeld einer aus gewaltigem Findlingsblock herausgearbeiteten Stele als meinen künftigen Grabstein einhauen lassen (mit vollplastischem Kopf- und Halbkörperrelief eines römischen Kriegstribunen in Paradeuniform, nebst vollem Namen, Rang, Ämtern und Herkommen). Denn auf einer dem Janustempel benachbarten Grabesstätte, als kleinem Totenhain und Gedenkort, wollte ich gerne ruhen; neben meiner Lupa und vor mir gegangenen Julia samt ihrem Kutscherzwilling. Welche Lieben hoffentlich frohgemut auf mich wartend, im *„Ich weiß nicht wo"* als einem vielleicht von den Göttern hergeschenkten und weithin unbekannten Niemandsland auf der Grenze zwischen Traum und Tag verweilten, bis ich nunmehr binnen Kurzem wieder freudig zu ihnen stoßen werde. Das wäre eigentlich mein letzter Herzenswunsch auf Erden wie in diesem Leben. Und darum bitte ich jeden Abend ganz dringlich; allerdings nicht auf den Knien, sondern in (soweit noch möglich) aufrecht soldatischer Haltung, lediglich den Kopf respektvoll neigend. Denn ein Mann und altgedienter Krieger sinkt nur vor des Todes Majestät ins Knie. Das zwar am Stocke, weil mir seit geraumer Zeit eben nicht nur das Gehen schwerfällt, sondern auch das Stehen zunehmende Beschwerden verursacht. Was Wunder – habe ich doch stattliche neun Jahrzehnte inzwischen reichlich, zuletzt gar recht verdrießlich, heruntergelebt. Und auch (trotz aller Dankeszuweisung an den Zufall als wichtigen Handlungshelfer des uns vorbestimmten Schicksals) immer fordernder die mir bislang eher wohlgesonnenen Götter angefleht: „Macht ein Ende; es ist genug und ich mag nicht mehr. Nicht, daß mich endlich noch die gefürchtete dementia senilis überfällt und ich so meinem eigenen Schatten auf die Füße treten muß!" Jeden Abend trinke ich auch, neben erwähntem Gebet um gnädigen Tod, einen großen Becher des guten dalmatinischen Weines. Mit Blick in den unbestechlichen Spiegel samt frommen Trinkspruches: „Prost Alter, mit dir trinke ich doch am liebsten; und ganz besonders darauf, daß ich nicht noch älter werde, als ich jetzt gerade aussehe!" Sehr alt werden dürfen – das heißt auch wohl, persönliche Verpflichtungen in rasch ablaufender Zeit zu finden. Also nicht unbedingt seinem Leben viele Jahre zu wünschen, sondern eher diesen Jahren mehr Leben aufzuprägen. Denn es kommt nicht so sehr darauf an, wie alt man wird; aber viel mehr darauf, wie man altert. Und in jener uns geschenkten Erdenzeit Erlebtes wie auch Durchlittenes ggf. aufschreiben zu wollen, damit festhalten zu sollen. Um dann ein nächstes Leben wiederum bewußter leben zu können. Als Wiedergänger nämlich, irgendwann. Aber ich gebe zu Protokoll: Es fehlt mir der gute Kamerad und Lebensgefährte, vornehmlich in persona eine Sie, im nunmehrigen Schlußgefecht doch sehr. Als schlichtherbe Wahrheit unvergänglich in nachstehendem Vers offen ausgesprochen: „Wenn einer von uns müde wird, der andre für ihn wacht / Wenn einer von uns zweifeln will, der andre gläubig lacht / Wenn einer von uns fallen sollt, der andre steht für zwei / Denn jedem Kämpfer gab ein Gott den Kameraden bei!" Mein vom Schicksal auferlegtes Lebens-Los war offenkundig das eines die anderen alle überlebenden Wanderers durch meine

Zeiten und viele Pforten und Torbögen auf Erden hier (gemäß den Bestimmungen meines persönlichen Monatsgottes und doppelköpfigen IANUS, mit seinen sowohl nach Morgen als auch gen Abend gewandten zwei Gesichtern); immer hellwach und feste für mindestens zwei stehend, fechtend, rastlos tätig werdend und drauflos marschierend. Jetzt aber will es um mich Nacht werden und ich bin müde geworden, mag nichts mehr schaffen und keinen mehr sehen. Lausche nur noch angespannt aufs Schlußsignal von ganz hoch droben, mit seinem mich hier unten endlich erlösenden Hörnerklang der Retraite „Löscht die Feuer!" Die Zeit als solche hat immer nur den jeweiligen Augenblick als genauen Zeitmesser; dennoch regiert beziehungsweise reguliert sie das Schicksal der Einzelnen sowie der Masse Mensch insgesamt und geleitet uns schlußendlich auch in den Tod. Im Verlaufe meines wahrlich sehr langen Lebens habe ich natürlich auch eines gelernt: Es ist durchaus möglich, die meisten Menschen einmal zum Narren zu halten; einige auch des öfteren (und das sind nicht wenige). Aber unmöglich dürfte es sein, selbst für großmachtgewaltige Herrscher, alle Menschen auf Dauer oder gar für ewige Zeiten zu belügen, betrügen, verdummen. Einmal merken sie auf, und dann mucken sie auf. Gar mancherlei Wesentliches wie auch Wichtiges lehrte mich dann endlich die klassisch römische Philosophie der Stoa. Womit ich wohl zwangsläufig beim jüngeren Seneca gelandet wäre, dessen stoizistische Denkschule ich zwar nicht mehr in Rom persönlich, jedoch aus provinzieller Fernsicht anerkennend wohlwollend begutachtete. Seine Schriften und Hauptwerke durften in Folge sicherlich in keiner Bibliothek eines gebildeten Römers fehlen. Auch ich konnte mir so einiges über Jahre hinweg (durch meine immer noch bestehenden Verbindungen aufs Festland hinüber) ergattern. Wenn ich auch beide Senecas, Vater wie Sohn, letztlich doch als typisch intellektuelle Schönredner und eitle Schwätzer empfand (die sich als gutbesoldete Geistesdiener der Mächtigen bei Hofe in deren schnell wechselnder Gnadensonne tummelten), so stimmte ich einigen ihrer gängigen Schlagworte durchaus gerne zu; „Fang jetzt zu leben an und zähle jeden Tag als ein Leben für sich" oder „Alter Irrtum ist uns lieber als alte Wahrheit" oder „Nicht weil es schwer ist, wagen wir es nicht; es ist schwer, weil wir es nicht wagen". Und ganz besonders in meinem speziellen Falle beziehe ich mich auf Senecaische Philosophie – der ich nunmehr die Götter überlisten und meinen persönlichen Abgang alleine inszenieren werde – denn nach eingängiger Stoiker-Weisheit ist ja ein selbstbestimmter Freitod durchaus erlaubt (zum Beispiel infolge körperlich-geistiger wie unheilbarer Altersleiden o. ä. m.), wenn ein persönliches Weiterleben in Würde und Freiheit unmöglich erscheint! (56)

„Klirr und rumms". Scheppernd fiel die stabile Eisentür des speerspitzengezierten weitläufigen Hochgitters um das von mir geplante und glücklich jetzt endlich verwirklichte kleine Areal eines Totenhaines; mit zierlichem Janus-Tempel dicht bei der zwar blitzgeschädigten, doch zähe weiterlebenden gewaltigen Steineiche, welche die sorgsam umhegten Grabstätten meines engeren Gefolges überschattete. Und wo auch mein fertiggewordener Prachtgrabstein darauf wartete, daß in Kürze hier meine Aschenamphore noch in die Erde kommen würde. Nachdem ich meinen allerletzten Haussklaven herzlich, aber wortkarg verabschiedete (ich hatte diesen schon des öfteren freilassen wollen, jedoch wollte der Schlauberger nicht das freiere Leben eines solchen minderberechtigten libertinus führen; da hätte er nämlich alleine für sich sorgen müssen, während er als Sklave zwar ganz rechtlos war, aber laut Gesetz von seinem Herrn versorgt werden mußte), schaute ich ihm nach, wie er langsam und mühevoll als kleine, krummgearbeitete, verhutzelte Schattenfigur dem nahen Gutshofe zuhumpelte, unter schattig steinernem Torbogen der Umfassungsmauer sich langsam und mir zuwinkend umdrehte; in Händen den großen Türschlüssel vom Totenhain. Und er würde morgen früh nach mir schauen, der Gute. Denn wir zwei verkörperten hier alleine noch die alte Zeit. Als jungen Burschen hatte ich ihn erworben, da ich mit der Gutswirtschaft anfing damals, und ihn mir zum Leibsklaven für niedere Dienste erzogen. War nicht gerade das hellste Licht, dafür treu wie Gold. Sein Kindergemüt erfaßte noch nicht ganz, daß es ein Abschied für immer war, als er im Abendsonnenschatten des Gutstores wie in ein schwärzliches Nichts verschwand. Sorglich diente er die vielen Jahrzehnte als Hundewärter und herrschaftlicher lasanophorus. Während ringsherum neue Lebenswirklichkeiten sich mächtig gewaltig austobten, versprach mir der neue Gutsbesitzer in die Hand, meinen altgetreuen Danilo mit zu übernehmen. Als tüchtiger Oekonomos, von küstenvorgelagerter großer Insel Corcyra zugezogen, hauste er schon mit Familie und Hausgesinde hier im Gute. Welches mir seitens der Präfektur nach schmerzlichen Zuckungen schuldenhalber endlich weggepfändet war. Danilo durfte sich nun sein Gnadenbrot als Hundewärter bei ihm verdienen und kümmerte sich liebevoll um einen Wurf quirliger Dalmatinerwelpen. Weil der neue Herr mit deren Züchtung als schwarzweißgefleckte Rennhunde ebenso Geld verdienen wollte, wie mit einem großangelegten Weinbau (ließ viele Hanglagen auf Seeseite bereits aufreben), mit Schafzucht und Weidewirtschaft auf großen Flächen sowie Maulbeerbaumkulturen. Mochte er ruhig, ich gönntes ihm schon um Danilos willen. Übrigens hatte ich bereits seit vielen Jahren alles frühere Pachtland an die dort arbeitenden und lebenden Kolonenfamilien zu günstigen Preisen veräußert; und die Leute bekamen somit das oftmals schweißtreibend bewirtschaftete Land in eigene Hände. Weil nämlich meine einstens sehr reichlichen Ersparnisse halt nicht für solch langes Dasein ausreichten, ist nunmehr und verstärkt nach Lupas Weggang, mein eigenes Leben hier sehr ärmlich geworden. Seit Wochen, nachdem ich aus dem Gute herausmusste, hause ich also äußerst spartanisch und vom alten Danilo notdürftig mit einiger

Kaltverpflegung sowie dem geradezu lebenserhaltenden Rotwein und Holzkohle zum Einheizen täglich neu versorgt, im alten Janustempelchen, meinem letzten Grundbesitz. Auf lumpigen Matratzenlager beim räuchernden bronzenen Wärmeöfchen; eine volle Wassertonne, der zumeist leere Nachtstuhl, Holzgestell für meine paar letzten Klamotten und Uniformstücke nebst Waffen; grober Holztisch und stabiler hölzerner Lehnstuhl samt Sitzkissen und Wärmedecke (in dem ich nächtelang durchgesessen und nachgedacht habe). Die kleinen Fenster mit Läden fest verrammelt, sodaß ich beim kümmerlichen Flackerlicht der Kerzen kaum in meinen wenigen mitgenommenen Rollen und Tafeln aus ehedem reichlich ausgestatteter Privatbibliothek noch was erkennen konnte. Tinte sowie Schreibgerät trockneten inzwischen aus. Und da war da noch ständig umschleichender wie fressendnässender, feuchtkalter Nebel draußen. Dieser Monat novem drückte mir ordentlich aufs Gemüt. Ebenfalls kam die matt glimmende Holzkohle nicht gegen andauernde Fußbodenkälte auf und vermochte kaum, die morschen Knochen einigermaßen zu erwärmen. Ja, viel war nicht mehr los mit dem alten Pilatus! Und ehe man hier endgültigen Schwarzschimmel ansetzte, sollte man lieber eilen, sich schnellstens abzuräumen. So wie vorhin der alte Danilo, der zögerlich die ihm geschenkten letzten Silber- und Bronzemünzen in ein Beutelchen schaufelte. Für ihn wars viel Geld. Das er als Sklave eigentlich nicht haben durfte; denn Sklaven stand nach römischem Recht überhaupt kein persönlicher Besitz an Geld und Gütern zu. „Also gut verstecken, Danilo und keinem sagen!" Sollte dessen Altersvorsorge werden. Seinen Dank abweisend, zeigte ich noch eine letzte auf dem Tisch blinkende Silbermünze, heute veraltete Tetradrachme aus fernem Land und früherer Zeit: *„Diese kriegst du nicht – die gebt mir einmal mit in die Aschenamphore vom Grab."* Einsam lehnte ich jetzt am Türgitter, von innen probeweise daran rüttelnd. Es blieb zugeschlossen und ich käme nicht einmal mehr raus, wenn ich selbst wollte. Einen

Schlüssel nahm Danilo eben mit; den zweiten hatte ich den jungen Leuten gegeben, welche mich am Mittag besuchten, vom dörflichen Küstenorte in etwa einstündiger Wanderung zu mir hochkommend. Nach kurzem Gespräch und Übergabe der bedeutungsvollen Schriftrolle, in der ich bei meinem letzten Stadtbesuch in Epidaurus auf dortiger Präfektur die behördlich abzusegnende und mit gesiegelter Ausfertigung beglaubigte Übergabe meines letzten Grundstücksbesitzes – des Totenhaines mit Janustempel, Grabstätten, Steineiche und allem, was innerhalb der Umgitterung noch war – an jene Kinder, nein verdammich, schon die Enkel jenes alten Veteranenkameraden aus ferner Zeit und noch fernerem Vienna-Aufenthalt von anno dazumal. Versprachen auch mit Dank ganz feierlich, alle anstehenden Belange meiner angemessenen Bestattung samt Dauergrabpflege und das Inordnunghalten des Totenhaines organisieren zu wollen. Erzählten noch kurz davon, wie sie nun die Werftanlagen im Fischerdorf ausweiten wollten und das Schiffsbaugeschäft mit seetüchtigen Hochbordern auf ein neues Standbein stellen. „Glück zu, Kinder, und möge es gelingen!“ Mit den letzten runden Goldstücken sie ablöhnend, gingen die zwei jungen schönen Menschen raumgreifenden Schrittes in ihr Leben hinein. Ihnen nachblickend, sinnierte ich bildhaft „Dort geht jetzt die neue Zeit mit der neuen Jugend!“ Dann waren sie auch schon um die Ecke verschwunden; ich schlurfte langsam zum Tempel hinüber, sah im letzten flüchtigen Rückblick, wie sich meine schwerfüßigen Trittspuren im spätherbstverwehten und raschelnd verrieselnden Baumlaub schnell so auflösten, als wäre ich hier niemals zugange gewesen, als hätte es mich überhaupt gar nicht gegeben. Und seien die anbei Begrabenen in geschichtsloses Dunkel aufgesogen sowie letztlich erinnerungslos zur Gänze verschluckt worden. *Aber nur die Lumpen sind bescheiden!* Eben deshalb ließ ich mir noch zu Lebzeiten in meine fertige prächtige Grabstele mit dickvergoldeten Großbuchstaben auf die Rückseite zusätzliche Inschrift prägen (durch flüssiges Baumharz schützend überziehen): DOMUS TUTISSIMUM CUIQUE REFUGIUM ATQUE RECEPTACULUM. (57)

Die Traumbilder entschwinden langsam und ganz leise, Gedankensplitter entflechten sich zögernd. Wahn und Wirklichkeit, Gestern und Heute; was ist hier noch Wahrheit, Wesenheit, Wirklichkeit in reiner Lehre sowie unverrückbar allein feststehender Art und Form? Welche ein Glückskind (vielleicht) irgendwann, warum, wie und wo auch immer, in letzter göttlicher Vollendung finden kann! Oder gibt es selbige überhaupt garnicht, für uns winzig unbedeutende Sterbliche in den schmutzigen Niederungen eines vor universaler Ewigkeit so völlig unmaßgeblichen Erdenlebens in all dessen Irrungen und Wirrnissen durch leider nur allzukurz bemessene Daseinszeit. Dann erhebt sich allerdings die berechtigte Frage manch hellen, schnellen, kritisch aufmerkenden Geistes: Warum ist dieses so? Und folgerichtig weiterforschend: Wie könnte man das künftig ändern? Wenns gelingen sollte, unseren herzlichen Dank (an wen auch immer). Wenn aber nicht, Pech gehabt, dumm gelaufen und es sollte halt eben nicht sein. Für mich in persona jedenfalls ists das nun wirklich wie endlich gewesen. Und von mir aus gerne; Schluß also mit den ollen Kamellen und Gedankenspielereien. Der alte Kämpe, und zum Ende seines langen Lebens wirklich bettelarm wie bescheiden gewordene ehemals Bedeutsame, Hochgestellte, Schöne, Reiche, Vornehme (und was weiß ich sonst noch alles), meldet sich hiermit ab zum Sterben!

Da draußen wird's schon wieder sichtig und hell; es ist die Stunde, wo die alten Soldaten zumeist gehen. Nur dieser lästige Nebel immer noch; zwängt sich jener da glatt unter festverschlossener Tempeltüre herein, quillt in die Höhe und Breite, nimmt jetzt sogar Gestalt an: „Ach so und Verzeihung – du bist das, Grauer Gast! Sei willkommen und mir hoffentlich zum Abholer und Wanderungsbegleiter in die Ewigkeit bestimmt, ja? Momentchen noch, Alter!" Nur schnell das erlösende Pülverchen (hat mich beim Griechenarzt in Epidaurus seinerzeit ein Vermögen gekostet) ins schon wieder leere Glas und letzten Rest aus gluckernder

Amphore in selbiges. „Prosit! Ich trinke dir mit dem Todeswein freundlich zu; jetzt können wir gehen – hilfst du mir auf die Beine? Danke!“ Mit der Rechten das hübschvornehme Stammglas müde vom Tisch wischend, hörte ich's hell klirrend auf Stein zersplittern, vergänglich wie auch meine hiesigen Lebensregungen. Die Linke dem Grauen Gast leise zitternd darbietend, der mir den griffbereit am Sitzstuhl lehnenden knotigen Zenturionenstock sorglich zur Hand gab (hatten wir zwei Beide doch jetzt einen ungewiß langen Wanderweg zu beschreiten) und der mir sachte die große Kapuze des schützenden Offiziersumhanges sichtverhüllend von hinten über den ergeben gesenkten Kopf zog – fühlte ich uns beide inmitten des drückenden, dichter werdenden, luftabschnürenden Nebels mit jenem gleichsam schwebend wegfließen, alle Erdenschwere und Bedrängnisse, jeglich Gewesenes hinter uns lassen. Endlich frei sein dürfen und im Tode noch mein ehrliches „Gott sei Dank“ ausschnaufend. Dafür allein schon hätte sich das Leben zuallerletzt doch noch gelohnt. Und ich vermochte schlußendlich die einstmals an einen Jeden gestellte Schicksalsfrage zu beantworten: „dic, cur hic?“ *(Sage, wozu bist du hier)* mit knurrig barschem *„fama antiqua et fabula ficta exolvo exitus faustus in eloquentia copiosa“*
(58).

„Bei allen Göttern Roms; endlich lichtet sich dieser verflixte Nebel“! Durch den er, wer weiß wie lange schon, sich mühsam durchkämpfen mußte. Als grausamtener Schleier, molkigvielgestaltig lastend, dumpfigfeucht und modrig riechend, umgab er den befreit Aufatmenden an einer großen Wegekreuzung. Der jetzt zögernd auf die dort vorbeiführende Heerstraße aus Nirgendwo ins Irgendwo hinaustrat. Als hinter ihm rasch wegziehender Nebelschwaden dünner, durchsichtig und streifender werdend, verabschiedete sich nunmehr auch der ihm bis hierher treu folgende Graue Gast, sein stummer wie sorgsamer Begleiter.

Nicht ohne ihn gebieterisch nach vorwärts einzuwinken. „Ja doch, mein guter Alter, so ein Soldatenleben ist immer ein langer, unruhevoller Marsch durch die Zeit; und ich gehe ihn jetzt auch weiter, bis ans Ende aller Zeiten. Hab trotzdem aufrichtigen Dank für alles Gewesene!“ Das aber, was noch sein wird, mußte er fortan selbst erfechten. Immerhin, sein diesbezügliches Alleinstellungsmerkmal war stimmig. An sich herunterblickend, befand er äußeren Habitus nebst Adjustierung als hoher römischer Militär soweit in Ordnung, daß er sich in der üblichen leichten Marschtracht eines Centurio principis cohors Romana (59), also mit respektabel verziertem Handstock, Kurzschwert am Brustbandelier und spitzigem Sturmdolch zur Seite, den raupengeschmückten Prachthelm am langgeschnürten Riemen nach hinten über den Schulterblättern hängend, durchaus sehen lassen konnte. Geradezu leichtfüßig jung fühlte er sich wieder, unternehmungsfroh tatendrängend. Alte Legionäre und ausgediente Veteranen sterben halt nicht wirklich – sie kommen eben nur gelegentlich um, wie auch immer. Alsdann mal los und zügig weitermarschiert. Doch schon wieder stockte er, verhielt seinen raschen Legionärstrab, staunend ja ungläubig schmunzelnd: kam da wohl ganz paßgerecht sein persönliches Marschgepäck, samt schweren Waffen, metallener Körperschutzrüstung nebst halbmannshohem Langschild vorbeigerollt. Auf dem großen, vierrädrigen Offizierswagen und von stattlichen Rössern gezogen. Auch sein Reitpferd mit eingespannt – weswegen er dem grinsend vorbeilümmelnden Pferdepflegersklaven sogleich den Stock über die Rübe zog, daß dem der Helm nur so wegschepperte. „Stramm grüßen war wohl gestern, he?“ Als alter Gänger und Infanterist nutzte er das Privileg des reitenden Offiziers zwar höchst selten, aber so hart sollte der Gaul dann doch nicht arbeiten müssen. Und vom Bock lachte ihm seine geliebte unvergessene Julia launig zu; neben ihr grüßte legionärsmäßig der Kutscherzwilling. „Na, hallo!“ Vom Wagen springend, wedelte ihm jetzt auch seine getreue Lupa herzlich knurrend entgegen. Mit frohem Zuruf begrüßte er nun seinen engeren Beritt: “Fein, daß ihr auch dabei seid, und damit wären wir ja alle wieder beisammen, so wie in guten alten Zeiten. Was gibt’s Neues?“ Weiter vorne aber, auf staubiger und von unübersehbarer Marschkolonne verstopften Straße, entwickelte sich urplötzlich ein hindernder, lärmiger Stau. Schreiende Troßknechte, Waffenträgersklaven, berittene und fußlatschende Legionäre, fremdsprachige Hilfstruppen hauten wild aufeinander ein, sich um die Vorfahrt, Wegerecht und Marschordnung heftig streitend. Maultiergespanne und schwere Materialwägen, Offiziersequipagen und leichte Eselskarren aller Art und Größe waren da aufgefahren, hatten sich fest ineinander verkeilt. Es ging dort einfach nicht weiter. „Was ist denn da los, werde ich doch gleich mal Ordnung in den Sauhaufen bringen“ – noch ein fester, schneller Kuß vorab für die sich zu ihm niederbeugende Julia, so im Vorübergehen. Freilich sah er auch den bedauernden Schatten in ihren meergrünen Augen, zog sie scherzend an den langen Rothaaren: „Keine Zeit jetzt für ein Mehr; sehen uns gewiß dann im Großen Feldlager am Ziel unserer langen Reise wieder und bleiben endlich für immer und ewig zusammen. Mein Offiziersehrenwort darauf!“ Freundlichst nickend, noch paarmal winkend, fuhren die Seinen weiter. Mit der getreuen Lupa, welche sich ihm wie selbstverständlich attachierte und in Folge nicht mehr von der Seite wich, eilte er laut schimpfend auf die total verstopfte Straße hinaus. Daselbst gabs eine Menge zu tun – und alles möglichst gleichzeitig. Bloß gut, daß er früher auch schon mal als Zenturio im Feldpolizeidienst tätig war und wußte, was in solchen Fällen anstand: eine harte Hand, die geballte Faust und der Stock für die Bumsköppe. Stürzte also ordnend, regulierend, strafend und zusammenstauchend auf selbige los. Mit markiger Kommandostimme donnerte er befehlerisch fluchend auf die Meute hin, hieb mächtig mit dem Knüppel drein und entwirrte das lästige Verkehrsknäuel dann schließlich. „Menschen und Völker – wie war die Truppe doch während der kleinen Weile seiner leiblichen Abwesenheit undiszipliniert verlottert!" Na, diese Kerle würde er auf handfest bewährte Art schon baldigst wieder auf Vordermann bringen, und wenn sie ihm darüber krepieren wollten. „Die kriegen wir schon wieder hin, meine gute Lupa, was meinst Du?" Die bellte laut ihre frohe Zustimmung, knurrte das umherwuselnde Gesocks drohend verächtlich an und fegte bekräftigend mit ihrer dicken Rute den Straßendreck zur Seite. Also kurz und gut; er war plötzlich mitten drin und voll dabei, fühlte sich endlich angekommen und wieder zu Hause bei der Truppe. Die ganze lange wie auch fast schon völlig verdrängte Vergangenheit war sicherlich mit den nunmehr verflogenen Nebelschwaden von Vorhin ebenfalls weggeflogen – und er endlich wieder frei sowie jenseits von Gut und Böse. So dachte er; aber dieses leider nur sehr kurzzeitig, undeutlich wie verschwimmend! Denn aus einem versteckten und von wilden Heckenrosen überwucherten Nebenweg traten, gänzlich unerwartet, ihm drei von früher her irgendwie bekannte Typen entgegen, liefen ebenfalls auf die große Heerstraße heraus: zwei ältere und ihrer Tracht nach vornehme Juden, hatten einen Jüngeren in die Mitte genommen (ihn beiderseits helfend und stützend), welcher erstaunlicherweise sich ein gewaltiges Holzkreuz auf die lastgekrümmten Schultern wuchtete – obwohl blaß, kränklich und ersichtlich angefressen wirkend, auch aus offenbar tiefer Brustwunde heftig blutend. Sie schauten sich als Anhalter nach einer Mitfahrgelegenheit eifrig um, aber zunächst vergeblich. Sofort machte es im Hinterkopf ganz deutlich „klick" und sein Langzeitgedächtnis arbeitete schmerzhaft angestrengt; verblasstes wie verdrängtes Erinnerungsvermögen überkam ihn. Sind diese dort nicht gar Gestalten aus früherer Zeit und damaliger Oberschicht der fernen Stadt Jerusalem (auf jüdisch Jerschalaim, griechisch als Hierosolyma) in seiner ehedem langjährig verwalteten Unterprovinz Judäa? Nämlich der reiche Handelsmann Joseph von Arimathäa und dessen Freund, der spitzfindige Rabbi Nikodemus (ein wahrlich tüchtiger Rechtsgelehrter)! Und jener Kreuzschlepper in ihrer Mitte – war das nicht der, na wie hieß er doch gleich, ah ja – dieser Jehoshua oder Joshua ben Joseph, ein mauldreschender Möchtegernmessias und selbsternannter König der Juden. Ewig aufmüpfig gewaltfrei dauerprotestierend sowie – zugegeben – recht geschickt auf die sanfte, zähe Tour mittels schier unverwüstlichem Gottesglauben die regierenden jüdischen Theokraten wie auch die sturen Schriftgelehrten anmistend und ausmanövrierend. Nur kam der Jesus leider vom seinerzeitigen Anus mundi, also Arsch der Welt (will heißen, aus dem Marktflecken Nazareth beim See Genezareth und somit dem allerhintersten Galiläa). Weshalb die großkotzig stolzüberheblichen Jerusalemer Stadtbewohner spöttisch meinten, dieser Volksprediger wäre doch wohl schwerlich ein Messias; denn von dort, wo jener herstammte, sei noch niemals etwas Gescheites zu ihnen gekommen … Na gut oder schlecht und wie auch immer beschaffen: jedenfalls brachte es dieser intellektuell revoluzzernde, sogar einigermaßen gebildete, fröhlich-unerbittlich gegen alle staatlichen wie religiösen Obrigkeiten jeglicher Coleur anrennende Anarchist und Charismatiker, lautstark beredt und massenwirksam agierend, zu einiger Popularität! Vorzüglich als er schließlich noch die von ihren nur allzu oft dummstolz selbstherrlichen Ehepatriarchen gedemütigten, entrechteten, zu rotierenden Gebärmaschinen degradierten Weiber gegen jene aufwiegelte. Indem er den Frauen und Mädchen unaufhörlich solche verrückten Ideen wie die von gottgewollter Gleichberechtigung der Geschlechter nebst ähnlichem Unsinn einredete. Ebenfalls deren aufgeweckte Sprößlinge und überhaupt alle möglichen ärmlich-plebejischen Elemente um sich sammelte. Dann mit stetig anwachsender Gefolgschaft (teilweise auch radikaler Anhängerschaft) durch die Lande sowie gen Jerusalem zog. Und somit in den von ihm nebst seinen Leuten überfluteten Dörfern und Ortschaften vermutlich einen ganz ordentlichen Kahlfraß hinterließ; die vielen hungrigen Mäuler wollten schließlich gestopft werden. Da wurde sicherlich auch schon mal Mundraub praktiziert, nebst Klau- und Maulenseuche; denn von regelmäßiger Hand- und Lohnarbeit hielten bekanntlich der Meister und die Seinen nicht allzu viel. Nach kurzer Zeit waren die Leute heilfroh, wenn die buntgemischte Truppe weiterzog. Unverdrossen predigte der neue Heilsprophet auf allen seinen Wegen sein Königreich, welches aber halt nicht von dieser Welt sein sollte. Worunter sich die einfachen Leute wohl kaum etwas rechtes vorstellen konnten; und die nominellen Könige, Hohepriester und sonstige Staatsoberen sich solches „um Gottes Willen" lieber gar nicht vorstellen mochten. Was würde sonst aus ihnen allen dann werden? Also zogen die damals Herrschenden der Jerusalemer Priesterkaste, mitsamt ihren zahlreichen Tempeldienern und der vermögenden bzw. gelehrten Oberschicht der Pharisäer und Sadduzäer schleunigst die gewaltpolitische Notbremse. (60) Unter sich traditionell in Glaubensdingen zänkisch wie tief zerstritten (korrupt zumeist ohnehin), war man sich im Falle dieses verrückt kreuzgefährlichen Phantasten schnellstens einig geworden; jener mußte unbedingt schleunigst aus dem Verkehr gezogen und weggebracht werden. Am besten gänzlich um die Ecke und zum Tode *(kreuzigt Ihn!)*. Allerdings wollten sich die feinen Herrschaften keinesfalls die gepflegten Hände selbst schmutzig oder gar blutig machen – und so schoben sie den leidigen Schwarzen Peter trickreich beredt an die Römer als ihre Besatzungsmacht hinüber. Welche in Gerichtssachen alleine für Schuldsprechung mit nachfolgendem Todesurteil zuständig waren. Und somit entwickelte sich die ganze Geschichte binnen kurzem zum hochbrisanten Politikum! Weil ein derzeitig aus Sicherheitsgründen während der Pessach-Wallfahrt (mit ihren vielen Tausenden von überallher in die Stadt hereinströmenden Gläubigen und damit verbundener latenten Unruhe) im Jerusalemer Prätorium (alter Herodespalast) residierender kaiserlicher Prokurator von den Stadtoberen und Tempelpriestern geradezu teuflisch geschickt involviert wie manipuliert worden ist. Was dieser garnicht so recht mitbekam, wie er sich späterhin öfters vorwerfen mußte und auch öffentlich nachsagen, obwohls ihn tüchtig wurmte. Sodaß ihm als Vertreter der Hochgewalt letzthin nichts anderes übrigblieb, als hierbei tätig zu werden. Welches er unter diversen Vorwänden immerhin mehrfach versuchte, zu umgehen … Da der inzwischen steckbrieflich gesuchte Jehoshua (von der wie immer äußerst akribisch und recht zielstrebig vorgehenden römischen Fremden- und Geheimpolizei genauestens beschrieben, und zwar mehrsprachig in Latein, Griechisch, Hebräisch) überall in der Stadt zur Fahndung aushing – bedurfte es wohl nicht mehr des Verräters Judas aus dessen engerer Jüngerschaft, um seiner habhaft zu werden. Nach Festnahme peinlich verhört, verspottet, hart angefaßt und ausgepeitscht, wies sich dieser endlich als Messias und Gottessohn aus wie auch als einen König der Juden. Womit er sich halt sein Todesurteil dann selbst sprach, welches ein aufs Äußerste genervter Prokurator nach längerer Verhandlung endlich sehr unwillig in entsprechende formaljuristische Fassung verlautbaren mußte. So hattens ihm, nach mehrmaligen Versuchen seinerseits, die lästige Angelegenheit gütlich zu bereinigen bzw. mit einer milderen Verurteilung zu Peitschenhieben und dergleichen aus der Welt schaffen zu wollen, die auf Todesurteil drängenden Judenoberen aufgezwungen. *(Weg mit Ihm!)* Und das von jenen aufgehetzte Volk *(Sein Blut komme über uns und über unsere Kinder!)* lehnte sogar ab, den ebenfalls zum Tode bestimmten kriminellen und revoluzzernden Mehrfachmörder BarAbbas an des Nazareners Stelle kreuzigen zu lassen, um ihre dumpfen, mörderischen Schaugelüste befrieden zu wollen – und brüllten diesen förmlich frei. Von den Judenoberen sogar mit direkter Amtsbeschwerde an den in Syrien fern residierenden Ober-Statthalter bedroht, weil die Selbsterhöhung eines in Judäa hergelaufenen Landfremden ihrer traditionell theokratischen wie patriarchalischen Gesetzgebung nicht nur feindlich war, sondern vorgeblich auch die Oberhoheit römischen Kaisertums ganz direkt gefährde! Welches der höchste kaiserliche Beamte ja doch so nicht wünschen könne. Anderenfalls man auch noch beim Princeps im fernen Rom vorstellig werden wolle. An sich waren jene spitzzüngigschlauen Judenpriester mitsamt ihren vielfältig komplizierten Glaubensregeln sowie alle Lebensbereiche tangierenden Vorschriften den Römern herzlich egal. Solange in den von IHM verwalteten Territorien äußerliche Ruhe herrschte und ER das von Rom aus stetig in drückender Höhe angeforderte Steueraufkommen den ohnehin aufmuckenden Untertanen herauspressen konnte – interessierten einen Spitzenbeamten religiöse kleinklein Zänkereien nun wirklich nicht! Auch war dem Pilatus ihr (weil gesichts- wie auch gestaltloser) Eingott höchst suspekt; seine römischen Götter hatten schließlich Gesicht und Körper, deren Statuen konnte man überall frei stehen sehen und öffentlich anbeten. Natürlich blieb er streng angehalten, jenen geheimnisvoll-unsichtbaren Judengott Jahwe wenigstens nach außen hin und für diese Hammelherde Volkes sichtbar, als allerö- berste Ordnungsmacht in jener fernen Weltenecke zu respektie- ren. Wobei dieser ersichtlich wie unerfindlich – nach allem, was man so von ihm hörte, wenngleich nicht sehen konnte – wohl keineswegs ein lieber Gott war, sondern sich als streng gebieten- der Regent auswies; auch sehr oft sehr hart durchgreifend, per Abmahnungen und mit drakonischen Strafen, sein Glaubensvolk an recht kurzer Leine straff zügelnd. Wofür er, Pilatus, als ver- antwortlicher Repräsentant kaiserlicher Macht wiederum volles Verständnis aufbrachte: denn die Plebs mußte letztlich sollen, was wir (ihre Führer) wollen. Und anders ließ sich Macht nicht reali- sieren; so war dies nun mal und so würde es wohl auch immer sein. Jedenfalls mußte er jetzt – auch im Interesse seiner eigenen, weiteren Verwaltungskarriere hierzulande – dem blindwütigen Ansinnen dieser aufgeputschten Judenmenge (im Hintergrunde stets die sich freudig ihre unbeschmutzten Hände reibenden

Staatsoberen vor seinem inneren Auge) folgend, den wie es schien allseits verachteten und böse verspotteten Volksverhetzer schnellstens liquidieren lassen; schon wegen des nahenden hohen Feiertages, der hierzulande ja bereits am späten Abend begann. Also ohne jegliche Berufungs- und Schlichtungsmöglichkeit zum schimpflichen Märtyrertod am Kreuz und auch solches im Eilverfahren. Den ungläubig staunenden, sein Riesenglück gar nicht fassen könnenden, BarAbbas schmiß er einer jubelnden Volksmasse geradezu wie auch höchst lebendig vor die Füße: Symbolisch wusch er sich dann noch öffentlich seine Richterhände in aller Unschuld … Welches zweifellos ein gravierender Leitungsfehler des in seinem Amte hier kläglich versagenden Pilatus gewesen ist! Was er sich späterhin noch desöfteren selbstquälerisch zum Vorwurf machen sollte. Nicht mal so sehr diese Kreuzigungsgeschichte ; solches kam ja immer wieder, und im Laufe seines Dienstjahrzehntes da unten sicher wohl tausende Male vor; das gehörte eben auch zum Tagesgeschäft eines Prokurators und höheren Verwaltungsgeschäftsführers. Jedoch die Sache mit seiner öffentlichen Handwaschung machte ihm noch einiges Kopfzerbrechen; schließlich war selbige mit diversem Gesichtsverlust verbunden und auch über seinen leiblichen Tod hinaus längst nicht vergessen. *(Wurde über Jahrtausende immer wieder davon, dazu, darüber sowie darüber hinaus von Scribenten berichtet. Skandalon)!*
Pilatus gedachte also im Nachhinein noch einiges wieder einigermaßen geradezurücken, wenigstens gedanklich und rief daher zum aufmerksamen Kutscherzwilling auf seinem eben rasch vorbeirollenden vierrädrigen Packwagen *(sog. Vehiculum tectum)* hinüber, worauf der gehorsam heranfuhr. Julia rückte bereitwillig auf dem Bock beiseite und ließ den ermatteten Kreuzträger aufsteigen – wobei sie sich fürsorglich an dessen arger Brustwunde zu schaffen machte. Die beiden älteren Herren räkelten sich derweil unter schützender Sonnenplane im hinteren Wagenteil gemütlich. Das riesige Kreuz hatte er inzwischen höchstselbst in

den Straßengraben gestoßen; von dort würden es schon nachfolgende Troßkutscher als hochwillkommenes Brennholz fürs Lagerfeuer aufnehmen. Sein Gefährt ruckelte wieder an, als er dem sichtlich befreit aufatmenden Ex-Delinquenten vorerst abschiednehmend – zwar etwas schmallippig, aber nicht eben ganz unfreundlich, bedeutete: *„Wir beide sollten paar von früher her noch anstehende Begriffsinhalte etwas gründlicher ausdiskutieren; beispielsweise Wahrheit und Wirklichkeit, Wesen und Wortgewalt und ähnliches mehr. Weil ich meine, Dir gegenüber doch eine gewisse Bringeschuld zu haben. War ja leider damals nicht mehr die Zeit dafür.“* Der nickte friedlich und schon war der Wagen in großer Staubwolke entschwunden. So wie man Julia kannte, würde sie dem heimatlos landflüchtigen Blessierten samt Begleitung einen gutnachbarlichen, windgeschützten, am Flackerfeuer durchwärmten Platz beim stabilen, großen Offizierszelt im späteren Nachtlager bereiten. Und Zeit für alle Ewigkeit betreffs erbaulich-philosophischer Streitgespräche, diesmal aber auf Augenhöhe, dürfte dort sicherlich kein Problem mehr sein: zum Beispiel betreffs eben der Wahrheitsfindung. (Und der Gewißheit, daß mit diesem Jesu-Erscheinen eine gänzlich andere Zeitenrechnung beginnt – als „Novus ordo Saeculorum“ formulierte Vergil einst jene neue Abfolge der Jahrhunderte!) …

In solche Gedanken verstrickt, war er inzwischen weitergeeilt, am schier endlosen und lockeren Marschband der weit aufgefächerten Soldatenkolonne (nebst in unordentlichen Haufen mitziehender Männer, Frauen, Kinder, Hunde aus dem zivilen Legionsgefolge). Die flinke Lupa immer dicht bei Fuß, trachtete er sehnlichst, sich wieder in die vorderste Rotte seiner alten Legionsabteilung einzugliedern. Wo reglementsmäßig die Zenturionen liefen, hatte er dann endlich den traditionellen Ehrenplatz als Kohortus und also rechter Flügelmann eingenommen. Vom dahinter marschierenden Adlerträger mit kameradschaftlichem Schubs in den Rücken begrüßt. Das wärs – und ab jetzt ist er wieder ganz vorne dran.

Wie gehabt und gedachte auch, diesen Platz niemals mehr abzutreten. Eine stolze Lupa trabte sehr leichtfüßig neben ihm her. „Na, wie denn, was denn? Munter, munter Leute – haben noch einen ganz ordentlichen Kanten abzulaufen bis ins Große Feldlager. Mit Gesang marschiert es sich viel besser; wollen also mal einen Riemen Marschmusik rauslassen – mein Lieblingslied bitte ich mir aus!“ Untermalt von gellenden Pfiffen und juchzenden Trillern, stimmte nunmehr die nachfolgende Rotte der Unterführer dröhnend an; nicht gerade schön, aber dafür schön laut. Und das Lied setzte sich bis in die hintersten Glieder der Kohorte fort:

„Legion marschiert in Feindesland
mit schnellem, harten Tritt –
und unsre Toten laufen mit.

Rasch voran und haltet Stand –
Hoch die Adler, laßt sie fliegen,
Legionäre müssen siegen.

Die Götter sind am türmen –
Wir wolln den Himmel stürmen
Und singen unser Teufelslied:
Halli – hallo, ha-a-ha, haaa a-ha!”

So ziehen sie denn auch als unausrottbare Phantome durch Jahrtausende und Ewigkeiten; weiter und immer weiter vorwärts ins Irgendwo-Nirgendwo auf der großen Heerstraße in den Himmel. Altvertraute heimatliche Gefilde längst hinter sich lassend. Anfängliches Heimweh verwehte der stetig sie begleitende Wind.

Mit dieser hier das Buch endenden Passage schließt sich ein ganz spezieller Historienkreis um frühe Altvordere von damals und spätgeborene Nachkömmlinge aus dem Heute. Darin lebend und in mehrfacher Hinsicht aktiv mitgewirkt habend (u. a. mit seinen zahlreichen kulturgeschichtlichen Werken letztendlich vielleicht wenige, gar bedeutungslose, Samenkörner aus dem schier unerschöpflichen Füllhorn unserer Weltgeschichte ausschüttend) ist Schreiber vorstehender Zeilen nun allmählich alt geworden. Hat sich auch mannigfaches Wissen und Können im Verlauf seiner Jahrzehnte redlich erworben, das ihm natürlich in jüngeren Jahren noch abging. Aber nur, wenn wir Älteren unsere ferne Kinder- und Jugend- und frühe Erwachsenenzeit(en) im vollen Bewußtsein des jeweilig Durchlebten und Überstandenen annehmen, aufnehmen und zu alledem ehrlich stehen, was wir seinerzeit richtig, falsch oder gar nicht gemacht haben – in unserem persönlichen Glauben, Hoffen, Hassen und Lieben, Weben und Streben, Vergeuden und Wegschenken – dann erst sind wir halt zur Gänze wir selbst! Egal, ob mit diversen Reichtümern dieser Erde gesegnet und also mit Gold, Geld sowie materiellen Ressourcen in Fülle ausgestattet, vielfach auch damit belastet – sind wir letztlich Arme im Geiste, wenn wir eben Gesagtes nicht wollen, können oder tun. Und beenden unser irdisches Leben einmal irgendwie und irgendwo recht ärmlich-erbärmlich. Das letzte Hemd hat keine Taschen! Im übrigen mag jenes altrömische Stoikerprinzip „nemo ante mortem beatus“ *(Niemand ist vor seinem Tode glücklich)* wohl auch immer noch eine gewisse Allgemeingültigkeit haben. Doch gibt es hierbei offenkundig Ausnahmen. Denn der sein Buch nunmehr geräuschvoll zuklappende, wie auch sichtlich frei und erlöst dankbar durchatmende, Wiedergängerchronist fühlt sich jetzt durchaus glücklich: *Es ist vollbracht!!!* Und ein armer Poet wähnt sich schlußendlich ganz unermeßlich reich …

Anmerkungen

0

Generell ist zum vorliegenden Werk, welches vom Autor ausdrücklich als ein Historien-Buch konzipiert ist (und eben nicht als historischer Roman, obwohl durchaus Züge eines solchen in Teilen vorhanden sind; auch nicht als eine wissenschaftliche Publikation verstanden werden will) folgendes anzumerken:

Zum **Ersten**, daß speziell im Literaturverzeichnis als sowieso nur unvollständig wie ggf. unzureichender Werkauswahl, keine der in Frage kommenden, weil „römischantiken" und damit latein- oder griechischsprachigen Quellen bzw. deren deutsche Übersetzungen von Autoren/Historikern/Geografen explizit auftauchen. Gemeint sind hier natürlich die quasi im Weiteren zeitgenössischen Berichterstatter, wie bspw. ein Cassius Dio, Celsus, Frontinus, Juvenal, Livius, Lukan, Martial, Petronius, Plinius, Plutarch, Seneca, Strabo Sueton, Tacitus, Vegetius, Velleius u a. m. Mit Ausnahme allerdings des Flavius Josephus – weil Jude u n d Kollaborateur sowie begeisterter Romprotagonist; und im Zusammenhang mit diesem auch noch ein ähnlich gearteter Zeitgenosse, der Philon von Alexandria als Philo Judaeus Alexandrinus ... Selbstverständlich sind sie aber alle intensiver Nutzung unterzogen worden. Wobei nicht selten die eine Quelle mit der anderen betreffs gewisser Aussagedetails oder historischer Wertungen verglichen, solcherart auf nicht wenige Fälle anbiedernder Hofberichterstattung oder gar rein subjektivistischer Auf- bzw. Abwertung, gewollter Positiv- oder Negativtendenzen hin überprüft werden mußte. Der überraschte Autor darf dem geschätzten Leser glaubhaft versichern, daß er in nicht wenigen Fällen unangenehm überrascht worden ist; es menschelte eben auch damals schon in Kreisen der Schreibenden Zunft ganz gewaltig; es werde Licht, bedeutet halt nebenhergehend mächtig düstere Schatten!

Zum **Zweiten**, dass alle im Anhang bzw. im Text genannten Jahreszahlen nach unserer nachchristlichen Zeitrechnung gehen. Egal, ob als v. Zt. (vor unserer Zeit) oder als u. Zt. (unserer Zeit) angeführt. Wobei die seit frühen Jahren der Christenheit sich einpegelnden Zeitangaben als die heute wieder in Gesamtdeutschland üblichen Datierungen „vor bzw. nach Christi" gemeint sind. Die antiken Römer freilich, wie natürlich auch die alten Griechen und die Juden, datierten ihre Historienschreibung nach jeweils gänzlich andersgearteter Zeitrechnung. Um grundlegende Irritationen beim Lesen dieses Buches zu vermeiden, spielen diese, uns Heutigen weitgehend fremden, Zeitfenster keine Rolle; sind lediglich im Autorenhirn fest eingebrannt. Übrigens nutzten seinerzeit die Römer, im Gegensatz zu uns heute und hier, eine ebenfalls andere Monatsfolge im Jahresablauf: das Römer-Jahr begann nämlich mit dem Frühlingsmonat März. Die Römer – als stolze Bürger ihrer ältesten Weltmetropole sowie Ewigen Stadt – zählten die Jahre seit „urbe condita" und also ab der Stadtgründung des ursprünglichen Etruskerortes Roma …

1

Obwohl er zeitlebens als Herrscher emsig danach strebte, sich vergotten zu lassen (nicht wenige Todesurteile wegen Atheismus bzw. Gottgrußverweigerung zwangsweise vollstrecken ließ), wollte gerade ihm solches partout nicht gelingen! Auch seine vielen, andauernden, großteils erfolgreichen Feldzüge an den Grenzen des Imperiums änderten nichts an seiner Unbeliebtheit. Während tüchtige Legaten und Präfekten in Britannien, Germanien, Pannonien, Noricum sowie den Dakerkriegen größere Siege verzeichneten – auch die ewige Unruheprovinz Germania superior konnte endbefriedet werden – ließ dieser infantil Größenwahnsinnige ein halbes Hundert spektakulär teurer Bauten in der Reichshauptstadt entstehen. Hatte daneben stetige Sorgen, daß ihm jeder Begegnende lauthals den neueingeführten Herrschergruß als „Dominus et Deus" (Herr und Gott; letzterer wohlgemerkt erst an zweiter Stelle!) lauthals entgegenschmetterte. Wenn er sich wirklich mal langweilte, ging er seiner Lieblingsbeschäftigung nach, dem Aufspießen von mit eigener, heiliger Hand gefangener Fliegen auf vorher erhitzten Nadeln; und stolz wies er des Abends seinem konsterniertem Gefolge die jeweilige Tagesausbeute vor. Oder er verzog sich in seinen privaten Folterkeller; wo er dann angeblich potentielle Attentäter bzw. aktuelle Nichtgottbegrüßer höchstselbst peinigte, indem er ihnen, sofern männlich, die Eier an- bzw. absägte und den Penis feurig verschmorte. Frauen jedoch soll er beißzangenbewehrte Zimmermannskäfer in die Vagina hineingepfropft haben – woselbst diese sich dann immer weiter nach oben hin eingefressen haben. Dabei sekundierte ihm sein vertrauter Leibzwerg eifrigst, mit riesigem Wasserkopf nickend, lüstern brabbelnd und sabbelnd. Nach solcherart getanem harten Tagwerk stärkte man sich bei diversen Freßgelagen. Im Privatleben allerdings war Domitian gescheitert; in den 70er Jahren hatte er die sehr ansehnliche Generalstochter Domitia Longina geehelicht. Die Sache ging natürlich nicht gut aus, bei seinem mistigen Charakter; ihr gemeinsames Kind starb früh und 83 verbannte dieser schwache Princeps seine hochintelligente Frau – die sicherlich beizeiten mitkriegte, welch faulendes Miststück sie da um sich hatte. Und ihm folgerichtig den Beischlaf verweigerte. Auch ihre einflußreiche Sippe motzte und moserte herum – sodaß ein genervter Domitian sie schließlich wieder aus dem fernen Exil in den kaiserlichen Palast retour befahl. Sich allerdings damit den frühen Tod ins Haus holte. Zwecks Auffüllung chronisch leerer Staatskassen tyrannisierte er die vermögenden altaristokratischen Familien Roms und dezimierte großräumig auch den wie üblich angstzitternden Senat – sodaß die Würdenträger in Scharen aufs Land und dortige Güter flüchteten. Auch die Judenschaft der Hauptstadt litt unter drückenden Schutzsteuern; während die zumeist vermögenslosen, nichtsdestotrotz recht großmäulig-besserwisserisch agierenden Christen erbarmungslos verfolgt wurden. Nach dem der Unhold sich letztlich in eigener Familie hemmungslos austobte, einen ehrenwerten Cousin wegen Gottlosigkeit liquidieren ließ (jener hatte sich erlaubt, gelinde Zweifel am Götterstatus des verrückten Princeps anzumelden), dessen Frau und eigene Nichte ins Exil verjagte, natürlich beider nicht unbeträchtliches Vermögen an sich raffte, da war sein irdisches Maß übervoll. Im Kaiserpalast wurden Intrigen gesponnen und ein Mordkomplott ausgetüftelt. Ausführende waren die Nochgattin Domitia, der mit ihr sexuell verbandelte Prätorianerpräfekt sowie ein vertrauter Haussklave. Jener bat den göttlichen Herrscher devot um die Gnade einer Privataudienz und hatte aber den spitzen Dolch bei sich; zwar nicht im Gewande, dafür in sorgsam scheinvergipster Armschiene lose so verborgen, daß er nach gehörigem und wohlwollend abgenicktem Gottherrschergruße die Mordwaffe flugs herausziehen und in den überraschten Kaiserbauch hineinstechen konnte. Einigemale kräftig dort herumgedreht und tiefgebohrt – das wars dann auch. So verröchelte jener Kaiserscheußling Domitian am 18. September 96, kurz vor seinem 45. Geburtstag. Und dieser war gleichzeitig blutiger Endpunkt der eigentlich sehr erfolgreichen Kaiserherrschaft seitens der in hauptstädtischer Oberschicht nicht sehr angesehenen Flavierfamilie („Kleine Leute aus tiefster Provinz ohne hauptstädtisches Flair!“). Lediglich dem irgendwie tragisch geendeten Titus trauerten sehr viele Römer noch sehr lange Zeit nach und bewahrten diesem liebevolles Andenken. Als einem, der in seinem kurzen Leben und noch kürzerer Herrschaftszeit zwar vieles gewollt, doch leider nur wenig gesollt hatte. Ihm lief sinnbildlich die stetig rinnende Zeit wie Flugsand zwischen den Fingern davon: „Non omnia posumus omnea“ (wie können nicht alle alles). Was ebenfalls nur allzuwahr ist …

Nachtrag zur Anmerkung

Noch an diesem 18. September 96 tagte dann der römische Senat – wie zumeist reichlich überaltert, ängstlichfeige, um sein eigenes Überleben bemüht. So hatte ihn sich ja bekanntlich noch in Republikzeiten der große Julius Caesar als willfähriges Instrument geschaffen. Nach folgendem, ruhefördernd wie auch politisch-praktisch für jeden Staatslenker leicht handhabbarem Prinzip: „Laßt dicke Männer um mich sein, mit kahlen Köpfen, die nachts gut schlafen!" Und tatsächlich sind wohl die allermeisten Berufsverschwörer sowie Fanatiker, dünnhäutig magernervöse, oftmals krankhaft hysterische, durchweg nachtaktive Typen gewesen … Jene Schlaffi-Senatoren also nominierten jetzt einen der Ihren zum neuen Kaiser. Den ebenfalls altersmüden, aber auf langjährige Verwaltungserfahrung zurückblickenkönnenden 66jährigen Marcus Cocceius NERVA – aus bester aristokratischer Konsulnfamilie. Allerdings war und blieb jener zeitlebens ausgesprochen militärfremd. Weshalb ihn auch bald die wiedergegründeten Prätorianergarden wegputschen wollten und kurzzeitig sogar als Geisel in Ehrenhaft nahmen. Jedoch dieser kluge Nerva, sich selbst ohnehin als ein Notbehelf und lediglich Princeps des Übergangs betrachtend, ohne jeglichen Ehrgeiz ein ruhiges Rentnerleben anstrebend – der adoptierte (kinderlos und ohne Familienanhang) nunmehr auf die Schnelle einen sehr erfolgreichen Militärführer und erhob ihn an seiner Seite als Mitregenten (im Oktober 97). Jener 44jährige, äußerst tüchtige Soldat war ein spanischgeborener Senatorensprössling aus guter, alter Familie in der Römerkolonie Italica nahe Sevilla; er hieß Trajan (Marcus Ulpius Traianus) – hatte Karrierestationen als Zenturio, Tribun, Legat, Konsul durchlaufen und war zum Zeitpunkt seiner Ernennung Präfekt/Statthalter in Moguntiacum (Mainz), Provinz Germania superior am Rhein. Nach Schlaganfall am 1. Januar 98 starb drei Wochen später der alte Nerva friedlich im eigenen Bette. Doch nahm sich der Neue soviel Zeit, wie er brauchte, um einen angefangenen Feldzug gegen aufrührerische Rebellenheere in ständiger Unruheprovinz Pannonien siegreich zu beenden. Nahm immerhin am 28. Januar 98 die ihm verliehene Kaiserwürde im fernen Feldlager huldvoll entgegen – sich somit als echter Soldatenkaiser ausweisend. Jedoch „In der Ruhe liegt die Kraft!" Und also zog der neue Princeps erst in den Frühlingstagen des Folgejahres 99, ganz gemütlich zu Fuß (!) an der Spitze seiner siegreichen Truppen in die Hauptstadt ein, welche inzwischen interimistisch verwaltet wurde. Auch in der Folgezeit blieb Kaiser Trajan einfacher, bescheiden lebender Bürgerregent; sich unermüdlich ums Gemeinwohl und das Reichsganze sorgend, streng aber gerecht gegen jedermann (zumeist auch finanziell recht großzügig). Die Römer lernten ihn bald lieben und schätzen; zum Dank erhielt er von Ihnen den inoffiziellen Ehrennamen eines „Optimus Princeps" – des besten Ersten! Unter seiner Regentschaft vergrößerte sich das Römische Reich durch erhebliche Zuwächse; auch wurde das Imperium jetzt ausgewiesene Seemacht: mit diversen Küstenprovinzen an Atlantik und Nordsee sowie rund ums Mittelmeer bis zum Persischen Golf hinunter und die Küsten des Schwarzen – Kaspischen – Roten Meeres entlang. Auch ließ der den umfänglichen Fremdenverkehr fördernde Kaiser seine rührige Juristengilde wichtige Vor- und Zuarbeiten für ein später sogenanntes „Römisches Recht" leisten: bspw. neben bisher gültigem „IUS civile" (als Bürgerrecht) ein überbordendes „IUS gentium" entwickeln; als spezielles Fremdenrecht mit vielen humanitären Aspekten, und lebenswichtig für alle Provinzler im riesigen Weltreich. Was zweifellos in Ansätzen als Vorvorläufer heutiger Menschenrechtskonvention zu werten ist … Dieser Kaiser Trajan starb, vielbetrauert und viel zu früh (ebenfalls nach Schlaganfall) kurz vorm 64sten Geburtstag am 9. August 117, unerwartet und also ohne jegliche interne Nachfolgeregelung. Seine umtriebige, viel jüngere wie auch sehr agile Gattin und Witwe Pompeia Plotina (im Gegensatz zu anderen bei Hofe sich nicht durch öffentliche Sexskandale „auszeichnend“) soll insgeheim noch schnell eine, angeblich vom sterbenden Princeps mit unleserlichem Kritzelkratzel signierte, Adoptionsurkunde gefälscht haben. Nämlich für den ebenfalls im spanischen Italica geborenen und in Militärdiensten großgewordenen, erst 41jährigen Hadrian – welcher unter Trajan gedient hatte und sogar dessen Großnichte Vibia Sabina ehelichen durfte. (Er soll, übrigens mit Trajans Wissen und Einwilligung, die Pompeia gelegentlich kräftig niedergeritten haben. Alles nur wilde Gerüchte? Doch schließlich geht uns das wirklich nichts an, zumal „nichts genaues weiß man nicht“ und also solls uns auch egal sein). Fakt ist jedenfalls: sein Ruhm und guter Name überdauerte diesen Marcus Ulpius Nerva Traianus – welcher die Römer so erfolgreich ins 2. Jahrhundert des Ersten nachchristlichen Jahrtausends hineinführte. Und kaum einer der kaiserlichen Nachrücker (sieht man mal vom viel späteren Diokletian ab) war nachweislich wohl „melior traiano“ – will heißen, glücklicher als Trajan – zu dessen Folgeprinceps die Truppenteile in der fernen Großprovinz Syrien am 11. August 117 dann den benamten CAESAR TRAIANUS HADRIANUS AUGUSTUS ausriefen (welcher erfolgreich noch 21 Jahre, bis 10. Juli 138, regierte – und zwar, insgesamt gesehen, sehr ordentlich.

2

Grauer Gast = könnte durchaus nach einem legendären altrömischen Geist-Wesen, benamt als „larva“, definiert sein: im Schlaf sowie in Träumen löst sich der menschliche Geist gerne vom Körper und existiert solcherart befreit wie auch getrennt von aller stofflichen Hülle mit ihren diversen Zwängen in neuer, freischwebender Wesenheit sowie in Begegnung mit nicht fassbaren Wirklichkeiten gänzlich anderer Dimension(en) …

3

Equitatus romanus = Ritterschaft; aber nicht zu verwechseln mit den mittelalterlichen deutschen und/oder europäischen Rittern als niederer Adelskaste. Denn jene römischen Ritter (Equites) waren ein Amts- oder Geldadel; seine stets zahlreicher werdenden Angehörigen rangierten in römischer Standeshierarchie hinter den nobilitären Konsuln- und Senatorenfamilien (als dem eigentlichen römischen Stadt- oder Reichsadel, wenn man das Imperium als Ganzes betrachtet). Diese römische Ritterschaft bildete quasi einen wohlhabenden Mittelstand zwischen Nobiles und Volksmassen; sie trugen als Standesabzeichen den schmalen Purpurstreif – im Gegensatz zum breiten senatorischen – an der Toga sowie den schwergoldenen Siegelring am Finger. Der weitsichtige Planer und Reichs- wie auch Militärreformer Princeps Augustus, schaffte mit ihnen ein gewisses politisches Gegengewicht zur althergekommenen hauptstädtischen Führungsschicht der Nobiles und Patrizierfamilien, indem er die Ritterschaft massenhaft in städtische Magistrate und die Reichsverwaltung, ins Offizierskorps der Legionen sowie in hohe Beamtenposten der Provinzen und Grenzlande einbaute. Als Banker, Großgrundbesitzer, Reeder, Fernhändler, Steuerpächter und Zolleinnehmer, Immobilienhaie sowie munizipale Honoratioren allerorten, gehörten diese Leute allerdings weiterhin zur großen Masse der urbanen bzw. bäuerlich-ländlichen Plebs rustica (von den nobiles überheblich-hämisch gerne als sentina – Jauche – verspottet). Doch standen sie eine ganze Stufe höher als andere und waren ebenfalls priveligierte römische Bürger freien Standes; sie genossen erhöhte Personenrechte im civis romanus (z. B. das ius conubii = Eherecht, das ius commercii = Handelsrecht; im Strafrecht auch das ius provocationis = Berufungsrecht) gegenüber den Nichtrömern, die dem ius peregrinus = Fremdenrecht unterlagen. Alle echten Römer hatten eigenen personalen Status im Rechtswesen: die Freien (liberi) ebenso wie die Nichtfreien (servi); bei den Freien unterteilte man noch in Freigeborene und Freigelassene (liberti); von letzteren genossen erst die in Freiheit geborenen Kinder volles römisches Bürgerrecht …

Anmerkung zur Anmerkung:
Was das Eherecht anbelangte, war selbiges einigermaßen verwickelt: wenn der Brautvater, als pater familias, die Tochter aus seiner elterlichen Gewalt in die des Bräutigams und Ehemannes übergibt, als nunmehrige mater familias, galt dieses als eine sogenannte manus Eheschließung (und war im Reiche sehr verbreitet). Davon sind jedoch drei Abarten bekannt: einmal die nobilitäre confarreatio bei den römischen Patriziern (mit allem Pomp und Priesterhilfe zwecks Göttersegen); die weniger bekannte Eheform der coemptio, bei welcher die junge Frau per Scheinverkauf in den Neubesitz des Ehemannes verhandelt wurde; sowie der in allen Schichten der Plebs sehr beliebten Eheform des usus – wo sich ein Ehemann formaljuristisch das Eigentum Ehefrau ersitzt, wenn selbige mindestens ein volles Jahr mit ihm in quasi ehelicher Gemeinschaft lebte. (Diese Eheform hatten der Pilatus und seine geliebte Julia seinerzeit gewählt). Jedoch setzte sich mit den Jahren im gesamten Imperium mehr und mehr eine Eheform ohne jeglichen Manuszwang durch; hierbei schloß man eheliche Verbindung auf der Basis schriftlich beurkundeter freier, gegenseitiger Vereinbarungen. Übrigens war das Ehealter sehr zeitig angesetzt: bei den Mädels mit 12 Jahren (also Beginn ihrer Regelblutung und damit Fruchtbarkeitsphase) und den Jungen mit 14 Jahren. Es war wirklich keine Seltenheit, daß eigentlich immer noch junge Frauen mit Anfang Dreißig und vielen Kindern im alten Rom bereits als tüchtige Matronen galten!
Und was die für uns Heutige recht unübersichtliche römische Namensgebung betrifft, so setzen sich damalige Namen zusammen aus dem Vornamen (praenomen), Beinamen (cognomen), dem Familien- oder Geschlechtsnamen (nomen gentile). Aber die Weiblichkeiten durften keine individuellen Namen führen, sondern mußten ihren Geschlechternamen und Endung auf a tragen (Beispiel Antonia als Antonius-Tochter – die Ältere dann als major, die Jüngere als minor; gabs noch mehrere Töchter, num-

merierte man sie einfachheitshalber zahlenmäßig durch, so eben als Antonia tertia, Antonia quarta usf. Nur keinen Aufwand treiben mit den Weibern).

Zuletzt noch die kurze Auflistung römischer Staats-Ämter der frühen Kaiserzeit: Die Konsuln (in der Regel, altrepublikanischem Prinzip folgend, stets zwei davon) als Spitzen des nobilitären Senats und höchste Exekutivbeamte Roms, degenerierten zu bloßem Ehrenamt, was vom jeweiligen Princeps auch so gewollt war; denn solcher Princeps = der Erste, gründete auf dem militärmonarchischem Prinzip des imperiums maius. Ein nachgeordneter Praetor führte Oberaufsicht aller Gerichtsbarkeit – jedoch war noch über lange Jahrhunderte eine Prätur sicherste Voraussetzung für höchste Führungsstellen in Staatsbeamtenschaft und Militär. Und ein praefectus aerarii saturni (als für den wichtigen, zu hortenden Staatsschatz zuständiger Präfekt) hatte ein wirklich wichtiges Amt inne. Auch die Prokonsuln, Proprätoren, Propräfekten hatten in Staatsverwaltung wie in provinziellen Magistraten und städtischer Munizipalität eine wichtige Rolle inne. Niedere Beamte wie Aedile hatten Aufsicht über cura urbis romanus (alle wesentlichen Belange der Reichshauptstadt und anderer größerer Kommunen); Quaestoren dienten in unterster Beamtenstufung in Reichsfinanzverwaltung und Provinzialkassen, sowie als „Eventmanager“ für städtische Getreideverteilung und Volksfeste/Großveranstaltungen (also für Brot und Spiele)!

4

Aliso: Mit ca. 20 ha ein stark armiertes wie gut ausgebautes Militärlager der Römer am Nordufer des Lippeflusses – und vermutlich das heutige Haltern …

5

Der Autor, als ein Nichtchemiker oder -mediziner, glaubt nach Reaktivierung fast verschollenen Schulwissens sich zu erinnern, daß im heiß pulsierenden Menschenblut Kohlen- oder Stickstoffe kreisen. Der Legionswaffenschmied und Schwerthersteller nutzte dieses, aus Erfahrung oder Instinkt heraus, als ein natürliches Härtemittel zur Stabilisierung von Eisenwaffen …

6

Neben der früher weithin bekannten GERMANIA (einer zwar recht lückenhaften Aufzählung, immerhin ist schon der Versuch lobenswert gewesen) als Ethnografie germanischer Stämme und Völkerschaften, in den vielbändigen „Annales" des römischen Historikers Publius Cornelius TACITUS (ca. 55 – 116 u. Zt.), ist es vorzüglich der Alexandriner Grieche Klaudios PTOLEMAIOS (ca. 100 – 170), welcher sich als studierter Geograph in seinem epochemachenden „Atlas der Oikumene" einer spezifischen Kartografie, entsprechend damaligem Weltbild, auch ferner Provinzen sowie Grenzlandschaften des Römischen Imperiums zugewandt hatte; darunter eben auch des sogenannten Großgermanien samt wild unzivilisierten Hinterlandes. Im Buchteil „Germania Magna" eines neueren Fachbuches von Andreas Kleineberg u. a. benamt unter Titel „Germania und die Insel Thule". Die Entschlüsselung von Ptolemaios' „Atlas der Oikumene" (ersch. über WBG Darmstadt 2010), werden auf Seiten 21 ff. interessante, wenngleich hochspekulative Details zur Problematik seinerzeit verfremdeter Verzerrungen usw. innerhalb des Koordinatensystems genannter Ptolemaio-Karten (samt daraus resultierender erschwerten heutigen Ortsidentifikationen) abgehandelt. Infoquellen, aufgeführte Orte, Flüsse, Furten, Wegemarken, Handelspfade bzw. Wege, Heeresmarschstraßen u. v. m. aus altrömischer Antike deuten auf höchstwahrscheinlich schon sehr viel frühere feste, stetig wachsende Ansiedlungen in den Regionen um Flußtäler und Flußfurten, sowie auf diesbezüglich befestigte Höhenorte in deren Nähe – als diese dann späterhin einmal urkundlich festgeschrieben und registriert wurden. Von einigen jener mitteldeutschen vermutlichen Handelsplätze und Verkehrsknotenpunkte sind durch die Autoren (nach genauester Koordinatentransformation von seinerzeitiger in heutige Lokalisierungen, nach ebenfalls langwierigen Analysen und Vergleichen) eine ganze Reihe von Orten, Handelstreffpunkten, Stapelplätzen usw. ausgemacht worden. Zuvörderst eben ein gewisses ARELETIA, auch als AREGELIA benamt; im sumpfig versandeten Flußdurchgangsgebiet zwischen Elster und Mulde bis hinüber zu Saale und Elbe (hier die heutigen Flußnamen verwendet) weithin bekannter Standort. Vielfach von römischen Handelszügen und Wagenkolonnen unter bewaffneter Legionärsbegleitung frequentiert: das heutige LEIPZIG. Und also wesentlich älter als der Stadtbrief um 1165 angibt. Ja, auch schon ein reichliches Jahrtausend v o r der urkundlichen Ersterwähnung eines Burgwardbezirkes mit Königsburg im Jahre 1015 an der Via Regia, jener von altersher stark begangenen und befahrenen West-Ost Handels- und Heerstraße! Selbiges trifft dann wohl ebenfalls zu, folgt man den Autoren, für ein gewisses CALAEGIA (späteres Halle an der Saale); für ein gewisses LUPFURDUM (als viel späteres Dresden an der Elbe und ggf. oft angefahrener Flußübergang mit günstiger Durchfurtungsmöglichkeit – wie schon im Ortsnamen ausgewiesen ist). Und nicht zuletzt für ein gewisses BICURGIUM (als entweder heutiges Bürgel im Saaleumland; oder auch als Jena, direkt an der Saale gelegen). Abschließend war dann auch – neben vielen weiteren Orten – flüchtig Erfurt an der Wilden Gera mit angedacht …

7

Johannes-Evangelium der BIBEL, Kapitel 8, Absatz 41: „Ihr tut eures Vaters Werke. Da sprachen sie zu ihm: Wir sind nicht unehelich geboren; wir haben einen Vater, G o t t."
sowie aus selbigem, 43: „Warum kennet ihr denn meine Sprache nicht? Denn ihr könnt ja mein Wort nicht hören."

8

ESSENER: Hierzu lediglich zwei Kurzkommentare berühmter literarischer Zeitgenossen; als Historiker und Juden beides Romkollaborateure

Erstens Philon von Alexandria (ca.. 25 v. Zt. – 50 u. Zt.), welcher u. a. in seinem „Quod omnis probus liber sit" (dt. Übers. von L. Cohn, Breslau 1909, als „Philo Judaeus Alexandrinus – Philos gesammelte Werke") Texte publizierte wie den folgenden: „Das palästinensische Syrien, welches ein wesentlicher Teil des sehr zahlreichen Volkes der Juden bewohnt … und welche unter ihnen, an der Zahl mehr als 4000, gibt es mit dem Namen ESSENER bezeichnet; es sind Menschen, die ganz besonders dem Gottesdienst obliegen … auch horten sie weder Silber noch Gold und erwerben auch keine großen Landgüter, sorgen nur für den nötigsten Lebensbedarf und verwerfen alles, was unter ihnen Habsucht erwecken könnte. Sie halten keine Sklaven, sind hingegen alle frei und helfen sich gegenseitig …"

Zweitens betr. den jüdisch-römischen Renegaten Flavius Josephus (37 – 97 u. Zt.). Jener berichtet u. a. in seiner bekannten wie verbreiteten „Historia de bello Judaico" (Geschichte des Jüdischen Krieges"; 77 u. Zt. ersterschienen und vom hornalten P. P. sicherlich nicht mehr zur Kenntnis genommen) über diese heiligseinwollenden quasi Urkommunisten altjüdischer Prägung wie folgt: und hier in gebotener Kürze zusammengefaßt, daß es neben den Pharisäern (s. d.) und den Sadduzäern (s. d.) noch eine weitere Denkschule und Lebensrichtung gab – eben benamte Essener. Von den wilden Rebellenscharen nichtintellektueller, waffenlärmender Zeloten mal ganz abgesehen; die neigten nämlich keiner Philosophie zu, sondern räuberten ungerührt und schlugen tot. Jene erwähnten Essener also lebten in abgelegenen Wüstenorten wie Höhlen ums Tote Meer herum; und zwar nach ihren eigenen, äußerst strengen Regeln. Über Ehe und Familie dächten sie sehr gering – hingegen nehmen sie gern fremde Kinder unter sich auf, sofern diese Jungens und in zartem, bildungsfähigen Alter seien. Diese hielten sie wie die eigenen Mitglieder und prägten ihnen unvergänglich die Regeln und Sitten essenerischen Wirkens ein. Mit Vorliebe widmen sich alle den überlieferten Schriften und Heiligtümern der Altvorderen. Aufgrund ihrer wahrhaft spartanischen Erziehung überwinden sie Schmerzen und Schwächen durch anerzogene Seelenstärke. Weil sie den festen Glauben hegten, daß der Körper zwar vergänglich sei, die Seele hingegen in aller Ewigkeit weiterlebe. Viele ihrer jugendlichen Gruppenmitglieder zögen später missionierend und wanderpredigend durch alle Jüdischen Lande! (Gesonderte Anmerkung hierzu vom Autor D. W.: So auch ein gewisser Jehoshua Ben Joseph aus Nazareth in Galiläa; selbsternannter König der Juden und späterhin von Pontius Pilatus zum Kreuzestod in Jerusalem verurteilt).

9

Ein aus heutigem literarisch vielfach seichten Massenbetrieb herausragender, vielschreibender wie vielwissender Autor meiner Generation, Dr. rer. nat. et Ing. habil Harald SPECHT, hat sich in seinem wirklich bemerkenswerten kulturhistorischen Sachbuch „Jesus? Tatsachen und Erfindungen" (hrsg. im Engelsdorfer Verlag, Leipzig 2010) ebenfalls mit geschichtlich beglaubigter Figur dieses Romlegionärs – und wahrscheinlich leiblichem Jesusvater – Tiberius Julius PANTERA (auch als Panteri oder Panthera verschiedentlich benamt), wesentlich intensiver als ich hier, befaßt. Und Respekt, unbekannter Herr Kollega von der Schreibenden Zunft! Dabei offenbar gründlichst u. a. die hochgelehrte Fachpublikation eines gewissen Adolf Deißmann ausgewertet; von Anfang vorigen Jahrhunderts und betitelt als „Der Name Panthera. Orientalische Studien. Th. Nöldeke zum Siebzigsten Geburtstag". Bd. 2: A. Töpelmann, Gießen 1906, Stn. 871 ff. Theologiewissenschaftler Deißmann betrieb auch altantike Namensforschungen; und dürfte sicherlich ebenso den Babylonischen Talmud der alten Judenschaft zu Rate gezogen haben.

Autor Specht seinerseits läßt nun den interessierten Leser wissen (auf S. 185/86), daß bei frühen Bahnbauten im linksrheinischen Bingerbrück 1859, eine antike römische und leider recht beschädigte, Grabstele mit Relief vom benamten Pantera, in voller Montur sowie mit dessen gut erhaltenen Namen, Dienst- und Lebensdaten, dort seinerzeit gefunden wurde. Während ich mit Specht durchaus mitgehe, was die (röm.) Zahlenangaben und lateinische Namensform anbelangt, sowie dessen Geburtsstadt Sidonia = Sidon in der großen Römerprovinz Syrien (damals vermutlich teilromanisierte Griechenkolonie) und berühmte Glasbläserstadt am Mittelmeer – möchte ich allerdings die nur in Teilen erhaltene Grabinschrift schlicht freihändig solcherart ausdeuten, daß jener Legionär der Pfeil – (recte Bogen) Schützen einer Ersten Kohorte, wo in der Regel Stadt- bzw. Umlandrömer oder sonstige Italiker dienten, als römischer Vollbürger hierselbst im Alter von 62 Jahren und nach 40jähriger Militärdienstzeit bestattet wurde. (Liegend begraben würde ich übersetzen, und also nicht feuerbestattet, wie sonst üblich). Vom Orte Bingerbrück bei Bingen am Rhein – jedem echten Eisenbahnfan ein Besuchsmagnet – ist erwähnte Panterastele also in unserer Zeit nach Bad Kreuznach, und dort ins Museum Römerhalle umquartiert worden. Ich schreibe hier bewusst nicht: ausgestellt; weil ich dieses leider nicht persönlich in Augenschein nehmen konnte; war ich doch bislang noch nicht vor Ort gewesen. Immerhin antwortete man mir recht freundlich auf gelegentliche telefonische Anfrage hin, daß diese ganze Pantera-Legende schon seit Jahrhunderten am Rhein und Nahe weithin bekannt sei; und besonders in letzter Zeit wieder auf zunehmend reges Interesse stoße …

10

Dem Ober-Gott der Römer hingegen galten auch als persönliche Kennzeichen die löblichen Tugenden von Recht und Treue! Alle Kriegserfolge römischer Heere zählten für ihn als Lohn der Götterfrömmigkeit. Krieg allerdings war nur dann gottgefällig, wenn selbiger nach vorhergehenden Schlichtungs oder Sühnebegehren recte Versuch begann; aber dann erst nach öffentlich-feierlicher Ankündigung. Und auch Friedensbündnisse wurden letztlich erst durch diverse feierliche Eidschwüre im Namen Jupiters bekräftigt wie verfestigt. Römischem Chefgott JUPITER zu Ehren sind dann auch erfolgreiche Feldherren (und Kaiser) mit dem von ihnen allen ersehnten TRIUMPH ausgezeichnet worden, als die allerhöchste Anerkennung für römische (Voll) Bürger. Wobei die so geehrten Triumphatoren samt Heeresgefolgschaft und zahlreichem Jubelanhang durch die außerhalb der römischen Stadtgrenze befindliche Triumphalpforte auf dem Marsfelde (welche allein zum Zwecke derartiger Triumphe dann geöffnet wurde) in die Hauptstadt Rom ihres weltweiten Machtimperiums stolzgeschwellt und feierlich einziehen durften. Nach den solcherart Geehrten folgten, nicht weniger stolz, die Senatoren, Ritter, Behörden, Militärführer, mit Musik, Fahnen und Kaiseradlern, Standearten usw. Es schlossen sich an wertvolle Beutestücke und hochgestellte Geiseln nebst Familienmitgliedern sowie Abbildungen und Nachbauten en miniature eroberter Länder, Städte, Schiffe, Bauwerke, in langer Fahrzeugkolonne. Ebenfalls, aber zu Fuß und in erzwungener Demutshaltung, ihre später sehr oft todgeweihten bzw. in Sklaverei verkauften Gegner, Feldherren, Offiziere und Soldaten nebst Zivilisten, Frauen und Kindern aus feindlichem Kriegsgefolge, teilweise in Fesseln und entwürdigender Gefangenenpose. Natürlich durften auch die Opfertiere für Gott Jupiter nicht fehlen, welche festlich geschmückt mitgetrieben wurden. Der also Geehrte thronte stolz auf reich verziertem Prachtwagen, in gold- und juwelenstrotzender Festkleidung, ein riesiges Jupiter-Szepter in Händen und als Jupitergott geschminkt. Am Kapitol stieg der Gefeierte zunächst alleine hoch; wo er betete, Opfergaben hinterlegte und schließlich alle anwesenden Römer, Vornehme wie auch die zahlreich hinzugeströmten städtischen Plebejer zum Festmahle einlud. Senat, Magistrat,

Ritter und andere Nobili in den Tempel; draußen und davor feierten die Soldaten sowie das einfache, lärmige Volk. Alles in allem ein mächtig gewaltiges Spectaculum romanum!

11

Dieser vorgeblich ach so undiplomatisch draufhauenwollende Soldatenliebling sollte jetzt u. a. zwischen den verfeindeten und zeitweilig romverbündeten Armeniern und Parthern, ganz dahinten und weit draußen in abseitigen Grenzgebieten des Imperiums, vermitteln – sowie mitgebrachte kaiserliche Sondergesandte installieren. Jedoch stänkerte der vom Princeps als Helfer angebotene Legat von Syria gewaltig; jener altgediente Exkonsul fühlte sich offenbar übergangen und verweigerte dem kaiserlich protegierten Jungspund jegliche Unterstützung. Gnaeus Calpurnius Piso verschleppte sogar notwendige Militärhilfe, sodaß ein schwer verärgerter Germanicus den selbstherrlichen Beamten umgehend amtsenthob und strafweise nach Rom zurückversetzte. Das hätte er mal lieber bleiben lassen; denn kaum war jener abgesegelt, starb bei Antiochia in Syrien der forsche Kaiserneffe als Mittdreißiger am 19. Oktober 19 u. Zt. unter allen Anzeichen tödlicher Vergiftung – wobei der Sterbende wie auch seine nachmalige Witwe in Rom bitterste Klage behufs des Finsterlings Piso führten, ihn letztlich des Mordes bezichtigten. Darauf jener dann vor Gericht gestellt worden ist und vom grollenden Senat auch verurteilt. Jedoch nicht wegen unbeweisbarem Mordanschlag, sondern „nur“ wegen politischem Versagen in Syrien während der ganzen romschädigenden Affäre. Der Verurteilte nahm sich’s zu Herzen und entleibte sich umgehend, zusammen mit Ehefrau Plancina. Der schwer verärgerte Kaiser Tiberius hielt sich klug aus der ganzen Sache heraus und ward bei diversem Prozeß und Folgeverhandlungen nicht gesehen. Ob ihm schlußendlich des unbotmäßigen Volkslieblings Germanicus früher Tod vielleicht garnicht so unwillkommen gewesen ist? Wennfreilich er dessen Ende wohl kaum veranlaßt haben dürfte …

12

Zur benamten Alkor-Prüfung bspw. nur soviel: Kassiopeia (lat. Cassiopeia) ist eine hervorragende Sternenansammlung am nördlichen Himmel, durch welche die Milchstraße verläuft; im Sternenbild Großer Bär dieser Kassiopeia gibt es beim sogenannten Wagen das winzige „Reiterlein" (den Miniaturstern Alkor). Von den Römern seinerzeit bevorzugt, um die gesunde Sehschärfe und Fernsicht ihrer Legionäre in regelmäßig mehrjährigem Turnus zu überprüfen.

13

fisci curator peditum vel equitum = Zahlmeister der Fußtruppen und der Reiterei

14

Ergänzende Anmerkung weiterhin zu römischen Rittern als den equites: Weil um die Mitte 6. Jahrhunderts v. Zt. ein Romkönig Servius Tullius betr. anstehender Besteuerung seiner Städter diese in fünf Vermögensgruppen klassifizieren ließ, mussten die reichsten Bürger in Steuerklasse 1 bspw. ihren Waffendienst zu Pferde absolvieren: die Gäule bekamen sie zwar vom Staat gestellt und auch ein geringes Futtergeld gezahlt, hatten aber für deren Unterbringung und Versorgung einzustehen; und mußten vorzüglich ihre schwere Ausrüstung und Bewaffnung eigenfinanzieren. Aus dieser ehemaligen Bürgerreiterei gingen dann später die hochprivilegierten und angesehenen equitatus romanus als römische Ritterschaft und eigene Gesellschaftsschicht, die sozusagen Mittelklasse im Staate, hervor.

15

Zu den altrömischen Zahlenwerten hier nur soviel: Angegebene Kilometerzahlen entsprechen unserem heutigen System – während die von den Griechen seinerzeit übernommenen Stadien (bspw. ein Stadion mit ca. 185 m) bei Grundeinheit Fuß mit 31 cm liegen. Das römische Stadium italicum gründet also auf selbiger Fußeinheit zu 31 cm. Und auch die römische Elle ist wohl der biblisch-jüdischen Elle mit ca. 46 – 49 cm heutiger Maßeinheit angeglichen worden.

16

Zum Militärsanitätswesen in den Römischen Legionen der Kaiserzeit des 1. Jhd. unserer heutigen Zeitrechnung:
Als unter Princeps AUGUSTUS (nach der Schlacht bei Actium im Jahre 31 v. Zt.) erstmalig ein stehendes Heer für Rom aufgestellt wurde, mußten wohl oder übel auch für dessen nunmehrige Berufssoldaten mit längerer Dienstzeit die nötigen Hilfskräfte und Mittel zur anfallenden militärärztlichen Betreuung, Für- und Nachsorge geschaffen werden. Zunächst griff man auf anstellige Legionäre zurück; späterhin schon auf teilausgebildete Medizinpraktiker (desöfteren Ausländer, meistens Griechen und Juden). Dann sandten aber die Römer immer mehr eigene, junge Bürger auf renommierte auswärtige Medizinerschulen, um drohender Überfremdung des Ärztestandes entgegenzuwirken (nicht zuletzt unter Aspekten Sabotage bzw. Spionagegefahr). Fertigstudierte Ärzte, vorzüglich aber Chirurgen, kamen sehr bald so im Sanitätswesen und Kriegsdienst der Legionen innerhalb des gesamten Imperiums zum Einsatz. Sie genossen allerhand Privilegien, z. B. Steuerbefreiung, höheren Sold und reichliche Landzuteilungen, natürlich auch standesgemäße Aufstiegschancen in ihrer Militärhierarchie. Diese gliederte sich in der Pilatuszeit zuunterst in angelernte Hilfssanitäter und Krankenträger sowie Pfleger im Mannschaftsdienstgrad; in der Reichshauptstadt, den übrigen größeren wie kleineren Städten und Militärkolonien, Feldlagern, Garnisonen (jeweils den örtlichen Truppenkommandeuren direkt unterstellt, vom allgemeinen Exzerzierdienst, Wachen, Märschen usw. freigestellt und nur ihren Spezialaufgaben nachgehend) rangierten sie als Unteroffiziere. Jene Sanitätsdienstgrade, die *Archiater* (aus dem griech. Archiatros = Oberheilkundiger; später ist bei uns in Deutschland daraus dann Wort bzw. Berufsbezeichnung *Arzt* geworden) bekamen auch desöfteren Sonder-

erlaubnisse für Privatpraxen und ließen sich zumeist ihre diversen Heilbehandlungen, samt großteils selbstgefertigten Arzneien und Tinkturen, recht teuer bezahlen. Aber welcher hohe Legionsführer oder Stabsoffizier wollte sich diesbezüglich schon mit Vertretern des militärärztlichen Dienstes ernsthaft anlegen? Wußte keiner doch, ob und wann er oder seine Familie demnächst gar diese Helfer einmal dringend benötigte! Aus allgemeiner Fürsorgepflicht für die langdienenden Legionäre sowohl in der Heimat, in der Etappe oder allerfernsten Grenzstationen, entsprang die zunehmende Verpflichtung, Kranke und Blessierte mittels konzentrischer Zusammenlegung in ganz speziellen festen Gebäuden einer wirkungsvollen Heilbehandlung zu unterziehen; Zelte, Baracken, Scheunen und dergleichen kamen lediglich während der Feldzüge noch in Gebrauch. Solche späteren Dauerkrankenreviere in stabiler Holz- oder Steinbauweise – die sogenannte *Valetudinarien* – sind quasi archaische Ursprungsformen moderner Großlazarette und heutiger Militärkrankenhäuser. Leider verkam dieses wohlgeordnete Sanitätswesen mit dem allgemeinen Sittenverfall samt ausufernder Dekadenz und moralischer Verwilderung – und damit einhergehender Korruption auch unter der Ärzteschaft (Motto: Wer arm ist, muß eher sterben) mit späterem Untergang des römischen Weltreiches. Und in den grauen Jahrhunderten der Völkerwanderung degenerierten die Ärzte wieder zu stümpernden Kurpfuschern, spinnerten Alchimisten und wandernden Badergesellen im Truppentroß …

17

Aus der antiken Philosophie der S t o a hier die eiserne Lebensregel der *Stoiker*: „Lerne alle Dinge mit Gleichmut zu ertragen!" Was schlußendlich hieß, sich selbst ein eigenes Wertesystem aufzubauen; bzgl. Freuden und Ängsten sowie Überraschungen jeglicher Art, Form und Weise. Einschließlich diverser Probleme und Gewissensfragen in ethisch-moralischer Hinsicht, die ein Jeglicher bitte sehr doch schön mit sich selber abmachen sollte.

Außer diesen persönlichkeitsbezogenen Dingen dann – weiter hinausgreifend – evtl. artähnliche Sachen auf kollektiver oder massenbezogener Basis entscheiden. Falls derlei Einwirkungen aber (aus welchen Gründen auch immer) unmöglich sein sollten, sich schnellstens wieder davon abzukehren, um weder viel Kraft noch Zeit zu vergeuden (weil beides im menschlichen Leben halt leider nur in sehr begrenztem Maße verfügbar ist) …
Insbesondere der Soldat jeglicher Coleur und in jedem hierarchischen Grade, muß sich tunlichst abhärten wollen – um den Beruf des Tötens oder Verletzens Anderer bzw. diverse Gefahren auch im Bezug auf seine Person, möglichst gelassen sowie als unabänderlich gegeben auffassen und behandeln zu können. Denn es lohnt nicht – ja, es wäre für jede persönliche Reaktion des einzelnen Kämpfers oder ganzer Gruppen dieser Spezies geradezu motivationsaufweichend gefährlich, jeweilige schlimme Geschehnisse im Kriege stärker zu verinnerlichen; bzw. erteilte Befehle im Moment der Entgegennahme langstielig wie pomadig erst genauer zu hinterfragen (um vielleicht weitere Befehlsfolgen voraussehen zu wollen oder gar nichtverstehend selbständig und/oder zögerlich abzuhandeln). Befehl ist Befehl; Verantwortung dafür trägt in jedem Falle der ihn erteilende Vorgesetzte! Beschwerdeführung, wenn überhaupt, erst nach Befehlsausführung (vorausgesetzt, es lohnt dann noch der Mühen). Und gar Befehlsverweigerung jeglicher Art und Form (womöglich gar im rollenden Einsatz oder endlich im Kriegsfalle) ist ein militärisches Kapitalverbrechen und kann kriegsgerichtlich sogar mit Todesstrafe geahndet werden. Solches in allen Armeen aller Staaten übrigens. Allerdings: Wo das Verbrechen beginnt, endet jegliche Kameradschaft! Dann ist Befehl eben nicht gleich Befehl! So hats Schreiber dieser Zeilen in lange zurückliegender aktiver freiwilliger Militärdienstzeit in den Reihen der Ex-NVA aus schmählich untergegangener Ex-DDR einmal gelehrt bekommen. Und so dürfte es wohl auch noch heutzutage sein. Wo deutsche Soldaten, wieder einmal, in fernen

Landen und wüsten, ungeregelten Kampfeinsätzen sowie in möglichst bloß nicht als solche benamten Kriegen ihre Haut zu Markte tragen müssen. Was heißt und was lehrt uns dieses? Der Soldat (fast) aller Chargen, als kleines Rädchen im großen Politik- und Weltgetriebe wie auch Geschiebe, hat seinem Fahneneide getreu, in erster Linie zu gehorchen und Befehle auszuführen. Muß sich also strikt aufs Gehorchen konzentrieren und schlicht daraufhin, teils grauenvoll-unmenschliche Kriegsabläufe und Prozeduren selbigen Befehlsgeschehens, in einem sicherlich längeren wie schmerzvollen Gewöhnungsprozeß schnellstens wieder (vorläufig) zu verdrängen; wobei gewisse posttraumatische Befindlichkeitsstörungen bei einem nicht unbeträchtlichen Teil überlebt habender Soldaten offenbar höherenorts bewusst mit eingeplant sind …

Mittels soldatischem Uraltinstinkt betr. persönlicher oder Gruppendistanz zum oftmals menschenverachtend mörderischen Kriegsgeschehen um einen herum, zieht sich Kombattant, eben auch aus Selbstschutzgründen, auf folgende Position zurück; Motto: „Ich kanns ja doch nicht ändern. Große Sauerei das Ganze; doch bin ich (jawoll, so ist das eben) leider nur ein ganz kleines Licht und keine große Leuchte. Schließlich ist Krieg und da wird notfalls gestorben; die Anderen pusten schließlich nicht mit Seifenblasen. Also kurz und schlecht: Wo gehobelt wird, da fallen Späne. Und besser Hobel sein als Hobelspan; es kann jeden jederzeit übelst erwischen. So auch mich selbst und deshalb muß ich sehen, wo ich bleibe und wie ich hier abkomme, ohne einen vor die Birne zu bekommen; und versuchen, irgendwie möglichst unbeschädigt den ganzen Mist zu überleben.“ Wobei für den Augenblick jeweiligen Kampf- oder Kriegsgeschehens völlig egal sein dürfte, ob und wie das gesamte Tun und Lassen der einzelnen Kämpfer oder ganzer kriegführender Gruppierungen, Staaten oder Staatenverbünde von irgendeinem abstraktfernen Kriegs/Menschen/Völkerrecht (wie auch immer wann und wo gehandhabt) endbestimmt sein soll. Weil jene papierbläßlichen Schimären erfahrungsgemäß sowieso rein formaljuristisch wie auch gutmenschlerisch-blauäugig, von Nichtkombattanten als zivilistischen Politikastern, weit weg vom Schusse und am sicheren Schreibtisch in der Heimatfront „erfunden „ wurden. Schließlich dann von jeweiligen Kriegssiegern im Nachhinein festgeklopft. Und zu allein deren späterer Absicherung dann heuchlerisch zum sogenannten „allgemeingültigen Menschheitsstandpunkt" hochstilisiert. (Wie selbiges der seinerzeitige Kriegsverlierer, Exkaiser und Zwangsverbannte Napoleon Bonaparte auf einsamer Exilinsel St. Helena dem ungetreuen Biografen Las Cases so wunderbar wie treffsicher in die Feder diktierte: *„Geschichte ist immer die Lüge, auf welche man sich hinterher geeinigt habe"*; in der Geschichtsschreibung nämlich). Womit fast immer die Kriegsverlierer als Kriegstreiber, Kriegsschuldige, Kriegsverbrecher usf. auf Dauer verurteilt sind; und vielfach deren Überlebende, einzeln oder auch schon mal kollektiv, im Sinne teilweise größenwahnsinnig-überheblicher Kriegssieger (welche bekanntlich stets dann die Geschichte schreiben) gemaßregelt und ggf. umerzogen werden sollten. Als Beispiel könnte durchaus jenes grandiose „Finis Germaniae" in den rauchenden Trümmern des von den Alliierten gnadenlos in Schutt und Asche, quasi in moderne Steinzeit, gebombten *Nürnberg* nach Weltkriegsende 1945 und in Folgejahren dienen. Wo zweifellos von den Kriegsverlierern zahlreich begangene Kriegsverbrechen (angereichert mit dazu erfundenen bzw. von den Kriegssiegern – in diesem Falle den Russen unter Stalin – dem ohnedies gedemütigten, zerbrochenen Verlierervolke lügnerisch gleich mit untergeschobenen Eigenverbrechen: hier sei an Katyn erinnert!) auf wahrlich spektakuläre Art und Weise abgeurteilt und teils auch gesühnt wurden. Womit man die eigenen, nicht seltenen, Kriegsverbrechen zunächst rotzfrech leugnete, späterhin vorsichtig relativierte, mit Notständen und mißlichen Friedensbringermissionen schönredend begründete (vgl. Abwurf zweier Atombomben seitens der Amerikaner im August 1945 auf bereits niedergekämpften Kriegsgegner Japan). Und wer von uns Schreibenden gegen solche vielfältigen Geschichtsklitterungen usw. angeht, der muß sich schon warm anziehen. Will heißen: man kann als politisch unabhängiger Historiker und Literat noch so mutig und recherchefreudig, gründlich wie solide, intelligent sowieso (glücklicherweise gibt's noch einige Wenige solcher unverdrossen gegen malmende Windmühlenflügel streitende Typen; Motto: *„Nur tote Fische schwimmen mit dem Strom!"*), in und mit seinen Werken zu ganz eigenen Schlüssen kommen – sofort ignoriert die willfährige Mainstreamjournaille mitsamt Medienschlepptau die Tapferen. Beleidigt und intrigiert, schweigt förmlich tot und/oder verleumdet jene angeblichen „Geschichtsrevisionisten" dann als fiese „Verschwörungstheoretiker". Geben die Gescholtenen aber immer noch keine Ruhe, macht man sie punktgezielt fertig, qualifiziert gerne als politisch unkorrekte Nestbeschmutzer fachlich ab. Um dann eigenes, flaches Dummschwätzen als große Wissenschaft zu verkaufen. Zum Thema und Beweis meiner obigen Anwürfe, sollen an dieser Stelle der Anmerkungen nur drei Äußerungen erfreulich kritischer Geister aus den gar nicht so geschlossenen Reihen ehemaliger Kriegsgewinn(l)er der jüngeren geschichtlichen Zeitspanne vom Ende 19. bis Mitte 20. Jahrhunderts, das Gesagte mit ihren Worten unterlegen:

„Erst wenn die Kriegspropaganda der Sieger Einzug gefunden hat in die Geschichtsbücher der Besiegten, und von der nachfolgenden Generation geglaubt wird, kann die Umerziehung (Reeducation) als wirklich gelungen angesehen werden. (So Ende der 40er/Anfang der 50er Jahre der seinerzeitige Chefredakteur der angesehenen „New Yorck World" und gleichzeitiger Starkorrespondent der großen „New Yorck Harald Tribune", ein gewisser Walter Lippmann);

„Wenn Freiheit überhaupt etwas bedeutet, dann vor allem das Recht, anderen Leuten zu sagen, was sie eigentlich gar nicht hören möchten" (so der berühmt-

berüchtigte kulturkritische Schriftsteller George Orwell in einem seiner Werke);

„Nie haben die Massen nach Wahrheit gedürstet; von Tatsachen, welche ihnen mißfallen, wenden sie sich ab. Denn sie ziehen es vor, den Irrtum zu vergöttern. Wer sie zu täuschen versteht, der wird leicht ihr Herr. Der aber sie aufzuklären versucht, wird stets ihr Opfer." Soweit der weltberühmte Autor, Historiker, Psychologe Gustave Le Bon in seinerzeit furoremachendem Bestseller zur „Psychologie der Massen". Was Wunder, daß jenes vielübersetzte, in alle Welt verbreitete, Standardwerk auch zur täglichen Gebrauchslektüre soch charakterlos-bindungslos gewissenloser Chefpropagandisten unter den deutschen Naziführern wie Adolf Hitler und Joseph Goebbels, gehörte. Und der britische Deutschenhasser sowie Kriegspremier Winston Churchill dürfte ebenso interessiert darin geblättert haben wie der bolschewistisch-sowjetische Weltrevolutionär und Bluthund J. W. Stalin.

Alles hier Gesagte bzw. Geschriebene ist leider nur allzuwahr, uns Menschen vermutlich genetisch angeerbt; womit wir schließlich leben wie auch sterben müssen. Dazu noch eine kleine Anmerkung zur Anmerkung seitens Autor D. W. – eine gängige Alltagsfloskel betreffend und benamt als: „Es ist nur recht und billig!" Somit ungewollt kritischen Geistern den Billigkeitscharakter eines ureigentlich kostbaren Rechtsgutes soufflierend. Denn auch „Im Namen des Volkes" lügt uns die immer von jeweilig Herrschenden beeinflußte, geprägte wie ursprünglich erschaffene Justitia vor (ihr zeichnerisches Abbild nicht von ungefähr mit verbundenen Augen), daß in der Demokratie als Volkes Herrschaft eben alle Macht und alles Recht von selbigem ausgehe. Ja, welches Recht denn und von welchem Volke, bitte? Außerdem: sind Recht und Macht einmal vom Volke ausgegangen – heißt das soviel wie fortgegangen – und sie kehren schlechthin kaum wieder zum sogenannten Volkssouverän zurück. Solches nämlich wissen die jeweils Herrschenden teuflisch geschickt sowie unter Einsatz aller ihnen zur Verfügung stehenden Machtmittel zumeist erfolgreich zu verhindern. Das war schon immer so – und wird wohl auch weiterhin so bleiben. Und ist ebenso sicher, wie das Amen in den Kirchen (egal welcher Konfession, Gesellschaft, Staatsorganisation, Rasse und/oder Zeitgeist verpflichtet)!

18

Seinen oftmals allzugierigen Statthaltern in eroberten neuen Grenzprovinzen, ließ der umsichtige Landesvater Tiberius in einem Rundschreiben u. a. bindende Weisung zugehen, die dortigen Steueruntertanen nicht als Schlachtschafe und sich selbst als in die Herde einfallende Wölfe anzusehen! Der Princeps mahnte diese hohen Beamten also streng, daß es zwar Aufgabe eines guten Hirten sei, die Schäflein zu scheren, wenn es wieder mal an der Zeit ist; aber nicht angängig, ihnen dabei die Haut abzuziehen ... (So wenigstens hat es uns Sueton in seinem bemerkenswerten Tiberiusexkurs hinterlassen).

Zur Personalie Kaiser Tiberius hier kurz noch folgendes; sozusagen Anmerkung zur Anmerkung: Ist geb. 16. November 41 v. Zt. in Rom und zeitlebens ein schwieriger Mensch; begabter Feldherr, umsichtiger Staatsmann und Princeps seit 19. August 14 u. Zt. (in selbsterwählter Einsamkeit auf Capri, Insel fern von Rom und somit procul negotis am 16. März 37 verstorben); seine düster menschenscheue wie krankhaft mißtrauische Persönlichkeit ließ viele der Zeitgenossen rätseln und stieß späterhin auch viele Wohlmeinende ab. Daß dieser Kaiser ausgesprochen sparsam-haushälterisch wirtschaftete, Staatsfinanzen sorgsam verwaltete, in Rom und den Provinzen sowie an der Militärgrenze strenge Ordnung hielt – dies entging den Allermeisten. Er dokumentierte zwar Glanz und Größe des Imperiums, repräsentierte jedoch leider in persona nicht die Weltmacht Rom. Schon in damaliger Geschichtsschreibung kam Tiberius außerordentlich schlecht weg; und sein heutiges Geschichtsbild ist, auf die Altvorderen gründend, ebenfalls negativ verzerrt. Als hätte er's geahnt, ist folgende Sentenz von ihm überliefert: „Seit ich die Menschen kenne, liebe ich die Tiere!"

19

In der Vollmondnacht des Frühlingsmonats (jüdisch N i s a n = März/April in unserem heutigen, christlichen Jahreskalender), entsprechend dem 14. auf den 15. Nisan, begann das große jüdische Pessach oder auch Passah-Fest. Heutiger Gründonnerstag der Christenheit. Im Anschluß daran war bei den Juden eine ganze Feier-Woche (mit u. a. dem Mazzot als Fest der ungesäuerten Brote). In welcher sich zumindest alle jüdischen Männer ab 20./21. Lebensjahre auf große Pilgerreise und Wallfahrt nach Jerusalem begeben sollten. Dort dann auch im heiligen Tempelbezirk einen gewissen Obulus als rein jüdische Tempelsteuer entrichten mußten. In der Regel ½ Schekel oder auch eine griechische Doppeldrachme, die sich ebenfalls im Zahlungsverkehr noch befand. (Die ominösen 30 Silberlinge des Verräters Judas könnten sowohl römische Sesterzen gewesen sein als auch griechische Tetradrachmen ...)
Im Verwaltungsgebiet der Provinz J u d ä a (+ Samaria und Idumäa, mit nur oberflächlich „eingemeindeter" Altbevölkerung, welche dem allesbeherrschenden Jerusalemer Tempelkult teilweise äußerst ablehnend gegenüberstanden – deshalb von strenggläubigen Judäern wie auch Galiläern nicht als vollwertige Juden anerkannt bzw. gar als Heiden verteufelt worden sind) lebten damals rund 1 Million Menschen. Von denen die sehr zahlreichen Griechen in den Seestädten nebst Küstenstreifen sowohl demografisch als auch wirtschaftlich die zersplitterte Gesellschaft dominierten. Neben griechischer Sprache der Gebildeten und Vermögenden sowie dem Römerlatein der Besatzer, war damals das ursprünglich orientalische Aramäisch d i e Volkssprache der einfachen Juden im Lande.

20

Elle: ein altes Längenmaß; nach römischer, jüdischer, biblischer Berechnung von ca. 0,45 – 0,49 m / bzw. 45 – 49 cm heutiger Zählung

21

(Matthäus, 12, 46 – 50)

Da er noch also zu dem Volk redete, siehe, da standen seine Mutter und seine Brüder draußen, die wollten mit ihm reden … Er antwortete aber, und sprach zu dem, der es ihm ansagte: Wer ist meine Mutter und wer sind meine Brüder? Und reckte die Hand aus über seine Jünger und sprach: Siehe, das ist meine Mutter und meine Brüder …

22

(Lukas, 14, 25 – 27)

Es ging aber viel Volkes mit ihm; und er wandte sich und sprach zu ihnen: So jemand zu mir kommt und haßt nicht seinen Vater, Mutter, Weib, Kinder, Brüder und Schwestern – auch dazu sein eigenes Leben – der kann nicht mein Jünger sein …

23

(Matthäus 8, 21 und 22)

Und ein anderer unter seinen Jüngern sprach zu ihm: „Herr, erlaube mir, daß ich hingehe und zuerst meinen Vater begrabe? Aber Jesus sprach zu ihm: Folge du mir und laß die Toten ihre Toten begraben!“

24

(betr. Jesu Ziehvater, Altzimmermann Josephus)

Beim Evangelisten Lukas kommt immerhin einmal auch der ganz selten erwähnte Ziehvater des Jesus in Nazareth vor; in recht ausschweifendem Gespräch bzgl. der Frage: „Siehe, ist das nicht Josephs Sohn?“

25

Im Johannes Evangelium des NT der BIBEL wird allerdings der Wanderprediger Jesus längst nicht von überwiegender Menge der Judenschaft als ein Messias anerkannt. Auch weil ihm ständig, vornehmlich in seiner engeren Heimat, die so schandbare Geburt vorgehalten, er als Besatzerkind und fremdelnder Römerbastard von den meisten Juden schlichtweg abqualifiziert ist. Nicht unbedingt immer mitgesprochen, aber stetig wohl mitgedacht (Vgl. Joh. 8, 41 u. 43). Jener nämlich war von allen vier Evangelisten der Einzige, welcher noch als direkter Zeitzeuge fungierte; ist er doch des Jesus Lieblingsjünger und unterm Todeskreuz vom Sterbenden sorglich seiner trauernden Mutter als neuer Sohn vermittelt worden. Im hohen Alter erst verfaßte er dann seinen dbzgl. Erlebnisbericht. Welcher nach Meinung des Autors sicherlich am ehesten seinerzeitigen Geschehnissen entsprach. Schrieben die anderen Evangelisten ja doch erst nach Jahrzehnten (Jahrhunderten) ihre, auf Johannes basierenden, eigenen Evangelien. Und schmückten offenkundig sehr vieles bunt wie massenwirksam aus; verhalfen ihren Ergüssen, zusätzlich thematisch ausschweifend, zu eindeutig klösterlich-theologisch formuliertem, frühmittelalterlichen Touch. Was hier aber nur am Rande erwähnt, literarisch gestreift und keineswegs irgendwie glaubensinhaltlich abgewertet sein soll.

26

Jakobus der Gerechte. Halbbruder und im Kreise der Urchristen anerkannter Nachfolger von Jesus, soll in einem späteren Geheimbuche (geschrieben zu Rom und noch während Pilatus' Lebzeiten) den Gekreuzigten zitiert haben wie folgt: „Hört auf das Wort! Begreift das Wissen! Liebt das Leben! Und es wird euch dann niemand unterdrücken oder verfolgen – nur noch ihr selbst!" Wirklich bemerkenswert …

27

Hohepriester Kaiaphas schmiedet düstere Mordpläne gegen Jesus im Sanhedrin der Juden; bei Johannes, 11, Abs. 49, 50, 53: „Einer aber unter ihnen, Kaiphas, der desselben Jahres Hoherpriester war, sprach zu ihnen: Ihr wisset nichts, bedenkt auch nichts; es ist uns besser, in Mensch sterbe für sein Volk, denn daß das ganze Volk verderbe … Von dem Tage an ratschlagten sie, wie sie ihn töteten!"

28

M E S S I A S : neu bzw. umgangssprachlich aus dem aramäischen (m e s i h a) bzw. aus dem hebräischen (m a s i a h) Wortgebrauch; und heißt „der Gesalbte", Fürst oder König, mit sowohl historisch-politisch wie auch gleichzeitig kultisch-religiöser Deutungshoheit. Und zwar als vom Himmelsgott der Juden – J A H W E – auserwählten Stellvertreter auf Erden. Welcher ein rechtmäßiger Sproß und direkter Abkömmling der altjüdischen Königsdynastie aus dem Hause D a v i d s sein mußte. Und vorderhand als Erlöser, Heilsbringer und Retter der gedemütigten, unterworfenen, zerstreuten Israelitenstämme fungierend, in Folge späterhin der göttlich Erwählte, unantastbar gerechte Gebieter über ein noch sehr fernes Friedensreich auf Erden sein sollte. Mit welchem man, zwar zumeist unausgesprochen, jedoch immerhin recht deutlich (so in vielen altjüdischen Schriften verzeichnet) auf eine künftig weltumspannende wie monotheistische Gottesherrschaft auf Erden, unter dann allerorten anerkannter, unbestrittener Führung der geeinten Judenschaft in aller Welt abzielte!

Instinktiv, hartnäckig, kaltherzig weigerten sich vornehmlich die städtisch geprägten und auf ihren Tempel eingeschworenen Jerusalemer Juden in ihrer feindlichen sowie jesusunfreundlichen Priesteroligarchie – diesen stadtfremden Galiläer als ihresgleichen anzuerkennen. Da vermochte selbst ein zumindest teilweise dem Angeklagten wohlwollender römischer Spitzenbeamter nicht gegen anzukommen und resignierte schlußendlich verbittert …

(Vgl. im Kontext der BIBEL, NT, Matthäus 27 / Abs. 24, 25): „Da aber Pilatus sah, daß er nichts schaffte, sondern daß ein viel größeres Getümmel ward, nahm er Wasser und wusch die Hände vor dem Volk und sprach: Ich bin unschuldig an dem Blut dieses Gerechten; sehet ihr zu! Da antwortete das ganze Volk und sprach: Sein Blut komme über uns und über unsere Kinder!"

29

Jesu Tempelreinigung:

Jesus versuchte (nach Aussagen der Lutherbibel) mehrfach ohne größeren, bleibenden Erfolg, das ihm unangebracht scheinende wie unheimlich anmutenden Feilschen und Geldwechseln sowie den Opfertierhandel in den Tempelvorhöfen lautstark wie gewaltsam zu unterbinden; den heiligen Ort also vom schnöden Mammon und sonstiger Verweltlichung zu befreien. Wobei er natürlich mit der Priesterschaft in Zwistigkeiten geriet – welche ihn auch nicht so ohne Weiterungen hier als hergelaufenen Fremden predigen lassen wollten.

Vgl. bei Lukas, 19, 45 – 47 sowie 20, 20 – 26:

„Und er ging in den Tempel und fing an auszutreiben, die darin verkauften und kauften. Und sprach zu ihnen: Es steht geschrieben, mein Haus ist ein Bethaus – ihr aber habts gemacht zur Mördergrube. Und er lehrte täglich im Tempel. Aber die Hohepriester und Schriftgelehrten und die Vornehmsten im Volke trachteten ihm nach, daß sie ihn umbrächten! Und sie stellten ihm nach und sandten Laurer aus, auf daß sie ihn in der Rede fingen …“

So fragte man hinterhältig etwa dergestalt, ob es rechtmäßig wäre, dem auf vorgezeigter Geldmünze mit Porträt abgebildeten Romkaiser Steuern zu zahlen? Der Rebell überlegte nur kurz, sprach dann aus, was späterhin über Jahrtausende in die Historie eingehen sollte: „… was versuchet ihr mich? So gebet dem Kaiser, was des Kaisers ist, und Gott, was Gottes ist!“ Wogegen ja nun wirklich nichts einzuwenden war. Da der gewitzte Prophet solcherart eben nicht gestellt und mundtot gemacht werden konnte – versuchten es die Herrschenden (wohlgemerkt seine eigenen Volksgenossen Juden) halt auf die andere, grobschlächtige Tour. Und wollten diesen unbotsamen Volksaufwiegler sicherheitshalber zur Gänze abtöten und also von den Römern wegräumen lassen. Der nämlich nervte sie mächtig gewaltig; so auch mit von ihm gerne wie oft erzählter Geschichte (in Form eines Gleichnisses und nicht unbedingt sofort zu verstehen; womit er sich unmittelbarer Festnahme entzog) vom barmherzigen Samariter. Welche beweisen sollte, daß jene ungeliebten Nachbarn letzthin ebenfalls verschnittene Juden seien. Mußten deren Jungens doch aus Glaubensgründen schon beizeiten ihre unwillig flatternden Vorhäute genauso auf den steinernen Tempeltischen des Vaterlandes opfern, wie die Judäer und Galiläer. Was natürlich in den darob abwelkenden Ohren der Priesterschaft eine häßliche Provokation war; also möglichst bald „Abi in crucem!"

30

Tetrarch: als Vierfürst nach lutherübersetzter Bibel; eigentlich aber ein Fürst oder Kleinkönig, als den Römern botmäßiger Herrscher über ein Viertel von einer Landschaft, einem Territorium, einem Lande, einer Provinz usw. (zum Beispiel eben Galiläa innerhalb der Provinz Judäa)

31

(Matthäus 27, Abs. 19, 20)

„Und da er auf dem Richtstuhl saß, schickte sein Weib zu ihm und ließ ihm sagen: Habe du nichts zu schaffen mit diesem Gerechten; ich habe vieles erlitten im Traum seinetwegen ... Aber die Hohepriester und Ältesten überredeten das Volk, daß sie um Barrabas bitten sollten und Jesum umbrächten ... Pilatus sprach zu ihnen: Was soll ich denn machen mit Jesu, von dem gesagt wird, er sei Christus? Sie sprachen alle: Laß ihn kreuzigen! Da aber Pilatus sah daß er nichts schaffte und daß ein viel größeres Getümmel wäre, nahm er Wasser und wusch sich die Hände vor dem Volke und sprach: Ich bin unschuldig an dem Blut dieses Gerechten, sehet ihr zu! Da antwortete das ganze Volk und sprach: Sein Blut komme über uns und unsere Kinder! Da gab er ihnen Barrabas los; aber Jesum ließ er geißeln und überantwortete ihn, daß er gekreuzigt würde."

32

(Johannes 18, 33 ff.)

„Da ging Pilatus wieder hinein ins Richthaus, rief Jesum und sprach zu ihm: Bist du der Juden König? … Jesus antwortete: Mein Reich ist nicht von dieser Welt … Da sprach Pilatus zu ihm: So bist du dennoch ein König? Jesus antwortete: Du sagst es, ich bin ein König. Ich bin dazu geboren und in die Welt gekommen, daß ich für die Wahrheit zeugen soll … Spricht Pilatus zu ihm: Was ist Wahrheit? Und da er das gesagt, ging er wieder hinaus zu den Juden und spricht zu ihnen: Ich finde keine Schuld an ihm! Ihr habt aber eine Gewohnheit, daß ich euch einen auf Ostern losgebe; wollt ihr nun, daß ich euch der Juden König losgebe? Da schrien sie wieder allesamt und sprachen: Nicht diesen, sondern Barrabas! Barrabas aber war ein Mörder."

Anmerkung zur Anmerkung: Die Sache mit traditionellem Freispruch samt Haftentlassung eines verurteilten Übeltäters zum großen Volksfest ist historisch gesehen, in keinster Weise stimmig! Und entweder von den späteren Evangelisten erfunden bzw. noch späteren Bibelschriften in den Klöstern des frühen Mittelalters ausgeschmückt und hinzuerfunden worden. Also Dichtung und Legende! Denn die seinerzeitige römische Strafjustiz pflegte sich um derlei angebliche oder wirkliche Volksbräuche in besetzten Ländern einen feuchten Kehricht zu kümmern. Wenn sich damals aber trotzdem eine solche Szene zugetragen haben sollte – dann entsprach jene absonderliche Vorgehensweise ganz allein aus der verfahrenen Situation und letztlich der tiefinnerlich gefühlten Verlegenheit des Richters Pilatus; im Wissen um des Jesus Halbrömertum sowie des Präfekten Suche nach halbwegs gesichtswahrendem Abgang …

33

Zur Prozedur der Kreuzigung hier in knappester Zusammenfassung:

Hervorgegangen aus altertümlicher Pfahlhängung, war das Hinrichtungsinstrument ein ungefüges, ca. drei Meter hohes Holzkreuz. Auf jenem befestigten die Exekutoren den zu Exekutierenden, nachdem sie ihn völlig nackend auszogen und aufs noch am Boden liegende Kreuz zwangen. (Schreiber dieser Zeilen ist übrigens nicht bekannt, daß jemals Frauen gekreuzigt wurden). Seine beiden Arme sind in weiter Spreizung an den oberen Querbalken vom Kreuz angebunden bzw. festgenagelt worden (indem man je einen großen Nagel zwischen Elle und Speiche der Handgelenke ins Holz trieb). Die Füße dann entweder übereinander mittels derbem Nagel durch Fußrücken ans Pfahlholz fixiert – oder oftmals auch die langgestreckten Beine durch Fersenknochen jeweils seitlich an den Kreuzpfahl genagelt. Das Gesamtkreuz mit drangeheftetem Sünder stellten sie anschließend aufrecht in schnell ausgehobenes Erdloch. Im Regelfall konnte der Gekreuzigte notdürftig, so mit halber Pobacke (ging schon, denn mager waren wohl die meisten der mörderisch Abgestraften) auf einem in Hinternhöhe schmalen Brettchen sitzen, der sogenannten sedecula. All dieses war auf ein ebenso schmerz- und qualvolles wie möglichst langsames, stückweises Sterben hin sorgsam ausgeklügelt. Durst und Wundfieber, klimabedingte Hitze und Staub sowie kribbelnde, schwirrende, stechende, wirbelnde Fliegen-Insekten-Schnaken usw. peinigten noch zusätzlich die mit blutigen Peitschenschwären der vorangegangenen Geißelung übersäten Körper. Dazu das oftmals gleißend blendende Sonnenlicht: Und nicht selten eine schaulustig mordsgeile Menschenmenge, die sich an den unsäglichen Qualen der elendiglich wie langanhaltend Sterbenden vergnügte, ja diese manchmal noch verspottete. Kerngesunde Personen sowie Männer mit kräftiger Konstitution haben desöfteren längere Zeitspanne noch am Kreuze gelebt. Von diesen sollen sich sogar, wenigstens Anfangs der Hängezeit, einige munter und rotzfrech mit den Gaffern richtige Wortgefechte geliefert haben. Letztere wetteten untereinander dann, welcher von den Todgeweihten (oftmals nämlich sind jene gleich im Mehrfachpack exekutiert worden) der Erste und welcher der nächste wäre bzw. wer es am längsten aushielte mit dem Absterben. Dieses dauerte bei nicht Wenigen zwei bis drei Tage! Oben, über den Köpfen der am Kreuze Verschmachtenden, war zumeist auch ein Täfelchen angebracht, worauf in Kurzfassung Name und Verbrechen aufgezeichnet stand. Beim Jeschua war dies eine weißgestrichene Nußbaumtafel, mit dreizeilig untereinandergeschriebenem, gleichlautenden Text. Oberzeile hebräisch geschrieben, Mittelzeile griechischsprachig und in Unterzeile latainisch so: „Jesus Nazarenus Rex Judaeorum“: also das weltberühmte Kürzel I N R I bei allen uns bekannten graphischen oder plastischen Kreuzesgruppen christlicher Kirchenaltäre. Die Todesmarter der Crucificio des Jeschua (am mittleren Kreuz) und seiner zwei Leidensgefährten (als Dismas und Gestas benamt und an Kreuzen hängend rechts und links ihm zur Seite), begann nach nicht ganz übereinstimmenden Berichten des Augenzeugen Johannes und nachschreibender 3 Synoptiker (vgl. FN 35) in der Stunde des hohen Mittags. Während die Legionäre kaltschnäuzig zu Füßen der Drei ein Würfelspiel begannen (für sie war so etwas schließlich Alltagsgeschäft), um die Sachen der, wie gesagt, nackten Folteropfer – standen Zenturio Longinus und der mit ihm plaudernde vermummte Geheimpolizeichef etwas im Hintergrund der Szene, beobachteten den Kreuzigungsablauf und ließen auch die sich nahebei sammelnden Weibspersonen aus dem Jeschuagefolge, nebst stumm dabeisitzenden Lieblingsjünger nicht aus den Augen. (Auffällig war ihnen sicher, daß ansonsten nicht ein Einziger der sonst so aktiven sogenannten Jünger vom Inneren Kreis um den Meister mit hier oben und beim Sterben ihres Führers zugegen war; feiges Gesindel, und jeder von diesen gewiß keine Gefahr für die römische Besatzungsmacht). Nur etwas zwischen drei und vier Stunden dauerten Tortur und Sterben des selbsternannten Judenkönigs an. Eine recht kurze Zeitspanne, wenn man den Vorgang sachlich objektiv in seiner Gänze hinternach betrachtet: unter diesem Aspekt auch nachvollziehbar verständlich – da der Jeschua wegen seines Buckels eben nicht auf stützender sedecula hocken konnte (dafür war die Brettleiste zu schmal), und also am Kreuze „frei“ hängen mußte; deshalb dann auch relativ bald an akuter Atemnot den Erstickungstod starb … Wie aus bisher Gesagtem ersichtlich, ist die Kreuzigung als solche ureigentlich eine zu gewollt langsamen, schrecklichem Tode führende Foltermethode – mit wie erwähnt auch öfter sehr lange währendem Todeskampf des geschundenen, sich qualvoll windenden Körpers. Nach seinerzeitigem Rechtverständnis von Schuld und Sühne sollte sie, zumeist als öffentliche Schauveranstaltung angelegt, die Betrachter dieses leidensvollen Spektakels, mit ihren extrem grausigen Begleiterscheinungen ab- und aufschrecken – damit sie vor Nachahmung todeswürdiger Sünden und/oder Verbrechen derer da am Kreuze zurückzuckten und sich gut benahmen. Letztlich erfolgte der Kreuzestod aber infolge Atemlähmung und Luftmangels. Weil trotz Sitzhilfe und angebundener bzw. genagelter Hände wie Füße, der Brustkorb verdrückt und die Brustmuskulatur erschlafft. Latente Atemnot ist die Folge – sodaß freies Atemholen wie auch hektisches Luftschnappen mit der Zeit äußerst erschwert bzw. dann ganz unmöglich sind. Wodurch Erstickungstod bzw. Tod durch Kreislaufkollaps zwangsläufig einsetzt. Um das Sterben etwas zu beschleunigen (und bei den dreien auf Golgota wars bekanntlich drängende Zeitnot wegen anbrechendem Sabbat) wendeten die Wachlegionäre nun die sogenannte crura fracta an und zerschlugen also den Kreuzhängern mit Eisenkeulen die Schienenbeine. Sodaß diese sich nicht mehr mit den fixierten Füßen abstützen und den Brustkorb beim Luftschöpfen unterstützen konnten. Solcherart fand ihr schlimmes Krepieren ein alsbaldiges unschönes Ende. Dem Jeschua allerdings war auf höhere Weisung eine diesbezügliche Sonderbehandlung (Sterbehilfe) zuteil geworden; er war schon verstorben und wurde nicht verstümmelt. Laut römischer Besatzergenehmigung für Ausnahmen betreffs der Juden, ihre Toten noch selbigen Tages unter die Erde zu bringen und vor der anbrechenden Nacht zu verscharren, wurden die beiden Schächer irgendwo in der Nähe beigerodet; dem Jeschua war bekanntlich ein Extrabegräbnis gestattet und von den paar Anwesenden aus seiner Gefolgschaft ausgeführt worden. Ansonsten blieben nämlich die verwesenden Leichname der Gekreuzigten bis zur Skelettierung am Pfahle hängen. Von den Herrschenden als volkspädagogische Abschreckungsmethode in puncto Straftatverhütung anschaulich brutal gehandhabt.

34

„Hoc volo, sic iubeno; sit pro ratione voluntas. De nihilo nihil!" (in deutscher Übersetzung etwa wie folgt: „Das will ich – so befehle ich's – es gelte statt der Vernunft mein Wille …")

35

Synoptiker: in christlicher Theologiehistorie sowie neutestamentlicher Exegese jene Berichter Lukas, Markus, Mattäus.

36

Unsere ewig fließende, mal langsam und dann wieder im Eiltempo verrinnende Zeit ist eine geschwätzige, uralte Geschichtenerzählerin. Zum Poeten tritt sie vorzüglich in rauen, wildstürmischen Herbstnächten. Die mit ungestümem Brausen ein allerletztes Sichaustoben vor naher Eisesstarre samt winterlichem Todesschweigen aller Natur praktizieren wollen. Aber jegliche Geschichte spielt nicht nur in von ihr beschriebenen oder besprochenen Zeitabschnitten; sie lebt dann oftmals ewig weiter. Sodaß sie noch in fernsten Jahrhunderten, farblich wie inhaltlich manchmal gänzlich neu ausgestattet, in uns Geschichtenschreibern andauernd weiterwirken kann. Es besitzt auch ein jeder Tod sein ganz eigenes Gelächter! Wer aber gar nicht lachen kann (oder nicht will), und also auch nicht weinen – der oder die ist wirklich sehr arm dran und eigentlich schon ein Untoter noch zu Lebzeiten, mögen diese auch sehr lange währen … Solches berichtet uns die im Neuen Testament der (deutschsprachig übersetzten) Luther-BIBEL leider nicht bzw. da nur äußerst vage angedeutete Geschichte vom boshaften Schuhflicker Ahasverus. Welcher im

Nachhinein dann zur unguten Sagengestalt des Ewigen Juden mutierte! Schreiber dieser Zeilen hat jenes Schreckensmotiv bereits als marginale Kurzpassage in früherem Buche eingearbeitet (auf S. 32 beim maritimen Historienroman „Des Teufels zweitbester Freund. Fliegender Holländer auf letzter Fahrt"; Sachsenbuch-Verlag Leipzig, im Jahre 2001): „Auf Jesu Leidensweg, durch die ihm feindlich gewordene Stadt Jerusalem mit ihren aufgehetzten Bewohnern, hin zum Richtplatz auf dem Galgenberge, der von jedermann gemiedenen Schädelstätte Golgatha, trug es sich zu. Altjüdischer Überlieferung folgend, soll sich der hartherzige Schuster Ahasver geweigert haben, dem unter schwerer Kreuzeslast Zusammenbrechenden einen Labetrunk Wasser zu reichen. Und ihn sogar mit bösen Worten von der Pforte seines Hauses weggejagt haben. Worauf die römischen Soldaten der Hinrichtungseskorte dann einem zufällig des Weges daherkommenden Manne aus der Ortschaft Kyrene, namens Simon, das ungefüge und grobgezimmerte Holzkreuz aufbürdeten. Freilich ließ sich auch dieser erst nach unmißverständlicher Nötigung dazu bewegen. Jener ungefällige Ahasver aber (in latinisierter Namensform als Ahasverus überliefert) endete nicht wie der arge Verräter Judas. Dem seine dreißig Silberlinge am Schluß nur noch den Kälberstrick wert waren, an dem er sich aufhing. Nein, Ahasver sollte strafweise auf immerdar weiterleben, war von Stund an ein Verfluchter. Mußte seither unstet und flüchtig durch die ganze Welt eilen, durch alle Völker und Zeiten, rastlos gepeinigt durch stetige Erinnerung an die Ursache seines Wandertriebes. Überall Hektik, Unruhe und das Gefühl verbreitend, irgendetwas überaus Wichtiges sei versäumt worden. In vielerlei Gestalt auftretend, vielsprachig und vielgewandt, und immer äußerst geschäftig, wo er auch hinkam. Als der Ewige Jude eben. Welcher, wenn überhaupt, seine Erlösung erst am Tage des Jüngsten Gerichtes findet – und dann nur gnadenhalber …"

37

Schreiben und Schriftverkehr in röm. Antike als „scribere“ (mit dem Griffel einritzen); späterhin wurde auch mit angespitzter Schilfrohrfeder und in Schreibtinte getaucht, auf Papyrusrollen bzw. schon auf Pergament geschrieben. Aber besonders die amtlichen kaiserlichen Codicilar-Dekrete, wie Ernennungsurkunden u. a. wichtigen Dokumente, so Legaten/Tribunats/ Zenturionendekrete, sowie die meisten Präfekturdekrete waren auf sogen. Diptychon verewigt – als zwei durch Klappscharniere zusammengehaltene Schreibtäfelchen aus Holz, Bein (seltener Metall) und auf den Innenseiten die mit Wachs überzogene Schreibläche, in die mit dem Stilus (= Griffel) dann eingeritzt worden ist. Übrigens: eine tabula piota ist eine bemalte Schrifttafel oder Buchrolle …

38

In flacher Tieflandsumgebung mit bestenfalls niedriger Behügelung in der Nähe von (heutigem) Nablus gelegen – und mit ca. 880 Höhenmetern dort schon einen Berg vorstellend – war obendrauf ein alter traditioneller Kultplatz der Samaritaner. Jener mehrgipfelige Berg Garizim (heutiges Tell er-Ras) trug in uralten Zeiten einen soliden Steintempel. Denn die Samariter glaubten felsenfest daran, daß hier oben, und nirgendwo anders, der altbiblische Garten Eden gelegen war, sowie später der Ort Bethel (wo sich die Geschichte mit Jacobs Traum von den Engeln auf der Himmelsleiter begab; und wo noch später Altvater Noah mit der Arche nach der großen Sintflut anlandete). Außerdem sollte Chefprophet und legendärer Volksführer Moses wertvolles Gold- und Silberinventar für kultische Zeremonien im hiesigen Samaritertempel vergraben, somit der Nachwelt erhalten haben. Allein Letzteres schien einem Pilatus ausreichender Anlaß für einen Römerstatthalter gewesen zu sein, mit bewaffneter Macht ordentlich dreinzuschlagen; gehörte doch das Schatzregal auch in damaligen Zeiten zu den Privilegien der Staatsverwaltung.

39

Etwa gleichzeitig mit Pilatus' Abreise aus Caesarea via Rom im Winter 36 u. Zt. besuchte Syriens Legat Vitellius Jerusalem und die Tempeloberen. Dabei setzte er den Pilatus nur allzu willfährig gewesenen Joseph Kaiaphas ab – gab u. a. das strittige Hohepriesterfestgewand dem Tempel zurück – und sorgte diplomatisch geschickt dafür, das begehrte Hohepriesteramt der Kaiaphasfamilie zu erhalten. Der Neue war nämlich ein Jonathan ben Hannas aus altpatrizischer Jerusalemsippe; ein vorheriger Hohepriester ist bekanntlich Eleasar ben Hannas gewesen – Schwiegervater des geschaßten Kaiaphas; dieser Brave ist folglich weich gefallen! Fehlte gerade noch, daß irgendwelche Dumpfbacken aus dem – wie wir heute zu sagen pflegen – revoluzzernden Prekariat den Tempel regieren.

40

Quästoren: waren als niedere Finanzbeamte und Steuerfachleute in Kommunalverwaltungen, in provinziellen wie auch in Reichsdiensten tätig; sie verkörperten die unterste Rangklasse der römischen Beamtenschaft.

41

Gläser, Glaskunst, Becher, Krüge usw. – oftmals auch als sehr kunstvoll geblasene Gefäße (wie bspw. die beliebten Rippenschalen, Vasen Amphoren aus der Provinz Syria) entstanden nicht allein in bekannter Glasbläserstadt Sidon oder Sidonia mit ihrer hochspezialisierten Glasindustrie. Auch andere ehemals phönizische Hafenstädte, wie Tyros und Alexandria, mit großteils griechischstämmiger Bevölkerung produzierten Glas, vorzüglich jedoch Fensterglas. Damals wurde sowohl in vorgefertigten Tonformen als auch frei geblasen; in Pilatus' Zeiten ist formgeblasenes Glas aus Sidon auch als relifiertes Zierglas hergestellt worden: d. h. aufschmelzen von vergoldeten Pressglasteilchen als Medaillons auf rasch erkaltender Glasmasse; viele solcherart gefertigten Kostbarkeiten sind dann noch von Meisterhand signiert, waren sehr gefragt und teils teuer verkauft worden im gesamten römischen Weltreiche.

42

Sowas regelte ein P R Ä T O R bzw. Pro-Prätor: in der Regel Angehöriger der römischen Ritterschaft (mit goldenem Siegelring, darauf das Familienwappen o. ä. protzte). Diese praetores funktionierten als höhere zivile Amtspersonen in römischen Staatsdiensten, auch in den Kolonien und Grenzprovinzen des Imperiums. U. a. mit notariellen Vollmachten in Sachen Eheschließung, Ehe- und Güterverträgen, Ehescheidungen, Immobiliengeschäften, Sklavenkauf und -verkauf sowie Freilassungen, Anträge auf Einbürgerungen u. dgl. im Rahmen der allgemeinen Bürgerrechte jener Zeit.

43

zu (Centurie), centuriae

Um Verwechslungen auszuschließen, hier noch folgende Anmerkung: eine Centuria = römisch antikes Flächenmaß; und auch in Form von Ackerlosen als staatliche Landzuteilung für ausgediente Legionsveteranen genutzt. Sozusagen bargeldloses Äquivalent für jahrzehntelange, untadelige Diensttreue. Künftige Kolonen erhielten also Grund- und Bodenbesitz zur freien Verfügung. Eine solche centurie entspricht etwa 50 Hektar unserer heutigen Zählweise (ist schon allerhand Besitz).

44

E P I D A U R U S (griech. als Epidauros): zu des Pilatus Zeiten war dies ein zumeist noch von Griechen, sowie einigen wenigen Juden und Illyriern bewohntes kleines Land- und Küstenstädtchen, also ein sog. „municipum parvum“ an dalmatischer Adria im römischen Weltreich. In den viel späteren Wirren der blutig-kriegerischen Völkerwanderungsjahrhunderte wurde das Städtchen von der Einwohnerschaft geradezu fluchtartig verlassen, als sich mörderisch marodierende und brennende slawische sowie Awarenhorden näherten. Auf vorgelagertem Inselfelsen im

Nordwesten siedelten die Flüchtlinge neu und bauten sich ihr Rausa, später als Ragusa. Während sich nachrückende Slawenvölker auf dem Festlande gegenüber eine ihrer typischen hölzernen Wehrsiedlungen namens Dubrava (späterhin als Dubrovnik) errichteten. Und wiederum Jahrhunderte später wuchsen beide Orte zur malerischen Küstenstadt zusammen; heute ein wahres Touristenjuwel. Anstelle des alten, aufgegebenen Epidaurus aber entstand, ebenfalls viel, viel später, das kleine Küstenstädtchen C a v t a t (mit reichlich anderthalbtausend Einwohnern um ca. 1989), heute ebenfalls Touristenmagnet – jedenfalls für Kenner und Liebhaber.

Anmerkung zur Anmerkung: Illyrische Histrer und Delmaten besiedelten schon ca. ein Jahrtausend vor unserer Zeitrechnung die Landschaften des späteren Dalmatiens. Und allmählich setzten sich, von Süden und über See herankommende, Griechen auf den vorgelagerten Inseln sowie an der langgestreckten Küste mit zunächst Flottenstützpunkten, dann kleineren Handelsorten fest. Wegen daselbst raumgreifender Piraterie (und also den römischen Seeverkehr zunehmend behelligend) rückten seit dem 3. Jahrhundert v. Zt. römische Truppen nach Illyrien ein, unterwarfen hiesige Stämme, machten sie sich tributpflichtig und installierten sich bis etwa 30 v. Zt. an vielen Punkten der Adriaküste. Gründeten wohl um 10 u. Zt. ihre neue römische Provinz Dalmatia (innerhalb illyrischer Großprovinz), mit Hauptort S a l o n a e. Nach Niederwerfung eines pannonisch-illyrischen Aufstandes der Jahre 6 – 9 u. Zt. verfestigten sich auch hier römische Institutionen und Verwaltungsstrukturen: römisches Recht und Kultur, diverse Wirtschaftsverbindungen und Handelswege sowie anhaltender Bevölkerungsaustausch lassen viele der ehedem rein griechischen Küstenorte aufblühen. Mittels gezielter Kolonisation, neuer Städtegründungen und vielgestaltiger Militärsiedlungen im Legionsgefolge, romanisierte man über Jahrhunderte die ganze Region!

45
„Tres faciunt collegium“ = Drei bilden ein Kollegium (als einen Verein). Bereits Jahrhunderte vor unserer Zeitrechnung, und vor allem dann während der römischen Kaiserzeit, existierten strenge Gesetze hinsichtlich eines staatlich bzw. städtisch geregelten Vereinswesens und Vereinslebens. So zum Beispiel durften mindestens drei Personen eine rechtsfähige Genossenschaft oder einen beliebigen Verein, eine Kultgruppe oder eine Landsmannschaft gründen. Sie mußten dazu aber eine rechtsgültige und -verbindliche Satzung in Schriftform ausweisen. Also entstanden bald zahlreiche diverse Berufsgenossenschaften (ähnlich den Handwerkerzünften des deutschen Spätmittelalters); welche sich zumeist auch ihren eigenen Schutzgott erwählten. Besonders wichtig wurden im Laufe der Jahrhunderte dann die Geselligkeitsvereine; aber auch die Begräbnisvereine spielten, schon aus Kostengründen, eine große Rolle; denn „mitten im Leben sind wir vom Tod umgeben“. Sowie religiöse Kultgemeinschaften zu Ehren vielgestaltiger, auch auswärtiger und exotisch-fremdartiger Gottheiten. Denn im weltumspannenden Römerimperium war man dieserhalb recht großzügig und gestattete den Untertanen ihre eigenen, artspezifischen Götter. Sofern sie brav ihre Steuern zahlten, politisch Ruhe hielten und gesellschaftlich nicht allzu sehr, gar kriegerisch aufmuckten ... Die überall im Römerreich ansässigen, oftmals auch in geschlossenen Kolonien zahlreich siedelnden Griechen, benamten in den Provinzen allerdings gerne ihre Vereine usw. hetairion, was dann für überempfindliche Römerohren, zumal die der regierenden Oberen, einen handfesten nationalpolitischen Zungenschlag hatte, ja oftmals geradezu verschwörerisch klang. Sodaß der nach Palastrevolte überraschend an die Macht gelangte Kaiser Claudius 41 u. Zt. ersteinmal kurzfristig all jenen hauptstädtischen Tavernen und landsmannschaftlichen Herbergen dicht machen ließ, in welchen sich Angehörige der zahlreichen Judenschaft Roms zu angeblichen harmlo-

sen Religionsfeiern trafen. Vermutlich hatte er einem gezielten Ratschlag seines klugen Freundes (der auch mit dem gemeuchelten Caligula sowie dem sich in ein fernes Verbannungsland absetzenden Pontius Pilatus gut konnte) und Judenkönigs von Roms Gnaden, Herodes Agrippa I. folgend, so gehandelt. Denn jener kannte seine ewig aufmüpfig grantelnden, meckernden, revoluzzernden Landsleute nur zu gut. Was diese ihm wiederum heftig nachtrugen – und was (vielleicht) zu seinem frühen, ungeklärten Tode im Jahre 44 beigetragen haben dürfte? Egal, wie auch immer: in mittel- und kleinstädtischen Kommunen des Imperiums – und hier vorzüglich in den Provinzen – wirkten die Vereine usw. jedenfalls vielfarbig wie vielgestaltig; lebendig und vor allem als Kulturträger auch fürs Umland. Unerläßlich für allmähliche Romanisierung natürlich die zahlreichen Veteranen-Vereine ausgedienter römischer Legionäre und Beamter. Und von allergrößter Wichtigkeit fürs städtische Gemeinwohl waren die überall entstehenden kommunalen Feuerwehren (als collegia fabrum verzeichnet und sich aus der städtischen Handwerkerschaft rekrutierende, freiwillige Verbände). Größere Stadtgemeinschaften hatten oftmals sogar mehrere jener Wehren, auf die verschiedenen Stadtviertel verteilt. Und die waren ebenfalls wichtige Kulturträger und -mittler in ihren Kommunen …

46

Hierzu tobt bis heute der Gelehrtenstreit; man legt sich allgemein auf die Jahre von 7 bis 4 v. Zt. letztlich einigermaßen fest, betreffs Jesu Geburtstermin

47

Seit dem Jahre 14 von der Kaiserwitwe Livia zu Ehren ihres verstorbenen Gottkaisers eingeführt und auch von allen Nachfolgeherrschern als riesige Theaterveranstaltung abgehalten; jeweils vom 17. Januar sich anderthalb Wochen hinziehend und im gemeinen Volk wegen diverser Gratifikationen sehr beliebt …

48

Volksstamm germanischer Bataver: mit Ursprungssitz in späteren Niederlanden; am Niederrhein bis zur Nordseeküste hin siedelnd

49

Betrifft Claudius' Kaiserwerdung: jener „alte Knabe" war zum Zeitpunkt immerhin 51 Jahre alt

50

Bibel, AT, 5. Buch Mose, Kap. 4 mit Versen 27 u. 28 wie folgt: „Und der Herr wird euch zerstreuen unter die Völker; und wird euer ein geringer Haufe übrig sein unter den Heiden, dahin euch der Herr treiben wird ... Daselbst wirst du dienen den Göttern, die welche Menschenhände=Werk sind, Holz und Stein, die weder sehen, noch hören, noch essen, noch riechen."

51

Besondere Anmerkung zum Judenkönig Agrippa I: Immerhin erintrigierte – erbte – erwarb und verwaltete der geheimnisvolle, politisch raumgreifend weitblickende sowie bedenkenlos umtriebige Kleinkönig und Tetrarch aus fürstlichem Hause, bei seinem jähen Ableben im Jahre 44 u. Zt. (ggf. abgelebt worden; wenn ja, warum und durch wen?) ein recht stattliches Länderkonvolut als seinerzeitiges jüdisches Neureich und ausgedehntes Territorium. In fast gleichem Ausmaß wie sein berühmtberüchtigter Großvater H e r o d e s, den man auch deshalb den „Großen" benamte; und auch er hatte den Jerusalemer Tempelbezirk samt Theokratie fest in Händen. War also nach dem sagenumwobenen Großkönig D a v i d und Großvater Herodes nunmehr – wenngleich nur sehr kurzfristig – dritter bedeutender König der Israeliten und Führer also des dritten zentralen Judenstaatswesens in hiesiger Geschichte. War emsig bestrebt, selbiges in ein dauerhaft stabiles jüdisches Großreich umzuformen. Als er leider, warum und wie auch immer, abberufen wurde. Wonach in den schwächlichen Händen seines unfähigen Sohnes Agrippa II. und brutalblutigen römischen Kriegswirren *(seit den Endsechziger bis in Anfangsiebziger Jahren u. Zt.)* Jerusalem total zerstört, das überlebende Volk zersplittert und in alle Welt zerstreut, der Judenstaat restlos vertilgt worden ist. Ganz so, wie in uralten prophetischen Weissagungen erwähnt! Und einen wirklichen vierten Judenstaat ermöglichte erst wieder (nach knapp zweitausend Jahren) jene legendäre UNO-Sitzung in den Endvierziger Jahren und nach Beendigung des britischen Palästinamandats, einen dbzgl. Teilungsbeschluß per Abstimmung erwirkend. Woraufhin der jüdische Nationalrat zum 14. Mai 1948 in der Stadt Tel Aviv einen eigenen, unabhängigen, jüdischen Staat *I s r a e l* feierlich ausrief! Offenbar ist dafür die *(Welt)* Zeit herangereift. Nach erneuten regionalen Kriegswirren ist mit dem 1949er Waffenstillstand eine vorläufige Staatenbildung in seinerzeit von den kämpfenden Juden erreichten Außengrenzen abgeschlossen (wenngleich von den unterlegenen Arabern niemals anerkannt) worden; noch im gleichen Jahre wurde der Staat Israel auch UNO-Mitglied.

52

Während solche kampfgeilen Amazonen späterhin vermehrt in hellenisch geprägten Römerkolonien Kleinasiens auftraten – gab es übrigens auch schon im alten Assyrien einen amazonischen Volksstamm, wo nur die Mädchen aufgezogen wurden (Jungens gleich nach Geburt getötet und an Tiere verfüttert). Jene Kampfweiber säbelten sich die rechte Brust ab, um sich damit nicht beim Bogenspannen im Gefecht zu behindern …

53

Betrifft Aternum am Mare adriaticum und den Fluß Aterno: heutiger Flussname Pescara; in mittelitalienischer Region der Abruzzen entspringend und beim heutigen Orte Pescara in die Adria mündend.

54

Vita somnium breve – Per aspera ad astra: Das Leben ist ein kurzer Traum – Durch Nacht zum Licht! (Eigentlich jedoch: Über rauhe Pfade zu den Sternen …)

55
Der große deutsche Kulturkritiker und Philosoph, Friedrich Wilhelm N i e t z s c h e (geb. 1844 in Röcken, bei Lützen; gest. 1900 in Weimar), hat jene Sentenz geradezu meisterlich in seinem bedeutsamen Werk „Also sprach Zarathustra" verarbeitet.

56
Lucius Annaeus S e n e c a der Jüngere, geb. ca. 4 v. Zt. Corduba und Freitod 65 u. Zt. Rom; römischer Dichter, Philosoph, Prinzenerzieher bei Hofe sowie hoher Staatsbeamter als Senator, Prätor, Konsul unter Kaisern Claudius und Nero (bei letzterem in Ungnade gefallen). War berühmter Sohn eines ebenfalls berühmten Vaters gleichen Namens, Pädagoge und Schriftsteller (geb. 55 v. Zt., gest. 40 u. Zt. in Corduba; bekannt als Verfasser der hochberühmten „Controversiae", 10 Bücher mit Gerichtsreden u. dgl.) Erwähnter jüngerer Seneca war seinerzeit führender Philosoph altrömischer Stoa und deren Schule. Seine Lehrsätze verewigten angeblich unerschütterlich feststehende wie lebenspraktisch handhabbare Grundsätze einer Alltagsphilosophie zur Bewältigung vielfältiger Aufgaben und Belastungen der Menschen in ihrer begrenzten Lebenszeit – u. a. mit Thesen dieser Art: Leben als gleichzeitig Lust, Last, Verpflichtung – Tod nicht als guter Freund oder als schlimmes Übel, sondern unumgänglicher engster Menschenbegleiter in dessem zeitlich befristeten Erdendasein („Mitten im Leben sind wir vom Tode umgeben"). Ein weiser Mensch lebe deshalb als vernunftgeleitetes Wesen seine ihm vorbestimmten Jahre anständig herunter; möglichst im Einklange mit vorherrschenden Naturgesetzen. Aber auch mit philosophisch gelassener An- bzw. Einpassung in die vielfältigen Pressionen und Zwänge gesellschaftlich-politischer Diktate. Senecas jr. Hauptwerke erschienen in letzten Lebensjahren ab 62 u. Zt., so die „Epistulae morales ad Lucilium" sowie die „Naturales questiones".

57

„Domus Tutissimum Cuique Refugium Atque Receptaculum" lautet in deutscher Übersetzung: „Eigenes Haus ist für jeden sicherer Zufluchtsort" – und ist vom P. P. bitter ironisch wie auch letzthin resignativ gemeint gewesen; sozusagen als ein herrisches B a s t a und Ende der Fahnenstange!

58

Relativ freiweg übersetzt, heißt es im Deutschen etwa so: „In Buchform gebrachtes Gerücht; als erfundene Erzählung in beredsamer Fülle und mit überspannt glücklichem Ausgang"

59

Centurio Principis cohors Romana: Erster Zenturio einer römischen Legionskohorte und gleichzeitig deren Abteilungskommandeur; im Legionärsjargon abgekürzt als Kohortus benamt.

60

(in Auszügen zitiert nach „Lexikon der Bibel", Bechtermünz-Verl. 1990 in Eltville am Rhein)

PHARISÄER: als „die sich absondernden und von allem Unreinen abschließenden Sonderfrommen" im streng israelitischen Leben durch peinlich genaue Beobachtung aller Kultursitten; im Unterschied zu allen Heiden, Nichtjuden als auch weniger streng denkenden Volksgenossen, die eigentümlichen Züge des Judentums in nationaler wie religiöser Beziehung aller Gesinnung und Lebensführung ausprägend. Der Pharisäismus nahm im Gegensatz zu den Sadduzäern alle aus Vorzeiten überkommenen Übungen, die zum geschriebenen Gesetz hinzugewachsene (mündliche?) Überlieferung in den Begriff seiner „Gerechtigkeit" auf und schuf daraus eine, das ganze Volksleben auf Schritt und Tritt, von morgens bis abends, von der Wiege bis zum Grabe regelnde Norm, welche immer nur Zusätze erfuhr, aber keinerlei Abbruch vertrug … Die Häupter jener Richtung, als außerhalb des Judentums keine Wahrheit, kein Recht und kein Heil anerkennende Musterjuden, trugen die Qual dieses mühsamen Gesetzesdienstes selbst und legten sie anderen auf; sie bildeten mit ihren Reichserwartungen und Auferstehungshoffnungen die Phantasie des Volkes. Mittels eines erdrückenden Zeremoniells von Waschungen und Reinigungen, Lasten und Almosen, Gebetsstunden und Opfern, glaubte man, von der Gottheit die Erfüllung messianischer Verheißungen erzwingen zu können. Die Auswüchse dieser ganzen Religionsform treten uns in den Erzählungen der Evangelisten entgegen; gegen sie ist das eigentliche Pathos der Angriffe Jesu gerichtet!"

SADDUZÄER: „die Angehörigen und Anhänger des Priesteradels als die Hierarchische Regierungspartei, die im Synedrium in erster Linie vertretene Aristokratie der hohepriesterlichen Familien. Während die Pharisäer (s. d.) in Bethäusern und Schulen der großen und kleinen Städte sich befestigten und das ganze Volksleben in Form levitischer Reinheit einzufassen bestrebt waren, standen die Sadduzäer zu Jerusalem in Amt und Würden. Sie mußten aber in späteren Zeiten, je länger desto mehr, Einfluß an die zumeist pharisäisch gesinnten Schriftgelehrsamkeiten (s. d.) abtreten, welche auch im Synedrium festen Stand gewann. Vom Übermaß religiöser Satzung, an deren Erfüllung die Letzteren alles Heil knüpften, fühlten die Sadduzäer sich beengt und gehemmt, leugneten die Gemeingültigkeit und Verbindlichkeit derselben und hielten sich einfach an die Bräuche des Pentateuchs, über die sie als Wächter gestellt waren. Der Gegensatz, welcher sich zwischen den Ansprüchen der Amtsaristokraten und dem im Volke herrschenden Pharisäismusgeiste ergeben mußte, kehrte verschiedene Seiten hervor – je nachdem man einen politischen oder religiösen Maßstab anlegt. Mannigfachen Berührungen mit griechischer Kulturwelt und römischer Staatsmacht ausgesetzt, hatten diese Sadduzäer, solange sie das Staatsruder führten, sich durch Festungsbau, militärische Organisation und

Allianzen gegen allerlei Wechselfälle der Politik zu schützen gewusst."

SCHRIFTGELEHRTE: als „sofer (im)" im AT und also Schreiber, Sekretäre, mit Schätzungen und anderen schriftlichen Geschäften betreute Beamte, Gelehrte; im NT spezifische Autoritäten des jüdischen Volkes; seither tritt dem Priesterstand ein Gelehrtenstand zur Seite, welcher an keine Kaste gebunden aus dem ganzen Volke sich rekrutierte, so wie auch der Gegenstand seines Studiums, das GESETZ, nicht etwa bloß den Priestern gegeben war, sondern von jedermann gekannt und geübt sein wollte. Daher war dieser festgeschlossene Stand berufsmäßiger Kenner des Gesetzes von Hause aus mit Interessen des Pharisäismus verwachsen: Schriftgelehrte und Pharisäer erscheinen in den Evangelien als im unbestrittenen Besitz der Führerschaft im Volke, zu finden in ganz Judäa und auch in Samaria. Ihr einziges Thema, Anfang und Ende alles Wissens und Lehrens der Schriftgelehrten, war eben das GESETZ, welches in allen seinen Teilen eine direkte Forderung Gottes an sein (auserwähltes) Volk darstellte und zur unumschränktesten, ausschließlichen Autorität und Geltung gebracht werden sollte; eine „magna charta" der jüdischen Gottesgemeinde als dem „corpus iuris divini" der Theokratie. Schriftgelehrte waren also Gesetzeslehrer und trugen als solche den Ehrennamen RABBI; sie hatten im Synedrium auch als Juristen wirkliches Recht zu sprechen und besetzten, wo immer möglich, auch die Lokalgerichte."

Anmerkung zur Anmerkung:

SIKARIER und ZELOTEN: (sogenannte „Messermänner) waren keine Volkspartei oder religiöse Strömung im Volke der Juden während 1. Jahrhunderts u. Zt. Sondern eine relativ kleine, aber äußerst gewaltbereite Gruppierung von gegen ihre eigenen Obrigkeiten sowie deren Schutzmacht, die gehaßten römischen Besatzer, mit bewaffneten Aktionen sporadisch wie ungeordnet rebellierenden Aufständischen. Welche wohl eher keinen logistisch unterstützenden Rückhalt in der städtischen Bevölkerung genossen. Was vermutlich darauf zurückzuführen war, daß hier die Grenzen zwischen politischem Partisanentum und bandenmäßiger Straßenräuberei recht fließend verliefen. Einer der Jesus-Halbbrüder dürfte u. U. in ihren Reihen agiert haben, da er während der Amtszeit des Pilatus als „Judas, der Messerwerfer" gerichtsnotorisch geworden war – aber nicht zu verwechseln mit dem Verräterjudas aus dem Orte Kariot oder Scharioth, auch Kerijot benamt.

Literatur und Quellenverzeichnis (Auswahl)

- Yohanan Aharoni u. Michael Avi-Yonah: Der Bibel-Atlas(Lizenz-Ausgabe Weltbild). Augsburg 1990

- Autorengemeinschaft Andreas Kleineberg u. a.: Germania und die Insel Thule. Die Entschlüsselung von Ptolemaios' "Atlas der Oikumene". Hrsg. bei Wissenschaftl. Buchgesellschaft Darmstadt 2010

- Michael Baigent/Richard Leigh: Verschlußsache Jesus. München 1981

- Hans Bardtke: Bibel, Spaten und Geschichte. Leipzig 1969

- Martin Bauer: Anfänge der Christenheit. Evang. Verlagsanstalt 5. Auflage. Berlin 1978

- Annemarie Bernecke: Die Feldzüge des Tiberius und die Darstellung der unterworfenen Gebiete in der „Geografie des Ptolemaeus". Bonn 1989

- Stuttgarter Jubiläums-BIBEL (mit Anmerkungen, Erklärungen und biblischem Nachschlagewerk); Altes sowie Neues Testament in der Lutherschen Übersetzung. Privileg. Württemberg. Bibelananstalt 1931

- Theodor Birt: Charakterbilder Spätroms. Leipzig 1919

- ders.: Das römische Weltreich. Berlin 1941

- Brockhaus Enzyklopädie in 30 Bänden. 19. völlig neu bearb. Aufl. bei F. A. Brockhaus GmbH in Mannheim 1986 ff.

- Michail Bulgakow: Der Meister und Margarita. (Aus d. Russ. bei Volk und Welt). 5. Aufl. Berlin 1975

- Hans Delbrück: Geschichte der Kriegskunst im Rahmen der politischen Geschichte. 1. Teil „Das Altertum" und 2. Teil „Die Germanen". Berlin 1920/21

- Alexander Demandt: Hände in Unschuld. Pontius Pilatus in der Geschichte. Köln/Weimar/Wien 1999

- Josef Dirnbeck: Die Jesus-Fälscher. München 2006

- Volker Eid: Und es ist doch wahr. Auf der Suche nach der Wahrheit des Neuen Testaments. 2. Aufl. bei Weltbild. Augsburg 2009

- Stefan Erdmann: Geheimakte Bundeslade. 2. Aufl. Fichtenau 2006

- Flavius Josephus: Geschichte des judäischen Krieges. (Neu aufgelegt u. mit zahlr. histor.-geograf. sowie wissenschaftl. Anmerkungen versehen) Wiesbaden/Leipzig 1978

- ders.: Jüdische Altertümer (ursprünglich Bücher I – XX) in 2 Bänden. Wiesbaden 2002

- Kate Gilliver: Auf dem Weg zum Imperium. Die Geschichte der Römischen Armee. (Dtsch. Lizenzausg. f. Nikol Verl.) Hamburg 2007

- Karlheinz Gless: Das Pferd im Militärwesen. Berlin 1980

- Hermann Göll: Geschichte der Mythologie. Bechtermünz Eltville 1991

- Peter F. W. Heller: Schelte für das Christentum. Frommer Schwindel – echter Glaube. Engelsdorfer Verlag. Cop. 2008 in Leipzig

- Jan van Helsing (Pseudonym für Jan Udo Holey): Geheimgesellschaften-3- Krieg der Freimaurer. Fichtenau 2010

- Karl Herbst: Kriminalfall Golgatha. Der Vatikan, das Turiner Grabtuch und der wirkliche Jesus. Düsseldorf 1992

- Traugott Holtz: Jesus aus Nazareth. 3. Aufl. Berlin 1979

- Karl Jaros: In Sachen Pontius Pilatus. (Kulturgeschichte der antiken Welt. Bd. 93) Mainz 2002

- Ernst Jünger: Dalmatinischer Aufenthalt. In „Blätter und Steine". Leipzig 1942 (Der deutsche Tauchnitz, Bd. 127)

- Roger Michael Kean: Die Römischen Kaiser. Von Augustus bis Romulus Augustulus. (Dtsch. Erstausgabe) Cop. 2009 bei Weltbild Verlagsgruppe Augsburg

- Holger Kersten/Elmer R. Gruber: Das Jesuskomplott. Die Wahrheit über die Auferstehung. München 1992

- Christopher Knight/Robert Lomas: Unter den Tempeln Jerusalems. Rottenburg 2007

- Gerhard Konzelmann: Die Hebräer. Erw. Aufl. München/Berlin 1990

- Heinrich Kraus: Kleines Lexikon der Bibelworte. München 1998

- Alfred Läpple: Die Geheimen Schriften zur Bibel. Apokryphe Texte des Alten und Neuen Testaments. München 2007

- Walter-Jörg Langbein: Geheimnisse der Bibel. Berlin 1997

- ders.: Lexikon der biblischen Irrtümer. München 2003

- Pinchas Lapide: Ist das nicht Josephs Sohn? Jesus im heutigen Judentum. 3. Aufl. Gütersloh 1988

- Johannes Lehmann: Das Geheimnis des Rabbi J. Was die Urchristen versteckten, verfälschten, vertuschten. Heimburg 1985

- Lexikon der Bibel. Hrsg. Christian Gerritsen, bei Bechtermünz Eltville 1990

- Lexikon der Heraldik. Hrsg. Gert Oswald. Mannheim/Wien/Zürich und Leipzig 1984/85

- Franklin H. Littell: Atlas zur Geschichte des Christentums. 2. Sonderauflage bei Brockhaus, Mannheim 1989

- Ralf-Peter Märtin: Pontius Pilatus. Römer, Ritter, Richter. Zürich/München 1999

- ders.: Die Varus-Schlacht. Rom und die Germanen. 5. Aufl. Frankfurt/Main 2009

- Philip Matyszak/Joanne Berry: Who is who im Alten Rom. Cop. 2009 bei WBG (u. als Lizenzausg. F. Philipp von Zabern Verlag Mainz)

- Merian-Heft „Dalmatien und Istrien" (als Nr. 6 im 42. Jahrg., Juni-Ausg.) Hamburg 1989

- Meyers Universal Lexikon in 4 Bdn. Bibliographisches Institut Leipzig 1978 ff.

- Theodor Mommsen: Römische Geschichte. Bd. I – IV. Berlin 1854 - 56 sowie Bd. V 1885

- Ernst Müller: Der Sohar – Das heilige Buch der Kabbala. München 1991

- Raul Niemann (Hrsg.): Von Pontius zu Pilatus. Stuttgart 1996

- Friedrich Wilhelm Nietzsche: Der Anti-Christ. Hannover 1932 (Licht-Bücherei, hrsg. von Ernst Precht)

- Siegfried Obermeier: Starb Jesus in Kaschmir? Düsseldorf 1983

- Philon von Alexandria: Gesammelte Werke, ins Deutsche übersetzt von L. Cohn, Breslau 1909 (für vorl. Veröffentlichung speziell interessanter Teil „Quod omnia probus liber sit“ des Philo Judaeus Alexandrinus …)

- F. W. Putzgers Historischer Schulatlas. Bearb. u. hrsg. von A. Baldamus und E. Schwabe, in 49. Aufl. Bielefeld/Leipzig 1905

- Leopold von Ranke: Historische Charakterbilder (u. a. Jesus Christus im Textteil zur griechischen u. römischen Geschichte) Berlin o. J.

- J. A. Rasin: Geschichte der Kriegskunst, 2 Bände, Berlin 1959/1960 (*Anm. D. W.*: Nur diese ersten zwei von geplanten fünf Bänden wurden wohl aus russ. Sprache ins Deutsche übersetzt u. vom damaligen Ministerium für Nationale Verteidigung über spezielle Militärbuchhandlungen in Kasernen der Ex-NVA vertrieben. Der Autor, Generalmajor der Roten Armee, Prof. Dr. und renommierter Militärhistoriker der Stalinzeit, publizierte solcherart profundes Wissen und lehrte es auch ex cathedra vor Kursanten sowjetischer Militärakademien. Wobei er sich häufig wie zielführend auf den bekannten deutschen Militärhistorikerkollegen Hans Delbrück bezog – obgleich jener leider gar nichts zur Rolle des kämpferischen Proletariats im weltweiten Klassen-Kampf schrieb und ebenfalls auf diesbezügliche Lehrsätze eineMarx/Engels/Lenin/Stalin verzichtete, als bürgerlich konservativer wie auch reaktionärer? Staatswissenschaftler seiner Zeit – um es für heutige Zeitgenossen etwas humorvoll anzumerken …)

- Joseph Ratzinger (als Papst Benedikt XVI.): Jesus von Nazareth. Band 1 im Herder Verlag Freiburg/Br. 2007; Bd. 2 ebenda 2011

- Trevor Ravenscroft: Der Speer des Schicksals. Geschichte der Heiligen Lanze. Universitas 1988

- Geoffrey Reagan: Militärische Blindgänger und ihre größten Niederlagen. Lizenzausg. für Weltbild, Augsburg 2008

- Kamal Salibri: Wer war Jesus wirklich? Die Verschwörung von Jerusalem. München 1993

- Eric-Emmanuel Schmitt: Das Evangelium nach Pilatus. Zürich 2005

- Wilhelm Schöne: Lateinisch-deutsches Wörterbuch. Pößneck Cop. 1949 (Hrsg. unter Lizenz-Nr. 271 bei Sowjet. Militäradministration Deutschlands – SMAD – in sogen. Volksverlags-GmbH und AG Thüringer Verleger)

- Harald Specht: Jesus? Tatsachen und Erfindungen. Engelsdorfer Verlag. Cop. 2010 in Leipzig

- Hans Dieter Stöver: Die Prätorianer. Kaisermacher – Kaisermörder. München 1994

- Louis de Wohl: Longinus der Zeuge. Hist. Roman (Lizenz f. St. Benno Verl.) Leipzig 1968

SACHSENBUCH -
Unser Name ist Programm

Jürgen Helfricht

Taschenlexikon

Die Wettiner

Sachsens Könige, Herzöge, Kurfürsten und Markgrafen

4. aktualisierte Auflage 2010

Sie gingen als Minnesänger, Gelehrte, Feldherren oder – wie August der Starke – als Prunk liebende Könige, Herzöge, Kurfürsten und Markgrafen in die deutsche und europäische Geschichte ein: die Wettiner, 829 Jahre lang, bis 1918, regierten sie Sachsen. Auch heute wollen sie wieder eine Rolle spielen.

Das Taschenlexikon führt erstmals alle wichtigen Daten der Herrscher und Haus-Chefs auf, die für Sachsen bedeutend sind: vom gegenwärtigen Chef des Königshauses bis in die mittelalterlichen Tage. Ein informatives Nachschlagewerk in Farbe, das schnell Über- und Einblick verschafft

ISBN 3 89664 044 5

DIETER WALZ
Der Tod kam als Sachsengänger. Historische Schlachtfelder des Dreißigjährigen Krieges im Leipziger Land.
15,5 x 24 cm; 196 S.; zahlr. Farb. u. s/w Abb. sowie gez. Kte. Im Vorsatz; 1994 im Passage Verl. Leipzig;

Vom Prager Fenstersturz 1618 bis zum Leipziger Manifest 1631; Kursachsen und der Große Krieg in Deutschland; Heeresorganisation und Militärwesen zur Zeit des Dreißigjährigen Krieges. Sowie (nach heutigem Kalender) folgende Historie samt diversen Histörchen:

- Die Schlacht bei Breitenfeld-Podelwitz, 17. Sept. 1631
- Die Schlacht bei Lützen und der Kriegstod des Schwedenkönigs Gustav Adolf, 16. Nov. 1632
- Zur Lage Leipzigs zwischen den Fronten – Holk 1633 und Baner 1637 vor der Stadt und im Umland
- Die Schlacht bei Podelwitz-Wiederitzsch (als 2. Schlacht bei Breitenfeld), 2. Nov. 1642

DIETER WALZ, Reinhard Münch, Wolf-Dieter Schmidt
Auf Napoleons Spuren durchs Sachsenland im Kriegsjahr 1813.
22,5 x 14,5 cm; 232 S.; zahlr. farb. u. s/w Abb., Grafiken sowie inliegd. Kte.; 2008 im Passage Verl. Leipzig;

Kaiser und Rheinbund-Protektor Napoleon I. Bonaparte begann am 1. Mai 1813 seinen Frühjahrsfeldzug; und bereits am Folgetag, dem 2. Mai, tobte die blutige Schlacht bei Großgörschen (Lützen). „La Campagne de 1813 en Saxe“ endete schließlich mit der gewaltigen Völkerschlacht bei Leipzig, Mitte Oktober 1813, und dem eiligen Rückzug der französischen Hauptsarmee über Thüringen, Hessen an den Rhein und nach Frankreich hinüber. Also ein schicksalhaftes Kriegsjahr für das Königreich! Übrigens führt diese „Route Napoleon Sachsen 1813“ durch einige der schönsten Landschaften; zu berühmten Städten sowie sehenswerten, kunsthistorisch bedeutenden Bauten in unserem Sachsenlande …

DIETER WALZ
Des Teufels zweitbester Freund
Fliegender Holländer auf letzter Fahrt
Historischer Roman. Mit e. ausführl. Nachwort u. vielen Abbildungen (Grafiken von Walter Van den Berghe, Antwerpen), Sachsenbuch Leipzig, ISBN 3-89664-047-X

Es gibt dreierlei Sorten von Mensch: die Lebenden, die Toten und solche, die zur See fahren. Aber wer mit dem Teufel an Bord geht, der muss auch mit ihm segeln …
Früher einmal galten die Holländer etwas, waren sie die Fuhrleute Europas. Ihre zahlreichen, hochseetüchtigen Schiffe sind zwar aus Holz gewesen, die Männer auf ihnen jedoch aus Eisen. In der stattlichen Reihe jener Hartsegler und Gewaltkerle ragte eine Handvoll Schiffsführer hervor, auf ihre Art und Weise allesamt „Fliegende Holländer“: die Barent Focke, Holofernes, Van Damiens, Van der Decken. Ebenso die deutschen Schiffskapitäne im Dienste der Ostindienkompanie, Felkenberg und Karpfanger. Obwohl man ihnen nachsagte, sie wären mit dem Teufel im Bunde, sind sie einmal doch auf See oder hinterm Deich gestorben und ihre Spuren allmählich verweht. Einer aber überlebte alle und jedes, der geheimnisumwitterte Holländerkapitän VAN STRAATEN.
Hartköpfig und skrupellos befuhr er die Handelsrouten von Amsterdam bis Batavia in wesentlich kürzerer Zeit als die anderen. Freilich hatte er seine Seele dem Bösen verschrieben. Und als er sich in grenzenlosem Hochmut und Menschenhass in einer grausig wilden Sturmnacht am Hoffnungskap gegen Gott und alle Welt verschwor, da war sein irdisches Maß voll. Seither muss er rastlos segeln, als ein Nichtlebender wie Nichttoter in die Unzeit gebannt. Dreimal wehe für Mann und Schiff, so sie dem unheilbringenden Phantom begegnen! Dies ist VAN STRAATENs Fluch und Strafe, aus der es keine Erlösung gibt. So jagt er noch heute, ruhelos und angstverbreitend, über alle sieben Weltmeere. Begleitet nur vom Schiffskobold Klabautermann und dem weißen Bordpudel. Ewig währt seine Höllenfahrt, die roten Segel sämtlich aufgeheißt, in Blitz und Sturm. Bis zum Jüngsten Gericht. Aber Achtung, liebe Leute, und eine handfeste Warnung an alle: Lesen auf eigene Gefahr! Der Autor übernimmt keine Haftung für ggf. Folgeschäden jeglicher Art. Wonach bitte zu richten …

DIETER WALZ
Sachsenland war abgebrannt
Leipziger Völkerschlacht 1813
Sachsenbuch Verlagsgesellschaft mbH Leipzig, mit zahlr. farb. u. s/w. Abb., Karten, Uniformtafeln, ISBN 3-89664-002-X

Dr. Dieter Walz hat ein erzählendes Sachbuch geschrieben, bietet in recht lockerer Form Geschichte zum Anfassen sowie Geschichten zur Geschichte an. Dies tut er mit viel Herz und gelegentlichem Augenzwinkern. Vor allem aber sieht und wertet er die Dinge aus sächsischer Sicht (und dem Blickwinkel des Verlierers). Denn bekanntlich standen die Sachsen in den europäischen Auseinandersetzungen der letzten Jahrhunderte nicht nur einmal auf der Seite der Verlierer – was sie in Folge stets bitter zu verspüren bekamen.
Vae victis – und Geschichte schreiben die Sieger. Es kämpften die Sachsen im Entscheidungsjahr 1813 wacker im Verbund mit den französischen Verbündeten; und gemeinsam mit diesen unterlagen sie im gewaltigen Leipziger Völkerringen. Dabei verkörperten Napoleon und seine Franzosen ja im Eigentlichen und Ganzen gesehen den historischen Fortschritt in Europa, denn sie waren trotz alledem die Kinder und Erben der französischen bürgerlichen Revolution von 1789. Und so fochten denn die Soldaten des Franzosenkaisers, zusammen mit ihren Waffengefährten aus Sachsen und anderen deutschen Rheinbundstaaten (mit Polen, Italienern, Holländern) gegen die Armeen der Europa auch beherrschenwollenden Hegemonialmächte Österreich und Russland. Zu denen gesellte sich noch das ebenfalls deutsche Großmachtallüren praktizierende Preußen. In einer unheiligen Allianz der drei Monarchenreaktionäre, welche im Ergebnis des 1815er Wiener Kongresses alle freiheitlichen Regungen der Völker und Nationen Europas im eisernen Würgegriff erstickten – eine verpasste Chance zu einem geeinten Hause Europa. Müßig ist es, daran zu erinnern, dass von Preußen und erst recht aus Russland noch niemals etwas besonders Gutes nach Sachsen hereingekommen ist. Man muss nicht immer darüber sprechen, aber man sollte immer daran denken und zuweilen davon lesen – doch überzeugen Sie sich selbst. Dieses Buch will anders sein!

DIETER WALZ
Alte Soldaten sterben nicht.
Krieg und Kriegsgeschrei im Leipziger Land.
15,5 x 24 cm; 193 S.; zahlr. farb. u. s/w Bilddokumente (Fotos, Uniformtafeln, gez. Vignetten) u. Ktn. Im Vor- u. Nachsatz; 1998 im Sachsenbuch Verl. Leipzig; ISBN 3-89664-011-9

Man sagt, dass die Alten Soldaten nicht sterben können; sie kommen halt eben nur um! Denn ihr Leben ist ein unruhvoller Marsch und immerwährender Kampf, der erst im Tode sein Ende findet:
- um 1230 „Sachsenrecht war garnit schlecht". Kleiner historischer Exkurs zum „Sachsenspiegel" des Eike von Repgow
- 1429/30 „Die Hussiten kommen"
- 1446 – 51, 1455„Was blast dich, Kunz, för Unlust an, daß du ins Schloß rein steigest?" Sächsischer Bruderkrieg und Altenburger Prinzenraub
- 1525 „Gnade dir Gott du Ritterschaft – der Bauer stund auf im Lande"
- 1547 Schmalkaldischer Krieg und Leipzigs Belagerung
- 1631 – 42 „Aus dem 30 jährigen Krieg: Vertrau auf Gott, aber halte dein Pulver trocken"; u. a. „Mit Brille wär das nicht passiert" – Gustav Adolfs Todesritt bei Lützen
- 1706/07 Nordischer Krieg und Altranstädter Frieden im Großraum Leipzig
- 1756 – 63 Aus dem 7-jährigen Krieg „Das ist doch alles für den Alten Fritzen"; u. a. „Gellert war an allem schuld – Moral und Politik vertragen sich nicht"
- 1813 „Aus der Napoleonzeit – Als Sachsenland so ziemlich abgebrannt war"; u. a. „Merkwürden mordet morgens – der schlimme Pfarrer von Poserna"
- 1866 „Die Preußen sind wieder da" – Marginalien zum Preußisch-Deutschen Kriege in und um Leipzig
- 19./20. Jahrhundert „Schwere Jungens": Die Bornaer Karabiniers als ein Stück Kulturgeschichte der Region
- 1945 mit „Endzeit-Impressionen", als unvollständige Anmerkungen zum Weltkriegsende im Leipziger Lande sowie in der Stadt selbst

Den Werkabschluss bildet eine umfangreiche Auswahlbibliografie, mit Quellen und Literatur-Verzeichnis.

Chronologie der Buchveröffentlichungen von D. Walz

Alleinautor:
„Burg Kriebstein“ 1976 ff.
„Burgen Tour“. Sächsische Burgen an Mulde und Zschopau. 1992
„Sachsenland war abgebrannt“. Leipziger Völkerschlacht 1813. 1993 ff.
„Der Tod kam als Sachsengänger“. Historische Schlachtfelder des Dreißigjährigen Krieges im Leipziger Land. 1994
„Alte Soldaten sterben nicht“. Krieg und Kriegsgeschrei im Leipziger Land. 1998
„Des Teufels zweitbester Freund“. Fliegender Holländer auf letzter Fahrt. Histor. Roman 2001
„Die Mulde entlang“. Kulturhistorische Impressionen. 2004
“Raureif in Moll“. Lyrik aus vier Jahrzehnten. 2006
„Ich bin, der ich bin. Aus meinem Leben und darum herum.“ Autobiografie. 2009
„Als ich noch der Pontius Pilatus war. Ein Wiedergänger schreibt Geschichte.“ Historienbuch 2012

Mitautor bzw. Beiträger:
„Kulturarbeit konkret. Zu Fragen des geistig-kulturellen Lebens im Territorium.“ 1986
„Waldstraßenviertel“. Heft 3. 1993
„Die Dahlener Heide. Kulturgeschichtliche Streifzüge.“ 1994
„Im Leipziger Land. Kulturgeschichtliche Streifzüge.“ 1996
„Dorfgeschichten aus dem Leipziger Osten.“ Bd. 1: 2000
„Dorfgeschichten aus dem Leipziger Osten“. Bd. 2: 2001
„Quer durch Leipzig mit dem Rad“. 2001
„“Gedicht und Gesellschaft“. Jahrbuch für das neue Gedicht. Frankfurter Edition, hrsg. von Giordana Brentano. Erste Abtlg. Goethe-Gesellschaft Frankfurt MBH. 2001
„Auf Napoleons Spuren durchs Sachsenland im Kriegsjahr 1813“. (Zusammen mit Reinhard Münch und Wolf-Dieter Schmidt) 2008

Außerdem zahlreiche Fachartikel und populärwissenschaftliche Veröffentlichungen in diversen Zeitschriften sowie teilw. ausführliche Einträge in Literaturlexika u. dgl.

Militanter Sachse
DER WALZ'SCHE WÜRGER
Spirituose
BROTSCHNAPS
L 16071804
Fischer & Bunge Edelbrände GbR
04288 Leipzig/Holzhausen

SYRIA
DAMASCUS
Baalbek
Chalcis
Hermon
Caesarea Philippi
Dan
Litani
Berothai
Berytus
Zidon
Sidon
Zarpath
Sarepta
Zor, Tyrus
Palaetyrus
Akko
Ptolemais
Belus
Kison
Jordan
GALILAEA
Nazareth
Tabor
Kana
GESUR
BASAN
BATANAEA
TRACHON

Palästina